맞춤형 와이프 ⓒ정이연 / 녹시 ⓟ예원북스
LINC GOLD

# 맞춤형 와이프

# 맞춤형 와이프 1

초판 1쇄 찍은 날 | 2018년 3월 29일
초판 1쇄 펴낸 날 | 2018년 4월 13일

지은이 | 정이연
펴낸이 | 예경원

편집 | 주승아

펴낸곳 | 예원북스
등록번호 | 제396-2012-000132호
등록일자 | 2012. 7. 25
YRN | 제1-0213호

주소 | 경기도 고양시 일산동구 호수로 646-24 위너스 21-Ⅱ 206A호 (우) 10401
전화 | 031-819-9431 팩스 | 031-817-9432
http://cafe.naver.com/yewonromance
E-mail | yewonbooks@naver.com



ISBN 979-11-6098-850-5 04810
ISBN 979-11-6098-849-9 (세트)


※ 이 도서의 국립중앙도서관 출판시도서목록(CIP)은 서지정보유통지원시스템 홈페이지(http://seoji.nl.go.kr)와 국가자료공동목록시스템(http://www.nl.go.kr/kolisnet)에서 이용하실 수 있습니다.

Goldline Romance Story

# 맞춤형 와이프

## 1

정이연
장편 소설

LINE

C • O • N • T • E • N • T • S

프롤로그.

# 훗날의 조각

볼품없는 스웨터엔 보풀이 잔뜩 올라와 있었다. 하지만 비쩍 마른 여자의 옷장엔 이것보다 더 좋은 옷은 없었다. 겨울에서 봄으로 넘어가기 직전, 이 계절에 입을 옷은 더더욱.

"하아."

거친 숨을 토해내자 뿌연 입김이 세상에 훅 하고 뿜어졌다가 이내 사라졌다. 하지만 가쁜 숨은 그 후에도 계속되었다. 여잔 마치 무언가에게서 쫓기는 사람처럼 굴었다. 불안하게 흔들리던 눈동자가 저 멀리 목적지로 향했다.

여자는 아직은 한참 먼 언덕 위 자신의 거처를 보았다. 그러면서도 힘이 풀려 비척거리는 다리를 애써 힘겹게 옮겼다. 하지만 언덕을 오르는 동안 단 한 번도 걸음을 멈추진 않는다. 지금 멈추었다간 일찍 찾아온 추위로 꽁꽁 언 바닥에 코를 처박을 것 같았기 때문이다.

바람의 온도와는 달리 여자의 몸에서 식은땀이 흘렀다. 다리에 힘을 꽉 쥐야 하는 경사 심한 언덕을 오를 땐 더더욱 그랬다. 애써 다리에 힘을 주어 걷자 종아리 뒤쪽이 심하게 당겼다. 숨이 턱까지 차올라 금방이라도 넘어갈 것 같다. 겨우겨우 자신의 집 현관문까지 달려온 여자가 에코백에서 열쇠를 꺼내 구멍 안으로 욱여넣었다.

왜 이렇게 안 들어가.

짜증이 불쑥 났지만 그걸 입 밖으로 내뱉을 시간도 없었다. 그러다 자신이 반대로 열쇠를 넣고 있다는 사실을 깨닫곤 제대로 넣었다.

철컥!

몇 번의 헛손질 끝에 겨우 문을 열고 안으로 들어온 여자가 여덟 평 남짓한 남루한 방 안을 이리저리 뛰어다녔다. 모두 그녀의 손길이 닿아 깨끗하게 정돈되어 있었지만, 그뿐이었다. 하나같이 보통은 내다 버릴 정도로 낡은 것들이었다.

삐거덕, 소리를 내는 옷장에서 옷을 꺼낸 그녀가 커다란 가방에 욱여넣기 시작했다. 머나먼 길을 정처 없이 떠돌아야 할 테니 짐은 되도록 가벼워야 할 것이다. 가장 아래 서랍을 열어 레이스 하나 없는 속옷까지 챙겨 넣고 나서야 얼굴이 조금은 밝아졌다.

이젠 서울역이든 고속버스터미널이든 가서 표만 끊으면 된다. 목적지는 없었지만 되도록 서울과는 멀게, 사람들의 시선에 안 띌 수 있는 한적한 곳이 좋을 것 같았다. 지퍼가 고장 난 가방이 쩍 벌어졌지만 아무래도 좋다는 표정으로 여자가 에코백을 집어 들 때였다.

끼이익—

뒤에서 괴이한 소리가 났다. 그와 함께 저벅이는 발걸음 소리도 연달아 들렸다. 뒤돌아보지 않았으나 여잔 이미 그 인기척이 누구인지 알고 있는 것 같았다. 눈동자가 공포로 물들었고, 작게 벌어진 입에선 신음이 흘러나왔다.

"……아."

메말랐던 눈망울에 금세 눈물이 차올랐다. 볼품없는 스웨터에 가려진 가슴이 두려움에 크게 들썩였다.

어떻게 해.

여자가 당혹스러운 얼굴로 어쩔 줄 모를 때였다.

"찾았다."

……뒤에서 낮고 음울한 목소리가 들려온 것은.

여자가 천천히 고개를 돌려 자신에게 닥친 지옥을 마주하려 했다. 하지만 그보다도 남자가 더 빨랐다.

예의 없이 구두를 신은 채 망설임 없이 다가온 남자는 커다란 손을 뻗어 여자의 머리카락 사이에 묻었다. 손가락 사이에 얽혀드는 머리카락은 벨벳처럼 촉감이 좋았지만, 남자는 그게 끔찍하다는 듯 손가락을 오므려 힘껏 움켜쥐었다.

"아!"

새된 비명이 터졌다. 머리가 뜯겨 나갈 것처럼 아파 눈에 맺혀 있던 눈물이 기어코 흐르고 말았다.

아니, 어쩌면 아픔 때문에 눈물을 흘린 것이 아닐지도 몰랐다. 남자의 시린 눈동자와 눈이 마주쳤기 때문일지도.

남자를 보고 싶지 않았지만 그의 손짓에 고개가 뒤로 힘껏 내려가 볼 수밖에 없었다. 눈물에 흐려진 시야에 남자의 얼굴은 너무나 명확히 맺혔다.

"네가? 감히. 내게서?"

딱딱 끊어 하는 말에 온몸에 핏기가 가시는 것을 느꼈다. 자신을 한입에 넣고 씹어 삼킬 것 같은 표정에선 팔다리가 뻣뻣하게 굳는 느낌마저 들었다.

여자가 입술을 굳게 다물었다. 그러더니 아무것도 발려 있지 않은 입술을 잘근잘근 깨물었다.

남자의 말은 고압적이었지만 그는 충분히 그럴 수 있는 위치에 있는 사람이었다.

남잔, 자신의 남편이었다.

# 1부.
# 만나다

# 1. 이기적인 남자

삐걱. 삐걱.

매트리스가 두 사람의 무게에 연신 비명을 질렀다. 신경에 거슬리는 소리였지만 남자의 행동은 거침이 없었다. 풍만한 가슴은 물론이고, 비율까지 좋은 여자를 자신의 입맛대로 다뤘다.

"흐, 흐응……!"

여자의 신음에 기다란 허벅지를 힘껏 잡아 위로 들쳐 올린 그가 곧장 잔뜩 성질이 난 페니스를 붙잡아 그대로 삽입했다.

"흐응!"

여자가 허리를 활처럼 휘며 교태를 부렸다. 젊고 건강한 여체는 남자의 눈도, 감각도 모두 즐겁게 만들었다.

온몸이 금방 땀으로 젖어들었다. 하지만 남자는 쉬이 사정하지 않았다. 젖가슴이 양옆으로 덩어리져 힘차게 흔들렸다.

남잔 마치, 여자와 게임을 하는 것 같았다.

"하악, 하악!"

여자는 금방이라도 숨이 넘어갈 것 같았다. 이미 사타구니 사이는 여자의 몸에서 쏟아져 나온 액으로 흠뻑 젖어 있었지만 페니스는 단단해지며 점점 제 덩치를 불려갈 뿐, 사정할 기미는 없어 보였다.

여자는 위협을 느꼈다. 남자가 거친 폭군이라는 걸 이미 알고 있었으면서도, 앞으로도 눈앞이 아득해질 만큼 시달릴 걸 생각하자 가만히 있을 수가 없었다.

침을 꿀꺽 삼킨 여자가 손을 뻗었다. 손톱이 뭉뚝해서 남자의 몸에 생채기를 남길 일은 없었으니 힘을 꽉 주며 남자의 팔뚝을 붙잡았다.

손길은 간절했다.

그만, 여기서 그만해 주세요.

그렇게 말하는 걸 남자 또한 눈치챈 것인지 거세던 허릿짓을 멈췄다.

살았다!

여자가 기쁨에 젖은 눈으로 남자를 올려다보았다. 이제 조금만 살살해 달라며 아양을 부릴 차례였지만, 남자의 손에 거칠게 몸이 돌려지는 순간 눈을 질끈 감았다.

찰싹!

거친 손길이 여자의 엉덩이를 내려쳤다. 몸을 움찔 떤 여자가 비명을 내지르기도 전에 엄청난 이물감이 몸을 가르고 들어왔고, 머리카락에도 강렬한 아픔이 느껴졌다.

"아악! 아! 아아! 사, 사장……."

침대에서 열렬한 섹스를 나누고 있는 사이에서 쓰기엔 어색한 호칭이었다. 여자와 남자의 사이는 그랬다.

남잔 사랑을 몰랐고, 여잔 자신의 젊음을 팔 줄 알았다.

그에게 섹스는 욕구를 해소하기 위한 행위에 지나지 않았고, 곁에 있는 여자 역시 편의를 위해 존재하는 사람이라 생각했다. 그리고 앞으로도 아마 그 생각은 변하지 않을 것이다. 남자 스스로가 그 생각을 깨뜨릴 생각이 없었기 때문이다.

철썩철썩!

그의 사타구니와 여자의 탐스러운 엉덩이가 거세게 부딪히는 소리가 방 안을 가득 채웠다. 비릿한 향에 골이 띵해질수록 남자의 행위는 더욱 과감해졌다. 페니스가 빠르게 안으로 들어왔다 나가길 반복하자, 남자가 여잘 뒤에서 끌어안은 후에 한 손으로 풍만한 가슴을 움켜쥐었다.

"아!"

페니스를 끊어버릴 듯 강력한 힘에 남자의 입술이 시니컬하게 휘었다. 하지만 남잔 거기서 행동을 멈추지 않는다. 가슴을 만지지 않는 다른 손으로 여성 사이에 있는 작은 구슬을 만졌다. 남자의 손가락이 여성을 어루만지자 세우고 있던 가느다란 팔이 꺾이고 여자의 얼굴이 침대에 처박혔다.

흐응, 아앙!

여자가 쉴 새 없이 신음을 쏟아냈다. 죽을 것 같은 표정과는 달리 위로 치켜올려진 엉덩이는 원을 그리며 움직였다.

이거다. 바로.

남자의 얼굴이 만족감에 젖어들었다. 여자가 이성을 놓고서 자신에게 매달리는 이 순간, 남자는 비로소 쾌감을 느꼈다. 남자의 허릿짓이 더욱 빨라졌다.

하지만 그것도 잠시.

"사랑……."

여자의 입에서 나온 한마디에 순간 공기가 얼어붙었다.

여자 역시 자신의 실수를 깨달은 것인지 입술을 꾹 깨물었다. 하지만 남잔 식었다는 듯 몸을 뗐다. 방금 전까지만 해도 여자의 몸을 강렬하게 휘젓던 페니스 역시 고개가 아래로 꺼져 있었다. 남잔 사정을 하지 않았다. 하지만 더 이상의 관계는 싫다는 듯 침대에서 일어나 욕실로 향한다.

여자의 얼굴이 낭패로 젖어들었다. 이대로 남자를 보내면 안 된다는 생각만이 머릿속에 가득 차버려 안절부절못했다.

“사장님! 저, 그게…….”

“피곤해.”

욕실로 향하던 남자는 더 이상 길게 이야기하고 싶지 않다는 듯이 잘라 말했다. 그가 지금 원하는 것은 여자의 침묵이었다. 변명처럼 하는 말에 시간을 허비하고 싶지 않다는 명백한 행동에 여자의 입술이 굳게 다물렸다.

남자가 욕실 안으로 사라지고, 여잔 홀로 남았다. 실수를 했다는 생각에 입맛을 쩝쩝 다시던 여자가 침대에 털썩 눕는다.

“진짜 웃기는 사람이야.”

흥에 취해 내뱉는 그 한마디에 싸늘하게 식어버리는 남자를 여자 역시 사랑하지 않았다. 여잔 남자가 얼마나 잔악해질 수 있는지 알고 있었고, 그런 모험을 할 정도로 용기가 있지 않았다. 한참 천장을 보던 여자가 쏟아지는 물줄기 소리를 들으며 입맛을 다셨다.

“아, 끝을 못 봤네.”

남자의 기나긴 출장 이후 오랜만에 가진 관계여서 아쉬운 마음이 가득했다. 하지만 남잔 더 이상 여잘 안지 않을 것이다. 그가 그렇게 결정했다면 다른 여잘 안는 한이 있더라도 그렇게 할 사람이었다.

여자는 방금 전까지 자신의 안을 채웠던 이물감을 느끼고 싶어 손가락을 밀어 넣었다. 하지만 공허한 손짓은 남자가 주었던 쾌감을 재현하기엔 한참 모자랐다.

❖

조용했던 공간을 시끄러운 알람 소리가 깨뜨린다.

새벽 6시.

부지런을 떠는 사람이라고 하더라도 일어나기엔 빠른 감이 있는 시간이었다. 하지만 침대에 누워 있던 남자는 가볍게 몸을 일으킨 후에 기지개를 켰다. 작은 원을 그리듯 목을 돌리자 뼈마디에서 우두둑, 소리가 났다.

자리에서 일어난 그는 가장 먼저 음악을 틀고 휴대전화부터 확인했다. 지난 밤새 도착한 문자는 총 세 통이었다.

『많이 바빠요?』

『보고 싶어요. 만나러 와 주면 안 돼요?』

『한국이에요?』

각기 다른 여자들에게서 도착한 문자를 무심한 눈으로 본 그가 휴대전화를 내려놓았다. 딱히 답 문자를 보낼 생각은 없나 보다.

간단하게 세수를 한 남자가 운동기구가 놓여 있는 방 안으로 들어갔다.

윙, 윙, 윙.

러닝머신 벨트의 속도가 점점 높아짐에 따라 소음이 커진다. 그 위에서 힘차게 뜀박질을 하고 있는 남잔 귀에 이어폰을 꽂고서 호흡이 흐트러지지 않도록 갈무리하고 있었다.

“후우.”

살짝 벌어진 입술로 편안한 호흡이 흘러나온다. 표정 역시 평온해 보였다.

운동으로 다져진 종아리 근육은 마치 찢긴 것처럼 선명한 모양이었다. 이는 모두 남자가 아침마다 한두 시간씩 러닝머신 위에서 보냈기 때문이다.

그는 자신의 몸을 아주 소중히 하는 이였다. 자신이 챙기지 않는다면 아무도 돌봐주지 않는다는 걸 알게 되면서부터, 남잔 자신을 가장 우선으로 생각하는 것에 익숙해졌다.

윙윙윙—

벨트가 더욱 빠르게 돌아가기 시작했다. 그러자 남자의 이마에 땀이 송골송골 맺힌다. 검은 티셔츠를 입고 있어 잘 보이진 않았지만 등도 이미 축축하게 젖어 있었다.

하지만 남잔 앞에 달린 화면에서 시선을 떼지 않았다. 호흡은 흐트러졌지만 온통 이어폰에서 흘러나오는 아나운서의 목소리에 촉각을 곤두세우고 있었다.

—재벌의 갑질은 이제 더 이상 놀라운 뉴스가 아닙니다. 하지만 재벌 회장이 조폭을 동원해 폭력을 가하는 것은, 돈으로 계급을 나누는 이 시대에도 아주 놀라운 뉴스입니다. 바로, DG그룹 민철환 회장이 이 놀랍고 분노를 일으키는 뉴스의 주인공입니다.

똑바로 선 자세에서 시선은 앞을 향해 있다. 어깨 역시 힘을 빼고 수평을 유지하고 있었다. 운동의 정석 자세를 보여주는 남자의 주먹에 뉴스를 들으면 들을수록 힘이 들어갔다.

벌써 일주일째 계속되고 있는 뉴스였다. 원래 뉴스란 다른 자극적인 뉴스가 나오면 묻히기 마련인데, DG그룹 민철환 회장이 이번에 보여준 행태는 그 어떠한 것으로도 묻을 수가 없는 것인지 연신 세상을 시끄럽게 만들고 있었다.

—DG그룹 민철환 회장이 피해자를 불러 폭력을 행사한 곳은 강남에 위치한 모 룸살롱입니다. 이곳에서 민철환 회장은 피해자를 불러내 쓰리파 보스 강규식과 행동대장 노태동을 시켜 장장 4시간 동안 폭행을 가했습니다. 이뿐만이 아닙니다. 이틀 동안 감금을 시켜 피해자에게 강원도 땅을 팔지 않으면 두 다리로 걸어나갈 수 없을 거라며 폭언을 일삼았습니다.

질이 좋지 못한 뉴스였다.

사건이 벌어진 곳은 온갖 나쁜 상상을 불러일으키는 룸살롱.

그곳에서 대한민국 재계에서 현금 보유로는 세 손가락 안에 꼽히는 그룹의 회장이 조폭을 이용해 땅을 빼앗으려 했다니. 아무리 이 바닥에 있는 사람들이라고 하더라도 '뭘 그렇게 무식하게 일을 처리한 거야?' 라고 욕을 할 만한 내용이었다.

—뉴스를 접한 국민을 더욱 분노케 하는 것은 봐주기 수사 정황이 발견되었기 때문입니다. 현재 민철환 회장은 자택으로 돌아가…….

띠리릭.

더 이상 들어봤자 별 도움이 되지 않는 내용들뿐이었다. 어차피 다 알고 있는 내용이었고, 이젠 사건에 대한 진상보단 이 일을 어떻게 해결해야 할지 결론을 내려야 할 때였다.

모니터를 끈 그가 속도를 높여 힘껏 뜀박질을 시작했다. 온몸이 땀에 푹 젖어들 때까지 러닝머신 위를 힘껏 내달리는 민성우의 얼굴이 굳어 있다. 자신은 늘 어떠한 일을 결정해야 하는 위치에 있었던 사람이다. 지금 일 역시 마찬가지다.

그는 사사로운 감정에 휩싸이는 타입은 아니었다. 어떠한 상황에서도 늘 최선을 선택하기 위해 애를 썼으면 썼지, 감정에 휘둘려 일을 그르친 적은 없었다.

러닝머신 위에서 내려온 민성우가 걸음을 옮겨 욕실로 향했다.

쏴아아—

남자가 욕실로 들어간 지 얼마 되지 않아 물줄기가 쏟아지는 소리가 들렸다. 집엔 무거운 침묵이 내려앉았다. 그리고 그 침묵이 깨졌을 때, 어느새 남잔 외출 준비를 마친 후였다.

그는 러닝머신 위를 달릴 때와는 완벽히 반대의 모습을 하고 있었다. 그는 비즈니스 석상의 중심에 앉는 제왕 같아 보였다.

넓은 어깨를 감싸고 있는 슈트가 남자의 움직임에 따라 팽팽하게 당겨졌다. 무심한 표정으로 남자가 집을 나섰다.

족히 열 명은 앉아서 식사할 수 있을 만큼 넓은 식탁 위에 산해진미가 가득 채워졌다. 해산물을 좋아하는 아버지의 취향에 맞춰 대부분의 음식은 바다에서 나는 것들이었다.

적당히 구운 볼락, 해산물이 들어간 된장찌개, 버터를 발라 구운 전복과 회로 나온 뿔소라. 문어와 낙지, 한치는 적당히 삶아져 한 접시에 썰려 있었고, 톳과 미역은 양념이 되어 민 회장의 앞에 놓여 있었다. 하지만 민 회장의 표정은 좋지 못했다.

그럴 수밖에.

현재 자신의 소식으로 대한민국이 들썩들썩한데, 아무리 강심장인 그라 할지라도 신경에 거슬릴 수밖에 없을 것이리라. 미천하고 무식한 것들이 자신을 안줏거리로 씹어대는 것 역시 알고 있을 테니 속은 부글부글 끓을 것이다.

"어쩔 셈이야."

날카로운 눈이 민성우를 향했다. 자신의 하나뿐인 아들이 이 사태를 깔끔하게 정리해 줄 혜안을 가지고 있을 거라 생각하고 있는 모양이었다.

민성우는 자신의 씨를 받아 태어난 아이였다. 누구보다 머리 회전이 빠르고, 언론을 자신의 편으로 끌어오는 것엔 탁월한 아이라는 걸 과거의 몇몇 일로 알고 있었다.

빨리 이 소문을 어떻게든 뭉개 버리라는 눈초리에 민성우 역시 젓가락을 내려놓았다. 그런 후 물로 입안을 깨끗이 한 후 자신의 생물학적 아버지를 보았다.

"어쩔 수 없습니다."

어쩔 수 없다.

달콤한 말로 그들을 설득할 것이 없다는 것이었다.

"너 지금 나보고……."

"모든 걸 다 잃을 순 없지 않습니까."

"뭐?"

민철환 회장의 얼굴이 일그러졌다. 그룹의 법무팀을 총동원한다면 기소유예를 받을 수도 있었다. 아니, 거기까지는 어렵다 하더라도 봉사활동으로 마무리할 수도 있을 터였다. 하지만 민성우의 반응은 아들이라고 하기엔 너무 매정했다.

"그룹 이미지를 위해 1년에 쓰는 돈이 얼마인지 아십니까? 그룹 차원에서 임원들에게도 각별히 주의를 주고 있는 상황에서 회장이 그룹 이미지에 단단히 먹칠을 했는데, 법무팀을 이용해 처벌을 가벼이 한다 하여 무슨 도움이 된단 말입니까."

"민성우!"

"아버지도 이해하시는 것 같습니다."

바닥까지 끌어내려진 이미지를 회복하는데 수백억, 수천억이 들 것을 감안한다면 아버지가 이해하지 못한다고 해도 이번엔 어쩔 수 없다.

그의 감정이 정확히 전달되는 표정과 말에 민 회장의 얼굴이 시뻘겋게 변했다. 그러더니 들고 있던 크리스털 잔을 맞은편에 앉아 있던 민성우 사장에게 힘껏 내던졌다.

쨍그랑!

크리스털 컵은 민성우에게 닿기도 전에 식탁 위에 떨어져 산산이 깨졌다. 유리 파편 중 일부는 방금 전 그가 먹던 접시에 들어갔고, 일부는 자신의 쪽으로 튀었으나 민성우는 무심히 들고 있던 찻잔을 기울였다.

속을 편히 해주는 녹차에도 민성우의 얼굴은 무심했고, 흘러나오는 목소리는 고저 없다.

"쉬고 온다고 생각하십시오. 요즘 많이 무리하지 않으셨습니까."

"뭐, 뭐라고?"

"그룹 차원에서 도와드릴 건 없습니다."

사건이 있고 일주일.

민성우 사장이 내린 결론은 이것이었다.

❖

『감금 폭행은 자신의 지위를 이용한 불법 행위다. 더욱이 민철환 회장은 5년 전에도 같은 문제로 불구속된 적이 있어, 뉘우침이 없다는 것이 확인되었다. 물론 민철환 회장이 대한민국 경제에 지대한 공을 세운 것은 알고 있으나, 오너 일가가 계속해 사회에 물의를 일으키고 있어 경중을 가릴 필요가 있었다.』

구속 기사를 읽던 민성우의 얼굴이 시멘트를 바른 것처럼 딱딱하게 굳어 있었다. 하지만 곧 다음 장에 이어진 주식 변동을 보는 순간 평소의 얼굴로 돌아왔다. 그는 아버지의 구속에도, 또한 최소 4년 형을 받을 것 같다는 보고서에도 아무렇지 않은 듯 보였다.

보고서를 한쪽으로 치워 버린 민성우가 자신의 일에 집중하기 시작했다. 주식 그래프가 안정세에 들어서면서부터 그는 다시 자신의 일상으로 돌아간 듯했다. 현재 그의 머릿속의 가장 많은 부분을 차지하는 것은 평창에 새로 들어설 호텔이었다.

평창 올림픽 개최가 확정되기 7년 전 사둔 땅의 가치가 무서운 속도로 오르자 그는 대부분을 나라와 사기업에 팔았다. 날파리가 워낙 많이 꼬여 들어 올림픽이 성공적으로 개최될지 불투명했기 때문이다. 하지만 그는 평창 올림픽 개최지와는 조금 떨어진 땅은 팔지 않았다. 올림픽은 성공적이든 성공적이지 않든 개최될 것이고, 많은 시설이 들어설 것임은 분명하기 때문이다.

다양한 시설 중에선 후에 국민들에게 개방될 곳들도 많았다. 스키장도 근처에 두 곳이나 있었으니, 스파 시설까지 갖춘 작은 호텔 정도는 사업적 가치가 있으리라 판단했다. 하지만 DG호텔 이름을 달 테니, 허접하게 지어선 안 된다는 생각에 그가 직접 설계를 지시하고 있었다.

공사 진척 사항을 살펴보던 그는 집중을 깨는 노크 소리에 미간을 좁혔다. 고개를 든 그가 시간을 보았다. 11시에 상동건설과 미팅이 있었지만 아직 10시도 안 된 시각이었다.

"들어오세요."

그의 허락에 김지아가 안으로 들어왔다. 김지아는 9년 전부터 그와 함께 일한 비서였다. 현재 그가 가장 신임하고 있는 사람 중 하나였고, 공적인 부분을 제외하고서라도 그에 대해서 가장 많이 알고 있는 이였다.

민성우가 아침 시간을 방해받는 걸 가장 싫어한다는 걸 알고 있는 그녀가 이렇게 문을 열고 들어오는 것은 이례적인 일이었다. 그가 의자에 등을 기대며 팔짱을 꼈다.

"무슨 일입니까."

“동호건설 김강철 회장 쪽에서 연락이 왔습니다.”

동호건설의 사정은 최근 민 회장의 소식과 함께 투톱 뉴스였다. 자금난을 겪고 있어 언제 쓰러질지 모른다는 이야기였는데, 최근 토목, 건설과 관련된 회사가 모두 힘들었으니 특별할 것도 없는 뉴스였다.

다만 문제가 있다면 몇 년 동안 계속 흑자였던 회사가 이정도로 급격히 안 좋아지는 게 이해하기 어렵다는 경제학자들의 말 때문이었다.

“미팅을 잡길 원하는데 어떻게 할까요?”

김 비서의 말에 민성우가 습관적으로 턱을 쓰다듬었다. DG그룹은 현재 자회사는 모두 전문 CEO가 경영하고 있었다. 그러면서 기업의 오너의 장악력은 많이 떨어져 있다는 평도 있어, 다른 재벌에선 권력을 나눈 민성우를 바보 취급하기도 했었다. 그럼에도 겉으론 그와 수없이 만남을 요청하는 데엔 이유가 있었다. DG그룹 본사에서 쌓아놓은 어마어마한 현금 때문이었다. 김강철 회장이 그를 보자는 것도 최근 동호건설의 사정이 크게 작용했을 것이다.

“비자금을 풀면 될 텐데. 멍청한 노인네.”

직설적인 비난에도 김 비서는 눈 하나 깜짝하지 않고 그의 다음 답을 기다렸다. 그가 거친 말을 내뱉는 것이 하루 이틀이 아니었으니 특별할 것도 없다는 표정이었다. 김지아의 눈동자가 흐트러짐 없이 자신을 향하자 그는 한참 후에야 적당한 답을 내놓았다.

“미팅 날짜 잡으세요. 두 달 후에.”

“네, 알겠습니다.”

당장 만날 생각은 없다는 듯 답한 민성우가 다시 고개를 숙여 보고서를 살폈다. 남자의 관심은 어느 순간 김강철 회장에게서 멀어져 있었다.

❖

사업가에게 가장 필요한 것은 '인내'였다. 아무리 마음이 급하다 하더라도 상대에게 패를 모두 보여주면 그만큼 운신의 폭이 좁아진다. 그래서 그는 인간의 당연한 욕구인 성욕과 식욕을 제외한 모든 부분에서 무서울 만큼 자제력을 보이곤 했다. 참는 것을 내색하지 않을 만큼, 그는 자신의 감정을 컨트롤하는 데엔 무서운 능력을 가지고 있었다.

오늘 역시 마찬가지였다.

이름은 그럴듯한 '젊은 기업가들의 모임'에 참석한 민성우는, 졸부라 비웃음을 사는 차대민과 대화를 나누면서도 진지한 '척' 하고 있었다. 그가 사업이랍시고 이야기하는 것들은 사실 '투기'에 가까웠지만, 어찌 되었든 돈을 버는 덴 큰 무리가 없는 개소리였다.

어떻게 하면 이 무의미하고 멍청한 대화에서 벗어날 수 있을까.

고민하던 민성우는 오늘 자신의 파트너로 모임에 참석한 김지아가 저 멀리서 걸어오는 것을 보았다. 통화하고 오겠다고 자리를 비운 것치고 짧은 시간 안에 돌아오는 것이 의아했던 참이었다.

"실례했습니다."

"하하, 아닙니다. 김 비서님은 언제 봐도 아름다우시네요."

지아를 바라보는 차대민의 눈동자가 번들거렸다. 말투 역시 이런 모임에서 하기엔 너무 저급한 것이었다. 그는 기분 나쁜 기색이 역력한 얼굴로 차대민을 바라보았다. 차대민이 순간 움찔하자 민성우가 시선을 아래로 내리깔며 시계를 보았다. 이제 자리를 뜬다 해도 누가 뭐라 하지 않을 만큼 시간이 지나 있었다.

"동호건설 김 회장님이 직접 연락을 주셨습니다."

"뭐라고?"

"미팅 날짜를 앞당기고 싶다고 하셨습니다."

그에게 첫 연락을 받은 지 2주일이 지났다. 그간 동호건설의 재정 상황은 계속 나빠지고 있었고, 최근엔 부도를 막을 수 없다는 관측까지 나오면서 진행하고 있던 각종 사업들까지 스톱되었다.

모두 민성우가 예상했던 대로였다. 그리고 그가 미팅하기로 했던 날짜가 되면 동호건설은 대한민국에서 사라지게 되고, 미팅 역시 없던 일이 되리라 생각했었다.

하지만 이런 그의 마음을 알고 있는 것일까. 김 회장은 꽤 호기심을 일으키는 행동으로 그의 주의를 끌었다.

"그리고 사람을 보내셨는데……."

"여기로 말입니까?"

"네. 비서를 통해서 연락을 취했습니다."

"그래서?"

잠시 주위를 둘러본 김 비서가, 사람들의 시선이 민성우 사장에게 모여 있자 언성을 낮췄다.

"건네받은 것은 모임이 끝낸 후에 드리겠습니다."

민성우가 작게 고개를 끄덕였다. 이 자리에서 괜한 구설을 만들 필요는 없었기에 그는 걸음을 옮기며 사람들과 인사를 나눈 후 모임 장소를 빠져나왔다.

호텔 로비로 내려오자 미리 연락을 받은 운전기사가 뒷좌석 문을 열어주었다. 피곤에 몸이 아래로 축 늘어지는 느낌이었으나 그는 가만히 눈을 감았을 뿐 작은 한숨도 내뱉지 않았다.

"여기 있습니다."

방금 전에 이야기했던 파일을 김 비서가 내밀고 있었다. 들고 있던 납작한 파우치에 넣어두었던 것인지 봉투는 반으로 접혀 있었다.

안에 무엇이 들어 있을까.

호기심 어린 눈으로 봉투 안에 있는 종이를 꺼낸 민성우는 순간 헛웃음을 탁 터뜨렸다.

“왜 그러십니까?”

그가 황당한 표정으로 종이를 보았다. 아니, 종이 한 귀퉁이에 있는 사진을 보았다.

사진 속 여잔 평생 염색 한 번 하지 않은 것인지 새까만 생머리를 하고 있었다. 피부 역시 활기 하나 없이 창백한 백지였고, 목이나 상체를 보아하니 보기에 안쓰러울 정도로 비쩍 마른 여자였다. 하나 봐줄 만한 것이 있다면 커다란 눈이었다. 그는 눈이 큰 사람을 좋아했다. 특히 이 여자처럼 감정을 쉬이 읽을 수 있을 것 같은 눈.

그가 여자의 눈을 가만히 바라보다가 이내 종이를 살펴보았다. 종이엔 이 여자의 인생이 모두 적혀 있었다. 출신 학교부터 시작해서 취미까지 적혀 있는 것을 본 그가 김 비서에게 물었다.

“정말 김 회장 비서가 전해준 게 맞습니까?”

“네, 그렇습니다. 명함도 받았습니다.”

그러면서 지아가 명함 한 장을 내밀었다.

『동호건설 비서실장 이호성』

비서실장에게 이런 심부름을 보냈다라.

이쯤 되니 김 회장이 말하는 미팅이 무엇을 위한 것인지 확신이 섰다. 단순히 자금을 유통하기 위해 만나자는 것이 아니었다.

그가 생각에 잠겨 턱을 쓰다듬다 말고 김 비서에게 사진과 함께 이력서 같은 종이를 건넸다.

“김나연, 이 여자에 대해 한번 알아보십시오.”

"예? 이게……."

종이를 건네받은 김 비서 역시 많이 놀란 눈치였다.

조금 비약을 섞어 종이는 마치 자신이 원하는 것을 위해 딸을 팔아넘기려는 것처럼 보이기도 했다.

아니, 그런 의도가 정확히 읽혔다.

"김나연에 대해 알아보고 난 후에 미팅 날짜를 잡아도 늦지 않을 것 같습니다."

"알겠습니다."

"그리고 동호건설의 자금 사정과 현재 진행 중인 사업에 대해서도 한번 알아보세요."

"전부 다요?"

아무리 동호건설이 어렵다고는 하나, 과거엔 건설업 쪽에선 다섯 손가락 안에 들던 회사였다. 세부적으로 진행 중인 사업까지 모두 알아보려면 꽤 시간이 걸릴 터라 김 비서가 지금이라도 회사에 들어가야 하나, 고민할 때였다.

"구린내 나는 것부터 파보세요."

민성우의 지시에 김 비서가 고개를 끄덕였다.

❖

강남 중심에 위치한 고급 빌라 3층.

젊은 여자가 지내고 있는 50평대 빌라는 남녀의 들뜬 열락으로 가득 차 있었다. 정사의 비릿한 향이 온통 새하얀 색으로 디자인되어 있는 방 안에 진동을 했지만, 실오라기 하나 걸치지 않은 두 남녀는 아직도 모자라다는 듯이 서로의 몸을 탐하고 있었다.

커다란 남자의 손이 가느다란 여자의 허리를 붙잡았다. 다른 손으론 탐스러운 엉덩이를 붙잡고서 아직도 흥분이 가라앉지 않은 검붉은 페니스를 힘껏 밀어 넣은 남자의 눈동자가 만족감으로 번들거렸다.

"으으응!"

여자의 신음이 공간을 울릴 정도로 커다랗게 터져 나왔다. 흥분에 허리를 뒤틀며 침대를 움켜쥐던 여자가 고개를 뒤로 돌려 입을 맞춰달라며 아양을 떨었다.

커다란 젖가슴이 움직임에 따라 옆으로 움직였다. 여자의 허리를 붙잡은 남자가 고개를 아래로 숙여 여자의 입술을 한입에 머금었다. 여리고 고운 살결이 그의 입으로 쏙 빨려 들어와 잘근잘근 씹혔다.

"아아!"

아픔은 쾌락을 동반한다. 여자의 신음이 더욱 높아졌다.

찰싹! 찰싹!

살집이 적당한 엉덩이와 그의 사타구니가 부딪혔다. 살결이 부딪히는 소리가 높아졌고, 받아들이는 여자의 허벅지가 더 이상 견디기 힘든 것인지 파르르 떨리다가 이내 아래로 쓰러졌다.

침대에 엎드린 여자의 엉덩이에 그대로 페니스를 찔러 넣었다. 여잔 자지러지는 소리를 내며 그만해 달라 애원했지만 남자는 멈추지 않았다. 섹스는 마치 상대를 파괴시키는 행위 같았다. 여자의 눈에 금세 눈물이 차올랐지만 남자는 자신의 흥분을 풀어내는 것에 충실했고, 아름다운 여자의 사정 따윈 봐주지 않았다.

"그, 그만해요! 사장님!"

여자가 자신의 몸을 쪼개 버릴 것처럼 거칠게 허릿짓을 하는 남자를 향해 항의했다. 그러자 그 역시 이제야 만족한 듯 마지막 스퍼트를 올린 후 페니스를 몸에서 빼냈다. 탁한 색의 정액이 여자의 등에 흩뿌려졌다.

사정과 함께 아름다운 곡선의 등뼈에 정액이 마치 샘처럼 고였다. 세 번의 관계로 콘돔이 떨어져 체외사정을 했다.

성우가 벗은 여자의 몸을 내려다보았다. 정액이 등에 흩뿌려져 있었지만 아직도 만족스럽지 않았다. 식욕과 성욕에 있어선 절제력이 없는 그가 다시 한 번 여자에게 손을 뻗을까, 고민할 때였다.

"하아, 하아."

여자의 숨소리가 유독 크자 그가 이내 손을 거둬들인다.

"씻고 올게."

여자의 답이 있기도 전에 성우가 곧장 욕실로 들어가 버렸다.

넓은 어깨와 근육이 붙어 있는 단단한 허리. 봉긋 솟아 있는 엉덩이와 운동선수처럼 굵고 단단한 허벅지에 여자가 혀를 빼내 입술을 핥았다. 남자의 몸은 금방이라도 욕구를 샘솟게 만들 것 같았지만, 여잔 이내 포기한다. 지친 여자가 몸을 떨었다.

남자와의 관계는 포악했지만 그래도 만족감이 높았다. 자신을 사랑해준다는 감정은 전혀 느낄 수 없었지만 쾌락을 즐기기엔 좋다. 게다가 관계를 통해 얻을 것도 많았으니 자신이 손해 볼 것도 없었다. 남자 덕분에 평생 꿈꿔볼 수도 없었던 고급 빌라를 무료로 이용하고 있었으니, 여자에게 있어서도 1년째 이어지는 이 관계가 무척 만족스러웠다.

언젠간 이 관계가 끝날 거라 생각하고 있었지만, 여잔 되도록 그 시기가 늦게 오길 바랐다. 이제 겨우 대학을 졸업했고, 유학을 떠나기 전까진 아무래도 돈을 모아야 했기 때문이다.

아, 학비를 부탁해 볼까?

여자가 그렇게 생각하다가 까무룩 잠이 들었을 때였다. 샤워를 마치고 나온 성우가 머리를 탈탈 털며 욕실을 나오다 말고 휴대전화 벨 소리를 따라 거실로 걸음을 옮겼다.

액정을 확인한 성우가 김 비서의 이름이 떠 있자 곧 전화를 받았다. 퇴근 후에는 좀처럼 연락하는 법이 없었던 그녀라, 민성우의 얼굴에 의문이 떠올랐다.

"무슨 일이야?"

—저번에 지시하신 일 때문에 연락드렸습니다.

저번에 지시한 일?

성우의 얼굴에 의문이 드리웠다가 이내 사라졌다. 김 비서에게 늦은 시간, 조사가 끝나면 바로 보고하라고 했던 일은 단 하나뿐이었다.

"그래서?"

그의 물음에 김 비서는 그가 원했던 답만 간결하게 들려주었다. 하지만 말 하나하나가 상식과는 조금 거리가 있는 것들이었다. 원하는 것을 이루기 위해 어제의 적과도 전략적인 관계를 맺는 이 바닥이라 하더라도 말이다.

평생 한 달에 5,000만 원을 써도 남을 만큼 비자금을 쌓아둔 사람도 돈을 더 벌기 위해서 딸을 팔아먹는 세상이다. 아무리 김 회장이 궁지에 몰렸다고 하더라도 이건 피붙이에게 하기엔 가혹한 결정이었다.

하지만 자신이 신경 쓸 게 뭐가 있겠는가. 김지아가 보고한 것들 중에선 구미가 당기는 것들이 상당히 많았다.

"나쁘진 않네."

그가 입술을 손으로 쓰다듬으며 웃었다. 어차피 결혼은 그의 인생에서 한 번은 있어야 하는 이벤트였다. '이혼남' 오너는 받아들일 수 있어도, 단 한 번도 결혼하지 않은 '독신' 오너에겐 온갖 소문이 따라붙기 마련이다. 통화는 길지 않았고, 그의 지시 또한 생각할 필요 없는 것들이었다.

민성우는 전화를 끊은 지 얼마 지나지 않아 완벽하게 옷을 갖춰 입은 상태로 방 안으로 들어섰다. 그의 시선이 여자의 옆에 놓여 있는 차 키로 향했다. 차 키를 집어 드는 순간 선잠에 들어 있던 여자가 슬쩍 눈을 떴다. 마침 잘되었다는 듯 성우가 고저 없이 말했다.

"곧 집 비워야겠어."

"갑자기요?"

여자가 깜짝 놀라 눈을 커다랗게 떴다. 아무래도 이건 너무 갑작스러웠다. 방금 전 학비를 부탁해 볼 참이었던 여자가 멍한 표정을 짓자, 성우는 그게 뭐 그리 큰 문제냐는 듯 말했다.

"약속은 어차피 1년이었잖아."

"이렇게 갑자기 이야기할 거면 적어도 이유 정도는 말해줘야 하지 않아요? 아무리 별 뜻 없는 관계라 하더라도 지낸 시간이 있는데, 이건 너무 매정하잖아요."

"아."

따지듯 묻는 말에 성우가 작게 신음을 내뱉더니 이내 이런 것까지 말해줘야 하냐는 듯이 짜증스러운 표정을 지었다. 하지만 남자의 입에선 충분한 설명이 나왔다.

"곧 결혼할 거 같아."

짧지만 아주 강렬한.

## 2. 순종적인 여자

툭. 툭.

여자의 손짓 몇 번에 팔뚝 길이 정도 되었던 줄기가 반쯤 잘려 나갔다. 값비싼 꽃이었지만 여잔 익숙한 듯이 꽃을 다듬고 있었다. 최근 3년 들어 매일 빠뜨리지 않고 하는 일이다 보니 손길은 거침이 없어졌다.

툭. 툭. 툭.

기다란 줄기가 잘려 나가고 곧 꽃다발로 만들기에 적당한 길이가 되었다. 하지만 배운 대로 비슷한 길이가 아닌 조금은 엇나가게, 조금은 비스듬히 줄기를 잘랐다.

처음 그녀가 꽃다발을 만든 건 어머니 때문이었다. 길에서 꺾어온 들꽃을 받아 들고서 환히 웃던 그 웃음을 잊지 못해서, 김나연은 난생처음 스스로 무언가를 배웠다. 그리고 지금은, 그 웃음을 더 이상 볼 수 없음에도 나연은 그 일을 멈추지 않았다.

꽃은 매일 다른 종류였다. 어떤 날은 연약한 수국을 여러 종류로 엮어 만들었고, 또 어떤 날은 유칼립투스의 한 종류인 폴리안을 장미와 섞어 만들기도 했다.

오늘은 튤립과 소박한 듯하지만 화려한 색채의 솔체꽃을 섞어 꽤 그럴듯한 핸드메이드 꽃다발을 만들고 있었다. 제법 그럴듯한 꽃다발이 완성되자 나연은 자리에서 일어나 자신의 방으로 향했다.

방으로 들어온 그녀는 수수한 홈드레스를 벗고 검은색 원피스로 갈아입었다. 그 어떠한 장식도, 문양도 들어가 있지 않은 원피스였지만 디자이너 제품으로 한 벌에 수천만 원에 달하는 것이었다.

옷을 갈아입은 그녀는 다양한 브랜드의 화장품이 놓여 있는 화장대를 본 후 백지 같았던 얼굴에 생기를 불어넣기 시작했다. 섬세한 손길로 화장을 했고, 심플한 원피스 대신 진주 목걸이와 귀걸이로 포인트를 주었다.

외출 준비를 마친 그녀가 새삼 거울 앞에서 자신의 모습을 들여다보았다. 어디 하나 흠잡을 곳 없는 모습을 확인하고 나서야 그녀가 방 밖으로 나왔다. 거실로 향하자 미리 대기 중이던 남자가 허리를 숙여 그녀를 반겼다.

"시간 맞춰 오셨네요."

박찬희였다.

그는 그녀의 아버지가 붙여준 사람이었다. 나연이 생활하는데 불편함이 없도록 일거수일투족 수발을 들라고 붙인 사람 같았지만, 사실은 감시자였다.

그녀의 일상은 하나도 빠짐없이 찬희를 통해 보고되고 있었고, 그걸 나연 또한 알고 있었다. 하지만 그녀는 오늘도 모른 척 꽃다발을 들고서 길을 나선다.

그의 안내를 받아 차에 오른 나연은 꽃다발을 무릎 위에 올려두었다.

차 문을 직접 열어준 찬희는 문을 닫은 후 운전석으로 향했고, 나연은 그 사이에 눈을 감았다.

그녀는 차가 출발하고 나서도 긴 속눈썹을 부채처럼 늘어뜨리고 있다. 마치 그녀의 시간만 멈춰 있는 듯 꼿꼿하게 허리를 세우고, 양손은 무릎 위에 올려져 있던 꽃다발을 가볍게 감싸고 있던 그녀는 얼마의 시간이 흐르고 나서야 눈을 떴다. 그리고 신기한 것을 보는 사람마냥 호기심 어린 눈동자로 세상 밖을 보았다.

거리는 아름다웠다. 푸르른 녹음 사이, 수놓듯 피어난 개나리가 그녀의 눈을 사로잡았다. 좀처럼 외출을 하는 일이 없었던 터라 계절을 확인하는 건 어머니를 만나러 가는 이 순간뿐이었다.

이상한 나라에 갑자기 떨어진 앨리스처럼 세상을 보던 나연은 어느 순간 익숙한 시골길로 들어서자 차분한 표정으로 창문에서 떨어졌다. 정면을 주시하자 백미러로 자신을 살피고 있던 찬희와 눈이 마주쳤다.

"춥지 않으십니까?"

괜한 질문.

찬희의 생각이 너무나 빤히 보이는 물음이었지만 나연은 이를 눈치챘는지, 아니면 눈치가 없는 것인지 고개를 가볍게 젓는다.

"괜찮아요."

짧은 대화 후 차 안엔 무거운 침묵이 흘렀다. 나연은 눈을 감은 채였고, 찬희는 간간이 그녀의 표정을 살폈다.

그렇게 시간은 무던히 흘렀다.

한 시간을 더 달려 차는 나지막한 언덕 위에 멈췄다. 주차장이었지만, 겨우 세 대 정도 주차할 수 있는 공간이었다.

차에서 내린 나연은 꽃다발이 망가지지 않도록 조심스럽게 차에서 내렸다. 그리고 자신을 무심한 눈으로 내려다보는 찬희에게 화사한 웃음을 지었다.

“여기서 기다려 주세요.”

“알겠습니다.”

발목을 끈으로 감싸는 높은 하이힐을 신었음에도 나연은 막힘없이 언덕을 오르기 시작했다. 길이 잘 닦여 있지 않았기에 간혹 굽이 푹푹 빠지기도 했지만 걸음은 거침이 없었다. 뜨거운 햇살에 이마에 맺혔던 땀이 뺨을 타고 아래로 툭툭 떨어졌다.

검은 옷 때문일까. 등에도 금방 땀이 차올랐지만 나연은 목적지에 도착하고 나서야 숨을 골랐다.

후우. 하아. 후우. 하아.

가슴이 크게 들썩였고, 작게 벌어진 입술에서 가쁜 숨이 터져 나왔다. 하지만 이도 곧 갈무리되었다. 나연은 말없이 봉긋하게 선 봉분을 보았다. 그리고 매일 빠뜨리지 않고 하는 첫 마디를 내뱉었다.

“어머니, 저 왔어요.”

어머니는 지금 툭 내려놓은 꽃처럼 약한 분이었다. 겉으론 화려한 장미 같았지만 사실은 들길에 아무렇게나 피는 야생화 같은 사람이었다. 사랑이 담긴 손길 한번 받아본 적이 없었지만 그녀는 알고 있었다. 어머니가 자신을 마지막 동아줄처럼 쥐고 계셨다는 것을. 그런데 그 동아줄이 튼튼하지 못했나 보다.

여자의 입에서 깊은 한숨이 억눌린 듯 흘러나왔다가 이내 사라졌다. 음울한 표정을 짓던 여자는 어느새 입가에 웃음을 띠고 있었다.

“미안해요.”

무엇이 미안하다는 것일까.

나연은 끝내 뒷말을 잇지 않은 채 언덕을 내려왔다.

❖

"앉아라."

낮은 음성에 거실로 들어서던 나연의 몸이 움찔 떨렸다. 오랜만에 보는 김 회장이었다. 그는 나연을 기다리고 있었다는 듯 빈 커피 잔을 앞에 둔 채였다.

나연은 조심스러운 표정으로 김 회장의 오른쪽 소파에 앉았다. 최대한 꼿꼿하게 허리를 펴고 가지런히 손을 모았다. 본능적이면서도 학습된 효과로 그의 심기를 건드리지 않기 위해 노력하는 모습이었다.

최근 사업이 제대로 돌아가지 않아 아버진 늘 피곤한 표정이셨다. 눈 밑에 진 짙은 그늘은 그녀를 긴장하게 만들었다.

무슨 일이 생길 것 같아.

나약한 생명체는 본능적으로 위험을 느끼고 있었다. 그리고 그녀의 예상대로 김 회장은 빳빳한 종이 하나를 나연의 앞으로 밀어두었다.

"이 정도면 훌륭하다."

김 회장이 건넨 것은 사진이었다.

이성에겐 관심을 두지 않는 자신의 눈에도 확실히 잘생긴 사람이었다. 잘 깎아놓은 석상처럼. 하지만 날카로운 눈매와 굳게 다물린 입술 때문인지 차가운 인상이었다.

"DG그룹 민성우 사장이다."

그 이상의 설명은 없었다. 하지만 나연은 이 남자와 자신이 결혼하게 되리라는 걸 예상했다. 아버진 이 남자를 자신의 짝으로 점찍었고, 자신은 그 뜻을 거스르지 못할 테니까.

나연이 자신의 앞에 내밀어진 사진을 말없이 바라볼 때였다.

"맺고 끊음이 확실한 사람이다. 한 번 눈 밖에 나면 끝이야."

깜짝 놀란 나연이 고개를 들어 김 회장을 보았다. 불안함에 흔들리는 눈망울이 그녀의 마음을 고스란히 내비쳤다.

"내 말 무슨 뜻인지 알겠지?"

입안의 혀처럼 굴어라.

이 결혼으로 인해 아버지가 얻고자 하는 것이 무엇인지, DG그룹 민 사장은 아직 이 결혼을 승낙하지 않았다는 것도 차례차례 머릿속에 입력되었다. 뱀처럼 교활한 아버지의 뜻이 무엇인지 알고 있는 나연은 순종적인 표정으로 고개를 끄덕였다.

"네."

당사자의 의견 따윈 중요하지 않다, 이 결혼에.

그걸 김나연, 그녀가 누구보다 잘 알고 있었다.

❖

계절이 따스한 봄에서 여름으로 넘어가는 그즈음이었다. 성우는 극심한 피로감을 느끼는 표정으로 머리를 쓸어 올렸다.

그는 현재 차 안에 있었다. 울산에 확장 공사를 하고 있는 공장에 문제가 생겨서 다녀오는 길이었다. 건설 현장에서 인부 두 명이 추락해 사경을 헤매고 있다는 게 언론을 통해 전해지면서 그가 직접 나설 수밖에 없었다.

안전장치를 제대로 설치하지 않아 두 명 모두 머리를 크게 다쳤고, 그 중 한 명은 뇌를 열어두고 붓기가 빠질 때까지 상황을 지켜봐야 한다고 했다.

직접 가족들을 만나 사과의 뜻을 전하고 병원비 문제까지 해결하고 올라오니, 오늘 잡혀 있는 스케줄 중에 두 갠 다음으로 미뤄야 했다. 평소라면 지금처럼 신경이 예민해지지 않았겠지만, 아버지의 문제가 새로운 국면으로 치달으면서 아무리 그라도 평정심을 유지할 수가 없었다. 수감되어 있는 민 회장이 특혜를 받고 있다는 의혹이 생기면서, 그룹 차원에서 수를 쓴 건 아니냐는 의심까지 받고 있었다.

상황이 좋지 않았다. 가만히 내버려 두었다간 창의력이 넘치는 인간들이 또다시 말을 지어낼 게 뻔했다.

"후."

손가락으로 관자놀이를 꾹꾹 누르던 그가, 순간 허기가 지자 짜증스레 한숨을 내뱉었다. 이제야 어제 점심부터 아무것도 먹지 못했다는 사실이 떠올랐다. 바쁜 일상을 사는 사람들에겐 그게 뭐 그리 중요할까 싶었지만, 민성우에겐 아니었다. 그는 정해진 시간에 식사를 하고 숙면을 취해야 하는 사람이었다. 패턴이 무너지면 포악해지는 인간이다.

이쯤 되니 지금 잡아놓은 약속까지 캔슬하고 싶어지는 마음이 굴뚝같았으나 그는 애써 억눌렀다. 앞서 취소한 두 개의 약속보단 더 중요한 사업상의 약속이었다.

그의 눈치를 보느라 적막이 내려앉은 차 안에 숨소리만이 간간이 들려올 때였다. 어느새 목적지인 DG호텔이 저 멀리 보였다. 서울 도심에 있으면서도 나무에 둘러싸여 있는 호텔을 보는 순간 그는 팔꿈치까지 걷어 올린 셔츠를 아래로 내리고, 옆에 벗어둔 슈트 재킷을 입었다. 조금 삐뚤어져 있던 넥타이까지 바로 한 그가 차에서 내렸다.

그의 등장에 사람들의 시선이 모여들었다.

민성우는 그의 사회적 지위를 모르는 사람들이 보기에도 매력적이었다. 180㎝가 훌쩍 넘는 키에 자기 관리로 다져진 몸은 모델처럼 완벽했다. 얼굴 역시 차가운 기운이 흐르긴 하나, 어디 하나 모난 데 없이 잘생겨 사람들의 시선을 모으는 사람이었다. 겉으로 보기엔 연예인처럼 잘생긴 남자가 달려나온 호텔 관계자의 인사까지 받으니 사람들의 눈이 더욱 호기심으로 물들었다.

"오셨습니까. 손님은 안에서 기다리십니다."

DG호텔 이사의 말에 성우가 고개를 끄덕인 후 안으로 향했다. 두 사람의 걸음이 멈춘 곳은 3층에 있는 레스토랑 제일 안쪽에 위치한 룸이었다.

드르륵.

의자 끌리는 소리에 룸 안으로 들어선 남자가 자신을 기다리고 있던 여자를 보았다. 여자 역시 남자와 비슷한 표정이었다.

속을 알 수 없는.

성우가 약속 시간보다 5분 일찍 도착했으나 여잔 20분 일찍 도착했다고 했다. 민성우가 여자의 모습을 알게 모르게 시선으로 훑었다. 그의 머릿속에 나연에 대한 정보가 후루룩 지났다.

김나연, 스물여섯.

동호건설 김 회장의 외동딸이면서 주식 하나 없는, 실속 없는 여자.

하지만 민성우가 원하는 것은 동호건설이 아니었다. 그가 원하는 것은 동호건설이 가지고 있는 많은 땅과 사업권.

마지막엔 여자와의 결혼으로 얻을 수 있는 것들이 쭉 나열되었다. 천문학적인 숫자들과 함께 민 회장으로 인해 바닥으로 추락한 DG그룹의 이미지 역시 꽤 괜찮게 변모된 미래가 떠올랐다.

푸른 빛깔의 노출이 심한 원피스를 입고 있는 김나연은, 일부러 관리하고 있는 것인진 몰라도 비쩍 말라 있었다. 허리까지 내려오는 머리카락은 탐스러웠고, 피부 결 또한 좋았다. 하지만 안타깝게도 여잔 자신의 취향이 아니었다.

전혀.

"안녕하세요, 김나연입니다."

여자가 푹 파여진 앞섶을 손바닥으로 살짝 누른 후에 고개를 숙였다. 그렇게 하지 않으면 새하얀 가슴이 드러날 만큼 노출이 심한 옷이었다. 짧은 치마 역시 허벅지를 반도 가려주지 못하는 것이었는데, 객관적으로 보았을 때 그녀와 참 어울리지 않는 스타일이었다. 그래서 그는 깨달았다. 이 원피스는 평소 그녀의 취향이 아니라는 것을. 아마 자신의 취향에 맞춰 입고 나왔을 것이 분명했다. 하지만 무표정한 얼굴은 옷의 이미지와는 너무 달랐고, 컬러는 피부색과 잘 어울렸지만 빈약한 가슴에 시선이 가게 만들었다.

"일찍 나오셨습니다."

그의 말에 나연의 표정이 미묘하게 변했다. 아무런 감정도 뒤섞여 있지 않은 얼굴에 피어오른 당혹스러운 감정을 그는 짐짓 모른 척했다.

걸음을 옮긴 그가 나연의 맞은편에 앉은 후 앞에 놓인 와인 잔을 들었다. 안엔 투명한 물이 들어 있었다. 성우는 눈앞에 앉아 있는 인형 같은 나연은 바라보지 않은 채 우선 마른 입술을 축였다.

그는 상대가 자신을 관찰하는 것을 알면서도 부러 시선을 두지 않았다.

커다란 눈망울만이 자신의 취향이라 생각했는데, 직접 만나보니 그것도 아니었다. 감정을 쉽게 내비치는 타입일 줄 알았더니, 자신만큼이나 커다란 능구렁이를 속에 키우고 있는 것인지 말 그대로 사람이 만든 딱딱한 인형 같았다.

비슷한 유형의 사람인 것 같으니 말은 잘 통하겠지만, 아무래도 함께 살기엔 피곤할 것 같았다. 속을 알 수 없는 사람만큼 신경이 쓰이는 것도 없을 테니. 하지만 이미 이 결혼으로 인해 서로 오갈 것을 모두 조율하였기에, 미루기엔 조금 늦은 감도 있었다.

이를 어쩌나.

생각하던 그가 물 잔을 내려놓은 후 나연을 보았다. 검은 눈동자에 비친 자신의 모습에 그가 표정을 갈무리했다. 표정을 심하게 굳히고 있었다.

"식사, 하시겠습니까."

그의 물음에 나연의 고개가 아래로 향했다. 그러더니 무언가 생각에 잠긴 얼굴로 정처 없이 시선을 옮긴다. 하지만 후에 나온 답은 참 시시하고 재미없는 것이었다.

"사장님께서 식사를 하지 않으셨으면요."

자기주장은 하나도 없는 말이었다. 고개를 끄덕인 그가 웨이터를 불러 메뉴판을 받았다. 메뉴를 대충 눈으로 읽으니 뒤늦게 허기가 몰려왔다.

그의 선택은 당연하게도 A코스였다. A코스는 주로 해산물로 짜여 있었다. 샐러드는 싱싱한 연어가 곁들어진 것이었고, 메인 요리는 메로구이였다. 육류는 소화가 되지 않아 평소에도 먹지 않았다.

"A코스가 좋겠군요. 김나연 씨는 무엇으로 주문하겠습니까."

"저도 그거로 할게요."

나연은 그가 건네는 메뉴판도 보지 않은 채 말했다. 하나 그는 신경 쓰지 않는다는 표정으로 주문을 마친 후에 여자를 보았다. 그제야 가녀린 어깨가 긴장으로 굳어 있는 것이 보였다. 그의 시선이 다시 여자의 눈동자로 향했다. 여자의 동공이 힘없이 흔들렸다.

룸 안엔 숨이 막힐 것 같은 침묵이 흘렀다. 아니, 숨이 막힐 것 같은 건 나연뿐이었다. 그의 시선이 집요해질수록 나연의 얼굴이 파리해졌다. 그녀는 무언가를 두려워하는 것처럼 보였다. 그게 무엇인지 그는 잘 알고 있었기에 이내 재미없다는 듯이 시선을 옮겼다.

그의 관심은 결혼이 혹여 성사되지 않을까 봐 노심초사하는 재미없는 여자에게서 음식으로 옮겨졌다. 허기지다 못해 잘못하면 소리가 날 것 같았다. 그렇게 두 사람이 다른 생각으로 시간을 무던히 흘려보낼 때였다.

노크 소리와 함께 문이 열리더니 첫 번째 애피타이저가 들어왔다.

나연은 깨작거리며 음식을 먹었지만 성우는 맛있게도 음식을 먹었다. 지금 이 순간 음식을 먹는 일만이 가장 중요하다는 듯 관심은 온통 접시 위에 있었다.

성우는 메인 접시까지 말끔하게 비우고 나서야 식사에 만족한 듯 입가를 티슈로 닦아냈다. 그러더니 이제껏 잊고 있는 건 아닐까, 생각했던 나연을 똑바로 주시한다.

"후회하지 않으시겠습니까."

자신의 물음에 나연의 표정이 미묘하게 굳어졌다. 눈동자가 마치 '도대체 무엇을?' 이라고 묻는 것 같았다. 나연이 이해하지 못한 얼굴로 멍하니 바라보자, 성우는 이런 것까지 설명해 주어야 하는 상황이 못내 귀찮은 것인지 미간을 살짝 모았다. 하지만 그다음에 이어진 목소리 역시 무감각했다.

"결혼 생활이 녹록지 않을 겁니다."

"아."

그의 말뜻을 이제야 이해한 나연이 작게 고개를 끄덕였다. 하지만 이미 예상하고 있는 듯 무심한 고갯짓이었다. 그제야 민성우는 이 여자가 아무것도 모르고 있다는 사실을 깨달았다. 그래, 생각해 보니 굳이 여자가 알 필요는 없는 문제들 같았다. 하지만 이 여자의 아버지가 마치 취업을 하려는 사람이 보내는 이력서처럼 딸의 신상명세서를 보냈던 걸 떠올리면, 매정하다는 소릴 듣는 자신조차도 이 여자에게 도망갈 구멍을 만들어주고 싶어졌다.

이 사실을 본인이 알게 된다 하더라도 아무것도 변하지 않는다는 걸 알았음에도 말이다. 아니, 어쩌면 제 말에 더 순종적으로 굴 것을 알고서 말하는 것일지도. 김 회장보다 자신이 더 질이 나쁠지도 모르겠다.

"이 결혼에 연관된 돈만 8,400억이 넘습니다. 나중에 후회하고 뒤로 무르기엔 거래 금액이 너무 크다는 겁니다."

"괜찮아요."

충분한 답이 되었다. 결혼이라 함은 그것 말고도 더 중요한 것들이 많았지만, 이 세계에선 아니었다.

"좋습니다. 그럼 세부적인 문제는 다음에 만나 이야기하도록 하지요."

성우는 곧이어 들어온 커피를 음미하며 그녀에게서 관심을 돌렸다. 전면 유리로 된 창밖엔 뜨거운 햇살이 쏟아지고 있었다. 이제 곧 자리에서 일어나야 한다. 성우는 커피를 채 비우지 않은 채 자리에서 일어났다.

"죄송하지만 선약이 있어서 먼저 일어나야 합니다."

"네, 먼저 가세요."

성우는 사양하지 않고 뒤돌아섰고, 이내 커다란 룸엔 그녀 홀로 남았다.

미래에 대한 이야기를 나누기엔 너무 짧은 시간이었다.

❖

성우가 나간 자리를 바라보던 나연은 한참 동안 그 자리에 머물러 있었다. 차분하게 가라앉은 눈동자는 생각에 잠겨 있었다.

「후회하지 않으시겠습니까. 결혼 생활이 녹록지 않을 겁니다.」

남자의 말은 비수 같았다.

모든 것이 결정되기 전, 그렇게 물어봐 주는 건 다정하다고 봐야 하는 걸까. 아니면 치밀하다고 봐야 하는 걸까.

입가에 부드러운 미소를 머금은 나연은 고개를 저었다. 후에 남자가 한 말은 이 결혼에 얼마의 금액이 얽혔는지였다. 그건 다정한 것이 아닌 치밀한 것이다. 이 올가미에 한 번 들어오면 쉽게 벗어날 수 없다고. 어쩌면 미래 자신의 잘못을 미리 정당화하기 위해 못을 박아두는 것일지도 모르겠다. 하지만 뭐든 나연과는 상관없었다. 자신이 결정할 수 있는 건 늘 그랬던 것처럼 아무것도 없었다.

한참의 시간이 흘러서야 일어났다.

또각또각.

문을 열고 밖으로 나온 나연은 흔들림 없이 걸음을 옮겼다. 그리고 레스토랑 입구에 서 있는 남자를 보며 희미하게 웃는다.

"댁으로 모실까요?"

감시자는 오늘도 제 곁을 지키고 있었다. 아버지의 눈이 되어주는 남자였지만 그럼에도 웃을 수밖에 없는 건, 자신의 곁에 있는 사람이 그뿐이기 때문일 것이다.

"아니요. 그전에 가야 할 곳이 있어요."

행선지는 말하지 않았지만 남자는 그곳이 이미 어디인지 알고 있다는 표정이었다. 그녀는 차에 오르자마자 눈을 감았다. 늘 호기심 어린 눈으로 밖을 바라보던 것과는 다른 반응이었다. 그건 목적지에 도착해서도 마찬가지다. 차에서 내렸고 여느 때보다 힘들게 느껴지는 길을 겨우겨우 올라간다. 그러면서 이마에 맺힌 땀을 손등으로 아무렇게나 닦아냈다.

어머니 앞에 입고 오기엔 옷이 적당하지 않다는 생각이 뒤늦게 든 것도 잠시, 나연은 묘비를 보며 환하게 웃었다.

"어머니 저 왔어요."

밝게 웃은 그녀는 잡초 하나 없이 깨끗한 봉분 주위를 둘러보며 괜스레 풀을 쓰다듬었다.

오늘은 꽃다발을 들고 오지 못했다. 그리고 어쩌면 앞으로 그런 날들이 많아질지도 모르겠다는 생각에 마음이 서글퍼졌다.

그럼에도 나연은 웃었다. 어머니 앞에서 슬픈 기색을 보일 수야 없다.

“저 결혼해요, 어머니.”

어머니는 들꽃 같은 분이었다. 그래서 화려하고 고고한 아름다운 꽃이 되질 못했다.

너무나 다른 사람으로 살길 요구받았기에 불행하셨을까.

아니면…….

생각이 멀어지는 것처럼 나연 역시 시선을 아주 멀리 두었다.

“조금 무서워요.”

걱정하실 터다.

아니, 어쩜 하지 않으실지도 모르겠다.

나연은 말라 버린 풀이 앉아 있는 묘비를 손바닥으로 쓸어낸 후 웃었다.

“미안해요.”

❖

결혼 준비는 일사천리로 이루어졌다. 물론 사업적인 부분에서였다. 두 회사는 서로의 이해타산에 맞춰 계약서를 작성했다. 두 사람의 결혼 문제에 대해 대화를 나눈 건 그것뿐만이 아니었다.

민성우 사장의 요청으로 전반적인 결혼 생활은 일체 비밀로 붙여야 한다는 각서 초본이 동호그룹으로 향했고, 합의가 끝나자 곧 각 변호사들의 입회하에 두 사람이 만났다.

내용 중엔 이혼과 관련된 사항도 포함되어 있었다.

시작도 하기 전에 마지막을 이야기하는 것은 우습기도 했지만, 오히려 현명한 문구였다. 생각보다 이혼은 어렵지 않은 일이라는 걸 두 사람 모두 어릴 적부터 부모 혹은 주위의 환경을 통해 학습했기에 이를 당연시 여겼다.

“읽어보신 후에 서명하시면 됩니다.”

김나연과 민성우는 같은 내용이 적힌 계약서를 보고 있었다. 이미 사전에 협약된 내용만 적힌 계약서였기에 민성우는 망설임 없이 서명을 마쳤다. 하지만 김나연은 마지막 장 마지막 문단을 뚫어져라 보고 있었다.

그곳엔 위자료 부분이 적시되어 있었다. 각 그룹의 지분은 건들지 않는 조건이었다.

기업과 기업 간의 결혼은 그런 것이었다. 시작부터 끝을 생각해야 후에 뒤탈이 없으니 사소한 것 하나하나가 각서에 기록되었다.

“문제 있습니까?”

기다란 다리를 꼰 민성우가 느릿한 어조로 물었다. 그러자 생각에 잠긴 얼굴로 계약서를 보던 김나연이 고개를 저었다.

“아니에요.”

그녀는 계약서 내용을 처음 보는 듯했다. 이 모든 내용을 직접 진두지휘하고 결정한 민성우와는 달랐다.

하지만 그녀는 이내 동의했고, 서명을 마쳤다. 이제 남은 것은 이 결혼을 어떻게 잘 포장하여 외부에 전해야 하냐는 것뿐이었다.

입회해 있던 변호사가 회의실을 빠져나가고 남은 것은 민성우와 김나연 둘뿐이었다. 검은색 원피스를 입고 있는 여잔 유독 창백해 보였다.

“계약서에도 적혀 있지만 전 타인에게 흠 잡히는 일은 하고 싶지 않습니다.”

"이해해요."

김나연의 말에 민성우의 눈썹이 치켜 올라갔다. 날카로운 시선이 커다란 눈동자에 닿았으나 읽어낼 수 있는 것은 그리 많지 않았다.

계약서는 총 열 장으로 아주 사소한 것까지 모두 기록되었고, 협의되었다. 아주 노골적인 부분까지 기록이 되어 있었지만 그녀는 계약 내용을 처음 보는 사람처럼 굴고 있었다. 그래서 그는 묻지 않을 수가 없었다.

"혹 만나는 남자가 있으십니까?"

김나연의 눈이 동그랗게 떠졌다.

여자의 입술이 몇 번 움찔거리더니 겨우 한마디를 내뱉은 후에 굳게 닫힌다.

"아니요."

그 말을 완전히 믿을 수는 없었다. 하지만 그는 가볍게 고개를 끄덕였다.

"있어도 정리하셔야 합니다. 결혼 생활을 유지하는 동안에도 마찬가지입니다. 다른 사람들 눈에 띄지 않고 몰래 만나는 것까진 막을 수 없겠지만, 외부는 물론 내부에도 보는 눈이 많습니다. 타인에게 알려질 경우 계약서 내용대로 정리할 겁니다."

"네."

긴 속눈썹을 내리깔고 있는 김나연을 바라보던 그가 무심한 시선을 거뒀다. 알아듣는 눈치였으니 이 문제를 더 언급해야 할 필요성은 느끼지 못했다.

그의 대화가 자연스레 다른 곳으로 흘러들었다. 계약이 끝났으니 앞으로 있을 일들의 전반적인 문제들에 대해서였다.

"전략적 결혼이라는 것이 외부에 알려지면 반감을 살 겁니다."

21세기 대한민국은 재벌끼리의 결혼에 대해 큰 반감을 가지고 있었다.

이젠 재계 역시 차이가 벌어지고 있다는 게 알려지고 있었고, 경제가 나빠지다 보니 재벌이라면 무조건 덮어놓고 욕을 하는 경우가 대부분이다.

돈이 돈을 버는 사회.

그 사회의 정점에 서 있는 그이다 보니, '전략적인 결혼' 보단 '연애결혼' 이 사람들이 받아들이기엔 더 그럴듯해 보일 거라 판단했다.

"매주 토요일에 만나는 것이 좋겠습니다. 그때마다 기자가 따라붙을 겁니다."

김나연은 별 불만이 없다는 듯 고개를 끄덕였다.

별다른 설명을 하지 않아도 되어 편했지만, 그래도 이 자리에서 확인해야 할 문제가 남아 있었다.

"사람들의 시선에 노출되는 곳에서 만나기도 할 겁니다."

"네."

"결혼 후엔 서로 충실하진 않더라도 일반적인 부부들이 하는 생활을 하게 될 겁니다. 서로가 해야 할 부분은 하고, 지켜야 할 부분은 지켜 나가야 합니다. 지켜보는 눈이 많으니까요."

"네."

그가 자신의 역할은 충분히 할 테니, 너 역시 그래야 한다고 말했다. 그건 일반적인 부부들의 상식선에서 이뤄질 거라고.

그에 대한 답은 앵무새처럼 계속 반복되는 '네' 였다.

김나연 역시 모두 동감한다며 고개를 끄덕이고 있었지만, 그는 은연중에 알아차렸다.

"다 이해하고 동의하시는 겁니까?"

"네, 모두 이해하고 있어요."

"이해 못하고 계시는군요."

"무슨……."

나연의 물음은 미처 끝맺지 못한 채 사라졌다. 그의 시선이 흔들림 없이 자신을 향해 있었기 때문이다.

민 회장의 일 덕분에 최근엔 섹스를 하지 못했다. 누군가에겐 그리 중요한 문제가 아닐지도 모르나, 그에게 섹스는 밥을 먹고 잠을 자는 것과 같은 행위였다. 사람이라면 누구나 가지고 있는 본능.

그는 본능에 아주 충실한 사람이었고, 현재 협의된 내용에 따르면 앞으론 이 여자가 자신의 파트너가 되어 풀어주어야 했다.

하지만 여자 중에선 그런 부류도 있지 않은가.

섹스에도 일일이 감정을 투영하는 부류가.

"섹스 역시 포함된다는 말입니다."

그는 제법 신중하게 단어를 골라내어 말했다. 모두 눈앞에 있는 여잘 배려해서 그런 것이었는데, 충분치 않았는지 나연의 눈이 동그랗게 떠졌다.

혼란스러운 감정을 보여주듯이 눈동자가 도록도록 굴러가는 것을 본 그가 고저 없이 말을 이었다.

"섹스 스캔들만큼 최악인 건 없으니까요. 결혼 소식이 알려짐과 동시에 전 다른 여자와 관계를 가질 마음이 없습니다. 김나연 씨 역시 다른 남자들을 만나면 안 되는 것처럼."

"……."

혼란스러운 감정이 그득했던 검은 눈동자에 다른 감정이 스며들었다. 그 감정의 진위를 알아챈 그의 입술이 차갑게 비틀렸다.

두려움.

누가 보면 자신이 그녀를 겁박하고 있는 거라 생각할지도 모르겠다.

하지만 자신은 싫어하는 여잘 억지로 안을 만큼 바닥은 아니었다. 주위에 안을 여자라면 차고 넘친다.

여자가 앞으로 자신과 결혼할 사람이 아니었다면 이런 대화를 나누지도 않았을 것이다. 조금 좋게 돌려서 말할 수도 있었지만, 그는 직설적으로 자신의 생각을 전했다.

"하지만 지금 김나연 씨의 반응을 보니 예외를 둬야겠군요."

"예외라니, 무슨……."

주위에 섹스리스 부부는 많다. 다른 곳에선 잘도 젖고 흥분하면서, 부부관계는 하지 못하는. 그건 이성적인 매력이 아닌 이해타산을 위해 한 가정을 이루었기 때문이다.

그건 김나연과 자신 역시 마찬가지였다.

정상적인 부부의 모습을 보이는 것이 가장 이상적이었지만, 그게 안 된다면 예외를 두어야 했다. 이 관계를 잘 유지하기 위한 '예외'.

남자의 눈동자가 차갑게 가라앉자 나연의 낯빛이 창백하게 변했다.

"합의만 된다면 파트너를 두는 것 정도는 예외로 두어야 할지도 모르겠다는 말입니다. 앞서 말씀드렸듯 위험 부담은 크겠지만, 김나연 씨께서 싫다면 억지로 강요할 생각은 없습니다."

그는 자신이 그리 좋은 사람이 아니라는 걸 안다. 스스로도 비틀렸다는 걸 깨달을 때가 몇 번이나 있었다. 그러니 이런 말을 쉽게도 툭툭 내뱉을 수 있는 거다. 그 뒷말 역시 마찬가지다.

"아니면 계약을 없었던 일로 하는 것도 좋겠군요. 계약을 체결한 지 10분도 되지 않았으니 양가 어르신들께서도 이해해 주실 겁니다."

성우의 시선이 테이블 위에 올려진 그녀의 손으로 향했다. 바들바들 떨리는 손은 김나연의 감정을 솔직히 보여주고 있었다.

감정을 감추려는 듯 손을 아래로 내린 나연이 고개를 함께 숙이자, 그가 다시 찻잔을 기울였다. 방금 전 입안을 깔끔하게 해주던 차 맛이 어쩐지 쓰게 느껴져 그의 미간이 모여들었다.

"고민해 보십시오."

툭 아래로 떨어져 있던 고개가 조금의 시간이 지나 들렸다. 검은 눈망울은 어느새 감정을 갈무리한 뒤다.

"알겠어요."

"차후의 문제는 홍보팀에서 만나 정하기로 했습니다. 혹 더 궁금하신 것 있으십니까."

"없어요."

짧은 답은 군더더기가 없었다. 작게 고개를 끄덕인 그가 자리에서 일어났다.

"그럼 오늘 더 이상 나눌 말은 없겠군요."

민성우와 김나연은 호텔 레스토랑에서 만난 이후로 처음 만나는 것이었으나, 간단한 인사를 나누는 것이 전부였다. 다음을 기약하는 약속 따윈 없었다.

"조심히 가십시오."

그의 인사에 가볍게 고개를 숙인 김나연이 몸을 돌렸다.

또각또각.

높은 하이힐 위에 올라가 있는 그녀는 위태로워 보였다. 얇은 발목은 접질리면 금방이라도 부러질 것처럼 약해 보였다.

여자의 뒷모습을 한참 바라보던 그가 문틀에 기대고 있던 몸을 곧게 세웠다.

"오늘 일정은 이것으로 끝입니다."

다가온 지아의 말에 그가 손목시계를 확인했다. 퇴근 시간이 조금 넘어 있었다.

"오늘은 이만 퇴근하세요."

❖

딩동—

자신의 명의로 되어 있는 빌라였지만 민성우는 늘 이 집에 오면 초인종을 눌렀다. 그리고 늘 그랬던 것처럼 얼마 지나지 않아 민아가 조금은 우울한 얼굴로 그를 맞이했다.

1년.

우연히 지하 바에서 대화를 나눈 이후로 서로 줄 수 있는 것이 맞아떨어져 관계를 이어왔다.

대학생이었던 민아는 이제 갓 졸업을 했고, 미래를 어떻게 개척해 나가냐에 따라 인생 전반이 결정되는 시점에 놓여 있었다. 비올라를 전공하고 있었기에 유학을 생각하는 눈치였지만, 부산에서 식당을 운영하는 그녀의 부모님은 그럴 여유가 없어 보였다.

부엌으로 곧장 향한 민아가 커피를 준비하는 것을 본 성우가 소파에 앉았다. 빌라는 1년 사이 민아의 취향대로 많은 것이 바뀌어 있었다. 물론 모두 그의 돈으로 구매한 것들이었다.

“이사 준비하고 있어요. 곧 나갈게요.”

잔을 건네준 민아가 힘없는 목소리로 말했다. 꼬리가 여덟 개는 달린 여우라는 것을 알고 있기에 그게 부러 하는 소리라는 건 알고 있었다. 그러니까 꼬리가 아홉 개가 아닌 여덟 개다. 들키니까.

그가 커피로 입술을 적시자 민아가 맞은편에 앉았다.

“도대체 누구예요? 결혼하는 여자가?”

민아의 호기심이 엉뚱한 방향으로 튀자 그가 무심한 목소리로 ‘왜’라고 물었다. 민아는 이미 준비해 둔 질문을 수다쟁이처럼 쏟아냈다.

“나 말고는 만나는 여자 없는 것처럼 보였단 말이에요.”

“만나는 사람 없었어. 있었다면 널 만나지 않았겠지.”

“그게 무슨 말이에요?”

“연애하는 사람이 있었냐고 묻는 거잖아. 연애하는 사람이 있었다면 굳이 돈을 주고 너와 만나진 않았을 거란 말이야.”

“뭐, 뭐예요? 그 말은 마치 연애하는 사람은 없어도 나 같은 사람은…… 아, 됐어요.”

민아가 갑자기 말을 중간에 댕강 잘라냈다. 차가운 눈빛을 보자 다른 섹파가 있었다는 답이 예상됐기 때문이다.

그는 상대가 상처받는다고 하더라도 돌려 말하지 않는 사람이었다. 정확한 사실을 흐리는 걸 싫어했다.

1년이란 시간 동안 많이 만나진 않았으나 그에 대한 파악은 어느 정도 하고 있는 민아가 미래가 캄캄하다는 듯이 저도 모르게 한숨을 내뱉는다.

그는 정확한 사람이다. 앞서 말했듯 상대의 상황도 봐주지 않는 사람이었다.

이 집을 나가면 당장이 걱정이었다. 그렇다고 그가 앞으로 살 만한 묘수를 내주진 않을 것 같으니 혼자 꾸려 나가야 했다.

이 근처에 원룸을 구하는 건 생각도 못하겠지.

민아가 비릿한 냄새가 나는 자신의 집으로 돌아가야 하나, 그건 죽어도 싫은데, 라고 생각할 때였다.

커피 잔을 비운 성우가 속주머니에서 봉투 하나를 꺼내 테이블 위에 내려놓았다. 두툼한 봉투에 민아가 뭐냐고 묻자, 그가 열어보라며 눈짓했다.

냉큼 봉투를 가져간 민아가 안에 있는 5만 원권 뭉치를 보며 깜짝 놀랐다.

“이게…….”

"즐거웠어."

진심이었다. 1년간 이 여자와 몸을 섞으며 즐거웠다.

몸이 잘 맞는 상대를 구하는 건 어려웠다. 하지만 민아는 자신과 코드가 맞았고, 침대에선 쉼 없이 몸을 섞었다. 모자람 없이 채워주었기에 일에도 집중할 수 있었다. 욕망을 제때 풀어내는 건 어려운 일이었다. 아무리 욕망에 충실한 그라 하더라도 잘 모르는 여자를 안는 건 무리수를 두는 일이었기 때문이다.

그래서 그는 지금 이 시점에서 민아가 가장 원하는 것을 주었다. 그래야 별 탈 없이 이 관계가 끝나리라는 계산이 머릿속에 정확히 섰기 때문이다.

"유학 생각 중인 거 알아. 지금 이 시기면 늦었겠지만, 그래도 잘해보라고. 침대에서의 네 근성을 생각하면 실패하진 않을 거야."

"지금 그걸 위로라고 하는 거예요, 아니면 응원해 주는 거예요?"

"둘 다."

그의 말에 민아가 밉지 않게 눈을 흘기더니 자리에서 일어났다.

"고마워요."

그녀는 진심을 다해 말했다. 그러자 성우 역시 자리에서 일어나 말했다.

"그 마음 앞으로도 변치 마."

"걱정 마세요. 사장님이 얼마나 무서운 사람인지 잘 알고 있는데, 제가 미쳤다고 그러겠어요?"

민아는 진심이었다.

아무리 눈앞의 남자가 탐이 난다 하더라도 그런 상황은 만들지 않을 생각이었다. 남자가 아주 화려하고 아름다운 외형을 하고 있지만 치명적인 독을 가진 뱀이라는 것을 알고 있었다.

"유학 준비가 끝날 때 이 집에서 나가도 돼."

"정말요?"

"그래. 하지만 되도록 빨리 나가도록 해."

그게 민성우로선 엄청난 배려라는 걸 아는 민아가 활짝 웃으며 고개를 끄덕였다. 그러더니 성우의 목에 팔을 두른 후에 발뒤꿈치를 들었다.

아주 달콤한 키스였다. 마음을 담은 행위는 이 남자가 자신의 것이 될지도 모른다는 환상을 접은 후론 없었기에 이런 키스는 오랜만이었다.

혀가 얽혀들고, 다리가 녹아내릴 만큼 열정적으로 키스를 한 민아가 입을 맞춘 상태로 한숨을 내뱉었다. 사타구니 사이가 뜨거워지고, 끈적한 액체가 팬티를 적시는 게 느껴졌다. 금방이라도 이 남자를 침대로 데리고 가고 싶었지만, 입술을 뗀 민아는 어색한 웃음을 지었다.

"알았어요, 알았어. 앞으론 안 할게요."

키스를 한 남잔 더 이상 예전처럼 뜨거운 눈길로 자신을 바라보지 않았다.

❖

울산에 내려가 있던 비서실 공성준 과장에게서 연락이 왔다.

―아침에 환자 상태가 좋아져서 수술실에 바로 들어갔는데, 수술은 성공적이었습니다. 상태는 지켜봐야 한다고 하지만 예후도 좋을 거라고 합니다.

기다리던 소식이었다.

긴 기다림을 보상받듯 만족스러운 말에 이어, 공 비서는 가족과의 조율도 잘 끝나 곧 서울로 돌아갈 수 있을 것 같다 했다.

"수고했습니다. 올라와서 봅시다."

—알겠습니다.

전화를 끊은 그가 유리창 너머의 서울 시내를 내려다보았다. 뿌연 하늘과 바쁘게 내달리는 차는 새삼스러운 것이 아니었지만, 민성우는 새삼스레 인간들이 인위적으로 만들어낸 것들을 감정 없는 눈으로 내려다보았다. 평소와 같은 표정이었지만 휴대전화를 쥔 손엔 힘이 꽉 들어가 있다.

아자.

그는 마치 기쁨의 탄성을 내뱉고 싶어 안달이 난 사람 같았다. 만약 자신 홀로 있었다면 솔직히 그 감정을 표했으리라.

기분 같아선 거나하게 취하고 싶기도 했다. 이런 날은 1년에 몇 없는 날이라 저녁에 없던 약속까지 만들고 싶을 지경이었다.

친구라곤 유일하다시피 한 한영에게 연락을 해봐야겠다.

한동안 우울했던 일들만 계속되었었다. 이런 날은 즐겨도 돼.

한영에게 연락을 한 그가 곧 호텔 레스토랑 룸 안으로 들어갔다. 전화통화 때문에 잊고 있었던 여자가 나갈 때 보았던 모습 그대로 앉아 있었다.

짧은 치마 위에 클러치 백을 올려두고, 그 위에 두 손을 모으고 있는 여잘 내려다본 그가 맞은편에 앉았다.

"죄송합니다. 통화가 길었습니다."

"이해해요."

저번에 첫 만남을 가졌던 레스토랑에 마주 앉아 두 사람은 또다시 식사를 했고, 후에 나온 커피를 마셨다. 커피 잔이 반쯤 비어갈 때에야 그는 본격적으로 대화를 시작했다.

"생각해 보셨습니까?"

"네."

고개를 주억인 나연이 메마른 눈으로 성우를 보았다. 이미 결심을 내린 여잔 거침없이 말했다.

"민성우 사장님의 뜻에 따를게요."

예상하지 못한 답에 그의 미간이 모여들었다. 그의 눈빛이 물음을 던지자 나연은 이번에도 역시나 준비된 멘트를 늘어놓았다.

"파트너가 필요하다면 그렇게 하세요."

속을 알 수 없는 여자라는 생각은 하고 있었다. 하지만 이런 답을 들으리라고는 예상하지 못했다.

그가 작게 웃음을 터뜨렸다.

"민성우 사장님께서 원하시면 그렇게 해도 된다는 말이에요."

이런.

한 방 먹었잖아?

그가 처음으로 김나연과의 대화에 관심을 보였다.

"그게 아니라 다른 걸 원한다면 그때도 제 뜻대로 따라줄 겁니까?"

어떤.

그렇게 묻고 싶은 것 같았다. 하지만 베이비 핑크색의 립스틱을 바른 입술은 아무것도 내뱉지 못하고 꾹 다물렸다.

그는 현재 자신의 감정을 이해하지 못했다. 하지만 충동을 막진 않았다.

몸을 일으켜 나연에게 다가갔다. 갑작스러운 행동에 나연이 무슨 일이냐는 듯 자신을 바라보았지만 그는 개의치 않았다.

허리를 숙였고, 손을 뻗어 말랑한 뺨을 살짝 감싸 쥐었다. 갑작스러운 행동에 깜짝 놀란 여자를 보자, 웬일인지 이번엔 쾌감 비슷한 것이 아랫배부터 시작되었다.

"파트너가 아닌 김나연 씨와 함께하고 싶다면?"

김나연의 얼굴에 금이 갔다.

쩌적.

굳게 다물린 나연의 입술 위로 그의 입술이 내려앉았다.

첫 입맞춤은 차가웠다.

하지만 붙잡은 여자의 뺨은 열이 오른 것처럼 뜨거웠다. 굳어버린 몸은 움직임이 없었고, 호흡 역시 숨을 쉬는 걸 잊은 듯이 멈췄다.

기계적인 반응에 자신답지 않은 충동이 일었다. 기분이 바닥을 쳤다면 짜증으로 인한 변덕으로도 볼 수 있겠지만 그것도 아니었다. 자신은 지금 기분이 무척 좋았다.

그렇다면 왜 난 이런 행동을 하고 있는 걸까.

엄지손가락으로 입술 아랫부분을 누른 그는 자연스럽게 벌어지는 그녀의 입술을 보았다. 그대로 입을 맞추려 했으나, 고개가 아래로 채 내려가기도 전에 다시 다물린다.

힘을 주어 입술을 다문 것을 본 그가 비웃듯 이번엔 뺨을 잡아 눌렀다. 그러자 작은 신음과 함께 입술이 다시 벌어졌다.

절제력이 없는 남자는 여자의 몸이 뻣뻣하게 굳어 있다는 것을 알면서도 보드라운 입술을 입속으로 빨아들였고, 빨려 들어온 여린 살을 잘근잘근 씹었다.

움찔!

가녀린 어깨가 떨렸다. 첫 만남을 가졌던 그날과 별반 다를 바 없는 치마가 미처 다 가려주지 못한 허벅지도 들썩이는 것이 보였다.

아래로 뚝 떨어져 있던 팔이 위로 들리는 것이 느껴졌다. 하지만 성우의 몸을 밀어내진 못한다. 살짝만 밀어냈어도 쉽게 떨어져 줬을 텐데.

나연이 숨을 쉴 타이밍을 잊고서 숨을 헐떡이자 성우가 천천히 입술을 뗐다.

보통의 여자였다면 두 가지 반응 정도는 보였을 것이다. 적극적인 반응이거나 혹은 화를 내거나.

하지만 나연은 그 무엇도 하지 않았다. 붉은 뺨으로 나연이 부끄러워하는 건 알 수 있었으나 검은 눈망울에 비친 감정은 아무것도 없었다.

이제껏 주위에서 볼 수 없었던 반응에 그가 나연을 가만히 내려다보았다.

그러다가 그는 한 가지 사실을 깨달았다.

여잔 '파트너'를 두는 것만 고민했을 뿐, 자신을 원할 수도 있단 건 애초에 고민하지 않은 듯했다.

애초에 자신은 남에게 트집 잡힐 일은 하고 싶지 않다고 분명 말했다. 그래서 묻지 않을 수가 없었다.

"제가 싫습니까?"

너무 의외의 질문이여서일까, 나연의 눈이 커다랗게 떠졌다.

"아니요."

"그럼 남자를 싫어합니까?"

"아, 아니요."

"그럼 이 결혼이 마음에 들지 않는 겁니까?"

이제껏 더듬더듬 대답해 왔던 것과는 달리 이번엔 격렬한 답이 돌아왔다.

"아니요!"

나연의 얼굴이 새하얗게 질려 있었다. 그 모습을 보자 여자에게 이 결혼이 얼마나 간절한지 느껴졌다.

그럼 됐다.

"앞으로 잘 부탁드립니다."

뺨을 감싼 머리카락을 넘겨준 그가, 당혹스러운 마음에 굳어진 나연을 보며 웃었다.

하지만 진심으로 웃을 순 없었다. 아랫배에 꽉 뭉쳐진 것 같은 욕구 때문에.

## 3. 파트너

민성우에게 있어 유일하게 친구라고 할 법한 사람은 커피숍 〈탄 콩〉을 운영 중인 이한영뿐이었다. 하지만 그는 이한영에게도 선을 그어놓고 그 이상 넘어오는 걸 용납하지 않았다. 어릴 적부터 제왕적 교육을 받아온 민성우는 그것이 잘못되었다고 느끼지 못했다.

이한영은 마음이 넓은 사람이었다. 그래서 혼자 있는 민성우를 걱정했다. 자신에게 큰 상처를 줬을 때도 마찬가지였다. 그를 이해하고, 용서했다.

"넌 꼭 술이 고플 때만 나 찾더라?"

이한영이 섭섭하다는 듯이 말했다. 그러면서도 오랜만에 보는 친구가 반갑다는 듯 웃는다.

"그럼 앞으로 연락 안 하고."

"나쁜 놈."

"이제 알았다면 유감이고."

심드렁하게 말한 성우가 한영의 맞은편에 앉았다. 곧 술과 안주가 들어왔다. 하지만 안주엔 관심을 주지 않은 채 두 사람은 술부터 채웠다.

작은 스트레이트 잔을 가볍게 비운 민성우가 사과 하나를 집어 아삭아삭 씹자, 이한영이 호기심 가득한 얼굴로 물었다.

“어땠냐?”

“뭐가.”

짧은 물음과 함께 술잔을 기울이는 친구를 보며, 한영은 자신의 예상과는 전혀 다른 반응에 잠시 생각에 잠겼다.

이 바닥엔 벌써 천하의 민성우가 결혼을 한다는 소문이 파다하게 돌았다. 돈을 가지고 있는 사람들이 가장 예민하게 생각하는 것이 정보였다.

그 세계와는 조금 떨어져 있는 한영조차 평소에 안면 있는 사람들에게 연락을 받을 정도였는데, 곧 결혼을 앞두고 있다는 민성우의 반응이 이것이라니.

한영은 대화의 주제를 바꿀까, 하다가 호기심을 이기지 못하고 다시 물었다.

“그 여자 말이야, 김나연.”

김나연.

그 이름에 민성우는 그제야 대화에 관심을 보였다.

“그게 왜 궁금한데?”

“친구가 결혼할 여자라고 하니까 당연히 궁금하지. 거기에다가 그 사람이 김나연이라고. 당연히 궁금할 수밖에 없지 않냐?”

“그게 왜 당연한데.”

“모임에 한 번도 나온 적이 없잖아. 다른 사교 모임에도 나가지 않는 것 같고.”

이한영 역시 어쩔 수 없이 나가는 모임이 있었다. 사업가들의 모임엔 참석하지 않았지만, 동창 모임은 시간이 되면 나가는 편이었다.

그들이 나온 고등학교는 학비만 월 2,000만 원을 내야 하는 학교였다. 당연히 집안에 잔고가 두둑한 자들만 올 수 있었고, 김나연 역시 자신과는 같은 학교는 아니었지만 그와 비슷한 학교를 다녔다.

"그래?"

"그래. 동창 모임이고, 사교 모임이고 나온 적이 없다더라고. 그래서 최근엔 김나연을 본 사람이 없는 것 같아."

그래서 다들 김나연이 아픈 것은 아니냐고 말들을 해댔다고 한다. 하지만 자신이 만나본 김나연은 아파 보이진 않았다.

아, 비쩍 마른 것만 빼고.

그가 미처 답하기도 전에 한영이 말을 이었다.

"학교도 엄청 조용하게 다닌 모양이야."

대학을 다닐 때도 엄청 수수한 사람으로 대부분 기억한다고 했다. 그녀가 가진 부에 비해서 말이다.

학교에는 기사가 데려다주긴 했지만, 식사는 대부분 학교 구내식당에서 해결하곤 했다고 한다. 친구들과 만나 좋은 레스토랑을 가거나, 값은 싸지만 맛있는 식당을 찾는 법도 없다 했다.

개인적인 만남은 전혀 갖지 않는 사람이라, 김나연은 이 바닥에서도 꽤 신비로운 인물이라고 했다.

이한영, 너만 할까.

그렇게 말하려던 민성우는 생각을 바꿨다.

"어떤 사람이야?"

순수한 호기심을 느끼는 물음에 민성우는 김나연에 대해 아주 가볍게 정의를 내렸다.

"재미없는 사람."

"뭔 평가가 그래?"

"실제로 만나보면 그래."

"네가 나보다 먼저 장가가는 줄 알았더니 물 건너갔나 보네."

그 정도의 평가를 하는 것을 보니 아마도 현재 파다한 소문은 그저 해프닝 정도로 끝날 것이라 생각하는 모양이었다.

민성우가 술을 들이켰다.

"결혼은 해."

"뭐? 재미없는 사람이라며. 그런 사람이랑 어떻게 살아?"

"그게 가끔 도움이 될 때도 있어."

한쪽에서 너무 큰 관심을 보이면 관계는 어려워지는 법이다. 서로의 마음이 엇비슷해야 관계는 편해진다. 한쪽만 너무 해바라기면 바라보는 쪽도, 그리고 관심을 받는 쪽도 피곤해지지 않겠는가.

거기에다가 여자가 수동적인 인물이든, 아니면 이 결혼에 큰 관심을 보이지 않든 그건 자신과는 상관없는 일이었다. 그는 이 결혼으로 얻는 것이 있었다. 더욱이 욕구를 풀 수도 있으니 일석이조이지 않은가.

입맞춤 한 번에 사타구니에 모여들었던 뜨거운 기억에 민성우가 미간을 좁혔다. 제때 풀지 못한 욕구는 그의 기분을 더럽게 만들었다.

"매정한 놈. 알고 있었지만 넌 정말 나쁜 남자야."

그런가?

생각해 보던 성우가 고개를 저으며 '설마' 라고 말했다. 그러더니 내놓는 답은 너무나 자기중심적인 변명에 지나치지 않는 것이었다.

"세상엔 나보다 나쁜 놈들이 훨씬 많아."

❖

온몸이 끈적끈적한 땀에 젖는 여름이 훌쩍 다가왔다. 하지만 아직 완연한 여름이라고 볼 수는 없었다. 이제 막 6월에 들어섰고, 길거리엔 아직도 봄꽃들이 흘러가는 시간을 모른 채 예쁜 빛깔을 자랑하고 있었다.

위잉—

에어컨이 돌아가는 작은 소음이 어둠으로 가득 찬 방 안을 채웠다. 하나 올해는 유독 빨리 찾아온 열대야에, 침대에 누워 있는 민성우의 몸은 젖어 있다.

얇은 파란색 이불이 민성우의 움직임에 들썩였다. 악몽을 꾸고 있는지 미간에도 작게 주름이 잡혀 있다.

"후."

짜증스럽게 한숨을 내뱉은 성우가 젖은 머리카락을 거칠게 쓸어 올렸다. 표정을 보아하니 더 이상 잠을 잘 상태는 아닌 듯 보였다.

이불을 들춘 성우가 아래를 내려다보았다. 터질 듯이 부풀어 오른 페니스는 드로즈를 뚫고 나올 것만 같았다. 부풀어 오른 페니스가 아픈 것은 둘째 치고, 이런 자신의 상황에 기가 막힌 것인지 그가 헛웃음을 내뱉는다.

서른다섯.

잠을 자다가 팬티 끝이 젖을 만큼 흥분을 했다니.

믿고 싶지 않았다. 참을성이라곤 찾아보려야 찾아볼 수 없는 모습에 스스로도 기가 막히다는 표정이다.

그는 에어컨 온도를 낮추는 대신 욕실로 향했다. 가는 길엔 그가 벗어 던진 옷가지가 툭툭 떨어졌다. 욕실 앞에 선 그는 어느 순간 실오라기 하나 걸치지 않은 모습이었다. 오랫동안 가꿔온 근육이 그의 움직임에 따라 움찔거린다.

샤워기 앞에 서자 차가운 물이 그대로 쏟아졌다. 더위를 식힌다고 하기엔 물은 얼음장처럼 차가웠다. 하지만 성우는 부러 물 온도를 높이지 않았다.

그의 시선은 어느 순간 사타구니 사이에서 자신의 욕망을 고스란히 내보이는 페니스에 향해 있었다.

몽정에 가까운 꿈을 꾼 건 참으로 오랜만이었다. 뜻대로 욕구를 풀어내지 못하던 학창 시절 이후로는 헐벗은 여잘 꿈에서 만난 적이 없다. 아니, 헐벗은 여잘 만나도, 그 여자와 화끈한 섹스를 했다 하더라도 이 정도로 흥분을 한 적은 없었다.

"어린애도 아니고."

피부는 점차 차갑게 식어가는데 그곳만은 열기가 점차 모여드는 느낌이었다. 겉으로 보기만 해도 팽팽하게 부어 있는 페니스가 하고자 하는 말이 무엇인지 알고 있다. 다른 자아가 있는 것만 같은 살덩어리라 하더라도 어찌 되었든 제 몸뚱이에 붙어 있는 신체이지 않은가.

차가운 냉수마찰은 아니지.

하지만 뾰족한 수가 없다는 듯 한참 차가운 물을 받아낸 성우가 커다란 타월로 대충 몸을 닦은 후 욕실을 나섰다. 흥분이 좀처럼 가라앉지 않아, 비참하긴 하지만 오랜만에 손의 힘을 빌려야 할 것 같았다.

다시 욕실로 들어갈까.

고민하던 성우는 테이블 위에 있는 휴대전화가 삐릭삐릭 울음을 터뜨리자 곧장 도착한 메시지를 확인해 보았다. 휴대전화엔 '부재중 3통, 문자메시지 1통' 이란 글귀가 떠 있었다.

『오빠, 왜 이렇게 연락이 안 돼?』

전화는 3분 단위로 찍혀 있었고, 문자는 한 시간 전에 보낸 것이었다.

결혼 이야기가 나오면서부터 섹스 파트너는 물론이고, 한 번쯤 놀아난 여자 번호는 모두 지웠던 터라 저장 안 된 번호로 온 메시지였다.

이름 모를 이 여자도 자신만큼이나 몸이 달았구나, 생각하자 사타구니 사이로 또다시 열기가 모여들기 시작했다. 이젠 빳빳하다 못해 지끈지끈 아프기 시작한 페니스를 힐끗 내려다본 성우가 입술을 핥았다.

전화 한 통이면 침대로 달려들 여자가 있다. 그렇다면 손으로 직접 하지 않아도 된다.

아주 달콤한 유혹이었다. 더욱이 이런 상황에선.

고민하는 얼굴로 문자를 보았다. 민성우에게 있어 성욕은 식욕이나 마찬가지였다. 배가 고플 때 먹지 않으면 사람은 죽는다. 성욕은 죽진 않지만 일상 자체가 뒤틀리는 건 마찬가지였다.

하지만 성우는 문자를 지운 후에 휴대전화를 원래 있던 자리에 놓아두었다. 그리고 걸음을 옮겨 에어컨 온도를 낮췄다. 표정은 짜증스레 굳어 있었다.

손가락으로 섹스를 하지 않은 지 얼마의 시간이 흘렀는지 헤아려 보다 이내 의미 없는 짓이란 것을 깨닫곤 한숨을 내뱉었다.

결혼 이야기가 나온 지 두 달의 시간이 흘렀다.

그 말인즉 자신이 고등학생처럼 꿈을 꾸고 몽정을 한다 하더라도 이상하지 않다는 말이다. 이렇게 지내다간 자신의 팬티를 신경질적으로 빨아야 하는 날이 올지도 모른다.

"안 되겠어."

그것만은 막아야 하지 않겠는가.

성우는 여전히 고개를 빳빳하게 들고 있는 페니스를 힘껏 노려보았다.

❖

파란색 풀오버 셔츠와 흰색 바지로 시원한 느낌으로 차려입은 민성우가 손목시계를 확인한다. 오늘은 평소 관심도 없는 미술관을 찾았다. 양측의 비서진이 잡은 약속으로 앞으로 나갈 두 사람의 러브스토리 중 한 단면으로 보여줄 사진을 찍기 위해 토요일 오전에 만난 것이다.

말끔하게 묶어 올려 드러난 목덜미와 그 위에 내려앉은 잔머리를 바라보던 그가 나연과 같은 곳에 시선을 두었다.

나연이 심각한 얼굴로 보고 있는 그림은 국내 화가의 것이었다. 데뷔한 지는 얼마 되지 않았지만 해외에서도 주목하고 있다는 화가는, 단순한 모형을 복잡하게 늘어놓는 것으로 유명했다.

도대체 이 그림에서 무엇을 느꼈기에 기계적인 여자가 저런 표정인 걸까.

호기심이 발동했지만 그는 이내 관심을 거두었다. 여자에게 '뭐 때문에 그런 표정을 하는 겁니까?' 라고 물어도 '아니에요' 라는 답이 돌아올 것이 뻔했기 때문이다.

그가 걸음을 자연스럽게 옆으로 옮겨 다음 그림으로 향했다. 그러자 뒤늦게 생각에서 빠져나온 나연이 다급히 그의 옆에 선다. 그러더니 방금과 마찬가지로 심각한 얼굴로 그림을 관람한다. 여잔 매사 심각했다.

여잔 본분을 잊고 있었다. 오늘은 두 사람이 세상에 '우리 연애하고 있어요' 라는 떡밥을 던져 줘야 하는 날이었다. 하지만 여잔 자신을 신경 쓰지 않았고, 간극 역시 좁아졌다가 멀어지길 반복했다.

그가 사람들의 시선을 미처 눈치채지 못하고 있는 나연에게 다가섰다. 그녀의 등과 자신의 가슴이 밀착될 정도로 가까운 거리에. 미처 신경 쓰기도 전에 몸이 접촉하자 나연의 어깨가 동그랗게 말린다.

"왜 그러십니까?"

그는 나연이 지난번 갑작스러운 입맞춤에 지나친 반응을 보이고 있다는 걸 알면서도 모른 척 물었다. 그러자 나연은 두어 걸음 앞으로 옮겨 거리를 벌린 후에야 그를 보았다.

"아니에요."

짧은 답에 어깨를 으쓱인 그가 별다른 말은 하지 않고서 옆으로 자릴 옮겼다. 그러자 나연은 이번엔 멀찍이서 그림을 바라본다. 두 사람 사이에 무거운 침묵이 흘렀다.

두 사람이 미술관을 나온 것은 관람을 시작한 지 네 시간이 지나서였다. 세상은 어느새 어둑해져 있었고, 저녁때를 조금 놓쳐 버려 배도 고팠다.

하지만 나연은 운전석에 오른 성우를 어색한 표정으로 본다.

"아버지와 식사 약속이 되어 있어요. 그만 돌아가야 해요."

나연의 말에 성우가 미간을 좁혔다. 불안한 감정이 그득한 눈망울을 보고 있자니 이젠 슬슬 한계였다.

하지만 그는 때를 기다릴 줄 아는 맹수였다.

"오늘은 제가 댁까지 모셔다 드리겠습니다."

그의 말에 나연이 눈을 동그랗게 떴다. 깜짝 놀란 것 같기도, 하고 싶은 말이 많은 표정 같기도 했다.

하지만 거절할 말을 찾지 못해서일까.

"그럼 부탁드릴게요."

어색하게 웃은 나연이 눈을 내리깔았다.

❖

그는 나연의 집으로 차를 몰았다. 차 안엔 그가 틀어놓은 잔잔한 클래

식이 흘렀고, 두 사람은 그 어떠한 대화도 나누지 않았다. 하지만 차가 빨간색 신호에 멈출 때면 그는 간간이 나연을 관찰했다.

집에 도착하는 순간까지 창밖을 보고 있던 나연은 차에서 내릴 때가 되어서야 그를 보았다.

"감사합니다."

짧은 인사말과 함께 나연이 안전벨트를 풀려고 하자 그가 손을 뻗었다.

움찔.

커다란 손이 자신에게 다가오자 나연의 몸이 떨렸다. 하지만 그는 나연의 안전벨트를 손수 풀어준 후에 제 것을 풀어냈다.

그의 몸이 천천히 나연 쪽으로 기울었다. 조금만 움직이면 코끝이 닿을 만큼 두 사람의 간극이 좁혀졌다.

하아.

살짝 입술을 벌린 나연이 당혹스러운 표정으로 그를 보았다. 얼굴에 닿은 뜨거운 숨결에 민성우가 허리를 틀어 불편한 자세에서 짧게 입을 맞춘다.

두 번째 입맞춤은 가벼웠다.

가여운 초식동물이 받아들일 수 있을 만큼의.

하지만 그는 자신의 자제력이 지금 당장 끝날지도 모른다는 생각을 했다.

"조심히 들어가십시오."

들끓는 감정이 그득한 어조에 나연은 도망치듯 차에서 내렸다.

심장은 터져도 이상하지 않을 만큼 뛰어댔다.

총총, 걸음을 옮겨 집 안으로 들어온 나연은 마당을 가로지르다 말고 걸음을 멈췄다.

“오셨습니까?”

박찬희가 그녀를 기다리고 있었다. 어둠 속에 서 있는 남자를 바라보던 나연이 서둘러 고개를 돌렸다. 붉게 달아오른 얼굴을 들킬까 봐 싫어서.

“네.”

“회장님께선 아직 도착하지 않으셨습니다.”

이상할 것도 없는 일이었다. 오히려 이 시간에 들어와 있었다면 나연은 더 큰 두려움을 느꼈을 것이다.

“네.”

짧은 답과 함께 집 안으로 들어선 나연이 재빨리 자신의 방으로 들어갔다. 거울을 보니 예상처럼 얼굴이 타오를 것처럼 붉어져 있었다.

“뭘 그렇게 부끄러워하는 거야?”

이젠 그 남자와의 스킨십에 익숙해져야 했다. 곧 부부가 될 사이이기도 하고, 남자 역시 그래 주길 바라니까.

남자의 말도 틀린 건 아니었다. 자식을 낳지 않을 거면 몰라도, 낳을 거라면 적어도 겉으론 멀쩡한 부부 생활을 해야 했다.

입안의 혀처럼 굴어라.

아버지의 요구가 머릿속에 또렷하게 떠올랐다. 그래, 얼굴을 붉히고 있을 때가 아니었다.

“정신 차려, 김나연.”

나연이 거울을 보면서 주문을 외듯 말했다.

정신 차려. 정신 차려.

하지만 이런 다짐에도 불구하고 몸은 가볍게 떨렸고, 그녀 스스로는 알아차리기 힘든 감정이 가슴을 흔들었다.

이 감정을 뭐라 규정지을 수 있을까.

난생처음 맛보는 감정들에 그녀는 도취되었다.

하지만 이는 모두 한낱 꿈.

자신의 인생엔 결코 있을 수 없는 일들이라는 걸 나연은 뒤늦게 깨닫는다.

❖

원하는 게 있으면 그 사람이 원하는 걸 내어줘야 한다. 그건 가족 간에도 예외가 없는 말이었다.

그는 오랜만에 본가를 찾았다. 민 회장의 구속이 결정되고 난 후엔 처음 찾는 것이었다. 그리고 맞은편에 앉아 있는 여자 역시 자신과 마찬가지로 본가에 발길을 한 건 처음이었다.

여자 역시 민 회장이 구속되고 난 후에야 별관에서 본관으로 거처를 옮겼다. 민 회장이 있었다면 상상도 할 수 없는 일이었다.

고아한 여인은 민 회장의 세 번째 부인이었다.

첫 부인은 민 회장의 뒷바라지만 하다가 병을 얻어 떠났고, 두 번째 부인이자 그의 친어머니는 민 회장의 바람기를 이기지 못하고 곁을 떠났다. 현재 미국에서 새로운 가정을 꾸렸다는 이야긴 들었지만 그녀가 한국을 떠난 이후론 만난 적이 없었다.

그리고 세 번째 부인은 꽤 많은 것을 포기하고 이 자릴 지키고 있었다. 민 회장의 여성 편력이야 이 바닥에서 유명했고, 여자 역시 그것을 이해하고 15년 전에 이 집으로 들어왔다. 하지만 아버지의 여자란 위치는 이해한다고 해서 되는 것이 아니었다.

민 회장의 주위에 심어놓은 사람들에게 들은 정보로 매번 다른 여잘 떼어놓느라 열을 올리기도 했지만 그 역시 얼마가지 않아 지쳤다. 한두 명이어야 떼어놓든 하지, 그 수가 열 손가락이 모자라면서부터는 여자도 마음을 내려놓았다.

그로 인해 이 여자 역시 많이 바뀌었다. 지금은 세상에서 가장 차가운 표정도 지을 줄 알고, 냉기가 흐르는 성우를 마주하고서 따뜻한 차를 아무렇지도 않게 즐길 수 있게 되었다.

함께 식사를 하기엔 유쾌한 관계가 아니었기에 두 사람은 점심시간임에도 찻잔을 가운데 두고 앉았다. 가장 먼저 입을 뗀 것은 용건이 있는 민성우였다.

"민 회장님 면회는 가야 하지 않겠습니까. 밖에서 보는 눈도 있는데."

"안 그래도 때를 기다리고 있다. 아직 그 때가 되지 않았을 뿐이야."

그 때라는 게 무엇인지 잘 알고 있다는 듯이 성우가 고개를 끄덕였다. 그 '때'는 이 여자가 민 회장의 곁에 남아 있는 이유를 눈으로 확인할 때뿐이었다.

말간 눈으로 생각에 잠겨 있던 성우는 이어지는 말에 고개를 저었다.

"사정이 정 여의치 않으면 네가 가면 되잖니."

"제가 움직이기엔 시기가 안 좋아서요."

"하긴. 네 아버지 일이 알려지자마자 주식 떨어지는 거 보고 내가 얼마나 놀랐는지 아니? 하여튼 이 나란 냄비 근성이 너무 심해."

혀를 찬 여자가 찻잔을 내려놓았다. 그러더니 노골적으로 시간을 확인하며 이 대화를 빨리 끝마치길 종용했다.

성우 역시 오래 대화를 섞을 생각이 없었기에, 그녀의 '때'를 앞당기기 위해 봉투를 앞으로 내밀었다.

"이번 주면 되니?"

"일주일 후에 첫 재판이 열리니 그전에 가는 게 좋겠습니다."

"알았어."

여자에게 확답을 들은 성우가 자리에서 일어났다. 봉투 안을 확인한 여자가 만족스러운 미소를 짓는 걸 보니 꽤 드라마틱한 장면을 언론에 떡밥으로 던져 줄 것이 분명했다.

원하던 것을 받아냈으니 이젠 돌아갈 작정으로 성우가 몸을 돌렸다. 갑자기 허기가 졌다. 당장 무언가를 채워주지 않으면 화가 날 것 같기도 할 때였다.

"아 참, 너 결혼한다며?"

자신을 붙잡는 목소리에 성우가 걸음을 멈췄다.

"네."

"뭐, 너야 어련히 알아서 잘하겠지."

관심 없다는 듯이 말은 하고 있었으나 여자의 눈동자에 비친 감정은 명확했다.

'그 여자 참 불행하겠구나.'

하지만 성우는 딱히 그 생각을 정정해 주진 않았다.

적어도 당신보단 불행하진 않을 거라고.

❖

쾅! 쾅!

안으로 들어오기도 전에 희미하게 들려오는 음악 소리에 민성우의 미간이 좁혀졌다. 음악은 소리라기보다는 소음에 가까웠다. 얼마나 크게 틀어놓았는지 쿵쿵거리는 소리만 들린다.

"후."

한숨을 내뱉은 그가 미간을 손으로 꾹꾹 눌렀다.

그는 시끄러운 장소를 좋아하지 않았다. 큰 사운드가 내는 소음에 심장이 뛰어 이 장소를 좋아한다는 이들도 많았지만, 그는 특별한 이유가 있지 않은 이상 클럽을 찾지 않았다.

웨이터의 안내를 받아 안으로 들어온 그가 룸이 있는 2층으로 향하는 계단을 올랐다. 스테이지 위쪽에 계단이 빙 둘러 있는 인테리어였다. 스테이지 중심까지 연결된 계단을 오르자, 아래에서 열광적으로 몸을 흔들고 있는 젊은 남녀가 보였다.

"아직 일행분들께서는 도착하지 않으셨습니다."

일행분들이라 함은 그가 원치 않게 어울리는 그룹이었다. 평소라면 이렇게 시끄러운 곳에서 모임을 잡았다간 안 나온다며 엄포라도 놓았을 텐데, 오늘 생일 주인공이 굳이 클럽에서 파티를 해야겠다고 해서 어쩔 수가 없었다. 아무리 자기 잘난 맛에 사는 그라 할지라도 사교 모임을 무시할 수는 없었다.

다행스럽게도 1층과는 달리 2층은 한산했다. 미로 같은 복도를 따라 들어가자 고막을 학대하던 음악 소리도 점차 멀어졌고, 인적도 뜸해졌다.

웨이터가 막 VVIP룸으로 그를 안내했을 때였다. 힐끗 아래층을 내려다보던 민성우의 표정이 순간 서늘해졌다. 그는 단번에 스테이지 중심에서 몸을 흔드는 여자의 존재를 알아차렸다. 한국에 있어선 안 될 여자였다.

쿵! 쾅! 쿵! 쾅!

시끄러운 음악은 민성우에겐 소음이나 다름없었다. 방금 전까지만 하더라도.

하지만 지금은 그 음악 소리가 들리지도 않는 것인지 무표정한 얼굴로 계단을 내려온 후에 곧장 인파를 헤치고 안으로 들어갔다.

탁!

여자의 팔목을 움켜쥔 민성우는 자신이 본 것이 맞는지 확인하려 빤한 시선을 작은 얼굴에 두었다. 그리고 여기에 있어선 안 될 여자가 맞다는 것을 확인하는 순간, 여자의 팔목을 붙잡고 있는 손에 힘이 들어갔다.

"아!"

여자가 비명을 내질렀음에도 남잔 손에 힘을 풀지 않았다.

으드득.

이를 악문 그가 여잘 노려보자 뒤늦게 여자 역시 그의 얼굴을 확인한 것인지 놀란 표정을 짓는다.

"어? 오빠도……."

뒤로도 무슨 말을 하는 것처럼 입술이 빼끔거렸지만, 음악 소리 때문에 그녀가 정확히 뭐라고 하는지 알아들을 수가 없었다.

하지만 민성우는 이미 그녀가 무슨 말을 했는지 모두 이해한 얼굴이다. 험상궂은 표정은 마치 욕설을 내뱉듯 거칠었지만, 내뱉는 말은 평범하기 그지없는 것이었다.

"너 왜 여기 있어."

"왜? 내가 있으면 안 되는 곳에라도 있어?"

심상치 않은 분위기에 춤을 추던 사람들이 힐끗힐끗 두 사람을 보았다. 하지만 민성우도, 우악스러운 손길에 팔목을 붙잡힌 정유화도 말없이 서로를 바라보기만 하였다.

쿵! 쿵!

멀어졌던 음악 소리가 다시 거슬리기 시작했다. 그는 정유화를 벌레 보듯 바라본 후에 몸을 돌렸다.

"나와."

경고 섞인 강요의 말은 잊지 않은 채.

민성우가 먼저 내려왔던 길을 거슬러 올라가자, 그 뒤를 구두 굽 소리가 따른다. 그는 계단과 가장 가까운 방문을 열고 안으로 들어갔고, 좁은 룸 안은 다행스럽게도 비어 있었다.

먼저 룸 안으로 들어온 그는 등 뒤에서 문이 닫히는 소리가 들리자 깊은 한숨을 내뱉었다. 원래라면 정유화가 한국에 오든 말든 상관하지 않았겠지만 시기가 좋지 못했다. 게다가 장소도.

몸을 뒤로 돌린 그는 화사하게 웃고 있는 여자를 보았다.

"한국엔 언제 왔어."

"와. 오빠가 모르는 일도 다 있구나? 난 벌써 소식 들은 줄 알았더니."

반갑게 웃는 여자를 보며 그는 속이 꼬이는 기분을 느꼈다. 3년 전, 이 여자와 결혼 이야기가 오갔던 적이 있었다. 계약서를 작성하는 단계에서 끝나 버렸지만.

일방적으로 결혼을 진행한 건 DG그룹 안 사모님과 눈앞에 있는 여자였다. 태전일보는 국내 언론사 중에서 첫 번째로 손꼽히는 언론재벌이었고, 민성우 역시 이를 긍정적으로 생각했다.

"무슨 염치로 여길 왔을까?"

그가 무심한 어조로 물었다. 과거야 어찌 되었든 이미 끝난 사이였다. 그리고 정유화가 뉴욕지사로 떠날 때, 그는 분명히 경고했다. 다시는 내 눈앞에 나타나지 말라고.

"내가 못 올 곳이라도 왔어?"

"다시 한국 땅을 밟으면 그땐 나에 대한 도전이라고 생각해 주겠다고 분명 말했을 텐데."

"너무 그러지 마. 이미 다 과거의 일이잖아."

"청산되지 않은 일이야. 난 널 지켜보기로 했을 뿐 어떻게 행동해야 할지 결론짓지 않았어."

"오빠."

정유화가 눈을 찡긋거리며 앓는 소리를 했다. 하지만 여잔 결코 약한 사람이 아니다. 웬만한 일에는 눈 하나 깜짝하지 않았고, 불리한 상황에서도 자신의 이득을 취하는 것에 능숙한 사람이었다.

굳이 말하자면 자신과 닮은 사람이었다. 그래서 그땐, 3년 전엔 그녀가 자신의 결혼 상대로 적합하다 생각했었다.

"가자. 오빠들 기다리겠어."

"……후."

정유화가 그에게 걸음을 옮겼다. 그러면서 팔에 찰싹 달라붙는다. 그의 표정이 종잇장처럼 일그러졌다.

탁!

정유화의 팔을 쳐낸 그가 시퍼런 살기가 서려 있는 눈을 지그시 내린다.

"정유화, 네가 무슨 짓거리를 하던 나랑은 상관없어. 네가 이 남자, 저 남자 두고 계산기 두드리든 말든 내 알 바 아니란 말이야. 하지만 다시는 그 남자에 날 두지 마."

"계산기는 오빠도 두드렸잖아."

"덕분에 기분 잡쳤지."

차갑게 말한 그는 약속 장소로 향하는 대신 어디론가 전화를 걸었다.

—뭐야? 늦어?

"다음에 만나자. 오늘은 안 되겠어."

시궁창에 빠지기 전에 자신의 처우부터 결정해야 했다. 이미 과거에 한 번 잘못된 결정을 내렸었고, 이를 다시 되풀이할 마음은 없었다.

『이한영』

액정에 뜬 이름을 본 그가 헛웃음을 내뱉었다.

"재수 없게 이미 빠졌지."

시궁창에.

몸을 돌린 그가 걸음을 옮겼다.

❖

『DG호텔과 동호건설이 합작 투자!』

인터넷 뉴스로 전해진 소식에 주식이 요동을 쳤다. 부지도 제주도 제2 신공항이 들어서는 곳과 가깝다 보니 개미들이 벌 떼같이 꼬였다.

다들 마지막 차라도 타길 간절히 바라며 이미 오를 대로 오른 DG호텔 주식 대신 동호건설 쪽에 대거 모여들었다. 연쇄 부도까지 걱정했던 투자자들이 하루아침에 주식을 사들이기 시작하면서 2,200원이었던 주식이 50,000원까지 올랐다.

부지와 건설은 동호건설이 맡고, 관리와 자금은 DG호텔에서 지급할 예정이라고 하니, 사람들은 이 합작 투자가 성공적일 거라고 모두들 입을 모았다.

"앞으로의 추이도 잘 지켜보세요. 특히……."

초반엔 작은 소문 하나에 사업 전반이 일희일비하는 경우가 있었으니 꾸준한 관심이 필요했다.

사실 이 사업을 진행하면서 DG호텔은 큰 손해를 보는 건 없었다. 일 진행이 다급했던 만큼 김 회장이 계약서에 적힌 꽤 많은 독소조항을 승낙했기 때문이다.

뱀처럼 영악한 남자라 할지라도 발등에 불이 떨어졌으니 어쩔 수 없었을 것이다. 계약서대로 사업이 진행되기만 한다면야 동호건설 쪽에서 손해 볼 것도 없었으니, 김 회장은 어떻게 해서든 사업을 성공적으로 진행시킬 생각만으로 머릿속이 가득할 터다.

이미 세 차례 미팅을 가지면서 보았던 김 회장을 떠올린 그가 습관적으로 턱을 쓰다듬었다.

산전수전 다 겪은 노인네였다. 욕심 또한 많은 사람이라 어떠한 변수가 생길지 모른다. 가만히 테이블을 보던 성우가 말을 이었다.

"동호건설 쪽 상황은 예의 주시하셔야 할 겁니다."

"알겠습니다."

"김 회장과 약속도 잡으세요. 얼굴 한번 봐야겠습니다."

"알겠습니다."

가장 중요한 문제를 어느 정도 마무리한 그가 다음 서류를 끌어왔다. 이번 보고서는 김지아 비서가 직접 올린 것이었다.

한참 서류를 보던 민성우는 깊이 생각할 것도 없다는 듯 말했다.

"골프가 좋겠습니다."

"네, 준비하겠습니다."

서류철을 내려놓은 민성우가 다음 파일을 끌어왔다.

경기도 외곽에 있는 골프장은 VVIP 회원제로 운영되는 곳이었다. 리조트가 함께 붙어 있어 대부분의 편의시설은 회원권을 가지고 있는 것만으로도 모두 해결할 수 있기 때문에 사업가들이 많이 찾았다.

민성우 역시 골프 약속이 있다면 이곳을 찾고 있었다. 골프장은 DG리조트에서 80% 이상 투자해서 지은 것으로, 골프가 취미인 민 회장의 놀이터로 만든 것이었다.

나연과 함께 필드를 돌던 성우는 새삼 놀랐다는 듯한 눈으로 그녀를 보았다. 아무래도 여자다 보니 자신과 비거리는 차이가 났지만, 솜씨가 꽤나 좋았다. 자신이야 사업을 하다 보니 필요해서 배우고 자주 필드에 나오게 된 것이었지만, 여잔 진지한 눈으로 한 타, 한 타 치고 있었다.

외부 활동을 한 적이 거의 없다고 하더니 스크린 골프장에서 연습만 했나 보다. 의외의 모습이었다.

멀리 날아가는 나연의 공을 보던 성우가 이동을 위해 걸음을 옮겼다. 사업을 하는 사람들이 골프를 주로 치는 건 이동 시간 동안 많은 대화를 나눌 수 있어서다. 골프에 집중하는 경우는 거의 없었다. 대부분 잘 보여야 하는 쪽이 져 주면서 게임을 부드럽게 풀어가기 마련이다.

그래서 골프를 선택한 것인데, 정작 두 사람은 많은 대화를 나누지 못했다. 성우는 몇몇 질문을 했지만 나연의 답은 '네' 나 '아니요' 가 전부였다. 매사 조심스럽게 반응하고 필터를 몇 번이나 거쳐 내뱉는 말은 그의 흥미를 일으키기엔 부족했다.

뭐, 재미없는 여자라는 건 알았으니까.

그렇게 생각하던 그가 내리쬐는 햇볕에 필드를 한 바퀴 다 돌기도 전에 그만 본론을 꺼낼까, 라는 생각을 할 때였다.

곁에서 적당한 거리를 두고 걸어오던 여자가 저 뒤에서 멈춰 선 것이 보였다. 여잔 멀뚱히 한곳을 내려다보고 있었다.

뭘 저렇게 진지하게 보는 거지?

진중한 눈빛에 그가 가까이 다가가 여자가 내려다보는 곳에 시선을 옮겼다. 잔디와 이름 모를 들꽃만이 있었다. 그의 시선이 다시 여잘 향했다.

하얀색과 노란색이 섞인 꽃은 잡초에 지나지 않았다. 여자가 저렇게 뚫어지게 바라보기엔 지나치게 초라한 꽃이었음에도, 여자의 관심은 온통 그곳을 향해 있었다.

꽃을 좋아하는 걸까.

여자의 외면을 보면 그럴 것 같기도 했다. 창백한 얼굴과 여리여리한 몸은 천생 여자라고 말하고 있으니 어울리기도 했다. 여자가 꽃을 좋아하는 것보다 오히려 오늘 보여준 골프 솜씨가 그에겐 더 의외였다.

한참 꽃을 내려다보던 여자가 문득 지금 누구와 함께 있는 것인지 깨달은 듯 그를 찾았다. 그러다 얼마 떨어지지 않은 곳에서 자신을 기다리고 있는 성우를 보고선 어설픈 웃음을 짓는다.

"죄송해요."

도대체 뭐가.

꽃 몇 분 본다 하여 굳이 그런 극존칭의 사과를 건넬 필요는 없다. 하지만 여잔 그의 눈치를 보며 다시 한 번 사과하려 하고 있었다.

"그만 들어가겠습니까? 골프를 치기엔 날이 너무 좋지 않네요."

"네."

순순한 답에 그가 먼저 몸을 돌려 걸음을 옮겼다. 자신의 뒤를 말없이 따라오는 나연의 기척을 느끼며.

두 사람은 카페테리아가 있는 건물 내부로 들어왔다. 직원들의 시선이 알게 모르게 두 사람에게 닿고 있다는 것이 느껴졌지만, 성우는 예전처럼 그녀에게 가까이 다가서려 하지 않았다.

두 사람은 골프웨어를 입은 채 카페테리아에 앉아 가벼운 점심을 즐겼다. 카페테리아라고는 하지만 웬만한 레스토랑보다 음식이 좋았다. 이번에도 메뉴는 민성우가 골랐고, 김나연은 그에 따랐다.

4인 테이블 위에 차례대로 음식 접시가 놓였다가 비면 사라졌다. 신선한 채소와 연어가 곁들어진 샐러드 접시가 사라지고, 그다음 부드러운 관자가 적당히 익혀진 음식이 나왔다.

육류를 제외하고선 접시를 말끔하게 비운 민성우는 만족스러운 얼굴로 전면 유리창 너머로 보이는 드넓은 필드를 보았다. 민 회장과는 달리 자신은 골프를 좋아하지 않기에 이곳에 온 건 참으로 오랜만이었다.

이곳에 대한 좋은 추억은 없었다. 현재는 다 밀어버리고 새 건물을 올렸지만 아버지의 비밀 별장처럼 사용되는 곳이었고, 매번 여자가 바뀔 때면 이곳에 데려다놓고 밀회를 즐기곤 했었다.

한참 과거의 기억에 잠겨 있던 민성우가 무심한 시선을 옮겨 자신의 맞은편에 앉아 있는 여잘 보았다.

“이만 일어날까요?”

“사람을 부를게요.”

“30분 정도 뒤에 오라고 하면 되겠군요.”

“네?”

“그전에 함께 갈 곳이 있습니다.”

민성우가 향한 곳은 골프장을 나서는 출구도, 필드로 향하는 길도 아니었다. 무서운 남자들이 열어준 길을 따라 건물 밖으로 나온 두 사람은 대기하고 있던 차에 올랐다. 나연의 얼굴이 의아함에 굳어졌지만, 그는 저 멀리 보이는 단독주택을 보았다.

단독주택은 총 다섯 채로 각기 다른 형태로 지어졌다. 두 채는 현대식 건물로 햇살이 잘 들어오도록 낸 유리 벽면이 인상적인 곳이었고, 한 채는 한옥의 형태를 띠고 있었다. 나머지 두 채는 밖에서 안이 전혀 보이지 않는 요새처럼 지어진 곳으로, 독일 건축가에게 의뢰해 지은 것이었다.

골프장을 통하는 길 말고는 입구가 없어서 프라이빗한 사생활을 원하는 이들에게 일찌감치 모두 팔렸다. 이 작은 마을을 만든 것은 민성우로, 애초엔 별장처럼 이용하기 위해 기획했었다.

“앞으로 함께 살 집입니다.”

“……이곳에서요?”

“네.”

나연은 전혀 예상하지 못한 표정이었다.

거대한 저택은 2층 집이었다. 하지만 집 안은 당장 들어와 살아도 부족함 없이 완벽하게 갖춰져 있었다. 사람의 안내를 받아 집 안으로 들어온 민성우가 높은 천장을 올려다보았다.

그가 답을 구하듯 바라보자 나연은 작은 목소리로 '마음에 들어요' 라고 말했다. 성우는 기다렸다는 듯이 지갑에서 카드를 꺼내 내밀었다.

"필요한 게 있다면 구입하십시오."

"네, 알겠습니다."

"그리고 이건……."

말을 잇던 그가 이번엔 검은색 카드를 건넸다. 방금 전에 건넨 신용카드와 같은 사이즈의 카드가 무엇인지 몰라 나연이 가만히 내려다보기만 하자 그가 설명을 덧붙였다.

"집 킵니다. 매주 토요일 이외에 보고 싶은 날에 찾아오셔도 됩니다."

두 사람은 아직 비서를 통해 연락하고 있었고, 목적지까지 각자의 차로 와 만났다가 헤어졌다.

공적인 관계처럼 일이 끝나면 서로 뒤도 돌아보지 않는 사이라고 하기엔, 남자가 건네는 카드는 너무나 사적이고 은밀한 유혹이었다. 하지만 그의 속뜻을 읽지 못한 것인지 나연은 너무나 쉽게 받아들였다.

"네, 그럴게요."

사무적인 어투에 그는 무례하게 입을 맞췄던 그날과 같은 물음을 하고 싶어진다.

'뭘 알고 고개를 끄덕이는 겁니까?'

사타구니 사이가 불편해졌다.

❖

민성우는 속을 알 수 없는 표정으로 언성을 높이는 팀장들을 보았다. 회의에 참석한 사람들은 기본적으로 본사에 소속된 직원들이라고는 하지만, 모회사와 연관된 업무를 하는 이들이 주를 이루었다.

"이해 좀 해주십시오. 다음 주 내로 해결하지 못하면 그 뒤 일정이……."

"저희도 다음 주까지 해결해야 할 일들이 얼마나 많은데, 무조건 편의를 봐달라고 하면 어떻게 합니까?"

"그래도 이건 단순한……."

이들의 일에 있어 최종 결정권자도, 책임자도 민성우였다. 하지만 이 자리에서 가장 한가한 표정을 짓고 있는 사람 역시 민성우였다.

그는 기본적으로 실무자들에게 많은 권한을 주고 있었다. 젊은 나이에 이 자리에 오르면서 사람들에게 인정을 받을 수 있었던 건 초창기에 그가 진행했던 신재생 에너지 분야에서 성과를 거둔 것도 있었지만, 직원들을 믿고 그들의 의견에 귀를 기울였다는 점이었다.

오늘 회의는 자신의 의견을 관철시키기 위한 연장선상에 있는 것이었으므로 실무자들은 핏대를 올리고 있었지만, 그는 이 지질한 회의가 빨리 끝나길 바라고 있었다. 몸에 무거운 추를 달아놓은 것처럼 아래로 내려앉는 기분이었다.

회의실에 사람들이 모인 지 두 시간이 조금 지나서야 싸움 같았던 미팅이 끝났다. 각 부서의 사람들은 나름의 성과를 안고 돌아갔고, 민성우는 퇴근 시간이 조금 지난 시간이 되어서 끝난 회의에 진절머리가 난다는 듯이 고개를 내젓는다.

이제 그만 집으로 돌아가 푹 쉬고 싶었다. 어제 2박 3일로 제주도와 김해 출장을 다녀왔던 터라 익숙한 잠자리가 미치도록 그리웠다. 피곤에 찌든 얼굴로 걸음을 옮기던 성우는 타이밍 좋게 울리는 휴대전화를 보았다.

한영에게서 온 전화였다.

설마 정유화를 만났나.

궁금증이 가장 먼저 들었지만 그는 짐짓 모른 척 전화를 받았다.

―내일 모임 안 잊었지?

"모임?"

다짜고짜 본론부터 꺼내는 한영으로 인해 성우의 미간이 좁혀졌다. 한영이 말하는 '모임' 이 무엇인지 전혀 감을 잡을 수 없었다.

―얘 봐라. 네가 약속을 다 잊고? 낯설다, 너. 요즘 결혼 준비한다고 바쁘지?

매사 정확한 사람이었기에 타박 섞인 말속에도 의아함이 섞여 있었다. 그제야 한영이 말하는 모임이 무엇인지 떠오른 성우가 미간을 좁혔다.

"고교 동창 모임 말하는 거냐?"

―그래! 내가 갈 만한 모임이 그것 말고 또 뭐가 있어?

"그거야 그렇지."

혼잣말처럼 말한 성우가 한숨을 내뱉었다.

모임은 이틀 뒤였다. 다들 워낙 바쁘게 살다 보니 이번 모임은 목요일에 잡혔다. 빠질 수 없는 모임이었다. 적당한 파트너까지 데리고 가야 하는 자리였기에 벌써부터 피곤이 몰려왔다.

그 후로 두 사람은 간단한 대화를 나눈 후 전화를 끊었다. 끊긴 휴대전화를 보는 민성우의 얼굴이 굳어 있었다.

성우가 휴대전화 전화부에 들어갔다. 파트너로 적당한 사람이 떠올랐기 때문이었다. 여자의 이름을 검색한 그는 '검색 결과가 없습니다' 라는 문구에 미간을 좁혔다. 그러다가 이 여자의 개인 연락처를 모르고 있었다는 사실이 떠올랐다.

"이런."

그가 이번엔 지아의 번호를 검색해 통화 버튼을 눌렀다.

—네, 사장님.

"김나연 씨 연락처 좀 보내주십시오."

그의 말에 전화 너머에선 잠시 아무런 말이 없었다. 지아는 두 사람이 토요일에만 만나고 있다는 걸 누구보다 잘 아는 사람이었고, 그가 김나연에겐 큰 관심이 없다는 것 또한 잘 알고 있었기 때문이다.

조금의 침묵이 흐른 후 지아가 조심스러운 기색으로 말했다.

—저 역시 비서를 통해서만 연락하고 있어서 개인 연락처는 모릅니다.

그가 원하던 답은 아니었다. 하지만 상관없었다.

"그럼 목요일에 개인 모임있다고, 참석 가능한지 알아봐 주십시오."

전화를 끊은 그가 로비 앞에 대기 중이던 차에 올랐다. 의자에 몸을 깊숙이 묻은 그가 뻑뻑하게 아픈 눈을 문질렀다. 그가 차에 몸을 실은 지 얼마 지나지 않아 지아가 전화로 원하던 답을 들려주었다.

—참석 가능하다고 하십니다.

그가 장소와 시간을 일러준 후에 전화를 끊었다. 다음에 김나연을 만나면 연락처를 물어봐야겠다는 생각을 하며.

## 4. 짐승의 덫

소수의 회원만으로 운영되는 바 앞에 고급 차량이 하나둘 섰다가 사라지길 반복했다. 돈깨나 있는 정도로는 못 올 만큼 회원권이 비싼 곳이었다.

세단 차량이 다섯 대 정도 들어온 후에 매끈한 차체가 멈췄다. 차에서 내리는 건 민성우였다. 평소 개인적으로 스케줄을 소화할 때 사용하는 차였다.

그는 바 앞에 대기 중이던 직원에게 키를 건네준 후, 안으로 들어가는 대신 텅 빈 도로를 보았다. 모임 장소로 오기 전에 지아를 통해 김나연 역시 출발을 했다는 소식을 들었기에, 그녀와 함께 안으로 들어가기 위해서였다.

느릿한 동작으로 시간을 확인한 그가 무더위에 짓눌리는 어깨를 애써 폈다. 그때 저 멀리서 위압감이 느껴지는 세단 차량이 달려오더니 앞에 멈춰 섰다.

운전석에서 내린 기사가 뒷문을 열어주려고 하자 민성우가 다가서 문을 열었다. 새하얀 원피스를 입은 여자가 그를 잠시 올려다본다.

"안녕하세요."

그녀의 인사에 그 역시 가볍게 고개를 끄덕였다. 그러더니 말없이 손을 내밀었다. 에스코트를 하겠다는 기색이 역력한 손 위에 그녀가 자신의 손을 조심스럽게 올려놓았다. 그녀의 손가락엔 평소와는 달리 화려한 반지가 끼워져 있었다.

차에서 내린 여잔 그 어떤 때보다 매력적이었다. 원색이나 어두운 색감의 옷만 입었을 땐 몰랐는데, 그녀는 하얀색이 상당히 잘 어울렸다. 허리만 적당히 붙는 스타일의 원피스를 바라보던 그가 흔들리는 검은 눈망울을 보았다. 분홍색의 립스틱을 바르고 있는 입술이 조금 일그러져 있는 걸 보니 긴장한 듯 보였다.

"참석해 주셔서 감사합니다."

"아니에요. 늦진 않았죠?"

"딱 맞춰서 오셨습니다."

그의 말에 나연은 다행이라는 듯 나지막한 한숨을 내뱉었다. 살짝 벌어진 입술이 다시 굳게 닫히자 그의 눈빛이 조금 깊어졌다.

하지만 그는 아무렇지도 않은 척 그녀를 에스코트해 모임 장소로 향했다. 그는 참을성이 그리 많진 않았지만, 적어도 공과 사는 구분할 줄 알았다. 안에 있는 사람들이 꽤 편한 관계를 유지하는 사람들이라 하더라도 다 이 바닥에 있는 이들이었다. 그들을 통해 괜한 소리가 오고 가지 않길 바랐다.

직원의 안내를 받아 깊숙한 곳에 있는 룸으로 향하는 동안 김나연이 긴장한 얼굴로 물었다.

"어떤 사람들이 참석했나요?"

"동창 모임입니다. 편한 자리니까 너무 긴장하실 필요는 없습니다."

"네."

짧은 답에 그가 더 이상 설명을 덧붙이지 않은 채 열린 문 안으로 들어섰다. 각자 대화를 주고받던 사람들의 시선이 한번에 모여들자 여자가 극도로 긴장한 표정을 지었다.

"안녕하세요."

"여, 오랜만이다."

"요즘 얼굴 보기 왜 이렇게 힘드냐?"

고교 시절, 아직은 완벽하게 철이 들지 않았던 때에 만났던 사람들이었다. 하지만 일찌감치 사회의 룰을 알게 된 아이들은 학창 시절에도 알게 모르게 서열을 나누곤 했었다. 그 서열의 정점에 있었던 이들은 친구라고 부를 법한 사이가 되었지만, 이 자리에 모인 사람 중 일부는 그렇지 못한 이들도 있었다.

가벼운 인사를 주고받으며 빈자리로 향하려던 성우는, 예상보다 많은 이들이 나연에게 관심을 보이자 미간을 좁혔다. 호감이 어린 눈동자엔 친구의 약혼녀를 향한 것이 아닌 다른 감정을 품고 있는 이들도 있었다.

그가 새삼 나연을 보았다. 은은한 조명 밑에서의 그녀는 참 약해 보였다. 깡마른 몸을 조명이 어느 정도 감춰주자 마초 같은 남자들이 원하는 여성스러운 여자 같았다. 평소보다 감정이 풍부한 표정 또한 그렇게 만들었다. 나연은 입가에 부드러운 미소를 지으며 사람들을 대하고 있었다.

"안녕하세요, 나연 씨. 결혼 축하드립니다."

"감사합니다."

"앞으로 자주 뵙겠네요."

입가에 잔잔한 미소를 머금은 나연이 적당한 답을 내놓고 있었다. 평소 모임엔 참석하는 법이 없었던 그녀라, 친구들은 호기심 어린 눈으로 그녀에게 꽤 많은 관심을 보냈다. 개중에선 꽤 짓궂은 질문들도 있었다.

"갑작스러운 결혼이다 보니, 처음으로 인사하는 자리에서 친구 약혼녀로 보게 되네요."

"민성우 씨가 워낙 좋은 분이다 보니 그렇게 됐어요."

"성우가요? 설마요. 친구로 만나면 좋겠지만, 이성으로 만나는 거면…… 글쎄요."

친구의 장난스러운 눈빛에 성우가 어깨를 으쓱였다. 뭐라고 답하기에 난감한 질문을 넘기기엔 적당한 제스처였다.

김나연을 숫기 없는 사람으로 치부했던 자신의 생각이 틀렸다는 걸 알게 된 건 모임에 참석한 지 10분도 지나지 않아서였다.

환대 아닌 환대 후엔 늘 그랬던 것처럼 전문적이고 사업적인 이야기들이 오고 갔다. 보통의 여자라면 따분해할 이야기였지만, 나연은 꽤 관심 있는 표정으로 사람들을 보고 있었다. 대화를 주도해 나가는 스타일은 아니었지만 적당히 답했고, 가끔은 새로운 주제를 던지기도 했다.

"네, 저도 들었어요. 소규모 원전을 만들면 위험 부담도 많이 줄 텐데, 워낙 국민적인 저항이 있다 보니 어렵다고요."

여잔 부드럽게 대화를 이어나갔다. 평소와는 전혀 다른 모습으로.

이젠 이 여자가 단순하게 기계적이고, 재미없으며, 낯을 많이 가린다는 생각을 완전히 거둬야겠다.

새로운 여자의 모습을 바라보던 그가 진동으로 바꿔둔 휴대전화가 울리는 것을 보았다. 지아에게서 걸려온 전화였다. 오늘 모임이 있다는 걸 알면서도 전화를 걸어온 걸 보면 꽤 난감한 일이 일어났을지도 모른다는 생각에 그가 자리에서 일어났다.

"잠시."

잠시 자리를 비우겠다는 말에 나연은 잠시 불안한 표정을 지었지만 이

내 고아한 웃음을 지으며 답했다.

"네, 다녀오세요."

전화를 들고 밖으로 나온 그는 꽤 긴 시간 통화를 했다. 예상보다 심각한 문제였고, 당장 내일 중국으로 출장을 가야 할지도 모를 일이었다. 자세한 이야기는 내일 아침 일찍 회의를 통해 결정해야겠지만, 성우는 지아에게 출장 준비를 해달라고 말했다. 언제든 떠날 수 있도록.

—네, 알겠습니다. 차질 없이 준비하겠습니다.

깊은 한숨을 내뱉은 그가 손목시계를 확인했다. 모임에 참석한 지 한 시간이 조금 넘어 있었다. 이 정도면 돌아가도 뒷말이 나오지 않을 거란 생각이 들었다. 조금만 숨을 돌리고 안으로 들어가려던 민성우는 문이 열리고 한영이 나오자 알은체를 했다.

"왜?"

"화장실 가려고. 근데 놀랍다?"

"뭐가."

무심한 물음에 한영은 열린 문을 힐끗 보았다. 안에서 나연이 사람들과 대화를 나누는 것이 보였다. 비즈니스맨 사이에 있는 김나연은 예뻤다. 간간이 입을 가리며 웃는 동작이라던가, 눈동자에 서린 호기심이라던가.

"너한테 들었던 거랑은 이미지가 너무 다른데?"

"그러게. 나도 저런 여잔지 몰랐지."

이제껏 자신이 알았던 김나연과 오늘의 김나연 사이엔 엄청난 괴리감이 있었다.

"알아보려고 하지 않았던 건 아니고?"

꽤 날카로운 질문이었다. 하지만 그에 대한 답이라고 하기엔 너무나 무심한 답이 흘러나왔다.

"그런가."

답과는 달리 나연을 바라보는 눈동자는 어느 순간 집요해졌다.

"들어가 봐. 꽤 곤란해하고 있을 텐데."

고개를 끄덕인 성우는 자신은 신경 쓰지 않은 채 친구들과 대화를 나누고 있는 나연을 보았다. 그녀의 손엔 어느 순간 술잔이 들려 있었다.

"술은 전혀 못하세요?"

대형 로펌에서 변호사로 일하고 있는 친구 녀석의 물음에 나연은 곤란한 웃음을 짓더니 이내 작게 고개를 끄덕였다.

"네, 마셔 버릇하지 않아서요."

"그럼 지금부터 마셔 버릇하면 되잖아요. 술이 얼마나 좋은데. 답답하거나 혼자선 어쩔 수 없는 일이 닥쳤을 때 이것만큼 좋은 것도 없어요."

"그거야 그렇지."

"한번 마셔봐요."

강제로 술을 먹이는 대학 선배들처럼 주위에 있던 친구들이 한마디씩 덧붙였다. 그러자 나연이 호박색 스트레이트 잔을 보며 침을 꼴깍 삼킨다. 저 짓궂은 대화에서 나연을 꺼내줘야겠다는 생각이 들 때였다. 그가 말리기도 전에 나연이 거침없이 술잔을 비워냈다.

"오오!"

"어때요? 괜찮죠?"

사람들의 호들갑 어린 말과 함께 잔을 내려놓은 나연이 손을 들어 목을 만졌다. 겁도 없이 한번에 술잔을 비운 것이 후회된다는 표정으로.

이런.

순식간에 빨갛게 달아오른 얼굴을 보며 성우가 미간을 좁혔다.

"괜찮습니까?"

"아, 아, 예."

괜찮다고 답은 하고 있었지만, 양쪽으로 힘없이 흔들리는 몸을 보아하니 전혀 괜찮지 않아 보였다. 그가 앞에 있던 물을 나연에게 건넸다.

"전혀 괜찮지 않아 보입니다만."

"정말 괜찮아요. 술은 처음이라……."

나연의 말에 주위에 있던 사람들이 깜짝 놀라 그녀를 보았다.

"정말 처음이에요?"

"네."

"학생 때도 안 마셔봤어요?"

"네에."

나연의 목소리가 오래 들은 카세트테이프처럼 늘어졌다. 그러다 이내 반쯤 풀린 눈으로 자신의 곁에 앉은 성우를 올려다본다.

"이상해요."

새하얀 얼굴에 홍조가 올랐다.

커다란 눈이 느릿하게 깜빡이더니 자신에게 모여든 시선을 의식조차 하지 못한 채 눈웃음을 짓는다.

"가슴이 뛰어요."

그러면서 나연이 배시시 웃는다.

성우가 굳은 얼굴로 정면을 주시하며 운전한다.

이젠 제법 익숙한 단독주택 거리를 지나 가장 위에 있는 집 앞에 차를 세운 그가, 피곤한 눈가를 손으로 힘껏 문질렀다. 정말 예상하지 못한 일이 많이 일어난 하루였다.

그의 시선이 높다란 담벼락에서 나연에게로 향했다. 그녀는 세상모르고 잠들어 있었다. 아이처럼 몸을 동그랗게 구부린 채 잠든 것을 보던 그가 뒤에 던져 두었던 재킷을 가져와 드러난 허벅지 위에 덮어주었다.

"아무래도 너무 굶었어."

깊은 한숨을 내뱉은 그가 의자 등받이를 뒤로 눕힌 후 눈을 감았다.

차라리 잠이라도 들었으면 했는데, 신경은 느릿하게 내뱉는 호흡을 향했다. 술을 한 모금도 마시지 않은 것도 조금 후회되었다. 이럴 줄 알았으면 술을 마시고, 기사를 부르는 게 더 좋았겠다는 생각도 들었다. 단둘만 있는 차 안은 그의 평정심을 무너뜨렸다.

긴 호흡을 내뱉은 그가 옆에서 부스럭거리는 인기척이 들리자 천천히 눈을 떠 나연을 보았다. 그녀가 멍한 눈으로 그를 바라보고 있었다.

"어떻게 세 잔에 기절을 합니까?"

"아…… 머리 아파요."

머리를 붙잡은 그녀가 연신 끙끙 앓는 소리를 했다. 그러자 그는 미리 사둔 숙취 음료를 나연에게 건넸다.

"마셔요. 좀 괜찮을 겁니다."

나연은 그가 건넨 캔을 받아 드는 대신 멍한 눈을 연신 깜빡였다. 그러다가 술자리에서 그랬던 것처럼 배시시 웃는다.

"고마워요."

짧은 말에 그가 미간을 좁혔다. 고마우면 가져가서 마시면 될 텐데. 그녀는 그렇게 하는 대신 연신 웃고만 있었다.

이를 어쩌나.

그는 술 취한 사람을 챙기는 스타일은 아니었다. 더욱 술 취한 여자를 가져야 할 만큼 궁한 삶을 살았던 것도 아니었다.

술의 힘을 빌려 일어난 일들은 대부분 후회를 남겼다. 그래서 자신 역시 좀처럼 취할 때까지 술을 마신 적이 없었다. 아마 지금의 일을 이 여잔 다음날 아침에 까마득히 잊을지도 모른다. 어쩜 잊는 편이 나을지도 모른다는 생각도 들었다.

그가 들고 있던 캔을 내려놓은 후 나연에게 다가갔다. 그녀의 얼굴에 웃음기가 사라진 것을 보면 그의 얼굴이 다가오는 걸 알고 있을 텐데, 나연은 피할 생각이 없어 보였다.

두 사람의 코끝이 닿기 전, 그가 말을 씹어 내뱉었다.

"다음부턴 술을 마시지 않는 게 좋을 것 같습니다."

그의 말에도 나연은 말없이 바라보기만 한다. 그러다 살짝 벌리고 있던 입술을 빼끔거렸다.

"궁금한 게 있어요."

"뭡니까."

"전에 말한 거요."

전에 말한 거?

그가 가까워진 간극을 벌리며 의아한 눈으로 그녀를 보았다. 그러자 여잔 막힘없이 말을 이었다.

"파트너요……. 그 나로 두고 싶다고 했던 그 말이요."

"아."

"그거 나만 두겠다는 말이에요? 나 말고 다른 사람은…… 그러니까, 내가 수락을 하면 다른 사람은 두지 않겠다는 말인 거죠?"

여자가 횡설수설했다. 하지만 하고자 하는 말이 무엇인지는 정확히 알고 있었다. 다른 여자는 곁에 두지 않을 거냐는 물음이다.

취중진담인가. 아니면 술기운에 하는 헛소린가.

아직 정확하겐 몰랐지만 그는 솔직한 답을 해주었다. 내일이면 김나연이 까마득하게 잊어 지금 이 대화가 헛수고가 될지도 모른다는 생각을 하며.

"그렇다면요."

"그럼…… 그렇게 하겠다고요."

"……."

"할게요. 나."

그가 말을 잃은 사람처럼 나연을 보았다. 눈동자가 너무 또렷했다. 술에 취한 사람이라곤 믿을 수 없을 만큼. 촉촉하게 젖은 눈동자가 자신을 빤히 향하자 그의 입에서 거친 숨이 터져 나왔다.

젠장.

이 여잔 눈치가 없는 것이 분명하다. 그게 아니라면 자신이 연기를 너무 잘하든가.

자신은 너무나 많이 굶주렸다. 그리고 고집이 너무 세다. 빌어먹게도.

그가 손을 뻗어 나연의 목덜미 뒤를 감쌌다. 그 후 작게 벌어진 입술을 그대로 집어삼킨다. 알코올 향이 섞인 호흡이 그의 입안을 가득 채웠다. 그래서 자신 역시 취한 것 같은 착각에 빠졌다.

얼어버린 사람처럼 뻣뻣해진 그녀의 목을 한 손으로 붙잡고 다른 손으론 뜨거운 열기가 느껴지는 뺨을 붙잡았다. 비스듬히 나연의 얼굴을 기울인 그가 곧장 그녀의 입안으로 혀를 밀어 넣었다. 말캉한 혀 역시 뻣뻣하게 굳어진 것을 느끼며 그가 꽤 근사한 입맞춤을 했다. 욕망이 가득한 호흡을 불어넣고, 너 역시 반응을 보이라며 입술을 깨물었다.

잘근잘근, 그녀의 입술을 깨문 그가 목을 붙잡고 있던 손을 움직여 그녀가 앉아 있던 보조석 의자를 뒤로 기울였다. 거의 눕다시피 된 그녀가 손을 허우적거렸다. 하지만 그 손은 성우를 밀어내기보단 힘없이 그의 넓은 등 위에 안착한다.

그의 허리가 뒤틀렸다. 자세가 불편했지만 그의 신경은 온통 벨벳처럼 부드러운 살결로 향했다. 손으로 거칠게 나연의 원피스 단추를 풀어낸 그가 곧장 입술을 아래로 내렸다. 향긋한 냄새가 나는 목덜미에 입을 맞춘 그가 혀를 붓처럼 움직여 그녀를 맛보았다.

풀어 헤쳐진 앞섶과 드러난 하얀색 브래지어에 그의 머릿속이 충동으로 가득 찼다. 이성이 물러난 자리엔 진짜 그의 본위가 드러난다.

젠장.

당장이라도 가슴을 가리고 있는 브래지어를 풀어헤치고 그 가운데 가뭇한 정점을 힘껏 빨아들이고 싶었다. 그런 후엔 그녀를 완벽하게 나체로 만들어, 검은 숲을 손가락으로 헤집고 그 안으로 들어가고 싶은 마음이 굴뚝같았다.

빳빳하게 고개를 든 페니스가 아팠다. 그가 욕망을 부추기는 생각들에 쇄골 위에 입을 맞추고 이를 세울 때였다.

"아!"

거칠어진 행위에 나연이 신음을 내뱉으며 양손으로 그를 밀어냈다. 그제야 그의 이성이 점차 돌아오기 시작한다.

맙소사.

그가 새하얀 젖무덤을 드러낸 채 거친 숨을 내뱉고 있는 나연을 경악에 차 바라보았다. 아무리 굶주렸다 한들 길 한가운데에서 자신이 한 짓이 믿기지 않는다는 듯이.

"하아, 하아!"

거친 숨을 내뱉는 나연의 눈가에 눈물이 맺혀 있었다. 그는 그제야 자신의 실수를 깨닫고서 나연에게서 멀어졌다.

나연처럼 그 역시 거친 숨을 토해냈다.

민성우의 머릿속에 위험 경보가 울리고 있었다.

그녀는 위험해.

시간이 멈춘 것만 같은 정적이 흘렀다. 하지만 곧 그는 지금 이 순간 가장 필요한 말을 내뱉었다.

"미안합니다."

짧은 사과의 말을 하고 그녀의 대답을 기다리는 동안, 민성우는 죄책감에 검은 눈동자를 바라보지도 못했다.

술에 취한 여자에게, 그것도 차 안에서 그런 일을 했다는 게 믿기지 않았다. 아무리 급한 상황에서도 그는 차 안에서 이성과의 행위를 하지도, 할 마음을 가져 본 적도 없었다. 섹스는 남자의 욕망을 채우기 위한 행위보단 서로의 욕구를 충족하는 일이라 생각해 왔기 때문이다.

하지만 그런 실수를 저질렀다. 아무리 결혼할 약혼녀라고 해도 스스로도 용서가 되지 않는 일이었다.

자신이 내뱉은 사과의 말도 뻔뻔하다고 느껴질 때, 나연은 답했다.

"아니에요."

그게 끝이었다. 좀 더 액션을 취해야 한다는 것을 알면서도 민성우는 자신의 인생에서 처음으로 일어난 '사고'에 당황했고, 놀랐다. 자제력이라곤 눈 씻고 찾아봐도 없는 사춘기에도 이런 적은 없었다.

옷매무새를 정리한 나연이 차에서 내렸고, 곧 그의 시야에서 사라졌다.

거대한 대문 속으로 사라지는 그녀의 뒷모습을 바라보던 그가 이마를 핸들에 찧었다.

"망할."

그가 이를 악물었다.

끼이익, 탕.

어두운 방 속으로 들어온 나연이 들고 있던 핸드백을 바닥에 떨어뜨렸다.

등을 문에 기댄 채 힘없이 주저앉은 그녀의 몸이 잘게 흔들린다.

커다란 눈을 연신 깜빡이던 나연은 아래로 내리고 있던 손을 들어 앞섶을 붙잡았다. 이제껏 숨을 쉬는 것도 잊고 있었던 듯이 탁 터져 나오는 숨소리가 거칠다.

그녀는 자신에게 일어난 일이 무엇인지 아직도 잘 알지 못하는 표정이었다. 이렇게 커다랗고 거친 감정을 느껴본 적이 없었던 그녀는 두려움에 질려 있었다.

그에게 파트너가 되겠다는 말을 했다. 다른 여자를 곁에 두지 않는다면 자신이 그 곁에 있겠노라고.

술이 깨는 것인지 두통이 몰려왔다.

"……어떻게 해."

나연이 떨리는 목소리로 말했다.

시선을 아래로 떨어뜨린 나연은 늘어난 앞섶을 보았다.

비명을 지르고 도망가고 싶었다. 아직은 무섭다고. 아직은 준비가 안 됐다고. 나는…… 처음이라고.

무릎을 끌어안은 나연이 그 사이에 얼굴을 묻었다.

무서웠다. 강렬한 무언가가 자신을 집어삼킬 것만 같아서.

그럼에도 그녀는 이 상황을 피할 수가 없었다.

❖

그의 일상이 소리 없이 일그러지기 시작했다. 그건 본인이 깨닫기도 전부터 시작되었다.

일을 할 땐 그 누구보다 무서운 집중력을 보였지만, 요즘은 그렇지 못했다. 시도 때도 없이 떠오르는 흐트러진 김나연 때문에 간혹 회의도 제대로 따라가지 못해 실없는 질문을 던져야 했다.

「뭐라고 하셨죠?」

그의 물음에 직원들은 미묘한 표정을 짓곤 했다. 그의 앞이라 솔직하게 감정표현을 하지 못했을 뿐, 다들 속으론 꽤나 놀랐을 터다.

그걸 민성우 역시 알았지만 어쩔 도리가 없었다. 그녀에 대한 생각을 털어내려 해도 마음대로 되지 않았다. 처음에는 이성이 김나연에 대해 판단했다면, 요즘 들어선 본능이 모든 것을 움직이고 있었다.

그날 이후로 민성우는 김나연을 보지 못했다. 꽤 긴 중국 출장이 잡혀 토요일마다 이어오던 만남도 가질 수가 없었고, 개인 연락처도 몰랐다. 이 문제를 비서를 통해 말할 수는 없었던 터라, 다음에 만나면 제대로 된 사과를 해야겠다는 생각만 했을 뿐이었다.

그렇게 두 사람이 2주 동안 연락을 취하지 않은 어느 날이었다.

그는 사무실 한편에 달려 있는 텔레비전을 보고 있었다. 화면 속에선 민 회장이 법정에 출두하는 모습이 속보로 전해지고 있었다. 고개를 숙이고 대국민 사과를 하는 민 회장의 아래로 자막이 떴다. 지난밤에 이 여사가 민 회장을 찾았고, 눈물을 훔치며 밖으로 나왔다고.

"연기 하난 끝내주지."

그의 피가 차갑게 식음과 동시에 비웃음이 비식 흘러나왔다.

굳은 얼굴로 화면을 보던 그가 텔레비전을 껐다. 그의 감정이 가라앉기도 전, 똑똑 노크 소리와 함께 지아가 안으로 들어왔다.

"지금 이동하셔야 합니다."

동호건설 김 회장과 점심 약속을 위해 그가 자리에서 일어났다. 표정은 어느새 갈무리되어 평소의 민성우로 돌아와 있었다.

고급 한정식집에 동호건설 김 회장과 앞으로 그의 사위가 될 민성우가 마주 보고 앉았다. 두 사람은 과하게 차려진 음식을 먹고 있었지만, 관심은 온통 서로의 생각에 향해 있었다.

달그락.

간혹 들리는 식기와 수저가 부딪히는 소리가 유독 크게 들릴 때였다. 김 회장이 식사를 마치자 민성우 역시 곧이어 젓가락을 내려놓았다.

여직원들이 들어와 커다란 상을 들고 나갔다. 상이 빠져나간 자리엔 작은 다과상이 놓였는데, 전통차와 직접 만든 고운 색감의 한과가 소담스레 담겨 있었다.

차로 껄끄러운 입안을 말끔하게 정리한 민성우는 먼저 대화를 시작한 김 회장을 보았다.

“제주도 리조트 건은 보고를 통해 들었습니다. 차질 없이 진행되고 있다고.”

“네. 저 역시 각별히 신경 쓰고 있습니다.”

역시 가장 먼저 나온 주제는 ‘사업’이었다. 두 그룹 모두에게 제주 리조트 건은 꽤나 중요했다.

10년 전부터 일본과 중국인 관광객이 제주도를 폭발적으로 찾기 시작했다. 하지만 제주도에 있는 DG호텔은 지은 지 30년이나 되었고, 리모델링을 하긴 했으나 새로 지은 호텔에 밀려 수익성이 떨어졌기 때문이다.

위치도 호텔이 있기엔 좋지 못해서, DG 내에서도 새로운 호텔, 리조트를 건설해야 한다는 목소리가 한참 나오던 차에 동호건설 쪽에서 먼저 제안해 온 사업이었다.

“나 역시 그래요. 이번 일이 동호건설에겐 아주 중요한 일이니까. 민 사장에게도 그럴 거라 생각합니다.”

하는 말만 들으면 동호건설 상황이 좋지 않아 무조건 진행해야 하는 사업이라고 말하고 있는 듯했다. 하지만 자세히 들여다보면 그렇지 않다.

민성우 역시 김 회장이 하고자 하는 말을 눈치 빠르게 이해했다.

들고 있는 잔에서 시선을 옮긴 그가 김 회장을 보았다. 번들거리는 눈동자는 탐욕으로 가득했다.

"아버지 일은 안타깝게 됐습니다."

"피해 없이 잘 마무리되도록 신경 쓰고 있습니다."

무심한 답과 함께 그가 찻잔을 기울였다. 민 회장의 일은 별로 중요치 않다는 반응에, 김 회장이 대화의 주제를 다른 곳으로 돌렸다.

"우리 아이완 지속적으로 만나고 있다는 이야기는 들었습니다. 아무리 애정 없는 결혼이라 하더라도 파트너이니 서로를 이해하는 과정은 필요하지요."

그래서 새로 한다는 이야기가 김나연에 관한 것이었다.

'우리 아이'.

참 친숙한 표현이었지만 이어지는 말은 그렇지 못했다.

"만나보셔서 아시겠지만 민 사장이 하는 일엔 토를 달지 않는 아이입니다. 어릴 적부터 그랬죠."

정확한 표현이었다. 김나연은 수동적이었고, 감정을 드러내는 법이 좀처럼 없는 여자였다. 그래서 그녀가 배시시 웃는 모습에 허를 찔리지 않았던가.

하지만 부모가 하기엔 이해가 되지 않는 것이었다. 아이에게 '토를 달지 않는다'라고 평가하는 부모가 있다니. 김 회장의 말이 신경에 거슬렸다.

억눌려 왔구나.

본인은 아무런 결정도 내리지 못한 채 철저하게 통제된 세상 속에서 살았겠구나.

그러한 삶을 살아 지금의 김나연이 된 건가.

자신 역시 삶에서 많은 것들을 억누르고, 자제해야 한다는 걸 일찌감치 배웠다. 하지만 김나연만큼은 아니었다. 그녀는 자신에게 닥친 일을 그저 수긍하고 짧은 답밖엔 할 줄 모르는 사람이었다.

"이 세계의 룰을 잘 알고 있는 아이니까, 민 사장도 편하실 겁니다."

김 회장의 태도에 민성우는 자신답지 않게 새삼 그녀가 안쓰러워졌다.

❖

그는 오늘 많은 일에서 '처음'을 경험했다. 김 회장을 만나고 온 후로 생긴 변화였다.

그는 이제야 그녀와 제대로 된 대화를 나누고 싶어졌다. 이제까지는 그녀가 부러 말을 가려하고, 몸을 숙이는 거라고 생각했다.

하지만 김 회장과의 대화를 통해 그는 얼추 알게 되었다. 김나연은 자신의 속에 있는 말을 꺼내지 못하는 삶을 살아왔을 거라고. 어쩌면 자신이 원하는 것이 무엇이고, 그걸 얻기 위해선 어떻게 해야 하는지도 모르는 사람일 거라고.

휴대전화를 노려보던 그는 김나연에게 대해 알기 위해선 가장 먼저 그녀의 개인 전화번호부터 알아야 되겠다는 생각이 들었다.

비서에겐 김나연의 개인 연락처를 알아봐 달라는 말을 할 수가 없었다. 최근 들어 가정과 일을 병행하느라 힘들어하는 김지아 비서의 모습이 마음에 걸리기도 했지만, 사적인 일에 고급 인력인 그녀를 부려먹는 게 스스로도 마음에 들지 않았기 때문이다.

더욱 자신이 우습게 느껴지기도 했다.

그래서 그는 매주 돌아오는 토요일 약속을 지시했다. 이번 만남의 장소는 수목원이었다. 사시사철 다른 장미가 피기로 유명한 수목원은 DG

리조트 옆에 붙어 있는 곳으로, 투숙객들만 이용할 수 있었다.

그가 휴식을 위해서 자주 찾는 곳으로, 이곳에서 머무를 예정이었다. 그를 위해 늘 비어 있는 방에 짐을 푼 그가 창가로 향했다. 주위엔 높은 건물은커녕 사람이 사는 집도 없었다.

요새처럼 나무에 둘러싸인 리조트와 이를 감싸고 있는 아름다운 능선을 바라보던 그가 나연이 도착했다는 콜에 아래로 내려갔다. 그가 로비에 들어선 지 얼마 되지 않아 묵직한 느낌의 세단이 앞에 멈췄다.

"오랜만입니다."

그의 말에 나연 역시 어색하게 웃으며 화답했다.

"네, 오랜만이에요."

그의 자제력이 무너졌던 그날 이후로 처음 보았다. 사고가 있은 지 3주의 시간이 흘러서일까, 아니면 술에 취한 그녀가 아무것도 기억하지 못해서일까. 나연은 별다른 반응 없이 그의 곁에 서서 함께 걸음을 옮겼다.

나연의 얼굴을 힐끗 곁눈질한 그가 시간을 확인하기 위해 팔을 들었다.

움찔.

몸을 떨며 한 걸음 멀어지는 그녀의 모습을 성우가 말없이 보았다.

그녀가 그날의 일을 잊길 바랐던 건 자신의 욕심이었다. 술에 취해 기억이 끊겼다 하더라도 다음날 아침에 몸에 남은 흔적을 보았다면, 아무리 경험이 없는 여자라 하더라도 지난밤의 일을 눈치챘을 것이다.

그는 나연을 데리고 2층에 있는 전통찻집으로 향했다. 마주 보고 앉은 두 사람 사이에 무거운 침묵이 내려앉았다. 나연이 알게 모르게 자신의 눈치를 보고 있다는 걸 눈치챈 그는 조금의 텀을 두고 대화를 시작했다.

"사과하고 싶었습니다."

"우린 결혼을 할 사이니까."

말을 잇지 못한 채 잘라내는 나연을 보며 민성우가 가볍게 고개를 저었다.

"아무리 부부라 하더라도 김나연 씨는 자신의 의사를 표현할 상황이 아니었잖습니까."

"……."

김나연이 깜짝 놀란 눈으로 그를 본다. 하지만 그 속엔 의아함도 섞여 있었다. 왜 그가 이렇게까지 사과를 하는지 모르겠다는 표정이었다.

설명을 더 바라는 눈치였지만 이걸 어떻게 설명해야 할지 감도 잡히지 않았다. 일반 사람들에겐, 아니, 정상적인 성장을 했던 사람들에겐 너무나 당연한 상식을 일그러진 사고방식을 가진 사람에게 설명하는 일은 어려웠다.

그래서 그는 다시 한 번 말했다.

"미안합니다."

"아닙니다. 감사해요."

지금의 상황과 어울리지 않는 답에 그의 미간이 좁아졌다. 하지만 여자의 눈을 보아하니 정말 감사한 것 같아 할 말도 떠오르지 않는다.

한숨을 내뱉은 성우가 어느 정도 상황이 정리되자 이번엔 휴대전화를 내밀었다. 이번에도 검은 눈동자가 의아한 기색을 품고서 그를 담았다.

"왜요. 가르쳐 주기 싫습니까?"

"아."

그의 말에 이제야 왜 휴대전화를 앞으로 내밀었는지 이해를 한 눈치였다. 김나연은 단번에 상황을 이해하진 못해도 상대의 눈치를 보고 알아차릴 줄은 아는 사람이었다.

그녀가 휴대전화를 곤란하다는 눈으로 보았다. 민성우가 다시 한 번 '가르쳐 주기 싫습니까?' 라고 물었다. 그러자 나연은 결심이 선 것인지 조심스레 운을 뗀다.

"그게……."

두 사람은 아직도 각자의 비서를 통해 연락하고 있었다. 자신은 김나연에게 명함을 통해 개인 연락처를 알려주었지만, 김나연은 자신에게 그 어떠한 것도 알려주지 않았다.

그래서 민성우는 개인적으로 연락하지 않는 김나연을 자기 의견도 없고, 수동적인 사람이라 결론 내렸다. 하지만 아니었다.

"휴대전화가 없어요."

"……네?"

"휴대전화가 없어요."

나연이 앵무새처럼 같은 말을 반복했다.

설마 돈이 없어서 휴대전화를 만들진 않았을 테고…….

그는 이유가 뭐냐는 표정으로 나연을 바라보았다.

"필요가 없었어요."

나의 세상은 그랬어요.

그렇게 말하는 것만 같아 가슴에 서늘한 바람 한 줄기가 불어오는 듯했다.

원래라면 리조트 안에서 식사를 해결한 후에 식물원을 함께 둘러볼 생각이었다. 아니, 그곳에서 같이 있으며 휴식을 취하고 싶었다. 자리에서 일어난 민성우는 자신을 멍한 눈으로 올려다보는 김나연을 향해 손을 뻗었다.

"식사는 밖에서 합시다."

그녀의 말 한마디에 계획이 바뀌었다.

워낙 시골이어서 차를 타고 한참이나 나와서야 도시에서 볼 법한 상가들을 만났다. 드문드문 관광객들을 위한 식당 간판을 눈으로 읽던 나연은 곤드레나물밥집 앞에 멈춰 선 차에 오늘 메뉴를 유추한 듯했다.

하지만 그녀의 예상과는 달리 성우는 식당으로 들어서는 대신에 화려한 조명을 반짝이고 있는 휴대전화 가게로 들어갔다. 나연이 더듬더듬 그의 뒤를 따라오다 말고 걸음을 멈췄다.

"여긴 왜요?"

"휴대전화가 없으시다면서요."

"그거야 그렇지만…… 그러니까 여길 왜 왔냐고요."

"제가 필요해서 그럽니다."

그러면서 그는 나연에게 자신과 같은 기종의 휴대전화를 안겼다.

"이젠 비서를 통해 연락하지 맙시다."

꽤 진지한 한마디와 함께.

❖

저녁은 근처에 있는 낡고 허름한 식당에서 해결했다. 수저나 식기의 위생 상태가 다소 의심스러운 곳이었지만, 나연은 신경 쓰지 않은 채 밥을 한 그릇이나 뚝딱 비워냈다. 그러면서 순식간에 비운 그릇이 부끄럽다는 듯 뺨을 붉히며 곤드레나물밥을 참 좋아한다는 말을 덧붙였다.

또다시 발견한 전혀 모르던 김나연이었다.

오랫동안 만나온 사이도, 많은 대화를 나눈 사이도 아니었지만 대부분의 사람은 파악하기 어렵지 않았다. 한 사람의 속을 알아내기란 어렵다고는 하지만 대충 그 사람에 대한 성향을 파악하는 것은 많은 사람을 만나온 민성우에겐 쉬운 일이었다.

하지만 김나연은 아니다. 그 여잔 결론을 지으려고 할 때면 전혀 다른 모습을 보여주곤 했다. 그게 참 이상해서 한참을 생각하게 만들었다.

리조트로 돌아오는 길, 두 사람은 또다시 차에 남았다. 하지만 휴대전화를 두 손으로 꼭 쥐고 있는 김나연은 이 길을 왔을 때와는 달리 밝은 모습이었다.

운전을 하는 간간이 창밖을 빤히 바라보는 김나연의 옆모습을 힐끗힐끗 곁눈질하던 그가 정면을 주시했다. 그러고 보니 김나연은 차에 탈 때면 늘 옆에 있는 사람은 신경 쓰지 않은 채 밖을 보곤 했다. 처음으로 집에 데려다줄 때도 밖에 꿀이라도 발라놓은 사람처럼 등을 보였었다.

그땐 대화를 피하기 위해 부러 한 행동인 줄 알았는데 지금 보니 그건 아닌가 보다. 김나연의 눈동자는 생각 없이 텅 비어 있지 않았다. 호기심으로 넘치는 눈을 힐끗 확인한 그가 무심한 목소리로 말했다.

"전 하루 머물다가 내일 오전에 돌아갈 예정입니다."

그 말인즉 넌 어떻게 할 거냔 물음이었다.

그 물음을 빠르게 눈치챈 나연은 깜짝 놀란 눈으로 그를 바라보다가 이내 눈동자를 굴렸다. 갑작스러운 상황에 어떻게 해야 하나, 고민하는 기색이 역력한 모습이었다.

"……외박하는 거면 아버지께 여쭤봐야 해요."

"싫으시면 돌아가셔도 됩니다. 그냥 제안만 하는 겁니다. 이곳은 보시다시피…… 재미없는 곳이니까."

"아니요! 아, 아 그게……."

그러면서 휴대전화를 꼭 쥐는 손이 눈에 들어왔다. 그제야 다른 손가락과는 달리 오른손의 세 손톱이 짤막한 게 눈에 들어왔다. 지나치게 짧은 걸 보면 무언가를 하다가 부러졌다기보다 스스로 물어뜯은 것 같았다.

"마음이 편해지는 곳이에요."

신호가 다시 바뀌자 그는 다시 차를 출발시켰다.

김 회장에게 나연을 길들였다는 식의 말을 듣지 않았다면 그는 오늘도 나연을 수동적이고 재미없는 사람이라고 생각했을 것이다. 그래서 무심하고 고저 없는 답을 했을 수도 있다. 하지만 지금의 그는 아니었다.

"머무르고 싶으시면 연락을 드려보세요. 허락해 주시지 않으면……."

"허락해 주시지 않으면요?"

말꼬리를 길게 늘이는 그 때문에 나연이 참지 못하고 물었다. 그러자 그는 사뭇 진지한 표정으로 답했다.

"제가 협상해 드리겠습니다."

## 5. 행복과 불행 사이

자박자박.

그의 발에 짓눌린 잔디가 소리를 냈다. 하지만 그는 발가락 사이를 파고드는 부드러운 흙과 청량한 공기가 좋아, 저물어가는 해를 바라보며 평온한 시간을 보냈다.

그는 얇은 재질의 티셔츠와 무릎 밑까지 내려오는 반바지를 입고 있었다. 분명 방금 전까지 신고 있었을 로퍼는 바닥에 아무렇게나 놓여 있었다.

그가 천천히 걸음을 옮기는 곳은 소박한 봄꽃이 가득한 화원이었다. 마치 신들이 휴가를 보냈을 것 같은 언덕은 환상적이었다.

인간이 인위적으로 만든 것은 아무것도 없었다. 언덕의 앞은 12층 건물의 호텔과 마치 거대한 단독주택을 연상시키는 리조트 건물 세 채가 들어서 있었지만 뒤는 자연스럽게 만들어진 자연의 산물만이 가득했다.

그래서 민성우는 이 장소를 좋아했다. 생활할 때 쓰는 물건 하나하나

유심히 볼 필요가 없었다. 저들은 또 어떠한 제품으로 자신의 턱밑까지 추적해 왔나, 라는 셈을 할 필요도 물론 없었다.

느릿하게 걸음을 옮기며 호흡을 가다듬던 그가 눈을 감으며 고개를 뒤로 젖혔다. 이런 여유는 참 오랜만이었다. 최근의 일상은 전쟁이나 다름이 없었다. 그룹 일에 본격적으로 뛰어들면서부터 이러한 삶을 살 것을 예상은 했지만 버거웠다.

사소한 일 하나에도 계산하고 있으니 뇌가 쉴 틈이라곤 숙면을 취하는 아주 짧은 시간뿐이었지만, 그것마저도 민 회장의 일이 있으면서부터는 못하고 있었다.

더욱 욕구불만이기도 하고 말이지.

그가 짧게 헛웃음을 뱉었다.

김나연을 유혹하긴 했는데, 이 뒤는 미처 생각하지 못했다. 여잘 유혹하고 침대로 끌어들이는 일이야 그리 어려운 일은 아니었지만 어쩐지 마음이 뒤숭숭해진다.

「파트너요……. 그 나로 두고 싶다고 했던 그 말이요. 그거 나만 두겠다는 말이에요? 나 말고 다른 사람은…… 그러니까, 내가 수락을 하면 다른 사람은 두지 않겠다는 말인 거죠?」

자극적인 말에 이성이 날아갔던 그날이 뒤늦게 떠올랐다.

어디서 시작되었을지 모르는 보드라운 바람이 그의 머리카락을 훑고 지나갔다. 부러 만지지 않은 머리카락이 바람에 흐트러져 시야를 가렸다.

손으로 머리를 쓸어 올리던 그는 언덕 밑에서 낑낑거리며 올라오는 인영을 보고선 행동을 멈췄다. 가방을 들고서 힘겹게 올라오는 사람은 김나연이었다.

두 사람의 시선이 날카롭게 부딪히는 순간, 기나긴 바람이 불었다.

김나연은 하루를 이곳에서 보내기로 했다. 김 회장의 허락은 너무 쉽게 떨어졌지만 김나연의 반응을 보면 그의 결정이 결코 쉽지 않았다는 걸 알려주었다.

「외박은 처음이에요.」

그 외박을 학창 시절 친구들과의 관계를 돈독하게 만들기 위한 행사인 '수학여행' 도, 대학 시절 누구라면 한 번쯤 참여해 봤을 'OT, MT' 도 아닌 그와 함께 처음을 하게 되었다.

무조건 순종하는 삶을 살아왔던 김나연은 처음으로 일탈처럼 느껴지는 일을 하게 된 것인지 해맑게 웃었다.

직원에게 그녀가 하루 머무는 동안 불편함이 없게 하라 부탁했고, 나연에게 리조트를 안내해 달라고 함으로써 두 사람은 각자의 방으로 돌아갔다. 그렇게 각자 자유를 누렸다. 김나연은 처음 해보는 외박의 설렘을, 민성우는 그 무엇도 신경 쓰지 않은 채 휴식을 취하는 것으로.

그렇게 헤어졌던 그녀가 갑작스레 앞에 나타나 민성우는 의아했다. 자신이 여기에 있는 걸 어떻게 알았는지 궁금증이 들었지만, 물음보단 행동이 먼저 앞섰다. 제법 가파른 길을 올라오기 위해 김나연이 연신 끙끙대고 있었기 때문이다.

"아."

넘어질 뻔한 나연이 깜짝 놀라 비명을 질렀다. 혼자 올라오는 것도 버거울 텐데, 나연의 손엔 작은 피크닉 가방까지 들려 있었다.

하지만 나연은 도와달라는 말도 하지 않았다. 어떻게 해서든 혼자 올라오려고 용을 쓰는 그녀를 보던 그가 성큼성큼 걸음을 옮겨 돌로 만들어진 길을 내려간다.

그가 나연의 앞으로 손을 뻗었다. 그러자 나연은 가방을 건네는 대신 싱그럽게 웃는다. 그 웃음이 마치 이 화원에 그득한 봄꽃 같았다.

"이거 들고 가라고 챙겨주시더라고요."

피크닉 가방은 리조트 이용객들에게 서비스로 제공되는 것이었는데, 화원엔 앉을 곳이 마땅치 않아 안에 천으로 된 깔개나 수건 같은 것들이 들어 있었다.

가방을 건네줄 생각이 없는 그녀에게서 강제로 빼앗다시피 피크닉 가방을 가져온 그가, 이번엔 다른 손을 뻗었다.

길이라고 만들어져 있긴 하지만, 그렇다고 산책로처럼 조성된 곳은 아니었다. 김나연이 신고 있는 굽이 있는 샌들로는 도저히 혼자 올라올 수 없는 길이었다.

나연 역시 그걸 눈치챈 것인지, 커다란 그의 손을 보더니 망설인다. 마치 손을 잡으면 어떠한 일이 생길 것을 믿는 사람처럼. 하지만 고민은 길지 않았고, 조심스레 그의 손을 붙잡는다. 유독 창백한 얼굴에 분홍색 홍조가 띠었다.

"직원분이 여기에 계시다고 해서요."

"절 찾았습니까?"

"네."

"그럼 연락을 하지 그랬습니까."

"아."

오늘 낮에 쥐어준 휴대전화는 장식이냐는 듯한 물음이었다. 눈을 커다랗게 뜬 나연이 새로운 사실을 알았다는 표정으로 고개를 끄덕였다.

"다음엔 그렇게 할게요."

그렇게 말하며 웃었다.

피크닉 가방에서 천을 꺼낸 그가 잔디 위에 넓게 깐 후 함께 들어 있던 생수통을 꺼냈다. 갈증이 일어 물을 들이켠 그가 깔개 위에 조심스럽게 앉는 나연에게 생수통을 건네며 묻는다.

"마시겠습니까?"

"좋죠."

물을 받아 든 나연이 마시는 걸 본 그가 곁에 엉덩이를 붙이고 앉았다.

어깨가 닿지 않을 거리였지만 그래도 서로의 인기척은 충분히 느낄 수 있었다. 그녀가 조금 거친 재질의 원피스를 입고 있어, 옷이 부딪히는 소리가 유독 자극적이게 들려왔다.

"여기 너무 좋네요."

"좋아하는 곳입니다."

"그래요?"

"네."

짧게 답한 그가 리조트를 내려다보며 말을 이었다.

"어머니가 좋아하셨던 곳입니다."

"아."

그의 사정을 알고 있는 것인지 나연의 표정이 어두워졌다. 아무리 세상에 관심이 없는 사람이라 할지라도 한국에선 상상도 하지 못할 만큼 엄청난 위자료가 걸려 있었던 이혼 소송을 모르는 이는 없었다.

하지만 그는 개의치 않다는 얼굴로 말을 잇는다.

"그래서 어릴 땐 자주 왔었던 곳입니다. 물론 그땐 호텔 건물밖에 없었지만."

대화를 끝낸 성우가 나연을 보았다. 불어온 바람에 흐트러진 머리카락을 정리하는 그녀는 어색한 표정이었다.

"그 표정은 뭡니까?"

"……무슨 말을 해야 할지 모르겠어요."

"저희 어머니는 이혼 후에 더 행복해하십니다. 자신의 삶을 찾았으니까요. 이해합니다."

자신의 삶.

나연은 소리 내어 말하진 않았지만, 그 말이 무척이나 생소한지 몇 번이고 반복해서 말했다. 그러다 이내 고개를 끄덕였다.

"멋있어요."

그것으로 대화는 끝이었다. 두 사람은 지는 해를 보았고, 완전히 캄캄해지기 전에 주위를 정리했다.

그가 수건을 꺼내서 발을 닦자 나연은 그 모습을 잠시 신기하다는 듯이 보았다. 하지만 왜 신발을 벗었는지, 자신이 오기 전에 무엇을 했는지는 묻지 않았다.

그가 먼저 아래로 내려온 후에 나연을 부축해 주었다. 그리고 리조트 내에 있는 분수대까지 함께 걸음을 옮겼다.

"와인 어떠십니까?"

분수대를 지나치기 전 그가 물었고, 나연은 곤란하다는 눈으로 그를 보았다.

"전 술을……."

"무알콜도 있습니다."

그의 말에 나연은 기다렸다는 듯이 고개를 끄덕였다.

방으로 돌아가는 대신 두 사람은 분수대로 향했다. 조명이 켜져 있는 분수대를 멍하니 바라보는 나연을 뒤로하고서 성우는 그림자처럼 숨어 있던 직원을 불렀다.

와인과 간단하게 곁들일 수 있는 음식을 부탁한 그가 뒤돌아서 나연을 찾았을 때, 그녀는 분수대에 걸터앉아 있었다. 입고 있는 옷이 더러워지는 것도 신경 쓰지 않는 눈치였다.

"여기에서 마실 거예요?"

나연의 물음에 성우가 의뭉스럽게 웃었다.

"둘만 있으면 스스로도 감당이 안 된다는 걸 최근에 알았습니다."

김나연은 위험해.

그걸 깨달은 지 얼마 되지 않았다.

이렇게 트여 있는 공간이라 하더라도 자신의 깃털 같은 자제력을 믿을 순 없었지만.

알 수 없는 웃음에 나연은 빤한 눈으로 그를 보았다. 눈치 빠른 그녀가 자신의 말을 이해하지 못할 리 없는데도.

팽팽한 긴장감이 두 사람 사이에 흘렀다. 하지만 둘 중 그 누구도 서로의 시선을 피하진 않는다. 마치 치열한 수 싸움을 하는 사람들처럼 서로의 기색을 살폈고, 표정을 읽기 위해 노력했으며, 마음의 거울이라는 눈동자를 뚫어져라 보았다.

그 긴장감을 깨뜨린 것은 음식을 준비해 온 직원 때문이었다. 테이블 위에 치즈와 함께 간단하게 즐길 수 있는 간식거리가 올라왔고, 곧 소믈리에가 와서 성우에겐 칠레산 레드와인을, 나연에겐 무알코올 와인을 권한 후에 잔을 채워주었다.

폭풍처럼 몰아닥친 사람들이 순식간에 물러나자 성우는 맞은편에 앉아 있는 나연에게 무거운 시선을 뒀다. 그녀는 붉은 빛깔의 와인 잔을 뚫어져라 보고 있었다.

집중하여 보기에 그 역시 자신의 앞에 놓인 잔을 보았다. 특별할 것이 없어서 그녀가 왜 저리 심각한 눈을 하고 있나 하는 생각이 들던 찰나, 그녀가 무겁게 닫고 있던 입술을 뗐다.

"오늘 제게 함께 있자고 한 건 그것 때문이 아닌가요?"

제법 당혹스러운 물음이었지만 그는 무심한 눈으로 나연을 보았다. 아랫배에선 흥분과 비슷한 것이 퍼져 나갔지만 겉으로 보기엔 평온해 보였다.

"대화를 나눌 필요성을 느껴섭니다."

"대화요?"

"네."

민성우는 뱀과 같은 남자였다. 아무리 그의 마음에 김나연의 물음과 같은 생각이 있다 하더라도 그걸 입 밖으로 내뱉을 멍청한 치는 아니었다. 더욱이 최근엔 그의 인생에서 사고라고 부를 법한 일도 있었다.

성욕이 앞선다 하더라도 그걸 굳이 여자에게 표현할 필욘 없지 않은가.

여자 역시 만족스러운 관계를 갖기 위해선 그녀가 꺼려하는 말과 행동은 삼가는 것도 나쁘지 않았다. 더욱 그녀는 단순한 섹스 파트너가 아니다. 아내가 될 사람이었다.

그래서 그는 테이블 위에 머물러 있는 그녀의 손에 제 손을 겹쳤다. 깜짝 튀어 오르는 것이 손바닥 밑에서 느껴졌음에도 그는 짐짓 모른 척 물었다.

"김나연 씨는 그럴 필요성을 느끼지 못했습니까?"

"어떤 걸 말하는 건지 모르겠어요."

"어째섭니까?"

"말은 대화를 하고 싶었다고 말하고 있지만 행동은 그렇지 않으니까요."

"제 행동이 어떤데요?"

그렇게 물음을 했으나 그의 행동은 더욱 집요해졌다. 손바닥 위에 가볍게 올려져 있던 손가락은 어느 순간 손목 안 맥박이 뛰는 자리를 더듬고 있었다. 손이 조금 더 위로 올라가자 검은 눈망울이 흔들림 없이 그를 향한다.

"무엇을 원하는지 정확히 알 수 있어요."

와인은 한 잔도 입에 대지 않았다. 그건 나연 역시 마찬가지였다.

두 사람은 취하지 않았지만, 마치 적당히 취해 기분 좋은 사람처럼 서로를 보았다. 팽팽한 긴장감이 두 사람 주위를 떠돌았다.

먼저 팽팽한 분위기를 깨뜨린 것은 김나연이었다. 그녀는 방금 전의 긴장했던 모습이 모두 허상이라는 듯이 민성우를 올려다보며 작게 웃음을 터뜨렸다. 비웃음도 아니고 즐거움에 터뜨린 웃음도 아니었다.

그녀의 반응에 민성우의 표정이 묘하게 일그러졌다. 그녀의 손바닥 위에서 놀아나는 느낌이 든 것도 잠시, 그가 손을 뻗자 나연의 웃음이 소리소문 없이 사라졌다.

"왜 그렇게 웃습니까?"

그렇게 말하며 성우가 웃는다.

매력적인 웃음.

긴장감을 불러일으키는 눈빛과 목소리.

그는 여자들이 원하는 것들을 연출할 수 있었다. 그럴 외모를 하고 있었고, 재력도 갖췄다. 성격 역시 너무 냉정한 것을 제외하고선 딱히 나쁘지 않다. 천하의 쓰레기도 아니었고, 여자에게 잔인하게 상처를 내는 위인도 아니었다. 본인의 능력을 누구보다도 본인이 가장 잘 알고, 이를 무기로 사용하고 있었다.

그가 고개를 기울이자 나연은 자연스럽게 눈을 감는다.

처음, 취해서 나눴던 키스와는 달랐다. 그때의 김나연은 아무것도 하지 못해 뻣뻣하게 굳어 있었다. 그녀의 체온과 숨결은 그의 흥분을 불러일으키기에 충분했었지만, 그게 다였다.

하지만 지금의 김나연은 어떻던가.

그의 목에 두른 손이 허공에 떠 있다가 아래로 내려앉았다. 손가락 끝이 그의 목 뒷부분을 가볍게 누르기도 했고, 간절히 그의 키스를 원했던 여자처럼 팔을 뻗어 목에 둘렀다.

지금의 김나연은 내면 안에 깊숙이 숨어 있던 파괴 욕구를 불러일으키는 요녀였다.

서툴게 입을 맞추다가도 그의 입술에 열렬하게 호응하는 모습에서 그는 더 이상 참지 못할 욕구를 느꼈다. 여기에서 나연을 가질 수도 없었던 터라 그가 성급히 입술을 뗐다.

"후우."

그가 거친 호흡을 내뱉으며 나연을 노려보았다.

그녀는 여전히 눈을 감고 있었다. 두 손은 힘없이 떨어져 무릎 위에 안착한다.

새하얀 피부 위에 피어난 홍조, 그리고 입안으로 넘어온 타액을 꼴깍 삼키는 행위에 그의 얼굴이 일그러졌다.

"어디가 좋겠습니까."

자신의 방이 좋을지, 그녀의 방이 좋을지 묻는 어투였다. 그제야 눈을 뜬 나연이 촉촉하게 젖은 눈으로 그를 올려다보았다.

"와인을 마시지 않았는데요."

능숙하게 자신의 쪽으로 분위기를 이끄는 한마디였다.

그를 미치게 만들기도 하는.

김나연은 위험해.

이성이 다시 한 번 경고했다. 하지만 그는 와인을 말끔하게 비워낸 후 나연을 내려다보며 입술을 비틀어 웃었다.

"충분합니다."

❖

정확히 급소를 공격해 오는 남잔 싸움의 기술을 잘 알고 있는 사람이었다. 하지만 앞서 걷고 있는 그의 모습은 치기 어린 고등학생 같았다. 하지만 팔목이 붙잡혀 끌려오는 나연은 이를 보지 못한다.

성급하게 걸음을 옮긴 민성우가 카드키로 문을 연 후에 곧장 방 안으로 들어갔다. 탕, 하고 문이 닫히는 소리가 이명처럼 멀어졌다.

쿵!

성우가 나연의 팔목을 붙잡은 그대로 벽으로 밀어붙인다. 거친 행동에 나연의 얼굴이 구겨졌지만 이내 갈무리되어 사라졌다.

꿀꺽, 나연의 목울대가 크게 움직였다.

조금은 긴장한 얼굴로 자신을 올려다보는 눈망울이 오늘따라 매력적이게 느껴진다. 들썩이는 가슴 역시, 눈을 어지럽힌다. 작은 움직임, 떨림이 모두 유혹처럼 느껴졌다.

하지만 거리낄 게 없는 지금은 나연이 주는 자극이 나쁘지 않았다. 이 방엔 단 두 사람뿐이었고, 쌓여 있는 욕망을 풀어내는데 방해물은 존재하지 않았다.

오른손을 뻗어 나연의 뺨을 가볍게 감싼 그가 엄지손가락으로 지그시 턱 옆 부분을 눌렀다. 자연스럽게 작은 입이 벌어졌고, 성우는 열린 입술을 한입에 머금은 후 힘껏 빨아들였다.

입안으로 쏙 빨려드는 여린 살결을 살짝 힘주어 깨물고, 혀로 핥았다.

나연은 집요하게 이어지는 키스에 숨을 쉬기 위해 필사적으로 굴었다. 거친 키스가 이어지다가 살살 애무를 하듯 부드럽게 핥을 땐 다리가 흐물흐물 녹아내린 것처럼 사타구니 사이로 찔러 들어온 허벅지에 앉기도 했다.

그의 어깨에 가볍게 얹어져 있던 손이 허공에서 허우적거렸다.

"으음."

나지막한 신음에 그가 갈 곳을 잃은 손을 붙잡았다. 그러자 나연이 적극적으로 몸을 밀착하며 그의 입에 끝없이 신음을 불어넣었다.

그녀의 몸이 달아올랐다는 건 작은 행동 하나하나로 알 수 있었다. 그럼에도 그는 집요하게 느껴질 만큼 키스를 되돌렸다. 턱이 뻐근하게 아팠음에도 나연의 입술이 빨갛게 부풀어 오를 때까지 괴롭혔고, 간혹 짧은 입맞춤을 수놓기도 했다.

바람에 흔들리는 허수아비처럼, 민성우가 주는 감각에 나연의 몸이 휘청거린 후에야 그의 키스가 멈췄다.

그녀의 입술이 조금 아래로 향했다.

쪽.

소리 내 입이 맞춰진 곳은 입술과 턱 사이였다.

쪽.

다시 한 번 입이 맞춰진 곳은 사슴처럼 가느다랗고 새하얀 목이었다.

창백한 피부에 연신 입을 맞추던 그가 까칠한 재질의 원피스를 아래에서 들어 올렸다. 예상과는 달리 나연은 떨지 않았다. 오히려 더 만져 달라고, 더한 자극을 달라고 조르듯 몸을 밀착하며 그를 부추겼다.

손가락 끝의 감각이 날카로워졌다. 김나연의 피부는 벨벳처럼 부드러웠고, 조금 서늘했다.

허벅지를 지나 손가락 끝에 천이 닿았다.

"아!"

속옷을 힘껏 아래로 내린 그는 짧은 비명을 입술로 막았다. 성급한 손은 속옷이 보호하고 있던 여린 속살로 곧장 파고들었다.

"아앗!"

방금 전과는 다른 비명이었다. 나연의 비명은 날카롭지도, 높지도 않았다. 낮았고, 억눌려 있어 그의 신경을 긁었다.

나연의 표정과는 달리 여린 내부는 아직도 건조했다. 그의 입맞춤으로도 충분치 않았다는 듯이.

그래서 까슬한 털을 쓰다듬던 엄지손가락을 움직여 작게 톡 튀어나와 있는 구슬에 가져다 댔다.

"아아!"

날카로운 신음과 함께 나연의 몸이 위로 펄쩍 뛰어올랐다. 엉거주춤한 자세에 균형을 잃은 그가 저도 모르게 한쪽 무릎을 굽히고 앉았다. 누구에게도 꿇은 적 없었던 무릎이었다. 하지만 그는 개의치 않은 채 고개를 들어 나연의 표정을 살핀다.

새하얀 얼굴이 붉어져 있었다. 입술은 연신 거친 숨을 내뱉고 있다.

흔들리는 그녀의 모습이 그를 부추겼다.

어서. 어서.

원피스를 들어 올려 안으로 들어온 그가 가장 먼저 눈에 들어온 배꼽에 혀를 밀어 넣었다. 그리고 양손으론 엉덩이를 단단하게 끌어안아 여체가 도망치지 못하도록 만들었다.

"으응."

억눌린 신음에 그의 혀가 배꼽에서 점차 아래로 내려왔다. 이제 그의 시야에 가득 찬 것은 빽빽한 검은 숲이었다.

혀를 길게 빼내어 숲 사이에 드러난 살을 톡 건드려 보자 나연의 몸이 다시 한 번 휘청했다. 그가 단단히 붙잡고 있어서 쓰러지진 않았지만 자신의 힘으론 두 발로 서 있는 것도 힘든 듯했다.

하지만 그는 오히려 가느다란 허벅지를 번쩍 들어 자신의 어깨에 걸쳤다. 한 손으론 허벅지를 붙잡았고, 다른 손으론 깡마른 엉덩이를 움켜쥐었다.

그는 탐스러운 엉덩이와 풍만한 가슴을 좋아했다. 거기에 비춰 보았을 때 김나연은 취향의 몸은 아니었다.

하지만 오랜만에 맡는 달큰한 냄새 때문일까.

아니면 시시때때로 자신의 신경을 긁어대는 자극을 끝없이 주어서일까.

그의 페니스가 아플 정도로 부푼 게 느껴졌다.

지금 당장이라도 이 여자의 몸 안으로 찔러 들어가고 싶었다. 그녀를 침대에 눕히고 새하얀 얼굴에 자신의 흔적을 흩뿌리고 싶다.

하지만 그는 강렬한 충동을 막았다. 좀 더 완벽한 관계를 가지기 위해선 공을 들일 필요가 있었다.

한쪽 다리를 들어 올리고 있어 여린 속살이 활짝 피었다. 하지만 그는 그대로 혀를 밀어 넣는 대신 엄지손가락으로 까슬한 털을 밀어내 작게 톡 튀어나와 있는 구슬을 찾아냈다.

강렬한 자극을 줄 참이었다. 여자의 신음이 더욱 커지도록. 자지러지게 울도록. 참고 억눌러 나지막하게 터져 나오는 신음도 충분히 매력적이었지만, 오늘 그의 기분대로 마음껏 여자를 가지기 위해선 정신을 쏙 빼놓을 필요가 있었다.

구슬을 손가락으로 살살 어루만지자 나연의 허리가 금세 들썩였다. 그 사이 그는 벌어져 있는 여성 안으로 혀를 밀어 넣었다.

여자의 내부는 혀로도 느껴질 만큼 좁았다. 움찔움찔 떨리는 속살에 그의 입에서 나지막한 신음이 흘러나왔다. 하지만 그것이 나연을 더욱 자극한 것일까. 건조했던 여자의 속살이 그의 타액과 윤활유로 촉촉하게 젖어간다.

준비가 되어간다는 듯이 나연의 몸이 내뿜는 비릿한 액체에, 그가 속살 안에 있던 혀를 빼내어 도톰한 살을 핥았다.

“흐, 흐으.”

신음이 흐느낌에 가까워졌다. 그제야 그의 입가에 심술궂은 미소가 걸린다.

어깨 위에 올려져 있던 손이 그의 머리 위에 올라왔다. 밀어내고 싶은 감정과 계속 이 감각을 느끼고 싶은 감정이 강렬하게 충돌한 듯이.

하지만 도톰한 속살을 빨고, 안으로 파고들길 반복하던 그가 어루만지고 있던 ‘급소’에 혀를 가져갔다.

“아아!”

그녀의 신음이 방 안을 날카롭게 갈랐다. 그녀의 흥분에 그의 이성도 점차 마비되어 간다.

민성우의 혀가 집요하게 변하자 허공에 들려 있던 허벅지가 파르르 떨렸다. 금방이라도 주저앉을 듯 무릎이 꺾였다가 펴지길 반복했다. 여린 속살 역시 한계라는 듯 떨린다.

“그, 그만…… 그만요.”

그 끝에 ‘제발’이라는 부탁이 섞여들었지만 그는 무시했다.

그녀는 항복을 선언했지만 본격적인 밤은 이제부터였다. 이제껏 억눌러 왔던 욕망은 몇 번을 풀어내도 금세 차오를 것 같았다.

결국 나연의 몸이 힘없이 아래로 꺼지자 그가 입술을 떼어냈다. 엄지손가락으로 그녀의 액이 가득한 입술을 닦아낸 후, 바닥에 쪼그리고 앉아 멍한 눈빛으로 거친 숨만 토해내는 나연을 바라보았다.

“하아, 하아…….”

그녀는 숨이 찬 듯 보였다.

연신 크게 숨을 들이마셨다가 내뱉는 나연에게 입을 맞춘 후 오금 사이로 손을 밀어 넣었다. 가볍게 나연을 들어 올린 그는 자신의 목을 착 감싸는 여체에 성큼성큼 걸음을 옮겨 침대로 향했다.

그가 넓은 침대 위에 나연을 눕혔다. 그런 후 흐드러진 그녀의 모습을 가만히 내려다보았다.

침대 위에서의 김나연은 처음 봤던 그 모습이었다. 기계적이고 수동적이며 통나무처럼 뻣뻣한.

하지만 이미 그녀에게 다양한 모습이 있다는 걸 알고 있는 그는 그녀의 원피스와 브래지어를 벗겼다. 기대감에 찬 눈으로.

완벽하게 실오라기 하나 걸치지 않은 모습이 된 나연의 몸 위에 묵직하게 체중을 실은 그가 다시 한 번 목덜미에 입을 맞췄다. 그런 후 자신의 옷가지도 하나둘 벗어 던진다. 그사이에도 그의 시선은 여전히 나연에게 향해 있었다. 검은 눈망울이 흔들림을 담고 자신을 바라보고 있었다.

옷가지를 벗어 던지고 마지막으로 이제껏 드로즈에 짓눌려 웅크리고 있던 페니스까지 해방한 그가 협탁을 향해 손을 뻗을 때였다.

“지금 뭐 하는 겁니까.”

그가 굳은 얼굴로 나연을 보았다. 그녀가 손끝으로 페니스 끝을 툭 하고 두드리고 있었다.

그녀가 뭐 잘못됐냐는 표정으로 그를 보았다. 그러자 그가 입술을 깨물었다.

“저도 해주려고요.”

그녀의 말에 그가 ‘으으’ 하며 신음을 뱉는다.

이 여잔 요녀가 분명하다. 남자에게 익숙하지 않을 것 같다는 생각은 모두 착각일지도 모른다.

민성우가 이를 악물며 말했다.

“다음에.”

더 이상 지체하다간 그녀의 속살 안으로 들어가는 순간 사정할 것 같았다. 그래서 다소 성급하게 이로 콘돔을 뜯고, 곧장 페니스에 끼웠다.

나연에게 다가가 어깨를 가볍게 밀어 눕힌 그가 한쪽 팔로 체중을 지탱한 후 페니스를 붙들었다. 도톰한 살에 페니스를 원을 그리듯 문지른 그가 순식간에 그녀의 안으로 파고들었다.

"아!"

그가 짧게 신음을 터뜨렸다. 하지만 나연은 이를 악물며 자신의 감각을 그에게 들키지 않기 위해 애를 쓴다.

"으응!"

억눌린 신음에 그가 잠시 행동을 멈췄다. 몸이 뻣뻣하게 굳었다. 괴로워 그런 것 같진 않았다. 이물감을 견디지 못하겠다는 듯 나연은 몸을 파르르 떨었다.

또르르.

그의 이마에 맺혀 있던 땀이 흘러내려 나연의 가슴 위로 툭 떨어졌다.

"괜찮으십니까?"

침대에서 쓰기엔 너무나 깍듯한 경어였다. 그제야 눈을 질끈 감고 있던 나연이 눈을 떠 그를 올려다보았다.

"……익숙하지 않아서."

억눌린 숨과 함께하는 말에 그가 미간을 좁혔다. 앞서 충분히 그녀의 몸을 열었다 생각했는데, 그게 아닌 모양이었다. 그러고 보니 처음에 많이 젖지도 않았다. 집요한 키스와 접촉에도.

어쩜 그녀는 잘 젖지 않는 사람일 수도 있다. 그런 여자들이 간혹 있으니까.

그래서 그는 페니스를 살짝 빼내 그의 집요한 행위로 인해 빨갛게 부어 있는 도톰한 살을 핥았다.

움찔!

나연의 허리가 다시 위로 튀어 올랐고, 허리가 활처럼 휘었다.

파르르.

세워둔 허벅지가 떨린다.

하지만 그는 양손으로 그녀가 허벅지를 모으지 못하도록 한 후에 집요하게 여성을 핥았다.

"하아……."

느릿했던 신음이 꼴깍꼴깍 넘어갈 것 같을 때가 되어서야 침을 손바닥에 뱉어 페니스 위에 바른다. 그런 후 단숨에 여성을 가르기보단 도톰한 끝부분을 넣었다가 빼길 반복했다.

"그, 그거 그만하면 안 돼요?"

나연이 다시 한 번 애원했다. 그녀의 눈가에 차오른 눈물이 그녀의 감정을 솔직히 말해주고 있었다.

미칠 것 같겠지. 금방이라도 숨이 넘어갈 것 같겠지.

하지만 그는 그녀가 원하는 대로 안으로 파고들기보단 입구를 넓힌 후에 반 정도만 밀어 넣었다. 그런 후 허리로 원을 그린다. 그에 따라 페니스를 감싼 속살이 경련을 일으켰다.

"아아!"

나연이 날카로운 신음을 터뜨렸다. 다행스럽게도 이번엔 괴로워하지 않았다. 작게 벌어진 입술에선 연신 만족에 찬 신음이 흘러나왔다.

그제야 그는 힘껏 나연의 안으로 파고들었다. 여린 속살이 그의 페니스를 힘껏 물었다. 오랜만에 가지는 관계여서라기엔 더한 감각이었다.

이런 만족을 느껴본 적이 언제였던가. 그가 느릿하게 허리를 움직이며 고개를 연신 내젓는 나연을 내려다보았다.

몸은 말랐다. 갈비뼈가 선명히 드러날 정도였다.

움푹 들어간 배나 골반이 툭 튀어나온 몸 역시 한없이 여리게 보였다.

메마른 가지가 떠올랐지만 안은 그렇지 않았다. 그녀의 안은 좁았고, 뜨거웠으며, 그를 한없이 집요하게 만든다.

미칠 듯한 감각에 그의 등이 금세 땀으로 젖는다.

더위보다 강렬한 열기다. 잘못하면 모든 것이 녹아버릴 것만 같은.

나연은 백 미터 달리기를 한 사람처럼 거칠게 숨을 몰아쉬며 비명을 질렀다. 그의 페이스에 맞춰 몸을 흔들던 그녀가 어느 순간 이를 악물었다.

"흐으!"

완벽한 결합이었다.

❖

부스럭.

침묵이 내려앉았던 공간에 작은 소음이 섞여들었다.

넓은 룸 안엔 실오라기 하나 걸치지 않은 두 남녀만이 있었다. 두 사람 모두 침대 위에 누워 있었는데, 침대가 너무 넓어서일까. 몸 하나 닿지 않은 채 멀찍이 떨어져 있었다.

이제 해가 막 뜰 시각.

먼저 잠에서 깬 것은 나연이었다. 그녀는 잠시 이곳이 어디인지 상황 파악이라도 하려는 듯 연신 눈을 깜빡였다. 그러다 곧 어제의 상황이 모두 떠오른 것인지 얼굴을 붉힌다.

"아."

그녀가 입을 손바닥으로 꾹 누르며 터져 나오려는 소리를 집어삼켰다.

어젯밤, 아니, 정확하게 말해서 새벽. 그녀는 졸도하듯 잠들었다. 마지막까지 자신을 끊임없이 뒤흔드는 남자의 아래에서 어쩔 줄 몰라 하며.

마지막 상황은 명확하게 떠오르지 않았지만 중요한 건 모두 떠올랐다. 자신의 처음을 남편이 될 사람에게 주었다. 그건 잊히지 않고 기억났다.

조심스럽게 몸을 돌린 그녀는 잠이 든 민성우의 얼굴을 바라보다 말고 몸을 일으켰다. 그의 얼굴을 가만히 바라보는 일조차 부끄러워 얼굴을 붉히는데, 어제의 그 행동은 어디에서 나온 용기였는지 모르겠다.

남자 역시 많이 피곤한 것인지 나연의 기척에도 잠에서 깨어나지 않았다. 나연에게 있어선 잘된 일이었다.

"후."

나지막하게 한숨을 내뱉은 그녀가 허리를 구부정하게 숙였다. 아랫배가 생리 첫날처럼 아팠고, 허리는 지끈지끈거렸다. 사타구니 사이에서 느껴지는 따끔따끔하고 찝찝한 느낌에 그녀가 시선을 이리저리 돌리며 욕실을 찾으려 애썼다. 그러다 살짝 열려진 문 너머 보이는 변기통에 배를 움켜쥐고 조심스레 걸음을 옮긴다.

엉기적거리며 힘겹게 걸음을 옮긴 그녀가 욕실로 들어갔다. 그러더니 닫힌 문에 기댄 나연은 서 있을 힘도 없다는 듯 곧 자리에 주저앉았다. 안색은 파리했고, 아랫입술은 조금 떨렸다.

"아아."

첫 관계는 생각보다 더 아팠다. 중간부터는 민성우의 손길에 정신을 잃을 것 같았지만, 처음의 그 고통은 아직도 잊히지 않는다.

자신의 안으로 파고들었던 무시무시한 이물감.

몸이 갈라질 것만 같았던 고통.

고통이 쾌락으로 바뀐 건 한순간이었지만 지속된 관계에 쾌락이 다시 고통으로 바뀌었다. 그럼에도 나연은 성우에게 티를 낼 수가 없었다.

아랫배를 감싸고 있던 그녀가 눈물이 지나간 자리를 닦았다. 그런 후 조금 떨어진 곳에 있는 샤워기를 말간 눈으로 본다.
씻고 싶었다.
여러 감정으로 뒤섞인 관계를 끝낸 후.
그녀의 머릿속에 든 생각은 그것뿐이었다.
그럼에도 나연은 한 걸음도 옮기지 못한 채 제자리였다.
"노력해야 해."
그리고 참아야 해.
여러 감정이 복잡하게 뒤섞인 눈동자에 습기가 차올랐다.

톡.
무거운 팔로 자신의 옆자리를 더듬던 그가 슬쩍 실눈을 떴다. 해가 중천에 떴지만 그의 눈동자엔 여전히 피곤이 그득했다.
그럴 수밖에.
침대 시트는 지난밤의 흔적으로 아직도 축축했다.
만족스러운 첫 관계 이후 그는 나연을 두 번 더 안았고, 세상이 어수룩 밝아지는 시간이 되어서야 잠이 들었다. 나연 역시 자신처럼 늦잠을 잘 줄 알았는데, 옆자리가 비어 있자 그가 상체를 일으켰다.
"일어났어요?"
나연은 이미 완벽하게 옷을 갖춰 입은 후였다. 무릎 위에 손을 얹고 앉아 있는 그녀가 하루 만에 낯설어진 것은 침대에서 열정적으로 몸을 부딪쳐 오던 모습이 아직도 눈앞에 선하기 때문일 것이다.
그가 자리에 앉아 머리를 쓸어 올렸다. 아직도 눈이 제대로 떠지지 않았다.
"언제 일어났습니까?"
나연의 시선이 단단한 근육이 잡힌 가슴에서 아래로 떨어졌다. 그러다 이불에 가려져 있는 그의 하체를 떠올린 것인지 고개를 돌린다.

"한 시간 전쯤에요."

"식사는 했습니까?"

"아니요."

"그럼 식사부터 하는 게 좋겠군요."

그가 자리에서 일어났다.

툭.

이불이 떨어지고 실오라기 하나 걸치지 않은 모습으로 그가 욕실로 향한다.

나연은 그가 욕실로 들어가고, 안에서 물소리가 들릴 때까지도 그 자리에 꼼짝 않고 앉아 있었다.

서로 맞잡고 있던 손에 힘이 들어갔다. 많은 것이 바뀔 줄 알았던 아침이었다. 아주 친밀한 관계를 나누었고, 이런 경험은 나연에게 처음이었다.

자신은 민성우의 눈을 마주치는 것도 부끄러웠는데, 그는 아무렇지도 않은 듯 보였다. 그에게 있어 이런 아침이 익숙하리라는 것을 깨닫는 순간, 마음이 아팠다.

서운하냐고 묻는다면 그렇다고 답하고 싶었다. 하지만 나연은 욕실에서 나온 민성우가 옷을 갈아입고, 인터폰을 통해 음식을 준비하라는 지시를 할 때까지도 아무런 말을 하지 않았다.

머리를 말리고 완벽한 모습으로 나타난 민성우가 그녀를 보았다. 그때까지도 자리에 앉아 있던 나연이 어정쩡한 자세로 자리에서 일어났다.

"윽."

아랫배에서 느껴지는 알싸한 고통에 나연이 신음을 내뱉었다. 먼저 걸음을 옮기던 민성우가 걸음을 멈춰 나연을 돌아본다.

"괜찮으십니까?"

"괜찮아요."

순종적인 답변에 민성우의 미간이 좁아졌다.

시간을 확인한 그가 옮겼던 걸음만큼 되돌아와 나연을 다시 의자에 앉혔다. 그러더니 입고 있던 재킷을 벗어 의자 위에 걸쳐 둔다.

나연이 의아한 얼굴로 그를 보았다.

"룸서비스 시키겠습니다."

"그러지 않으셔도 되는데요."

"다음부터 괜찮지 않으면 솔직하게 말하세요. 제가 곧이곧대로 믿어버리면 결국 손해 보는 건 김나연 씨 아닙니까?"

"아…… 네."

답을 기다린 것은 아닌지 그는 곧장 태블릿을 꺼내 화면을 보았다.

그것으로 그와의 대화는 단절되어 버렸지만 나연은 방금 전과는 달리 외롭지 않았다.

무릎 위에 올려놓은 손을 연신 꼼지락거리는 나연의 입술 위에 미소가 머물렀다.

숨이 막힐 것 같은 침묵이 끝났다.

두 사람은 룸에서 간단하게 식사를 한 후에 각자 방으로 돌아가 짐을 챙겼다. 방에 혼자 남자 나연은 비로소 안도했다. 민성우는 곧 그녀의 남편이 될 사람이었지만, 동시에 끝없이 경계하게 만드는 사람이었다. 늘 예의 주시하는 눈빛과 적당한 선을 긋고서 하는 행위들에는 매너가 있었지만 그뿐이었다.

나연은 밑에서 박찬희가 자신을 기다리고 있을 걸 알면서도 매트리스에 힘없이 앉았다. 그리고 자신에게 일어난 놀라운 변화를 알아차리기 위해 노력했다.

민성우에게 안겼다. 그리고 다음날 아무렇지도 않게 행동하는 그에게 실망했다. 나는 처음이었는데, 그는 그렇지 않다는 것을 다시 한 번 깨닫고서 마음이 내려앉았다.

하지만 그가 자신에게 보인 사소한 배려로 마음은 또다시 속절없이 흔들렸다. 참 바보 같게도 자신이 애정에 굶주렸다는 걸 다시 한 번 알게 되었다.

마음을 다잡아야 할 필요가 있었다. 너무 앞서 달려가다간 꽈당 넘어지고 말 것이 분명하니까. 그래서 잠시 호흡을 골랐고 시간을 흘려보냈다.

다시 매트리스에서 일어났을 때의 김나연은 평소의 차분한 모습으로 돌아가 있었다.

밖으로 나온 그녀는 로비에서 기다리고 있는 민성우와 마주했다. 그의 옆엔 차 두 대가 나란히 서 있었고, 그 앞엔 박찬희와 그의 비서가 대기하고 있었다.

민성우는 일을 보기 위해 곧장 부산으로 가야 했고, 김나연은 집으로 돌아가야 했다. 이젠 갈 길이 달랐다.

"조심히 들어가십시오."

"네. 민성우 씨도요."

짧은 인사를 주고받은 두 사람이 각자의 차에 올랐다.

문을 닫아준 찬희가 직접 운전석에 올랐다. 한 번도 자신을 살피지 않는 그의 등을 바라보던 나연은 세상 밖에 시선을 둔다.

늘 차에 오를 때면 창밖을 보았다. 이때의 그녀는 관찰자 시점이었다. 그녀의 세상은 이 차처럼 좁았고, 또 제약되어 있었다. 그래서 늘 사람들을 구경하듯 차 밖을 보았다.

이 시간을 예전엔 꽤 좋아했었는데, 오늘은 숨이 막혔다.

"회장님께서 기다리고 계십니다."

찬희의 말 하나로 생기가 넘치던 눈동자가 차분하게 가라앉았다. 아버지에게 외박을 허락받았지만 계속 마음에 걸렸다. 민성우 사장과 하룻밤을 보낸 걸 아버지도 아실 테니 무슨 말을 하실지, 벌써부터 걱정이 됐다.

마음에 비수가 꽂히는 건 아닐까, 하는 걱정이 가장 먼저 들었다. 하지만 막상 김 회장을 마주하자 예상했던 것과는 다른 상황이 연출되었다.

나연의 앞에 별말 없이 노란 봉투가 건네졌다.

"민 사장에게 전해주면 알 거다."

굳이 그녀까지 그 안에 든 서류를 알 필요는 없다는 말이었다. 사업상의 서류라면 실무자들을 통해 직접 전달하면 될 텐데, 김 회장은 굳이 나연에게 쥐어주며 그에게 건네라 명령했다.

"저, 그게……."

운을 뗐지만 막상 할 수 있는 말은 많지 않았다. 봉투 안에 있는 내용이 무엇인지 묻는 것조차 쉽지 않았다.

어릴 적부터 그녀에게 행해졌던 많은 일이 눈앞에 스치고 갔다. 조금이라도 토를 달거나 의문을 제시하면 날아들었던 날카로운 폭언과 무관심이 새삼 떠올랐다.

결국 나연은 봉투를 무릎 위에 올려놓은 후에 말 잘 듣는 아이처럼 고개를 끄덕였다.

"네, 그럴게요."

"결혼 준비는 잘되어가는 거냐. 어제 민 사장이 직접 연락을 한 걸 보면……."

그러면서 김 회장의 눈이 나연의 몸을 훑고 지나갔다. 노골적인 시선에 숨이 턱 하고 막혔지만 나연은 아무렇지도 않은 척 희미한 미소를 지었다.

"네. 다음에 만날 땐 예물을 맞추기로 되어 있어요."

그와 직접적으로 나눈 대화는 아니었지만 결혼이 성사되자마자 짜여진 스케줄이 그랬다.

"그래. 알아서 잘하겠지. 넌 말 잘 듣는 아이니까."

태어나면서부터 그 누구에게도 사랑받을 수 없었던 자신이었기에, 좀 더 몸을 낮추고 상대가 원하는 것을 해주기 위해 노력했다. 그렇지 않으면 분명 버림받을 테니까. 아버지는 사랑하는 사람마저 버릴 수 있는 냉정한 분이셨다.

"네. 기대에 어긋나지 않도록 할게요."

아랫배가 다시 알싸하게 아팠다.

# 2부.
# 빠지다

## 1. 그 여자의 비밀

기대감에 부푼 얼굴로 카페에 앉아 있는 여잔 누가 보아도 사랑에 빠진 사람 같았다. 뺨은 분홍빛으로 예쁘게 빛나고 있었고, 눈동자엔 생기가 돌았다.

그와의 만남은 나연에게 많은 것을 인내하게 만들었다. 아직 관계는 익숙하지 않았고, 또 가끔 가슴에 시린 바람이 불어오기도 했다.

언제 올까?

민성우가 안겨준 휴대전화를 만지작거리며 나연은 고민에 빠졌다. 연락 한 통이면 민성우가 언제 도착할지 알 수 있었지만 바쁜 사람이라는 것 역시 알고 있다. 더욱 쓸데없는 연락으로 귀찮은 여자로 낙인찍히기 싫었다.

약속 시간까진 30분 정도 남았다는 걸 확인한 나연이 텅 빈 테이크아웃 잔을 보았다.

너무 일찍 도착해 버렸다.

커피를 한 잔 더 시킬까, 고민하던 그녀는 이내 마음을 고쳐먹고 커피숍을 나섰다.

오늘은 결혼반지를 맞추기로 한 날이었다. 곧 성우와 함께 가야 할 매장이었지만 나연은 좋은 생각이 들었다는 듯 가벼운 걸음을 옮겼다.

"일찍 오셨네요."

예약 사실을 알고 있는 매니저가 반가운 얼굴로 인사를 건넸다. 그러자 나연은 얼굴을 붉히며 고개를 끄덕였다.

"선물을 사고 싶어서요."

"민성우 사장님께요? 어머, 로맨틱해라."

매니저가 호들갑을 떨며 이것저것 보여주기 시작했다. 이 매장은 민성우가 주로 이용하는 브랜드이기도 해서, 매니저는 민성우의 취향일 제품이라며 그녀에게 넥타이핀과 커프스를 보여주었다.

"사장님이 다른 주얼리는 하지 않으시거든요. 저희 샵에서도 넥타이핀과 커프스 세트만 주로 구입하세요."

여러 개의 제품 중 가장 심플한 것을 고른 후 카드를 내밀었다.

"포장해 드릴게요, 잠시만요."

매니저가 문을 열고 안으로 들어가고, 나연은 소파에 앉아 예쁘게 포장되어 나올 선물을 기다렸다.

그녀는 잡지책을 보며 시간을 보냈다. 간간이 시간을 확인하면서. 그때 작고 귀여운 인상의 여자가 매장 직원과 함께 팔짱을 끼며 안으로 들어왔다.

"일은 안 힘들어?"

"휴가 갔다 왔더니 죽겠다."

"첫날이라 그런가 봐."

휴가를 다녀왔다는 매장 직원은 얼굴이 조금 탔다고 말했고, 손님으로 보이는 사람은 그래도 예쁘다며 맞장구를 쳐 주었다.

두 사람은 나연과 얼마 떨어지지 않은 곳에 진열되어 있는 상품을 가운데 두고 계속해 이야기했다. 나연의 시선이 자연스럽게 두 사람에게로 향했다.

"근데 갑자기 넥타이핀 세트는 사서 뭐 하게?"

"사랑하는 사람에게 주려고."

"민성우 사장? 너 아직도 그 사람이랑 만나? 결혼한다고 기사 났던데."

사랑하는 사람.

민성우 사장.

결혼 기사.

세 문장이 머릿속에서 곤죽이 되었다.

"그러니까 이별 선물."

"이별 선물은 무슨. 궁상이지."

나연의 시선이 아래로 떨어졌다. 불안한 시선이 정처 없이 떠도는 와중에도 두 사람의 대화는 계속되었다.

"아, 맞다. 오늘 민성우 사장 매장에 온다고 했는데."

"뭐? 진짜?"

"어. 결혼반지 맞추러. 휴가 가기 전에 매니저님이 말씀하셨던 거 같은데……."

캘린더를 보는 직원의 모습에 나연은 고개를 숙였다. 얼굴이 일그러졌다. 바닥이 무너져 내리는 느낌이었지만 나연은 애써 표정을 갈무리했다.

저들이 자신을 발견하지 않았으면 했다. 그래서 얼굴을 깊숙이 숨겼고, 다행스럽게도 귀여운 인상의 여잔 다른 데 정신이 팔려 부산을 떨고 있었다.

나연의 엉덩이가 들썩였다. 당장 이 자리를 피해 버리고 싶었다.

"헉! 그럼 이거 포장해서 줘. 결제는 이 카드로 하고."

"알았어. 잠시만."

빠르게 결제를 마친 여자가 매장을 곧장 도망치듯 나갔다. 그 뒷모습을 나연은 말없이 바라보았다.

여잔 생기가 넘쳤다. 사랑을 받고 자란 티가 역력해 가까이 두고 싶은 분위기를 풍기는 사람이었다. 볼품없이 마른 자신과는 달리 몸매도 예뻤고, 밝았다. 모두 자신이 동경하는 사람의 모습이었고, 부러움의 대상이었다.

민성우 씨에게 여자가 있다는 건 이미 알고 있었다.

정유화.

그 사람과 몇 해 전에 결혼 이야기를 주고받았다는 걸 아버지에게 들었을 때는 아무렇지도 않았다. 그 사람이 다시 한국으로 돌아왔다는 걸 알았을 때도.

하지만 지금은 그렇다. 마음이 마구마구 그렇다.

또 다른 여자가 있다는 걸 알아서?

그렇게 생각해 보았지만 단순히 그런 문제는 아닌 것 같았다. 자신의 마음인데도 잘 모르겠다.

그때 포장을 마친 매니저가 다가와 작은 가방을 내밀었다. 가방을 받아 든 나연은 방금 전까지 귀여운 여자와 함께 있던 직원을 힐끗 보았다. 여잔 양치를 하기 위함인지 작은 가방을 들고 밖으로 나가고 있었다.

"지금 제가 여기 왔다는 거 비밀로 해주세요."

"예?"

"곤란해질 것 같아서요. 비밀로 해주세요."

매니저는 이해하지 못한 표정이었지만 굳이 설명하고 싶지 않았다. 그럼 너무 비참해질 것 같아서. 그녀가 지금 해야 할 일은 자리에서 일어나

매장을 벗어나는 것이었다.

도망치듯 달려나왔지만 막상 사람들 속에 뒤섞여 걸음을 옮기는 그녀는 여유로운 미소를 머금고 있었다. 하지만 이도 화장실 안에 들어서는 순간 무너져 내렸다.

화장실 칸으로 들어온 나연이 변기에 털썩 주저앉았다.

빠르게 뛰는 심장이 곧장 터질 것같이 아팠다. 가슴께를 힘껏 문질렀다.

"괜찮아."

그렇게 말은 했지만 괜찮지가 않았다.

하지만 괜찮아야 했다.

그렇지 않으면…….

"고마운 사람인걸."

내 인생이 너무 불행하지 않은가.

❖

리조트에 내려가기 전까지만 해도 최악이었던 컨디션이 제자리로 돌아왔다. 며칠 전까지만 해도 조금만 신경에 거슬리는 일이 있으면 흔들리던 감정도 이젠 웬만한 일로는 흔들리지 않았다.

"기사 초안입니다."

지아가 내민 것은 민성우와 김나연의 결혼 소식 기사 초안이었다. 팩트는 하나도 없는 소설이었다.

두 사람은 어릴 적부터 알고 지냈고, 힘든 일이 있을 때마다 위로를 받았다. 그러다가 지난해 초부터 진지한 만남을 가지게 되었고, 최근에 미래를 약속했다는 부분에선 헛웃음이 나왔다.

하지만 꽤 그럴싸한 이야기여서, 그는 이대로 진행하라는 말과 함께 시간을 확인하고 자리에서 일어났다.

오늘은 결혼반지를 맞추러 가기로 되어 있었다. 예물 시계의 경우엔 평소 그가 착용할 일이 많아 자신의 취향대로 이미 제작에 들어간 상태였고, 결혼반지는 김나연의 뜻대로 하기로 했다.

벗어두었던 슈트 재킷까지 걸친 그가 사무실을 나서자 앞에서 기다리고 있던 김 비서가 꽃다발을 건넸다.

"이게 뭡니까?"

꽃다발을 받아 든 그가 의아한 표정으로 물었다. 그러자 지아는 그녀가 아주 유능한 비서라는 걸 새삼 알려주는 듯한 답을 한다.

"여성 잡지 기자가 오늘 두 분을 따라붙을 거라고 해서요. 장미꽃을 들고 있는 게 더 그럴듯하지 않을까요?"

소품으론 이만한 것이 없다는 말에 그 역시 동의했다.

"고맙습니다. 탁월한 선택이네요."

그가 꽃다발을 가볍게 흔들며 말한 후 걸음을 옮겼다.

평일 네 시였지만 도로는 차들로 꽉꽉 들어차 있었다. 핸들을 손가락으로 툭툭 두드리던 그가 시계를 힐끗 보았다. 약속 시간에 맞춰 도착하는 건 불가능에 가까워 보였다.

마침 빨간불에 차를 멈춰 세운 그가 휴대전화로 나연의 번호를 찾았다.

『김나연』

이름 석 자 밑엔 그가 떠안기다시피 했던 휴대전화 번호가 떠 있었다. 통화 버튼을 누르자 차 안에 통화음 소리가 가득 찬다.

한참 신호음이 흘렀음에도 나연이 전화를 받을 생각을 하지 않자 그가 미간을 좁혔다.

설마 이 여자, 휴대전화 사용 방법을 아예 모르는 건 아닐까?

그런 생각을 할 때였다. 조심스러운 기색의 음성이 들려온 것은.

—……여보세요?

"약속 시간에 늦을 것 같아 전화드렸습니다."

—아, 네.

"20분 정도 뒤에 도착할 것 같습니다."

—네, 기다릴게요.

통화는 용건만 가볍게 주고받는 수준이라 짧았다. 그런데도 왜 이런 알 수 없는 감정이 드는 걸까.

휴대전화 너머로는 처음 들려온 나연의 목소리에, 그가 목이 죄이는 듯 셔츠와 넥타이 사이에 손가락을 찔러 넣어 이리저리 흔들었다. 그제야 좀 살 것처럼 숨통이 트였다.

예상한 것과는 달리 나연에게 말한 시간보다 5분 일찍 도착한 그는 주차를 한 후에 곧장 약속 장소로 향했다.

그사이 많은 사람들의 시선이 그에게 머문다. 평소에도 한 번 더 보게 되는 남자였지만, 오늘은 손에 든 로맨틱한 꽃다발까지 분위기를 더해 시선이 오래 머물렀다.

자신에게 향한 집요한 시선을 느끼면서도 그는 짐짓 모른 척 사람들로 복잡한 커피숍으로 향했다. 평소라면 이런 곳에서 약속을 잡지 않았겠지만 두 사람은 앞으로 나갈 기사를 위해 최대한 많은 시선에 노출될 필요가 있었고, 부러 번잡한 곳을 찾았다.

커피숍 안으로 들어가자 그만큼이나 많은 사람의 시선을 받아내는 김나연이 보였다. 하지만 김나연은 그처럼 뻔뻔하게 굴 수가 없는 것인지,

구석에 앉아 사용하기 시작한 지 얼마 안 된 휴대전화를 만지작거리고 있었다.

저 여잔 알까. 자신이 지금 어떤 모습인지.

나름 시선을 회피하기 위해 하는 행동이겠지만 머리카락에 반쯤 가려진 얼굴은 같은 여자들조차 보게 만들 정도로 매력적이었다. 가까운 곳에 앉아 있는 남자들 역시 마찬가지였다. 엉덩이를 들썩거리는 모양새를 보아하니 곧 나연에게 번호라도 물어볼 기세여서, 멈춰 있던 그의 걸음이 빨라졌다.

"어?"

그녀는 '왔어요?' 라는 인사를 건네려던 것처럼 보였다. 하지만 민성우는 그녀의 말이 이어지기도 전에 김나연의 얼굴을 빤히 보았다.

평소보다 화장이 더 진한 듯했다. 그다음에 눈에 들어온 것은 붉게 충혈된 눈이다. 자잘한 실핏줄이 터진 눈은 마치 운 사람 같았다.

'울었습니까?'

그 물음을 하고 싶었다. 하지만 김나연은 그의 시선을 피하며 손에 들린 꽃다발을 바라보았다. 부러 피한 시선이다.

"저 주시는 거예요?"

그녀의 물음에 민성우는 고개를 끄덕이기만 했다. 그는 꽤 많은 관계를 가졌고, 몇몇은 이름조차 기억이 나지 않을 정도로 다양한 여자들을 만났다.

하지만 그들 중에서 민성우에게 꽃다발을 선물받은 여잔 단연코 없었다. 하다못해 부모님에게도 감사하는 마음을 담은 카네이션조차 준 적이 없었다.

그녀는 그걸 잘 알고 있는 사람처럼 꽃다발을 환상처럼 바라보았다. 그러다 이내 꽃다발을 받아 들며 햇살처럼 웃는다.

"너무 예뻐요. 너무 좋아요."

거짓이 아닌 듯 여자의 검은 눈망울이 충만한 감정으로 흔들렸다. 나연의 얼굴이 기쁨으로 물들어 있었다.

나연은 잠시 꽃다발에 가볍게 코를 묻고 냄새를 맡아보기도, 커다란 꽃 하나를 손가락 사이에 가볍게 걸쳐 이리저리 살펴보기도 했다. 첫 반응은 꽃을 선물받은 여자들이 자연스레 하는 것이었지만, 그다음 행동은 마치 전문가처럼 보였다.

그러고 보니 저번에 골프장에 갔을 때도 들꽃을 한참 들여다보았었다. 어쩜 김나연은 꽃을 아주 많이 좋아할지도 모르겠다. 그가 그렇게 결론지을 때였다.

붉은 눈동자를 보던 그가 맞은편에 앉으며 물었다.

"무슨 일 있으셨습니까?"

"아니요. 아무 일도요."

그녀의 마음을 들쑤시는 질문을 하고 싶어졌다. 그리고 평소의 민성우라면 그리했을 것이다. 김나연의 반응을 보기 전까지는 그리하려고 입술까지 달싹였고.

"아, 맞다."

그러나 그보다 먼저 짧게 혼잣말을 내뱉은 그녀가 작은 종이 가방을 그의 앞으로 내밀었다.

"선물이에요."

종이 가방에 찍혀 있는 로고는 해외 주얼리 브랜드였다.

오늘 반지를 함께 고르기로 했던 값비싼 브랜드.

그녀가 말을 돌리기 위해 종이 가방을 내미는 순간 그는 질문하길 포기했다. 솔직히 답을 해줄 것 같지도 않았다.

그의 관심은 어느 순간 종이 가방 안에 들어 있을 물건으로 향했다.

벌써 반지를 산 것일까? 그래서 선물이라며 주는 걸까?

그것도 나쁘지 않을 것 같았다. 그는 몸에 뭔가를 걸치는 걸 싫어했다. 그래서 반지도, 팔찌도, 하다못해 목걸이도 해본 적이 없었다.

관심이 없으니 결혼반지 역시 그녀의 취향대로 고를 생각이었다.

하지만 그의 예상과는 달리 종이가 방에 담겨 있는 케이스는 반지라고 하기엔 길쭉하고 또 투박했다. 가늠하길 포기한 그가 상자를 열었다. 안엔 넥타이핀과 커프스 버튼이 가지런히 놓여 있었다.

"……마음에 드세요?"

"마음에 듭니다."

안도의 한숨을 내뱉은 나연이 보드랍게 웃자 그의 시선이 순간 인파 사이로 향했다. 작은 카메라를 든 남잔 익숙한 사람이었다. 미리 알고 있었던 대로 여성 잡지 기자 중 한 사람이 사진을 찍고 있었다.

"다행이에요."

나연의 말에 작게 고개를 끄덕인 그가 팔을 뻗었다. 갑자기 다가오는 커다란 손에 나연이 눈을 동그랗게 떴다. 여느 카페가 그러하듯 지금도 두 사람의 거리는 아주 가까웠다. 작은 1인용 테이블은 둘 사이를 갈라놓는 장애물이 되지 못했다.

그래서 그는 나연의 목을 가볍게 움켜쥐어 자신의 쪽으로 잡아당긴 후 이마에 입을 맞췄다.

"어, 어?"

나연뿐만 아니라 주위에 있던 몇몇 사람들이 놀라 그런 반응을 보였다. 하지만 그는 어느새 연극 무대에 선 배우처럼 나연의 귓가에 속삭였다.

"카메라가 있습니다. 웃으세요."

그의 말에 나연의 몸이 굳어지는 것을 느꼈다. 하지만 그는 개의치 않은 채 사랑에 빠진 남자처럼 웃는다.

"그래야 더 그럴싸한 그림이 나올 겁니다."

"……."

나연의 웃음은 어색했지만 그리 중요하진 않았다. 그가 자리로 돌아와 그녀가 준 선물을 챙겨 들었다. 그러자 나연은 뒤늦게 잊고 있었던 물건이 생각났다는 듯이 그의 앞으로 봉투를 내밀었다.

"이건 아버지께서 전해달라고 하신 거예요."

그가 봉투를 열어 안을 살펴보았다. 그러더니 나연을 보며 아까와는 다른 의미가 담겨 있는 웃음을 건넸다.

"재미있군요."

"네?"

안에 있는 내용이 무엇인지 모르는 나연은 멍한 표정이었지만, 그는 아니었다. 시니컬한 웃음을 입가에 머금은 그가 서류를 봉투 안에 넣으며 말한다.

"김 회장님은 흥정의 기술이 대단하신 분입니다."

비꼬는 투가 역력한 말투였다. 순간 변명이라도 해야 할 것만 같아서 나연이 입술을 벌렸다. 하지만 그는 들어줄 생각이 없다는 듯 자리에서 일어났다.

"이만 올라갈까요?"

더 이상의 대화는 나눌 생각이 없다는 말에 나연은 그의 뒤를 순순히 따라나섰다.

그날 김나연이 고른 반지는 숍에서 가장 비싸고 화려한 반지였다.

그녀와는 어울리지 않는.

하지만 반지를 손가락에 낀 나연이 웃었다.

입술에 걸린 것은 밝은 미소가 아니었다. 어설프고 서투른 것.

붉은 눈자위가 뒤늦게 다시 마음에 걸렸지만, 그는 애써 이를 무시했다.

❖

"아가씨."

멍하니 생각에 잠겨 있던 나연은 자신의 부르는 음성에 고개를 돌렸다.

찬희였다.

남잔 늘 무표정하게 자신을 바라보곤 했었는데, 오늘은 조금 걱정스러운 기색이다. 그게 조금은 우습게 느껴졌지만 나연은 미소로 '왜요' 라고 물었다.

"괜찮으십니까?"

"뭐가요?"

그녀는 질문의 뜻을 모르겠다는 표정으로 물었다. 고개는 옆으로 기울었고, 눈 또한 동그랗게 떠졌다.

하지만 남잔 그녀의 거짓이 눈에 빤히 보인다는 듯 말없이 바라보았다. 나연의 감정이 푸스슥 가라앉았다.

그녀는 방금 전까지 신문을 보고 있었다. 오늘 대문짝만 하게 실린 1면 기사는 김나연과 민성우의 결혼 소식이었다.

『우리 곧 결혼해요.』

타이틀은 달콤했다. 그리고 그와 함께 실린 사진 역시 비슷했다.

배경은 커피숍. 테이블 위엔 김나연이 처음으로 받아본 꽃다발이 놓여 있었고, 민성우는 김나연의 이마에 입을 맞추고 있었다.

눈을 감고 있는 남잔 감정을 읽을 수 없었지만 바보 같게도 자신의 감정은 잘 읽혀졌다.

왜 울어선.

바보같이 가슴을 쳤던 그날의 일이 떠올랐다.

그가 하는 행동은 다 이렇게 이유가 있었다. 아마 자신과 관계를 가진 것 또한 그럴 것이다. 그는 타인에게 흠 잡힐 일을 하고 싶지 않아 했고, 자신은 결혼해야 하는 대상이니 '그냥' 했을 것이다. 자신에겐 특별한 일이었지만 민성우 씨에겐 그렇지 않은, 아주 당연하게 느껴지는 일상 같은 일.

그리고 자신 역시 그렇게 받아들여야 한다는 걸, 이제 깨닫는다.

마음이 스스스 가라앉았다. 그래서 평소라면 하지 않았을 말을 했다.

"박찬희 씨."

"네, 말씀하십시오."

찬희가 가볍게 고개를 끄덕였다. 그 움직임은 마치 들을 준비가 되어 있다고 말하는 것 같았다. 그래서 나연은 신문에서 시선을 떼고 그를 보았다. 머릿속은 곤죽이 되어 하고 싶은 말들이 뒤죽박죽 섞여 있었다.

정리할 필요가 있었다. 말은 한번 내뱉으면 주워 담을 수 없고, 간혹 아주 위험한 결과를 불러일으키기도 한다.

그 순간이 바로 지금이라는 것을 알면서도 나연은 바보처럼 입술을 뗐다.

"내 이야기 들어줄래요?"

"그러겠습니다."

머릿속은 엉망으로 엉켜 있었지만 나연은 생각나는 대로 지껄였다.

"초등학교 동창 중에서 도연이란 애가 있었어요. 김도연. 저랑 가운데 이름만 달라서 가장 먼저 이름을 외운 애였어요. 3학년 때 같은 반이었거든요.”

3학년.

단 1년 동안 같은 반이었지만 ‘김도연’이란 아인 얼굴까지 선명하게 기억하고 있다. 아마 처음으로 충격을 준 아이였기에 그럴 터다.

“그 애는 아주 인기가 많았어요. 보기만 해도 얼굴에 나 행복해요, 라고 써 있는 아이였으니까 다른 사람들에게 사랑받는 게 당연했을지도 모르겠네요.”

그 아인 자신이 사랑받는 걸 아주 당연하게 생각하는 사람이었다. 자신과는 달리.

“그 애를 보고 처음으로 다른 누군가에게 사랑받는다는 느낌이 무엇인지 궁금해졌어요. 아버지도, 어머니도 절 사랑하지 않았거든요. 그걸 깨달은 게 꽤 됐어요. 다른 누군가가 말해준 것도 아닌데 본능적으로 알아차렸죠.”

아주 본능적으로.

아이에게도 직감이란 게 있었다.

그리고 그 직감이 다시 발동된 건 얼마 지나지 않은 후의 일이었다.

“그러다가 알게 되었어요. 난 가족에게 사랑받을 수 없는 아이였다는 걸.”

그걸 알고 나니 모든 걸 포기하게 됐다.

나의 상황을 당연하게 받아들인 건 초등학교 4학년이었다.

“그런데 다시 궁금해지기 시작했어요. 다른 누군가에게 사랑받는 게 어떤 느낌일지.”

이제껏 무덤덤했던 목소리가 떨렸다. 감정을 죽이는 건 참 쉬운 일이다. 지난 시간, 자신을 그렇게 죽여왔다.

그런데 이제 와서 왜. 왜.

오랫동안 포기해 왔던 헛된 희망을 다시 품게 된 것일까.

"그런데 이번에도 알게 됐어요. 난 사랑받지 못한다는 거."

눈물이 날 것 같지도 않았다. 모든 게 이젠 덤덤하게 받아들여졌다.

가족에게 사랑받지 못했던 이유는 알고 있었다. 아버지의 무관심도, 어머니가 일정한 거리를 두는 것도. 스스로가 받아들이기에도 충분한 이유였기에 이를 묵인했다.

그런데, 그런데 갑자기 '왜' 라는 의문이 계속 들기 시작했다. 내 잘못도 아닌데. 내가 지은 죄도 아닌데 왜 이런 감정을 가져야 하는지. 왜 난 안 된다고 스스로가 묵인을 하며 지내야 하는 건지.

"미련하게 붙잡고 싶어져요."

어떻게 해서든 그 남자를 붙잡고 싶었다. 절대 놓아선 안 된다는 마음의 비명이 머릿속을 쾅쾅 울린다.

민성우 씨가 좋아하는 일을 열심히 하다 보면 그도 자신을 바라봐 주지 않을까.

그 귀여웠던 여자가 이별 선물을 한다고 했다.

그 역시 자신과의 결혼을 위해 노력을 하고 있다는 결론에 이르렀다. 그는 흠 잡힐 일은 하지 않겠다고 했으니까.

술에 취해 엉망이 되었던 그날, 자신만을 파트너로 두겠다고 했으니까.

힘껏 붙잡아보자.

그렇게 생각하는 순간 나연의 눈동자에 감정이 스며든다.

말을 마친 나연은 찬희를 가만히 보았다. 그는 평소처럼 무표정한 얼굴이다. 깊은 곳에 숨겨두었던 말을 하기에 좋은 상대는 아니다.

그럼에도 나연은 말할 수밖에 없었다. 지금, 자신의 곁에 있는 건 이 사람뿐이었으니까.

"이것도 아버지께 보고하실 건가요?"

나연의 말에 무표정했던 찬희의 얼굴에 금이 갔다.

그래서 나연은 바보처럼 웃어버렸다.

"장난이에요."

❖

"주말에 죄송합니다. 긴급히 보고드려야 할 문제인 것 같아서 연락드렸습니다."

지아가 가타부타 설명도 없이 서류철 하나를 성우의 앞에 내려놓았다. 직접 열어서 확인하라는 몸짓에 그가 어색한 표정으로 팔목 위에 쫑긋 올라와 있는 셔츠를 걷어 올리려다가 말았다.

늘 갖춰 입는 슈트 재킷도 넥타이도 하고 있지 않았다. 오늘은 토요일이었고, 오늘의 드레스코드는 간편한 차림이었다. 그러니까 비즈니스맨이 아닌 사랑에 빠진 남자가 데이트를 할 때 입을 법한 옷 말이다.

한숨을 내뱉은 그가 조금 있으면 약속 시간이라는 생각과 함께 서류를 보았다. 오늘 그가 출근한 이유는 금요일 저녁에 지아에게 급히 걸려온 전화 때문이었다.

민성우는 주말엔 출근하지 않는다. 아무리 바쁜 일이 있다 하더라도 사무실에서 나가기보단 집에서 일하는 것을 선호했다.

주말엔 출장이나 골프 약속이 주로 잡혀 있어서 사무실에 출근할 여유도 없었다.

더욱이 가정을 가지고 있는 지아였기에 되도록 주말엔 근무하지 않았으나, 오늘은 김나연의 일로 사무실에 오게 되었다. 꼭 이 서류를 보아야 한다는 김지아의 말 때문이었다.

서류를 읽던 민성우가 깜짝 놀란 눈으로 지아를 보며 물었다.

"이게 정말입니까?"

"네."

"이건……."

말을 잇던 민성우가 미처 말을 끝맺지 못하고 입을 꾹 다물었다. 그러자 지아는 서류에 적혀 있는 내용을 간단하게 정리해 줬다.

"저희 현금 보유금으로도 막을 수 없는 금액입니다. 그것뿐만이 아닙니다."

처음 동호건설의 자금 사정을 들춰보았을 땐 알지 못했던 부채들이 쭉 적혀 있는 서류는 꽤 심각해 보였다. 아니, 꽤가 아니라 많이 심각했다.

초창기 건설업을 하는 이들 대부분이 그러했듯 정상적인 자금 유통이 어려울 때면 지하 경제 쪽에 있는 돈을 많이 끌어다 썼다. 불법적인 투기 자본이 많이 흘러들어 온 탓도 있었지만, 워낙 호황이다 보니 수요를 공급이 따라가지 못해 무리하게 사업을 확장한 탓에 그런 것도 있었다.

하지만 요즘이 어떤 시대인가.

건설업은 하향 산업이었고, 급하게 돈을 끌어다 써 건물을 지어 올리는 시댄 아니었다.

민성우가 서류를 내려놓은 후 습관처럼 턱을 쓰다듬었다. 그러자 지아가 조심스러운 기색으로 말했다.

"알고 보니…… 동호건설 쪽에서 김나연 씨와 결혼을 추진하려 했던 회사가 여럿 있었습니다."

"우리 쪽 정보가 늦었단 말입니까?"

민성우의 표정이 굳어졌다. 사업을 하는 사람에게 정보는 곧 돈과 직결되는 문제였다. 그는 그들이 이러한 사실을 모두 알고 발을 뺀 것이냐

묻는 것이었다. 하지만 지아는 가볍게 고개를 저었다.

"아닙니다. 그저 사장님의 조건이 가장 좋았던 것으로 사료됩니다."

DG그룹의 조건이 가장 좋았다는 게 더 맞는 말이었다. 하지만 성우는 굳이 거기에 대해선 정정하지 않은 채 김 비서가 올린 보고서를 보았다.

"그럼 우리 쪽과 함께 진행하는 사업과 자금으로 1차 부도는 막는다 쳐도, 2차는 어떻게 할 생각이랍니까?"

"경기도 시흥과 남양주 쪽에 그린벨트로 묶여 있는 땅을 대거 구입하고 있다고 합니다. 그래서……."

"회사 보유 자금이 그렇게 바닥인 것도 그 땅들 때문이군."

혼잣말처럼 내뱉은 성우가 헛웃음을 내뱉었다.

그린벨트가 해제되는 일은 극히 드물다. 더욱 최근 들어 부동산 투기가 다시 고개를 내밀면서 나라에서도 제재하는 쪽으로 분위기가 흘러가고 있는데, 이제 와 불확실한 투자처에 무리해 가면서 돈을 밀어 넣은 김 회장이 이해가 되지 않아서였다.

그러다 문득 깨달은 듯 그가 웃었다.

"재미있네."

잘하면 손대지 않고 코를 풀 수 있을지도 모르겠다. 건설 쪽이 사양산업이라고는 하지만, 동호건설 쪽에서 가지고 있는 땅 중에선 투자가치가 높은 것들이 꽤 됐다.

더욱 김 회장이 어떠한 소식을 듣고 그린벨트 땅을 사들이고 있는 건지는 몰라도 만약 해제만 된다면야 큰 투자가 될 터다. 이제 대한민국에서 돈을 벌어들일 수 있는 땅은 그린벨트로 묶여 있는 땅들이 대부분이었다.

그게 아니더라도 현재 이야기하고 있는 사업들 역시 동호건설만 사라져 준다면야 더할 나위 없이 좋은 일이 될 터다.

제주도 땅은 결혼을 통한 공동 투자로 사업을 진행하는 게 아니었다면 큰 금액을 주고 샀을 만큼 위치가 좋았다. 문득 동호건설과 쓴 계약서가 머릿속에 아른거렸다.

턱을 쓰다듬던 그가 첫 번째 서랍에서 봉투를 꺼내 지아에게 내밀었다.

"이게 뭡니까?"

"김나연 씨를 통해 김 회장이 건넨 겁니다."

김지아가 의아한 얼굴로 봉투를 열어보았다. 그러다가 깜짝 놀란 얼굴로 그를 본다.

"이걸 언제 받으신 겁니까?"

"저번 주에 받았습니다."

"그럼 이걸 왜 이제야 보여주시는 겁니까?"

"김 회장의 의도가 너무 빤히 보여서 뜻대로 해주지 않을 생각이었거든요. 그런데 생각이 바뀌었습니다."

"사장님, 적은 금액이 아닙니다."

"그러니까 필요하지요."

자금 유통을 해달라는 서류였다. 안에 적힌 금액은 100억이 조금 넘는 금액이었다.

이 요구를 그전에 받았다면 민성우 역시 회사가 힘이 들어 요청한 것이라고 생각했을 것이다. 하지만 이 서류를 받은 것은 김나연과 그가 하룻밤을 보낸 후였다. 김 회장은 마치 딸을 창녀로 생각한 것처럼, 관계 직후에 큰돈을 요구했다.

"이 금액으로 회사를 내려앉게 할 수도 있죠. 아주 위급한 상황에선 말입니다."

무심한 표정으로 읊조리는 남자의 말엔 앞으로 가족이 될 여자에 대한 애정은 조금도 느껴지지 않았다.

지아 역시 이를 느끼고선 입술을 달싹였다. 뭐라고 하고 싶었지만 결국 한마디도 내뱉지 못한 채 고개를 끄덕였습니다.

"알겠습니다."

주말에 부러 사무실까지 나온 보람이 있었다.

그가 자리에서 일어나려 엉덩이를 들썩이자 지아가 아직 보고할 것이 남았다는 듯 곤란한 표정을 지었다.

"그리고 이건 사람을 시켜 알아본 것입니다. 너무 개인적인 문제여서……."

그가 거리낌 없이 파일을 열어보다 말고 표정을 굳혔다.

탁.

그의 표정이 어두워졌다.

처음엔 김 회장이 보내온 이력서에 헛웃음을 지었다. 하지만 곧 동호건설의 자금 사정을 알아보고선 결혼을 결심했다. 전략적 결혼이야 언젠간 해야 할 일임은 분명하니 얻을 수 있는 것이 많은 쪽과 하면 된다는 생각을 했었고, 김나연은 자신에게 줄 것이 많은 사람이었다.

시기도 맞았다. 민 회장의 일로 DG그룹 이미지가 바닥을 치고 있었고, 그룹 이미지를 다른 곳으로 돌릴 필요도 있었다.

서른다섯.

결혼하기엔 적당한 나이다. 적당한 로맨스만 섞는다면 더할 나위 없이 좋은 이야깃거리가 될 거란 생각에 이것저것 계산을 해본 후, 이 여자와의 결혼을 결론지었다.

하지만 이건 아니지 않은가.

이제 와 밝혀진 사실들을 나열해 놓고 보니 자신의 결정은 판단 미스였다. 하지만 민성우는 자신답지 않은 결정을 내렸다.

"결혼은 합니다."

"하지만 사장님, 그건 좋은 결정이 아닙니다. 동호건설 상황이 너무 좋지 않고 또 김나연 씨는……."

"김 회장의 핏줄이 아닌 것 같군요. 이 보고서대로라면."

"개인적인 사견이지만 한 말씀 올려도 될까요?"

이런 식으로 대화를 튼 건 처음이라 그가 흔쾌히 고개를 끄덕였다. 그러자 지아는 이 보고서를 올릴 때까지 생각을 거듭한 끝에 내린 결론이라는 듯 막힘없이 말했다.

"김나연 씨는 아무런 득도 되지 않는 사람입니다. 사생아라니요. 더욱 김 회장 쪽도 아닌 돌아가신 사모님 쪽 아이니까 김 회장은……."

"이제야 이해가 되었습니다."

지아가 미처 말을 끝맺지 못하고 입을 다물자, 그는 어려운 수수께끼를 푼 사람처럼 말했다. 지아가 의아한 표정으로 바라보자 민성우가 턱을 쓰다듬는다. 깊은 생각을 거듭해야 할 때 나오는 그의 습관이었다.

"왜 김 회장이 김나연을 길들였는지."

왜 그녀가 여러 모습을 가지게 됐는지.

"그럼 더 잘된 일 아닙니까."

"이해하지 못하겠습니다."

지아의 말에 그가 무심한 표정으로 말했다.

"지금까지 오고 간 계약대로라면 동호건설이 사라지는 것이 DG에겐 더 이득이 아닙니까."

김나연의 비밀을 알아낸 그가 내린 결론이었다.

결혼 생활과는 상관없이 더 많이 얻는 쪽으로 일을 진행시키겠다는.

지아가 입술을 안으로 말아 넣었다. 이번에도 역시나 그녀는 할 말을 아꼈다. 오너의 도덕성에 대해서 비서인 그녀가 가타부타 말을 할 수는 없었다.

그때 원목 책상 위에 올려둔 휴대전화가 울렸다.

"무슨 일이야?"

전화는 민아에게서 온 것이었다. 무심한 인사에도 민아는 늘 그랬던 것처럼 신경 쓰지 않은 채 발랄한 어조로 말했다.

—결혼하신다면서요? 축하해요! 행복하세요!

"마치 행복하지 말라는 것처럼 들리는데?"

—설마요. 전 누구보다 사장님의 행복을 바라고 있답니다.

그게 사실이든 아니든 민성우는 순순히 고맙다는 인사를 건넨 후 무슨 일로 전화했냐고 물었다.

—시간 내달라고 해도 만나지 않을 거죠?

"왜."

—마지막이니까. 그래도 마지막 인사는 하고 싶어서요. 유학 날짜 잡혔거든요.

"언제?"

—크리스마스요! 낭만적인 날에 떠나요.

낭랑한 웃음이 이어졌다.

크리스마스.

한여름에 듣기엔 아직은 먼 일처럼 느껴지는 날이었다.

—집은 겨울 되어서야 비울 것 같아요. 그래도 되죠?

"마음대로 해."

—감사해요.

"하지만 마지막 인사는 못해."

—예상은 했어요.

그러면서 민아가 혼잣말처럼 말을 이었다.

—선물까지 준비했는데 아쉽게 됐네요. 다시 한 번 결혼 축하드려요.

짧은 통화가 끝났다. 하지만 민성우는 쉬이 전화를 내려놓지 못한 채 까맣게 변한 액정을 바라본다.

민아는 결혼이 결정되었던 그날, 끊어내려 했었다. 하지만 예상보다 멀어진 이별에 그가 미간을 좁힌다.

다른 집을 구해주는 게 좋지 않을까.

민아가 지내고 있는 곳은 어찌 되었든 그의 명의로 된 곳이었다.

그가 생각에 잠긴 얼굴로 통화 도중에 날아온 문자를 확인했다. 전부 백화점에서 긁은 것으로, 나연에게 건넨 카드 내역이었다.

그녀는 꽃을 받으며 소녀처럼 좋아했다. 그러다 결혼반지는 다소 어울리지 않는 고가의 것을 골랐다.

오늘 역시 마찬가지였다. 내역은 아주 다양했다. 가구 매장에서 날아온 것만 해도 수천만 원에 달했으나, 간혹 사이사이엔 작은 소품을 구입한 듯 몇천 원짜리 내역도 있었다.

김나연은 과소비와 소박한 것에 감동하는 일을 반복하고 있었다.

탐욕에 매혹되어 무작정 쫓는 사람.

소소한 것에도 감동을 받고 행복해하는 사람.

둘 중 어떤 모습이 진짜 김나연일까, 가늠해 보던 그가 이내 고개를 저었다.

둘 다, 김나연이다.

## 2. 열기에 녹아 나를 잃다

거실 한가운데를 차지하고 있는 크림화이트 색상의 가죽 소파는 고전 느낌이 났다. 평범한 4인용 소파와 1인 소파, 스툴이었지만 과하게 느껴지는 금빛 프레임과 그와 대비되는 블랙 마감 때문인지 더욱 크고 과하게 보였다.

거실에 놓여 있는 소파 하나뿐만이 아니었다. 이와 비슷한 느낌의 액자 프레임엔 자개가 박혀 있었다. 촌스럽지는 않았지만 이 역시 과했다. 식탁 하나, 협탁 하나, 무엇 하나 과하지 않은 것이 없었다.

집 안의 상태를 하나하나 살핀 그가 걸음을 옮겨 침실로 향했다. 눈은 그녀가 채워 넣은 가구를 보고 있었지만, 신경은 온통 자신의 뒤를 조심스럽게 따라오는 여자에게로 향했다.

카드 내역을 보았을 때 심상치 않은 물건들로만 채워 넣었다는 건 알고 있었다. 가구는 올드했지만 본가에 있는 것들과 비슷했다. 사람들이 흔히 생각하는 재벌가에 놓여 있을 법한 가구들이었다.

나쁘진 않았지만 스물여섯 살의 여자의 취향이라고 하기엔 무리가 있었다. 그녀보다 아홉 살이나 많은 자신의 취향도 이것보단 훨씬 젊었다.

책장과 커다란 원목 책상이 놓여 있는 서재를 둘러본 후, 마지막으로 침실 문을 열고 안으로 들어간 그가 팔짱을 꼈다. 방 역시 밖의 가구와 맞춘 것처럼 비슷한 느낌이었다. 이 가구들의 가격을 모르고 있다 하더라도 모두 비싼 값을 치렀다는 걸 알 수 있는 것들이었다.

앞서 말했듯 모두 그의 취향은 아니었다. 하지만 다행이라 할 만한 건 가구들이 전체적인 인테리어와 잘 어울린다는 것이다. 이곳에 살아도 자신의 집이란 느낌은 들지 않을 것 같았지만, 전적으로 모든 걸 나연에게 맡겼기에 한 입으로 두말할 생각은 없었다.

"……괜찮아요?"

"괜찮습니다."

마음에 든다고도 마음에 들지 않는다고도 말할 수가 없어 가볍게 답했다. 나연은 그 덤덤한 답으로도 안심한 듯 나지막하게 한숨을 내뱉었다. 그러더니 들고 있던 클러치 백에서 신용카드를 꺼내 성우에게 내밀었다. 할 일을 마친 카드는 주인을 찾을 시간이었지만, 그는 카드를 받아 드는 대신 나연을 보았다.

"가지고 계세요."

"……왜요?"

이걸 왜 다시 자신에게 주냐는 표정이다.

"필요할 때 쓰십시오."

"네?"

말을 하면 할수록 나연은 점점 의문에 빠져드나 보다. 하지만 그 역시 나연을 이해할 수 없는지 고개를 갸웃거렸다.

"잊었습니까? 부부지 않습니까."

이번엔 민성우가 부부 사이에 그게 뭐 그리 놀랄 일이냐는 듯 물었다.

"부부……."

"이 주일 뒤면 결혼식입니다만."

그렇게 대답한 그의 시선이 아래로 내려갔다. 카드를 쥐고 있는 손끝이 힘을 주어 하얗게 질려 있었다.

아직 이 여잔 결혼한다는 사실을 실감하지 못하고 있는 것일까. 굳은 얼굴로 카드를 내려다보고 있는 여자의 눈동자는 여전히 혼란스러워 보였다.

하지만 이내 받아들였나 보다. 그의 말로 인해. 아니, 받아들인 게 아니라 이제야 확실히 자신이 결혼한다는 사실을 인식한 것인지도 모르겠다.

어두웠던 나연의 안색이 점차 밝아졌다. 활짝 웃는 것은 아니었지만 아래로 끌어 내려져 있던 입매가 평소의 보기 좋은 각도로 돌아왔다.

김나연이 자신을 어떻게 보고 있는지는 모른다. 그녀에게 물어보고 싶다는 생각도 들지 않았다. 하지만 자신은 김나연에 대한 정의를 정확하게 내렸다.

김나연은 자신의 감정을 꽤 능숙하게 숨기는 사람이다. 감정 표현에 익숙하지 않았지만 그녀를 자세히 관찰하다 보면 많은 것을 알 수 있었다.

모든 일에 무심한 사람처럼 보였지만, 작은 것에 집중하기 시작하면 다른 것은 보지 않는 사람이었다. 대인관계에 익숙하지 못한 사람이었지만, 능숙하게 대화를 이끌어 나갈 줄도 알았다. 기계적이고 수동적인 사람처럼 보였지만, 그건 능동적으로 움직일 기회를 어릴 적부터 박탈당해 그런 것이었다.

지금은 이런 모습이었지만 앞으론 다른 모습을 보여줄 것 같기도 했다. 그건 일상과 침대에서의 괴리감만큼이나 먼 간극일지도 모른다.
일상에서의 그녀는 자신의 취향이 아니었지만 침대에서는 달랐다.
사타구니 사이에 열기가 모였다. 드러난 연약한 어깨를 보고 있는 것만으로도 뜨거웠던 그날 밤이 떠올랐다.
창백한 피부는 자신의 흔적을 남기기에 좋았고, 잇자국이 난 몸은 매력적이었다. 한 사람을 자신의 소유로 만들고 싶은 집착은 느껴본 적이 없었지만, 김나연은 탐욕적이고 불합리한 감정을 느끼게 만드는 여자다.
자신의 눈동자에 비친 감정을 나연은 읽지 못했나 보다. 카드를 보던 말간 눈이 자신을 향하자, 그는 충동적인 감정을 이기지 못하고 고개를 옆으로 돌려 침대를 보았다.
"침대는 다시 구입해야겠습니다."
그녀의 표정이 다시 의아하게 변하자 그의 입술이 비틀렸다.
"이것보다 더 커야 하지 않겠습니까?"
"이것보다 더요?"
혹시 잠버릇이 많이 좋지 않나?
읽어 내기 쉬운 표정에 그가 입술을 달싹이다 말고 손을 뻗었다.
툭.
가느다란 팔목을 붙잡아 곧장 침대에 눕힌 그가 허벅지를 세워 나연에게 다가갔다. 그의 커다란 몸은 나연에게 직접적으로 닿지 않았으나, 나연은 이미 숨이 막힌 표정이었다.
벌써부터 헐떡이는 나연에게 손을 뻗은 그가 흐트러진 머리카락을 정리해 넘겨주었다.
"어떻습니까? 역시 새로 구입해야겠죠?"
옆으로 비스듬히 누운 나연의 발이 허공에서 대롱거렸다. 하지만 그녀의 신경은 온통 자신에게 닿았다가 떨어지는 손에 향해 있는 듯, 닿는 부위마다 몸이 떨렸다. 그의 물음에는 답을 해줄 정신이 없는 듯했다.

"으."

마치 피아노 건반 같았다. 손이 닿을 때마다 입술을 통해 흘러나오는 작은 신음에 그의 미간이 좁아졌다.

그가 허리를 부드럽게 쓸어내리던 손을 끌어 올려 아까부터 계속 신경 쓰였던 어깨를 붙잡았다. 곧장 이를 세워 박아 넣은 그는 가느다란 허벅지가 오므려지자 손을 내려 벌렸다.

나연의 호흡이 곧장 가빠졌다. 어깨에 입을 맞추고 깨문 자리를 혀로 부드럽게 핥아내자 허리가 꿈틀거린다. 어쩜 그녀 역시 자신처럼 처음의 결합을 떠올리고 있을지도 모르겠다. 그게 아니라면 이토록 빠르게 달아오를 수가 없었다.

그의 손이 조금 성급하게 움직였다. 나연의 어깨를 붙잡아 일으켜 세운 후 입고 있는 오프숄더 블라우스를 벗겨냈고, 드러난 브래지어를 탐욕스러운 눈으로 보았다.

브래지어까지 벗겨낸 그가 나연의 어깨를 붙잡아 침대에 똑바로 눕혔다. 그런 후에 치마와 속옷을 한꺼번에 벗겨낸 후 한쪽 허벅지를 어깨에 걸쳤다.

무릎 위부터 복숭아뼈까지 혀로 긋듯 핥아 내린 그가 꼼지락거리는 엄지발가락 끝에 입을 맞췄다.

움찔!

깜짝 놀란 그녀가 상체를 들어 올려 당혹스러운 눈으로 성우를 보았다. 생각보다 유연한 몸에 그가 손을 뻗어 상체를 눌렀다. 풀썩 쓰러진 김나연이 무어라 항의하기도 전에 그가 엄지발가락에 입을 맞췄다.

"시, 싫어요."

나연이 몸을 떨며 항의했다. 실제로 발가락이 성감대인 여잔 그렇게 많지 않을 것이다. 은밀한 곳에 혀를 넣고 핥는 것처럼, 더러운 곳을 상대가 핥고 있다는 느낌에 몸을 떠는 이들이 대부분이겠지.

하지만 그는 집요하게 발가락 끝에 입을 맞추고 혀로 핥았다. 그러는 사이 그의 손은 검은 수풀을 헤치고 여린 속살을 더듬고 있었다.

그녀의 안은 뜨겁고 여전히 좁았다. 아직 완연하게 젖지 않은 몸은 건조했고, 손가락 하나도 아직은 버거운 듯이 연신 죄이고 있었다.

발가락에 있던 입술이 벌어진 종아리를 타고 올라와 사타구니 사이에 닿았다.

쪽.

소리 내어 맞춰진 입술에 나연의 허리가 비틀렸다. 그녀는 어느 사이, 반항하는 것조차 잊은 듯 보였다. 그저 이 상황이 당혹스러운 듯했다.

쪽. 쪽.

흉터 하나 없이 깨끗한 몸에 그가 남긴 흔적이 하나둘 남기 시작했다. 사타구니 사이엔 이미 좁은 간격으로 키스마크가 새겨졌다.

여성과 가까운 곳에 입술이 향할수록 벌어진 여성이 움찔거린다. 축축하게 젖어 가기 시작한 여린 속살을 탐욕 어린 눈으로 바라보던 그가 막 입술을 가져다 댔다.

그곳 역시 소리 내 입을 맞췄다. 달콤한 향내가 그의 정신을 앗아가자 그의 혀가 노골적으로 두툼한 살을 핥았다.

어느새 조금씩 흘러나오기 시작한 액을 힘껏 빨아 당겨 마셨다.

"으응!"

억눌린 신음. 액을 힘껏 마시는 소리는 너무 노골적이었다.

감촉 하나하나가 모두 당황스러웠다. 자신의 안에 이런 자신이 있는 것조차 모르고 있던 나연은 눈을 질끈 감았다.

참아야 해, 참아야 해.

작은 생명체가 몸을 간질이는 느낌에 나연이 연신 당혹스러운 신음을 터뜨렸다.

그를 만족시켜야 한다는 생각이 머릿속을 지배했다. 처음 느껴보는 감각에 남자의 몸을 밀어내고 싶었지만 다정한 애무는 한없이 그녀를 녹아내리게 했다.

첫 관계보다 좋았다.

그녀는 그렇게 확신할 수 있었다.

그의 거친 숨이 연신 여성에 닿을 때마다 비틀리는 허리에 페니스가 서서히 고개를 치켜들 때였다.

나연은 자신만 벗고 있다는 걸 뒤늦게 깨달았다. 그가 절대적인 우위를 차지하고 있다는 걸 알면서도, 나연은 그 역시 자신처럼 모든 걸 보여줄 수 있는 모습이길 바랐다.

"저만…… 벗고 있는 건 싫어요."

나연의 두 번째 항의였다. 작게 벌린 입술과 게슴츠레 떠진 눈은 흥분을 담고 있었지만, 그의 셔츠를 잡아당기는 손길은 우악스러웠다.

고개를 들어 나연을 바라보던 그가 셔츠와 넥타이 사이에 손가락을 밀어 넣어 양옆으로 힘껏 끌어당겼다. 목을 죄던 넥타이가 조금 느슨해지자, 이제야 여유가 조금 돌아왔다.

하지만 그것도 잠시.

조심스럽게 다가온 손이 사타구니 사이에 닿자 그가 느릿한 신음을 토해 냈다.

"당신이 벗겨줘야지."

그는 마치 나연을 조련하고 있는 것 같았다. 나연이 당혹스러운 표정을 지을수록 그의 속에 있는 시꺼먼 감정이 더욱 커졌다.

그는 김나연을 말없이 내려다보았다. 나연은 후회했지만, 이미 늦었다.

"……제가요?"

"그럼 여기에 당신이랑 나 말고 또 누가 있습니까?"

그의 말에 나연이 침을 꼴깍 삼켰다. 울대가 크게 움직였다. 목이 따가웠지만 나연은 고통을 느낄 새가 없었다.

해야 해.

누군가가 그렇게 말했다.

아마 자신의 안에 있는 누군가일 터다.

그가 자신을 단 한 명의 파트너로 규정하는 건 만족스러운 관계가 있을 때였다.

다른 여자와 있는 민성우 씨.

그건 정말 싫었지만, 나연은 방법을 몰랐다.

이제 와 당신과 처음 관계를 가진 것이라고 말할 수는 없었다. 정유화도 그렇고 주얼리 매장에서 보았던 여자도 모두 매혹적인 여자들이었다. 자신이 아무것도 모르는 풋내기라고 하면 민성우 씨는 재미없다고 느낄 것 같았다.

어쩌지.

어떻게 해.

나연이 흔들리는 눈망울로 성우의 넓은 가슴을 볼 때였다.

나연이 긴 시간 망설이자 그가 옆으로 집어 던져 두었던 나연의 속옷에 손을 뻗었다.

"싫으면……."

그의 말이 끝나기도 전이었다.

"아니에요."

짧은 말에 조심스럽게 몸을 일으킨 그녀가 침대를 곁눈질했다.

"누워주세요."

자신의 요구에 그는 순순히 침대에 누웠다.

이젠 어떻게 해야 하지?

일단 그를 눕히는 것까진 성공했지만 그다음 과정은 몰랐다. 당연히 단추를 풀어야 했지만 백지가 되어버린 머릿속에선 아무것도 떠오르지 않았다.

"뭐 합니까?"

열기가 식은 것 같은 어조에 나연의 마음이 다급해졌다. 그의 눈치를 살피던 나연의 손이 조심스레 그의 버클로 향했다.

찰칵.

벨트가 풀리고, 바지가 벗겨졌다. 드로즈를 뚫고 나올 것만 같은 페니스를 눈앞에 목도한 김나연이 침을 꼴깍 삼킨다.

얇은 천만 벗기면 됐지만 그건 아직 레벨이 너무 높다는 듯, 나연의 손이 셔츠로 향했다.

툭툭.

하나둘, 단추가 풀릴 때마다 나연의 손은 더욱 거세게 떨리기 시작했다. 정작 침대에 누워 있는 그는 말없이 나연을 올려다보고 있었으나 그녀는 달랐다. 셔츠 단추를 모두 풀어내고 드러난 가슴에 그녀가 민성우를 빤히 보았다.

"이, 일어나 주세요."

나연의 요구에 그가 상체를 일으켰다. 그러자 나연은 조심스레 그의 셔츠를 벗겼다.

"이제 뭘 하면 됩니까?"

그의 물음에 나연은 생각할 것도 없다는 듯 민성우의 어깨를 밀어냈다. 그리고 한참이나 망설인 후에야 그의 속옷을 아래로 내렸고, 곧 혈관이 돋을 정도로 흥분한 페니스를 보았다.

이 거대한 게 몇 번이고 자신의 몸 안으로 들어왔었다.

빨갛게 부풀어 있는 페니스를 말없이 바라보던 나연이 용기 내 손에 쥐었다.

벨벳처럼 부드러운 감촉.

손이 녹아내릴 것만 같은 뜨거움.

그가 자신으로 인해 흥분해 있다는 걸 촉감으로 느낀 순간이었다.

"윽."

그의 입에서 억눌린 신음이 터져 나왔다.

민성우는 깜짝 놀란 눈으로 나연을 보고 있었다. 하지만 나연은 묻고 싶었다.

이렇게 하는 거 맞나요?

하지만 이어진 행동은 본능이 시키는 것이었다.

나연은 아무것도 모르는 풋내기였지만 행위 자체는 알고 있었다. 아무리 경험이 없다 하더라도 그녀는 스물여섯의 아가씨다. 섹스는 경험을 통해 아는 것도 있었지만 세상엔 엄청난 양의 자극적인 매체도 있었다.

방금 전까지만 하더라도 사내의 몸을 처음 보는 사람처럼 굴던 여자가 페니스를 양손으로 붙잡더니 곧장 뭉뚝한 살 끝에 입을 맞췄다.

일격이었다. 그녀의 공격을 예상하지 못했던 그의 허리가 튀어 올랐다. 하지만 나연은 그를 바라보지 않은 채 그 위에 몽글하게 맺혀 있는 액에 혀끝을 가져다 댄다.

할짝—

여잔 마치 미지의 세계에 들어선 아이 같았다. 어린 아이들이 그러하듯 처음엔 조심스러웠지만, 곧 사정도 모른 채 대담해졌다. 뭉뚝한 살 끝을 입에 머금더니 이내 다디단 사탕을 핥듯 혀를 움직였다.

으.

그가 터져 나오려는 신음을 애써 억눌렀다. 시선은 여전히 나연을 향해 있었다.

그녀는 익숙한 듯 익숙하지 않았다. 아니, 익숙하지 못하다고 표현하는 것이 더 정확했다. 간혹 숨 쉬는 타이밍을 잊어 페니스에 훅 내뱉기도 했고, 이를 세워 긁기도 했다.

그게 오히려 그를 불타오르게 만들었다. 정성스럽게 페니스를 핥는 여자의 입에서 느릿한 한숨이 터져 나왔고, 저도 모르게 허리를 흔드는 모습에 정신이 아득해졌다.

복수하기 위해 그런 것이라면 김나연은 꽤 성공했다. 최근 그의 감정을 이토록 격렬하게 만들었던 사람이 없었으니까.

그녀는 익숙하지 않은 듯 그의 페니스를 입에 문 후에 천천히 고개를 움직였다. 움직임은 점차 속도감을 가지고 리드미컬하게 움직였다.

뻣뻣하게 굳어 있는 혀가 페니스 끝에 닿았다가 떨어지길 반복했고, 뿌리 부분을 감싸 쥔 손엔 조금 힘이 들어가기도 했다. 하지만 감질났다. 머리카락 사이에 손가락을 찔러 넣은 그가 힘을 주어 잡아당겼다.

"아!"

나연이 신음을 터뜨렸다. 하지만 그는 아랑곳 않고 곧장 가느다란 팔목을 잡아당겼다. 빠르게 뜨겁고 질펀한 속살 안으로 들어가고 싶었다.

순식간에 그의 배 위에 올라탄 나연이 흔들리는 눈망울로 성우를 내려다보았다. 여자의 눈망울이 순진하다. 아무것도 모르는 아이처럼.

하지만 격정에 휩싸인 그는 나연의 허리를 붙잡아 살짝 들어 올린 후에 곧장 페니스 끝을 여린 속살에 가져다 댔다. 여린 속살이 그의 페니스 끝을 감쌌다고 생각하는 순간, 안으로 쑥 빨려들었다. 그의 페니스를 핥는 동안 젖어든 여린 속살은 그를 열렬히 환영했다.

"아!"

"으!"

여성은 준비를 마쳤지만 여전히 좁았다. 페니스를 힘껏 감싸는 속살에 그가 거친 신음과 함께 뿌연 정액을 쏟아냈다. 하지만 그는 허리를 부드럽게 흔들었다. 사정했지만 아직 모자랐다. 좀 더 강렬한 자극이 필요했다.

"흐으."

자신의 안으로 들어온 이물감에 신음을 내지르던 그녀가 곧 쏟아져 들어오는 뜨거운 느낌에 커다랗고 단단한 몸 위로 쓰러진다. 두 사람의 몸이 어느 순간 땀으로 번들거렸다.

그는 허릿짓을 멈추지 않았다. 한 번의 파정으로 작아졌던 남성은 금세 다시 몸집을 키웠고, 여자의 안을 채웠다.

질척. 질척질척.

살과 정액이 부딪치는 소리에 나연의 허리가 원을 그리며 움직였다. 그건 아주 원초적인 본능에서 시작된 행위였다. 익숙하지 않았지만 남자가 주는 감각에 빠진 나연은 저도 모르게 요녀처럼 허리를 흔들었다.

청각을 괴롭히는 소리에 나연의 입에서 흐느끼는 신음이 흘러나오기도 했다. 나연의 몸이 위로 튀어 올랐다가 떨어지길 반복하자 남성은 또다시 흥분해 포악해졌다.

그는 쓰러진 그녀의 어깨를 뒤로 밀어내 다시 세웠다. 나연의 허리가 구부정하게 펴졌다.

"아, 아파요."

깊숙하게 찔러든 페니스에 나연이 울먹이는 목소리로 말한다. 그러면서 하는 행동이란 게 겨우 몸을 위로 들어 올렸다가 아래로 조금 내려오길 반복하는 것이었다. 그것이 그를 더욱 흥분으로 몰아넣는다는 것은 알지 못한 채.

가느다란 허리를 붙잡아 힘껏 아래로 내리찍었다가 들어 올리길 반복하던 그는 생각처럼 나연이 움직여 주지 않자 손을 뻗었다. 그녀의 어깨를 붙잡아 아래로 끌어 내린 그가 작은 몸을 끌어안은 후 허리를 빠르게 튕겼다.

콩콩콩.

두 사람의 몸이 결합되어 있던 부분이 가볍게 부딪혔다. 그럴수록 나연은 그의 귓가에 거친 신음을 터뜨렸다.

"흐읏!"

나연의 신음은 어느 순간 울음으로 변해 있었다.

정신을 앗아가는 쾌감에 고개를 내저으며 그에게서 벗어나려 했지만 단단한 팔은 그녀의 몸을 힘껏 끌어안았다.

두 번째 사정은 예상보다 빨랐다. 지쳐서 자신의 몸 위에 흐느적하게 쓰러진 나연의 목덜미에 입을 맞춘 그가 느릿하게 웃었다.

"힘듭니까?"

그의 물음에 나연은 천천히 고개를 끄덕였다. 말할 힘도 없다는 듯이.

몸을 옆으로 돌린 그가 그녀의 몸 위에 제 몸을 겹쳤다. 그러더니 땀으로 젖어든 이마를 손으로 쓰다듬으며 허리를 들어 올린다. 그녀의 안을 가득 채우고 있던 정액이 아래로 주르륵 쏟아졌다.

마음 같아선 한 번 더 그녀를 가지고 싶었지만 힘없이 늘어진 몸을 보아하니 그러면 안 될 것 같았다.

그가 나연의 이마에 입을 맞추고 웅얼거리는 목소리로 말했다.

"우선 침대 시트부터 바꿔야겠습니다."

그의 말에도 나연은 아무런 답도 하지 않았다. 고개를 숙여 바라보자 나연은 어느새 깊은 잠에 빠져 있었다.

잠든 나연의 얼굴을 한참 바라보던 그가 저도 모르게 혼잣말을 내뱉었다.

김나연…….

“당신은 어떤 사람이야.”

답을 해줄 사람은 깊이 잠들어 있음에도.

❖

어느 순간 잠든 것일까.

나연은 희미한 시야 너머로 보이는 창문을 보았다.

세상은 아직 어두웠다. 하지만 무더위에 잠들지 못한 매미는 연신 울어댄다.

시원하게 비라도 내려주면 좋을 텐데.

매미 소리를 들으며 눈을 감은 나연이 한숨을 내뱉었다. 이 더위가 절정에 달할 때, 자신은 민성우 씨와 결혼을 하게 될 터다. 그날이 기다려지면서도 두렵다. 아이러니하게도.

부스럭거리며 몸을 돌린 나연은 순간 자신의 시야에 가득 찬 남자의 모습에 서둘러 손으로 입을 가렸다. 민성우였다. 마음의 준비도 되어 있지 않은 상황에서 마주하게 된 그의 잠든 모습에 나연의 심장이 아래로 왈칵 떨어졌다.

허읍.

깜짝 놀란 나연이 억눌린 숨을 내뱉었다. 그러면서도 시선은 민성우의 모습에서 떨어질 줄을 모른다.

남잔, 그녀에게 있어 소중한 사람이었다.

이 상황에서 자신을 꺼내줄 사람.

남편이 될 사람.

천국과 지옥을 동시에 맛보게 해준 사람.

손을 들어 그를 만지고 싶은 마음과 동시에 두려움도 느끼게 만드는 사람.

아직 그에게 손을 뻗을 용기까지는 나지 않아서, 나연은 가만히 그를 눈에 담았다.

노력하면 날 봐주실 건가요?

입안에 하나의 말이 맴돌았다.

한참 민성우의 얼굴을 눈에 담던 나연이 조심스럽게 몸을 일으켰다. 그의 잠을 방해하고 싶지 않았기에 행동은 조심스러웠다. 소리 나지 않게 발을 내린 그녀는 최소한의 움직임으로 방을 빠져나왔다. 그리고 자신이 직접 꾸민 공간을 눈으로 훑는다.

결혼 생활을 이런 곳에서 하게 될 줄은 몰랐다. 결혼하게 되면, 답답한 집이 아닌 세상으로 한 발짝 내딛을 수 있을 것 같았다.

하지만 민성우 씨가 고른 곳은 인적이 드문 저택이었다. 아마도 이곳에서 자신은 또 홀로 지내야 할 것 같았다.

고급스러운 소파를 손바닥으로 쓰다듬은 나연은 불필요하게 놓인 가구가 있는지 눈으로 훑었다. 다 적당한 자리에 놓여 있었다.

신혼집으로 꾸민 곳은 자신이 생전 살던 곳과 별반 다르지 않았다. 물건 고르는 안목을 아버지에게 배웠으니 어쩔 수 없다. 그녀가 사들인 것은 모두 아버지의 취향이었다.

그리고 앞으로의 삶 역시, 그러할 것 같았다.

말간 눈으로 거실을 둘러보던 그녀는 뒤에서 들린 인기척에 고개를 돌렸다. 민성우였다. 언제부터 있었는지 몰라도 그는 잠이 깬 얼굴로 문틀에 비스듬히 기대어 서 있었다.

"일어나셨어요?"

나연이 어색한 얼굴로 물었다. 상의는 탈의하고 있어 그와 제대로 눈도 마주치지 못한 채. 앞으로 익숙해져야 했지만 마음처럼 쉽게 될 것 같진 않았다.

"전부터 물어보고 싶었던 게 있습니다."

"뭔가요?"

"김나연 씨 취향이 이쪽입니까?"

"왜요, 마음에 안 드시나요?"

나연의 얼굴이 불안감으로 젖었다.

그의 마음에 들지 않는다면 당장이라도 다른 것으로 채워 넣을 생각이었다. 하지만 민성우는 가볍게 고개를 저었다.

"그냥 김나연 씨와는 어울리지 않아서요."

가벼운 어투에 나연은 눈에 띄게 안도의 한숨을 내뱉었다. 그러더니 새삼 거실을 둘러본다.

그냥 이게 내 취향이라고 말을 해도 됐다. 하지만 나연은 그에게 말하리라곤 생각해 본 적 없는 답을 내놓았다.

"어릴 적부터 아버지가 제게 하셨던 말이 있어요."

"그게 뭡니까?"

"뭐든 최고로 고르라고."

그 기준은 '가격'이었다. 격에 어울리는 물건이어야 한다고, 아버지는 늘 강조하셨다.

"그래서 늘 최고만 골랐습니까?"

호기심 어린 눈빛에 나연은 입을 꾹 다물었다.

이제껏 나의 선택은 어땠지?

선택지는 그리 넓지 않았었다. 아주 사소한 물건은 집안일을 봐주시는 분들이 샀다. 그 흔한 슈퍼나 편의점 한번 가본 적이 없다.

의류는 직원이 직접 옷을 들고 집으로 왔고, 화장품은 비서가 구입해 줬다. 그림 또한 마찬가지다. 미술관을 가기보단 큐레이터가 집으로 그림을 가지고 왔다.

제 손으로 처음부터 무언가를 골라본 적은 없었다.

하지만 아버지의 기준에서 '최고'를 골라왔다.

자신의 생각이 들어간 것은 이 집에 놓인 작은 소품들뿐.

그리고 그 소품들이 가장 마음에 들었지만, 아버지의 기준에선 최고가 아니었다.

나연은 꽃 모양으로 깎인 나무 조각을 보며 말했다.

"모르겠어요, 아직은."

난 최고만 선택해 왔나?

물건이든, 상황이든.

그렇게 해왔나?

갑자기 그런 의문이 들었다. 그래서 자신을 가만히 바라보고 있는 민성우와 눈을 마주치며 말을 이었다.

"늘 최고만 선택해 왔는지."

아무것도 모르는 바보가 되어버린 기분이다.

그녀가 씁쓸하게 웃자 민성우는 작게 고개를 끄덕이며 의문에 대한 해답을 내렸다.

"다른 건 몰라도 적어도 결혼 상대 하나는 제대로 고른 것 같습니다. 저번에 보내주신 서류는 모두 검토했습니다. 김 회장님께 원하는 대로 해드리겠다고 전해주시면 됩니다."

어쩐지 그렇게 말하는 민성우의 얼굴이 시렸다. 그래서 나연은 말없이 그를 바라보고 있을 수밖에 없었다.

◈

휙!

민성우가 신경질적으로 서류를 넘겼다. 결혼으로 인해 잠시나마 자리를 비워야 했기에 최근엔 정말 눈코 뜰 새 없이 바빴다. 물론 그의 인생 중에서 한가했던 적은 없었지만, 요즘은 자신의 실수 하나로 떠안게 되는 리스크의 크기가 달라졌기에 신경이 날카로워졌다.

직원들은 그의 앞에서 매사 조심했고, 그건 그의 가장 가까운 심복인 지아 역시 마찬가지였다.

결혼이 눈앞으로 다가왔고, 그에 맞춰 동호건설과의 업무 협약 역시 아주 구체적으로 변했다.

제주도에 건설될 DG호텔의 건축가는 동호건설의 직원이 아닌, 세계에서 가장 권위 있는 건축가 상이라 불리는 '프리츠커 건축상'을 두 번이나 수상하였고, 현재는 심사위원으로 활동하고 있는 프랑스인이었다.

그가 원했던 사람이었던 터라 일이 결정되었을 땐 무척 기뻤다. 일정이 바쁜 사람이라 협상을 하는데 꽤 애를 먹었기 때문이다.

일은 바빴지만 착착 진행되고 있었다. 찝찝할 정도로. 이렇게까지 원하는 방향으로 흘러가면 후에 예상하지 못한 일이 생기기 마련이다.

띠릭띠릭.

문자 도착음이 울리자마자 그의 시선이 휴대전화로 닿았다. 책상은 두 대의 휴대전화가 나란히 놓여 있었다. 반응을 보인 것은 개인 연락을 주고받는 휴대전화로, 업무 시간엔 좀처럼 확인하지 않는 것이었다.

하지만 그는 문자를 보낸 사람이 누구인지 알고 있다는 표정으로 액정을 확인했다.

『집이에요.』

김나연이었다.

이모티콘 하나 없는 문자는 자그마치 한 시간 만에 도착한 답이었다. '뭐 하십니까?' 라는 일상적인 질문에 대한 답이라고 하기엔 참 긴 시간이 걸렸다.

『집에서 뭐 하십니까.』

간단하게 답을 보낸 그가 휴대전화를 다시 내려놓았다. 답 문자가 오려면 한참은 걸릴 테니.

두 사람의 생활 패턴이 워낙 바빠 전화를 하는 경우는 없었지만, 뒤늦게 답장을 해도 되는 의미 없는 문자는 지금처럼 간혹 주고받았다.

그리고 예상과는 달리, 얼마 지나지 않아 김나연은 '그냥 있어요' 라는 답장을 보냈다.

성의 없게 느껴지는 문자였지만, 그녀에게 난생처음 휴대전화를 쥐어 준 사람이 자신이라는 걸 알고 있는 민성우는 개의치 않은 채 이번 주말 약속을 어떻게 할지 결정하기 위해 문자를 보냈다.

이제껏 비서를 통해 해왔던 연락들을 두 사람은 이제 스스로 하고 있었다.

『마지막 주말인데 어디 갈까요.』

『아무 곳이나 괜찮아요.』

늘 있었던 반응에, 그는 잠실에 위치한 뮤지컬 극장 앞에서 12시 30분에 약속을 잡은 후 휴대전화를 밀어두었다.

나연의 입장에선 본론이 끝난 대화였기에 더 이상의 문자는 없었다. 하지만 민성우의 시선은 간간이 휴대전화에 닿았다가 떨어졌다.

본인이 의식하기도 전에.

❖

툭. 툭.

기다란 줄기를 잘라내면서도 나연의 시선은 연신 휴대전화로 향했다. 아직 꽃다발을 완성하지 못했지만 나연의 신경은 온통 휴대전화로 향해 있었다.

결국 꽃을 내려놓은 나연이 휴대전화를 조물거렸다.

기다렸던 연락은 없었다. 그는 불필요한 연락은 하지 않는 사람이었다.

한숨을 내뱉은 나연이 휴대전화를 내려놓았다. 오늘은 어머니에게 인사를 하러 갈 참이었다. 그리고 다녀오는 길에 민성우 씨에게 연락해 볼 참이었다.

어머니를 뵈러 같이 가주시지 않을래요?

귀찮아할지도 몰랐지만 들어줄 가능성이 있었기에 용기를 내기로 했다.

한참 안개꽃을 정리하고 색 배합을 했다. 오늘은 예쁜 장미꽃으로 만들어볼 참이었다. 어머니는 수수한 꽃을 더 좋아했지만 오늘은 자신의 취향대로 만들기로 했다.

하얀색 안개꽃과 인위적으로 색을 입힌 안개꽃을 적당히 집어 섞을 때였다. 인터폰이 울리고 김 회장의 차가 들어온다고 찬희가 알려왔다.

지저분한 테이블을 치울 세도 없었다.

일을 봐주시는 아주머니께 슈트 재킷을 내민 김 회장이 나연을 보았다. 사업이 일정 궤도에 오르면서부터 그의 안색이 많이 좋아졌다. 예전처럼 기분이 땅을 기지도 않았지만, 오늘의 그는 또 다르다.

꽃다발을 만들기 위해 정리한 꽃을 내리깐 시선으로 보던 김 회장이 말을 툭 내뱉었다.

"이제 그만 가거라."

나연의 표정이 멍하니 변했다.

김 회장은 나연이 어릴 적부터 과할 정도로 외출을 막았다. 다른 사람들과 섞여드는 것도 용납하지 않았다. 덕분에 나연의 세계는 늘 좁았다. 그 흔한 친구 하나, 단골 식당 하나 없었다.

하지만 어머니를 만나러 가는 것만은 막지 않았다. 그것이 나연에게 있어 유일한 숨통이라는 걸 알았기 때문이다.

그런데 가지 말라니.

나연의 얼굴이 창백하게 질렸음에도 김 회장은 말을 이었다.

"잊은 거냐. 그 여자가 어떻게 죽었는지. 멍청하구나."

마지막 말이 이명처럼 귀에서 울렸다.

멍청하구나, 멍청하구나, 멍청하구나.

그 말이 가슴을 후볐다.

평생 김 회장의 말엔 토를 달지 않았던 나연이다. 그렇게 길들여져 왔다. 어릴 적부터 계속된 방임과 정신적인 폭력은 김나연이란 사람을 무기력하게 만들었다. 자존감도 자연스럽게 낮아졌다.

하지만 어디에서 그런 용기가 나왔을까.

나연은 자신을 스쳐 방 안으로 들어가려는 김 회장의 뒤에 대고 말했다.

"어머니의 잘못만은 아니라고 생각해요."

짝!

순식간에 귓가가 멍멍해졌다. 맞았다는 감각도 없어서 멍하니 김 회장을 보았다. 이 자리에 있는 사람 중 가장 놀란 것은 곁에 있던 찬희와 이 비서였다.

"아."

짧게 신음을 내뱉자 또다시 눈앞에 별이 튀었다.

짝!

날카로운 소리에 집 안은 순식간에 숙연해졌다.

"멍청한 년."

자신이 멍청하다는 것쯤은 잘 알고 있었다.

하지만, 하지만…….

"버림받을 거다, 너도."

그 말씀은 너무하잖아요, 아버지.

뾰족한 물체가 발바닥을 파고들었지만 나연은 하염없이 걸음을 옮겼다.

마당은 넓었다. 잘 관리되고 있었지만 맨발로 걷기엔 무리가 있었다.

하지만 나연은 힘없이 걸음을 옮겼다. 집을 나서서 갈 곳이 없음에도 무작정.

"아가씨."

팔을 힘껏 붙잡는 손길에 나연의 몸이 힘없이 돌아갔다. 나연은 울지 않았다. 오히려 그녀를 바라보고 있는 무표정한 남자의 눈에서 눈물이 흐르는 것 같다.

찬희는 괜찮냐는 말을 하려던 것 같았다. 하지만 나연은 전혀 괜찮지 않아 보였다.

"집에 안 갈래요. 가고 싶지 않아요."

나연은 앵무새처럼 그 말만 반복했다.

집으론 돌아가고 싶지 않다.

평생 자신을 묶어두었던 공간이 그녀에겐 지옥이었다.

찬희 역시 집으로 돌아가자는 말은 하지 않았다. 그 대신 무릎을 굽혀 나연의 앞에 신발을 두었다.

"신으십시오."

찬희의 말에 나연은 발을 털지도 않은 채 신발을 신었다.

그녀가 신발을 신자 그가 이번엔 현금을 쥐어주었다. 오만 원권 두 장이었지만 아무것도 들고 나오지 않은 나연에겐 큰돈이었다.

"……고마워요."

"돌아오고 싶을 때 연락하십시오."

그 말을 끝으로 찬희는 몸을 돌렸다. 아마도 그는 자신의 탈출을 눈감아줄 모양이다. 그게 이해가 되지 않았지만, 나연은 몸을 돌려 집을 벗어났다. 걸음은 점차 빨라졌다.

빠르게 걸음을 옮긴 그녀는 큰길가에서 택시를 붙잡았다. 택시를 탄 것은 처음이었다. 하지만 택시에 오른 후 목적지를 말해야 한다는 것쯤은 알고 있었다.

주소를 말한 후 나연은 눈을 감았다. 택시는 참 편리했다. 목적지를 말하니 원하는 곳까지 데려다주었고, 나연은 찬희에게서 받은 돈을 내밀었다.

그녀가 온 곳은 민성우의 집이었다. 그에게 키를 받았지만 집에 두고 왔다. 용기를 내 초인종을 눌러보았지만 안에선 아무런 답도 들려오지 않았다. 그래서 주저앉았다. 엉덩이를 통해 찬 기운이 올라왔지만 개의치 않은 채.

시간이 흘렀다. 그럼에도 그는 집으로 돌아오지 않았다.

바쁜 사람이니까.

그는 참 바쁜 사람이니까.

그렇게 스스로를 달래면서도 나연은 깨달았다.

노력해도 되지 않는 일이 있구나.

그럼 어떻게 해야 하지?

그 물음에 대한 답은 너무나 쉬웠다.

이제껏 그녀가 해왔던 것.

"……포기하면 되지."

❖

"미친."

급하게 달려온 민성우는 테이블에 엎어져 있는 이한영을 보고 난 후에야 답답하게 목을 죄고 있는 넥타이를 양쪽으로 힘껏 흔들어 느슨하게 만들었다.

털썩, 다리에 힘이 풀려 의자에 주저앉은 민성우가 이한영의 정수리를 가만히 보았다.

이한영은 정신을 잃은 채 엎어져 있었다. 그게 단순히 술 때문인지, 아니면 갑작스레 찾아온 지독한 사랑 때문인지 모르겠다.

치사량에 가까운 빈 병을 보던 민성우가 거칠게 머리를 쓸어 올린 후에 온더록스 잔을 끌어왔다. 반쯤 남은 양주병을 기울여 술잔을 채운 그가 숨도 쉬지 않고 들이켠 후에 드글드글 끓는 속을 다스리려 애를 쓸 때였다.

띠리릭. 띠리릭.

멋없는 벨 소리가 울렸다.

액정을 확인해 보니 번호가 저장 안 되어 있지만 누군지 알 것 같았다.

미간을 좁힌 그가 곧장 전화를 받자마자 벼락같은 음성이 귀를 파고들었다.

―나한테 왜 그래!

"너야말로 왜 그러냐?"

―성우 오빠……?

신경질적인 목소리는 전화를 받은 사람이 이한영이 아니란 사실을 알고서 조금 누그러졌지만, 민성우는 아니었다.

웨이터에게서 온 연락을 받고 얼마나 놀랐던가.

그가 알고 있는 이한영은 자신을 내려놓을 때까지 술을 마시지 않았다. 매사 조심스럽게 행동했고, 흠이 잡힐 만한 말조차 조심하는 인물이었다.

술은 사람의 정신을 흩뜨리고 실수를 유발하는 걸 알기에, 즐길 수 있을 만큼만 가볍게 마실 뿐 이렇게까지 떡이 되는 일은 없었다.

아니, 한 번 있었다.

이한영이 그가 아닌 다른 사람으로 변하게 만드는 건 '정유화' 뿐이었다.

"경고 하나 더 추가한다."

―오빠 맞네. 나한테 이렇게 화내는 걸 보면.

"이한영한테도 연락하지 마. 연락하는 순간 네가 그렇게도 소중히 생각하는 것부터 없애 버릴 거니까."

거침없이 전화를 끊은 민성우가 테이블 위로 휴대전화를 집어 던졌다. 그런 후에도 아직 속에서 불길이 끓는 것인지 술을 들이켠다.

"후."

깊게 한숨을 내뱉은 민성우가 이한영을 봤다.

정신을 잃은 이한영을 집까지 데려다준 민성우가 기사에게 집으로 가 달라고 말했다.

빠르게 바뀌는 차창 밖을 보던 그가 피곤함에 의자에 몸을 깊숙이 묻었다. 일에 찌들어 버린 몸이 지금 당장 휴식을 취해야 한다며 경고하고 있었다.

"후우."

머리가 지끈지끈 아팠다. 컨디션도 좋지 않은데 무작정 술을 마셔서다.

기분이 안 좋더라도 좀처럼 술을 마시는 법이 없던 그였지만, 무너진 친구의 모습을 보고 있자니 가만히 있을 수가 없었다.

사랑, 그것이 무엇이기에.

인연, 그까짓 여자 하나 끊어내지 못해서 괴로워하는 친구의 모습이 답답했다.

세상에 반은 여자다. 물론 그중에서 괜찮은 사람은 몇 되지 않겠지만, 이한영은 그 어떠한 여자도 안을 수 있는 위치에 있었다. 사업 일선에선 물러나 있다고 했지만 어찌 되었든 그의 뒤엔 IT로는 첫 번째 손가락에 꼽히는 기업이 있었고, 개인이 하고 있는 회사 역시 커피 업계에선 첫 번째로 손꼽히는 곳이었다.

그런 남자가 순애보에 절어 한 여자 때문에 이리저리 흔들리는 꼴이라니.

민성우는 이해할 수가 없었다.

정유화와 헤어지고 나서 자신과 결혼 이야기가 흘러나왔을 때도 이 멍청한 남자는 자신의 감정을 속으로 꾹꾹 억눌렀다.

「괜찮아.」

정유화와 자신이 결혼하게 될지도 모른다는 말에 이한영은 웃기만 했다. 그래서 그땐, 그에게도 가볍게 만난 한때의 연애라고 생각했었다.

그런데 아니었다. 정유화가 뉴욕 지사로 떠나겠다고 알리자 이한영은 한없이 흔들렸다. 친구와의 결혼은 괜찮아도 그녀를 볼 수 없는 건 힘들어서 견딜 수 없다는 듯이. 그때 민성우는 알게 됐다. 이한영의 마음이 결코 가볍지 않음을.

"멍청한 놈."

욕지거리를 내뱉은 그가 눈을 감았다. 그러다 어느 순간 자신도 모르게 잠든 그는 주머니에 넣어둔 휴대전화가 울리는 소리에 슬쩍 눈을 뜬다.

이 시간에 누굴까.

의문이 듦과 동시에 액정을 확인한 그는 순간 정신이 번쩍 들어 자세를 고쳐 잡았다. 지아였다. 그리고 그녀는 퇴근한 후엔 좀처럼 연락을 하는 법이 없었다.

회사에 무슨 일이 생긴 것일까.

전화를 받은 그가 긴장한 목소리로 용건을 물었다. 그러자 김지아가 조심스러운 음색으로 묻는다.

—혹시 지금…… 김나연 씨와 함께 계십니까?

"그게 무슨 소립니까?"

자신의 스케줄을 손바닥 보듯 알고 있는 지아가 묻기엔 너무 허무맹랑한 소리였다. 오늘은 평일이었고, 시간은 자정을 넘기고 있었다.

이런 시간에 자신과 김나연이 함께 있을 리가 없다는 걸 가장 잘 알고 있는 이가 김 비서일 텐데.

의아한 마음에 그가 되묻자 김지아는 조심스러운 음색으로 잘라 말했다.

—아닙니다.

"뭐가 아닙니까."

—저 그게…… 동호건설 비서실장이 전화 와서요.

"비서실장이?"

—네. 김나연 씨가 아직 들어오지 않으셨다고. 말로는 사장님을 만나러 갔다고 합니다.

그 뒤로 지아는 김나연이 혼자선 외출을 하지 않는다는 것과 이런 일은 처음이라는 설명까지 덧붙였다.

미간을 좁힌 그가 알았다는 말과 함께 전화를 끊은 후 곧장 김나연에게 전화를 걸었다. 하지만 돌아온 대답이라곤 전화기가 꺼져 있다는 기계음이 전부다.

이 여자가 결혼을 앞두고 뒤늦게 일탈이라도 하려는 것일까.

차가 집에 도착하자마자 차에서 내린 그는 잠시 고민했다. 어디로 가야 할지 몰랐지만 김나연을 찾아봐야 한다는 생각이 들었기 때문이다.

어쩔까.

뒤늦게 술기운이 몰려온 그의 머리가 백지가 되었다.

하지만 단 하나만은 명확했다. 자신이 할 수 있는 일은 아무것도 없다는 것.

차에서 내린 그가 곧장 엘리베이터가 있는 쪽으로 향했다. 층수 버튼을 누르면서도 그는 여전히 생각에 잠겨 있었다.

김나연은 어디로 사라진 것일까.

이 시간까지 동호건설에서 찾지 않은 걸 보면, 어쩌면 그들이 말한 것이 단순한 변명에 지나지 않을지도 모르겠단 생각도 들었다.

「만나보셔서 아시겠지만 민 사장이 하는 일엔 토를 달지 않는 아이입니다. 어릴 적부터 그랬죠.」

김 회장의 음성이 머릿속에 또렷이 울렸다.

길들인 자식이 이 시각까지 연락이 없다면 분명 미리 연락했을 것이다.

띵.

맑은 소리와 함께 엘리베이터 문이 열렸다.

하지만 민성우는 엘리베이터에서 내리는 대신 자신의 집 문 앞에 몸을 동그랗게 말고 있는 인영을 말없이 바라보았다.

여잔 무릎에 얼굴을 묻고 있었다. 기다란 생머리가 흘러내려 와 무릎까지 덮고 있어 얼굴을 확인할 순 없었지만 비쩍 마른 팔은 명확히 보였다.

김나연이었다.

'왜 여기에 있습니까.'

가장 먼저 그렇게 물어야 함을 알면서도 민성우는 입술을 떼지 않았다. 엘리베이터 소리에 김나연이 고개를 들어 그를 보았기 때문이다.

문이 닫히기 전에 그가 내렸다. 그가 걸음을 옮기자 센서등이 켜지며 복도가 밝아졌다. 방금 전까지 어둠에 가려져 있던 것들이 명확히 눈에 들어왔다.

김나연의 뺨은 붉어져 있었다. 손자국이 명확한 뺨에 그의 미간이 좁혀졌다. 동호건설에서 온 연락이 거짓이라는 것이 확인되는 순간이었다.

나연의 앞에서 한쪽 무릎을 꿇은 그가 손을 뻗었다. 하지만 빨갛게 부어오른 뺨에 닿기도 전에 그녀는 고개를 돌려 이를 피했다.

나연의 얼굴이 당혹감에 젖어 있었다. 그래서 그는 물을 수밖에 없었다.

"이번에도 모른 척 넘어가야 합니까?"

뜬구름 잡는 물음이었다. 하지만 나연은 그가 묻고자 하는 게 정확히 무엇인지 알아챈 모양이다.

깜짝 놀란 눈동자가 그를 향했다. 눈동자는 실핏줄이 터져 붉은색이었다.

"……그렇지 않을까요?"

되돌아온 답은 물음 같은 것이었다. 아니, 의문이라고 보는 게 더 정확할 터다.

그가 말없이 바라보고만 있자 나연은 느릿하게 입술을 뗐다.

"바뀌는 것은 없잖아요."

내가 말한다고 하더라도.

그리 말하는 나연은 마치 무언가를 포기한 것만 같았다. 그래서 그는 신경질적으로 표정을 굳히며 물었다.

"바뀌는 게 있다면, 어떻게 하실 겁니까?"

"……."

나연은 깜짝 놀란 표정을 지었다. 그러자 그가 뒷말을 잇는다.

"김 회장입니까?"

나연의 입술이 굳게 다물렸다. 그럼에도 그의 집요한 시선이 계속 향하자 나연의 고개가 아래로 떨어졌다. 말하지 않아도 답을 들은 기분이었다.

후.

한숨을 내뱉은 그가 자리에서 일어났다. 대화를 거부하는 사람을 붙잡고 닦달해 보았자 소용이 없을 터다. 그가 해줄 수 있는 일도 아직은 없었다. 이 문제는 두 사람이 결혼하면 자연스럽게 해결되리라는 생각도 들었다.

"데려다 드릴까요. 아니면 안으로 들어가시겠습니까."

나연의 눈동자는 고민하는 기색이 역력했다.

몇 번이고 답을 하려 달싹였던 입술이 다시 굳게 닫혔다. 망설이던 나연은 결국 고개를 젓는다.

"아니에요. 사람을 불렀어요."

자신이라면 안으로 들어가겠다는 답을 했을 터인데, 김나연은 그렇지 않았다.

그때 타이밍 좋게 아래로 내려갔던 엘리베이터가 위층으로 올라오기 시작했다. 엘리베이터가 멈춰 서자 문이 열리며 젊은 남자가 내린다.

깔끔한 슈트를 입고 있는 남자의 등장에 나연이 자리에서 일어났다. 그러더니 젊은 남자를 가만히 바라보고 있는 민성우를 향해 인사를 건넸다.

"쉬세요."

짧은 인사였다. 김나연은 자연스럽게 젊은 남자에게로 향했다.

하지만 민성우는 김나연을 보는 대신에 남자를 보았다.

이 남자는 누구일까.

처음 보는 사람이었기에 민성우는 눈을 가늘게 뜨고 남자를 살폈다.

이제 겨우 서른 초반은 되었을까.

남자는 어려 보였지만 사회생활을 오래한 것인지 민성우를 향해 깍듯하게 허리를 숙였다. 자신은 남자를 몰랐지만 남자는 자신을 잘 알고 있는 것 같았다.

김나연이 남자의 곁으로 다가가자 민성우는 손을 뻗어 얇은 팔목을 붙잡았다.

이대로 그녀를 집으로 돌려보내는 게 마음에 걸렸다. 왜 그런지 몰랐지만 확실히 자신은 지금 김나연을 돌려보내고 싶지 않았다.

가지 마.

그렇게 말하고 싶었지만 그는 사회적인 체면이 있는 사람이었다. 더욱 두 사람만 있는 자리도 아니었기에, 오늘 밤을 함께 보내자는 말은 하지 못했다.

"집 키 가지고 있습니까?"

민성우의 말에 김나연은 깜짝 놀란 표정을 지었다. 그러더니 고개를 끄덕인다.

"그럼 언제든지 오세요. 제가 없을 땐 사용하셔도 됩니다."

오늘처럼 밖에서 기다리지 않아도 된다는 말에 김나연의 눈가에 순식간에 눈물이 차올랐다. 눈물을 흘리지 않기 위해 애를 쓰는 기색이 역력했다.

"감사해요."

고개를 끄덕인 나연은 그렇게 말한 후 남자와 함께 사라졌다.

하지만 민성우는 한동안 그녀가 앉아 있던 자리에서 시선을 떼지 못했다.

호기롭게 집을 뛰쳐나간 주제에 너무 빨리 돌아왔다고 생각하고 있을지도 몰라.

나연은 자신의 곁에 선 찬희를 힐끗 보았다. 그는 엘리베이터 숫자가 내려가는 것을 보고 있었다.

“계시지 그러셨습니까.”

신경 쓰지 않고 있다 생각했는데 그건 아닌지 찬희가 물었다. 의외의 반응이었지만 자신의 탈주를 도운 사람이다. 이 일로 아버지는 이 사람에게 책임을 물을지도 모르고.

그래서 나연은 솔직하게 답해주었다.

“바뀌는 건 없잖아요.”

의외의 답은 아니었는지 찬희는 가만히 듣고만 있었다.

언제부터 이 사람과의 대화가 가장 편해진 것일까.

나연은 박찬희와 이야기를 나누는 게 전혀 불편하지 않다는 생각을 하며 말을 이었다.

“아버지는 어머니를 사랑하셨어요. 하지만 받아들여지지 않으니 다른 사람을 만났어요. 하지만 안타깝게도 어머니는 끝까지 아버질 사랑하지 않으셨죠. 마지막에도 아버질 버렸어요.”

그제야 찬희는 나연을 보았다. 그는 놀란 표정이었다.

어머닌 필요에 의해 아버지와 결혼했다. 그러고 보니 자신의 삶과 참 닮았다. 모녀는 닮는다더니. 그래서 이 상황과 어울리지 않게 나연은 웃어버렸다.

“그렇게 되고 싶진 않아요.”

나연의 말에 찬희는 곰곰이 생각에 잠겼다. 그러더니 하는 말이 나연을 뒤흔든다.

“그래도 다음엔 말씀해 보십시오.”

“그러다가 다 어그러지면요?”

“있지도 않은 일이 두려워서 물러서기만 한다면 아무것도 바뀌지 않습니다.”

"전 겁이 많아요."

도박을 하고 싶진 않았다.

지금 이대로도 좋다는 생각도 들었다.

하지만 찬희는 고개를 저은 후 열리는 엘리베이터 문을 보았다.

"김 회장님께 했던 걸 보니 아가씨도 꽤 강단이 있던걸요?"

그의 말엔 웃음이 섞여 있었다. 그 웃음이 감염되어 나연 역시 웃었다.

"저도 깜짝 놀랐어요."

후후.

바람처럼.

## 3. 기대의 전야

감사해요. 감사해요.

그 말이 귓가에 맴도는 이유가 무엇일까.

민성우는 그 해답을 찾고 싶었다. 뺨을 붉힌 채 아무것도 하지 못하는 무기력한 여자가 한 그 한마디에서 무엇을 느꼈기에, 얼빠진 사람처럼 계속 곱씹고 있는 것인지. 하지만 정확한 답을 찾기도 전에 두 사람의 마지막 주말이 찾아왔다.

VVIP 회원들을 위해 마련된 작은 공간에서 따뜻한 찻잔을 기울이고 있던 민성우가 손목시계를 확인했다. 곧 김나연이 도착할 시간이었다. 약속엔 좀처럼 늦는 법이 없는 여자였으니 제시간에 맞춰 도착할 것이다. 그렇게 생각하는 순간 알 수 없는 감정이 가슴속을 파고들었다.

여잔 위협을 느낀 작은 생명 같았다. 제 존재를 다른 이에게 숨기기 위해 애를 쓰는 것처럼 몸을 최대한 웅크리고 있었다.

오늘 자신 앞에 나타날 김나연은 '그' 여자가 아니란 것쯤은 예상하고 있었다. 수많은 김나연 중 아마도 잘 꾸며진 가면을 뒤집어쓴 김나연일 터다.

까딱까딱.

발끝을 움직이던 민성우는 문이 열리고 안으로 들어온 나연을 보았다. 김나연은 그의 예상대로 적당한 미소를 머금은 채였다.

"먼저 와 계셨어요?"

"저도 도착한 지 얼마 안 됐습니다."

그는 유리창 너머 사람들이 차례대로 공연장 안으로 들어가는 것을 보았다. 멀찍이서 지켜보고 있던 관계자 역시 곧 공연이 시작될 시간이라는 걸 알리듯 가까이 다가왔다.

"공연 시작하나 봅니다. 들어가시죠."

어깨가 닿을 만큼 좁은 거리에서 공연을 관람하고, 커피숍으로 이동했다. 그때 회사 쪽에서 붙이지 않은 기자들이 따라붙었지만 민성우는 개의치 않았다.

하지만 김나연은 신경이 쓰였나 보다. 늘 적당히 벌리고 있던 간극을 좁힌 그녀가 동그란 눈으로 그를 올려다보며 어조를 낮춘다.

"저 사람들 기자죠?"

"그런 것 같습니다."

"알고 계셨던 일인가요?"

"아닙니다."

"아."

나연의 몸이 뻣뻣하게 굳었다. 하지만 이와는 달리 민성우는 여유로운 표정으로 커피를 주문했다. 이젠 김나연이 겉으론 쓴 커피를 즐기는 것처럼 보이지만, 사실 달달한 커피를 더 좋아한다는 것쯤은 알고 있었다.

"이대로 헤어지면 의심하지 않을까요? 각자 차를 타고 돌아가는 건…….”

나연이 앞에 있는 직원의 눈치를 살피더니 이내 발뒤꿈치를 올려 최대한 그의 귓가 가까이에서 속삭이듯 말했다.

움찔.

귀를 간질이는 숨결에 그의 몸이 떨렸지만 나연은 이를 알아차리지 못한 채 계속 떠들었다.

“너무 이상하지 않을까요?”

이 여잔 여우가 아니다. 이런 행동을 의도하고 했을 리가 없다. 그래서 더 거슬린다. 차라리 알고 그랬다면 콧방귀를 뀌겠건만, 무지함에서 온 행동이란 걸 알다 보니 사타구니 사이로 열기가 모여들었다.

그는 답을 하는 대신 직원이 건네주는 커피를 받았다. 그런 다음 나연이 의아한 표정을 하는 것도 신경 쓰지 않은 채 두 개의 테이크아웃 컵을 내밀었다.

두 잔을 받아 든 나연의 시선이 그에게서 떨어질 줄 모른다. 그래서였을까. 양손에 컵을 든 그녀의 몸을 자신의 쪽으로 가볍게 끌어당긴 후 기자가 있는 곳을 보았다.

파파라치였다. 별 시답지 않은 신문사에서 온 것인지 안면이 없는 사람들이었지만, 들고 있는 카메라만큼은 고가의 물건이었다.

“왜…….”

나연은 양손에 든 차가운 컵을 어쩔 줄 몰라 했다. 그 모습이 순간 귀여워 보였다면 더위에 자신이 이상해진 것일 터다.

나연을 품 안으로 가볍게 끌어들인 그가 입술을 내려 이마에 입을 맞췄다.

쪽.

가볍게 맞춰진 입술에 나연은 물론이고 주위 사람들 역시 깜짝 놀란 눈으로 보는 것이 느껴졌다. 그래서 그는 자신의 욕심껏 입술을 더 내릴 수가 없었다.

입술을 뗀 그는 나연의 손에 들려 있는 자신의 커피를 가져왔다. 그런 후 여전히 차가운 기운이 남아 있는 손을 잡아 밖으로 이끈다.

민성우는 운전석에 올랐고, 김나연은 자연스럽게 보조석에 올랐다. 또 다시 둘만 남았다. 시원한 에어컨 바람에 뜨거운 열기가 식었다.

밖에서 본 나연의 얼굴은 새빨갛게 변해 있었다. 부끄러움에 달아올랐던 얼굴이 지금은 어둠 속에 가려져 보이지 않았지만, 민성우는 마치 그것을 보고 있는 듯한 착각이 들었다.

먼저 무거운 침묵을 깬 것은 나연이었다. 헛기침을 내뱉은 그녀가 조심스러운 어조로 말했다.

"시간이 다 됐어요. 약속이 있다고 하셨잖아요."

손목시계를 확인한 나연이 말했다. 오늘은 선약이 있어 민성우가 미리 양해를 구한 날이었다.

저녁에 한영과 밤낚시를 가기로 했다. 정유화가 한국에 귀국했다는 소식을 듣고 엉망이 되었던 그날 이후로 처음 만나는 것이었다.

"집까지 모셔다 드리겠습니다."

"그러지 않으셔도……."

"앞으론 기회가 없지 않습니까."

"아."

"다음엔 결혼식장에서 뵙겠군요."

"네, 그렇네요."

나연이 천천히 고개를 끄덕이며 말했다. 아직 실감이 나지 않는 듯했다. 그리고 사실, 민성우 그도 실감이 나지 않았다.

나연은 생각에 잠긴 표정이다. 그래서 민성우는 쉬이 말을 꺼낼 수가 없었다.

무얼 고민하기에 저런 표정일까.

김나연의 모습을 잠자코 보고 있을 때였다.

"부탁이 있어요."

"뭡니까?"

"결혼식 전에…… 시간 좀 내주실 수 있나요?"

3일 뒤면 결혼식이다. 주말엔 계속된 출장으로 인해 결혼식을 평일로 잡았을 만큼 그는 바빴다. 그걸 김나연이 모를 리가 없는데도 이런 부탁을 해온다는 건 꽤 큰일이란 생각이 들었다.

그는 가만히 자신의 스케줄을 생각해 보았다. 오늘 약속을 제외하고선 모두 업무 관련이었다. 그렇다고 오래전부터 계속 미뤄왔던 약속을 깨뜨릴 순 없었다.

"오래 걸리는 일입니까?"

"세 시간 정도면 돼요."

"그럼 내일 아침 일찍 괜찮겠습니까?"

"아침 일찍이요?"

"네."

짧은 답에 나연의 표정이 밝아졌다.

"네, 괜찮아요."

"그럼 집으로 오십시오. 기다리고 있겠습니다."

그의 말에 나연의 표정이 밝아졌다.

어느 순간, 창밖에서 비가 쏟아지고 있었다.

더위를 조금은 식혀줄 반가운 비가.

낚시대가 늘어져 있는 어두운 저수지 물을 바라보는 민성우의 눈이 생각에 잠겨 있다.

나연과 헤어진 후에 한영과 함께 낚시터로 내려온 그는 사람들과 동떨어진 곳에 낚싯대를 펼쳤다.

그는 밤낚시를 좋아했다. 예전엔 생각을 정리할 필요가 있을 때면 홀로 낚시를 오기도 했었는데, 최근엔 일이 워낙 바빠 한동안 낚싯대를 펼칠 일이 없었다.

이번에도 마찬가지였다. 한영만 아니었다면 힘들게 시간을 내지 않았을 것이다.

3일 후면 결혼식이었다.

하지만 그의 머릿속이 진탕이 된 건 단순히 결혼 때문만은 아니었다. 결혼은 개인에게 있어 일생일대의 이벤트였지만, 성우에게 있어선 그리 중요시 여겨지는 문제는 아니었다. 사업의 일환이라 생각했고, 여전히 그렇게 생각하고 있었다.

그럼에도 왜 이렇게 복잡할까.

낚시찌가 몇 번이고 안으로 들어갔다가 나오길 반복했지만 그는 낚싯대를 들어 올리지 않았다. 지금쯤 떡밥도 다 풀어져 낚싯바늘만 덜렁 있을 게 분명했지만 오늘은 물고기를 낚아 올리러 온 게 아니었다.

"무슨 생각을 그렇게 해?"

"별로."

지루해진 것인지 꽤 떨어진 곳에 자리를 잡은 한영이 손전등을 들고 찾아왔다. 짧은 답에 웃은 한영은 옷이 더러워지는 것도 개의치 않은 채 바위에 대충 걸터앉는다.

한영 역시 그와 마찬가지로 의미 없이 낚시찌를 보았다. 두 사람 모두 낚시엔 그리 큰 관심이 없는 듯했다.

조용한 낚시터엔 풀벌레 우는 소리만 들렸다.

"왜, 결혼한다고 하니까 심란하냐?"

"나보단 네가 더 심란해 보이는데?"

"그만해라. 많이 아프다."

"실없는 놈."

짧게 답한 성우가 다시 시선을 돌려 낚시찌를 보았다. 이번엔 들어 올리기까지 했지만, 바늘에 끼워져 있던 미끼가 사라진 것만 확인할 수 있었다.

먹튀도 이런 먹튀가 없다.

구시렁거리며 미끼를 갈아 끼우던 민성우가 계속 대화를 이어나갔다.

"내가 어떤데?"

"뭐가?"

"아까 심란해 보인다며."

"아까? 아아."

짧게 고개를 끄덕인 한영이 이번엔 눈을 가늘게 뜨더니 민성우를 살핀다. 어둠에 표정이 잘 보이지 않자 손전등으로 얼굴을 비추며 보기까지 했다.

눈이 부셔 민성우가 미간을 찌푸리자 한영이 손전등을 아래로 내렸다.

"정말 몰라서 묻는 거냐?"

"그럼 알고 물어보겠어?"

"그건 그렇지."

더욱이 한영은 민성우의 곁을 오랫동안 지킨 사람이다. 민성우는 그럴 사람이 아니란 걸 누구보다 잘 알고 있기에 이한영은 가볍게 고개를 끄덕였다.

만담처럼 주고받던 대화가 어느 순간 끊겼다. 정작 물어봤던 민성우는 다시 낚시찌를 보았고, 이한영은 가만히 풀벌레 우는 소리를 들었다.

각자 다른 생각에 잠겨 있던 두 사람은 물고기 한 마리를 또 놓치고 나서야 대화를 이었다.

“보통의 사람이라면 결혼하면 바뀌는데 넌 네가 이제껏 살아온 인생을 바꿀 것처럼 보이진 않거든.”

한영의 말에 그가 고개를 끄덕였다. 그 생각이 맞았다. 그리고 여전히 그런 생각을 하고 있었다.

결혼한다고 해서 바뀔 건 없었다. 아직 겪어보지 않은 미래였지만 두 사람은 최대한 많은 것을 사전에 협의하였고, 계약서에 적었다. 물론 생활에 관한 것이 아닌 사업과 금전적인 부분이 대부분이었지만.

그렇다고 해서 불안감은 없었다. 전혀 모르는 사람과 시간을 보내야 하게 되었음에도.

그는 많은 시간을 회사 혹은 출장지에서 보냈다. 결혼한다고 해도 두 사람이 마주칠 시간은 그리 많지 않을 것이다.

“그리고 그걸 굳이 상대에게 숨길 것 같지도 않고.”

“그래서?”

“그런데 지금 널 보니 그런 것 같지 않아서 민성우도 인간이었구나, 라고 생각한 거지.”

“그런 것 같지 않다고?”

성우가 미간을 좁혔다. 그러자 한영이 이번에도 정말 몰라서 묻냐는 듯 바라본다.

“뭐야. 너 지금 김나연 씨 생각한 거 아니었어?”

“…….”

민성우는 마치 어떻게 알았냐는 듯한 표정으로 한영을 보았다. 그러자 한영은 비웃음을 내뱉으며 웃는다.

“조용히 좀 합시다.”

낚시꾼들과 꽤 멀리 떨어져 있다고 생각했는데, 여기저기서 '쉿' 하며 주의 주는 소리가 들렸다. 한영이 서둘러 입을 틀어막으며 이게 모두 민성우 탓이라는 듯 눈을 흘긴다.

"내가 뭘."

"네가 너무 기도 안 차는 소릴 하니까 그런 거 아니야. 너 이때까지 만난 여자는 뭐냐. 그렇게 주구장창 만나놓고선."

"이해할 수 있도록 말을 해."

"이 정도로 눈치가 없는 줄 몰랐단 말이야. 아, 결혼하는 사이는 처음이라 그런가?"

애초에 결혼을 전제로 만났으니 앞서 만났던 여자들과 비교하기엔 무리가 있었다.

아니, 다를 건 없나?

그 여자들 역시 자신에게 얻고 싶은 것들이 있어, 자신의 심기를 거스르지 않기 위해 애를 썼었다. 자신의 입맛대로만 움직여 주면 민성우는 기꺼이 그 여자들과 시간을 보내며 많은 것들을 안겨주었다.

김나연 역시 마찬가지다. 그녀 역시 얻고 싶은 것이 있었고 자신의 심기를 거스르지 않기 위해 앵무새를 자처하고 있었다.

"회사 일도 바쁘겠지만 다 안정되었다며. 그럼 널 지금 그렇게 고민에 잠기게 하는 건 네 결혼밖에 더 있겠어? 그런데 넌 결혼 자체엔 크게 의미 두는 스타일이 아니니까 자연스레 김나연 씨 때문에 그럴 것 같다고 생각한 거야."

"……그런가."

성우의 반응이 심상치 않자 그제야 한영의 얼굴이 걱정에 젖었다. 그가 사람과의 관계에 있어서 이토록 흔들리는 모습을 본 적이 없다. 이렇게 불확실하고, 자신감 없는 표정은 처음이었다. 친구에게 알 수 없는 변화가 생긴 모양이었다.

"왜, 뭐가 잘 안 돼?"

"모르겠어. 잘되고 있는 건지, 아닌지."

여전히 무어라 규정지을 수 없는 답이었다. 하지만 그의 표정에서 한영은 감정 하나를 읽어 내리고선 혀를 끌끌 찬다.

"한심한 놈."

"너한테 그런 말 듣기 싫은데?"

또다시 날 선 독설에 이한영이 잘못했다는 듯 양손을 들었다. 한동안 대화를 주고받았더니 한영의 눈이 가물가물 감긴다.

"졸리면 가서 눈 좀 붙여. 그러다가 졸음운전 해."

"넌, 안 자게?"

"이 자유가 좋긴 한데 나도 자야 해. 아침에 약속이 있어."

김나연이 처음으로 해온 부탁.

그것도 사소한 선물이 아닌, 시간을 내어달라 했기에 조금이라도 자두는 게 좋았다.

하지만 한영은 부러 눈을 부릅뜨며 웃었다.

"난 이 자유가 좋아서 안 자련다."

❖

화려한 장미와 알록달록한 안개꽃을 섞어 만든 꽃다발은 너무 화려했다. 그래서 오히려 예쁘지 않았다. 자신의 생각과는 완벽하게 다른 결과물이었다.

하지만 이제 와 다시 만들 수는 없기에, 나연은 조금은 들뜬 얼굴로 꽃다발을 집어 들었다. 코를 박고 힘껏 숨을 들이마시자 향기로운 향이 몸

안을 가득 채웠다.

"좋다."

나연이 짧게 말을 내뱉었다.

민성우 씨와 함께 어머니를 찾아뵙고, 그곳에서 용기를 조금 내볼 참이었다.

당신이 좋아졌어요.

그 말을 들은 민성우 씨는 당황스러운 표정을 지을 테지만, 그래도 자신의 고백으로 이 관계가 좀 더 구체적이고 단단하게 변할지도 몰랐다.

밝은 표정으로 집을 나선 그는 아침 일찍 출근한 찬희와 함께 민성우의 집으로 향했다.

"기분 좋아 보이십니다."

백미러로 나연을 살핀 찬희가 평소보단 톤이 높은 목소리로 말을 걸었다. 그러자 나연은 힘껏 고개를 끄덕인다.

"네, 좋아요."

"들뜬 마음은 이해합니다만, 너무 이른 시간 아닙니까?"

그가 시간을 힐끗 살폈다.

7시 20분.

부지런한 사람이라면 하루를 시작했을 시간이었다. 하지만 다른 이의 집에 방문하기엔 지나치게 빠른 시간이기도 했다.

"하지만 시간을 말해주지 않았는걸요."

"그래도 적당히라는 게 있지 않습니까."

"적당히요?"

"네."

나연의 표정이 '그게 뭔데요?' 라고 묻는 것 같았다.

적당히, 그것만큼 어려운 말이 없다는 듯이.

"보통 다른 사람 집에 방문할 땐 10시 정도에 합니다. 그것도 빠른 시간이지만."

"그래도 아침 일찍 보자고 한 걸요. 시간 내기 어려운 사람이니까……."

"민성우 사장님을 빨리 만나고 싶은 마음은 충분히 이해합니다."

"이해하시면 너무 타박하지 마세요."

나연은 평소와는 달리 들떠 조잘조잘 떠들었다. 그건 민성우에게 향하고 있어 그런 것일 터다. 무채색에 가까웠던 인생에 색감을 얹어준 사람이니까. 최근 그녀에게 일어난 변화를 가장 잘 알고 있는 사람은 가장 가까운 곳에서 지켜보고 있는 박찬희였고, 그는 그녀의 변화를 아주 긍정적으로 보고 있었다.

차는 달렸다. 민성우의 집에 도착할 때까지 두 사람은 간간이 대화를 주고받았다. 그건 나연이 민성우의 집 앞에 내렸을 때도 마찬가지였다.

"연락할게요."

"근처에 있겠습니다."

가볍게 인사를 건넨 나연은 들뜬 마음을 숨기지 못해 가볍게 걸음을 옮겼다. 오늘따라 유난히 엘리베이터를 기다리는 시간이 길었고, 몸을 싣고 나서도 올라가는 숫자만 뚫어져라 쳐다보았다.

민성우의 집 앞에 도착한 그녀가 침을 꼴깍 삼켰다. 그의 초인종을 누르는 건 이번이 처음이었다. 그래서 괜스레 긴장이 되어 현관문을 보던 그녀가 심호흡을 했다. 호흡을 갈무리한 그녀가 초인종을 눌렀다.

딩동.

딩동.

몇 번이고 초인종이 울렸지만 안에선 아무런 소리도 들려오지 않았다.

최근에 그가 아주 많은 일을 소화하고 있다는 이야긴 들었다. 평생 사업을 해온 아버지 밑에서 자랐기에 오너가 바쁠 땐 잠잘 시간이 모자라다는 것도 알고 있었다.

아주 깊은 잠에 들었나 보다.

나연은 챙겨온 키로 문을 열고 조심스레 집 안으로 들어섰다.

민성우의 개인적인 공간은 처음 와보는 것이었다. 평소 그의 몸에서 나던 냄새가 가득 나서 가슴이 떨렸다.

"와."

집은 아주 깔끔했다. 아무리 다른 사람이 관리해 준다지만, 하나하나 각이 잡혀 있는 물건들은 조금 유난스러워 보였다.

집 안을 둘러보던 나연은 꽃다발을 테이블 위에 올려두었다. 그러면서 액자가 조금 삐뚤어졌지만, 나연은 이를 눈치채지 못한 채 집 안을 둘러보았다.

침실은 어딜까.

뒤꿈치를 세워 걸음을 옮기던 그녀가 방 하나하나를 살펴보았다. 처음 문을 연 곳은 서재였다. 보통은 침실로 사용하는 공간이었지만 그는 서재로 사용하고 있었다.

마지막으로 열지 않은 문 앞에 선 나연은 숨을 골랐다. 다른 방 문은 모두 열어보았으니 분명 이곳이 침실일 것이다.

잠을 깨우고 싶진 않았기에 나연은 조심스럽게 문을 열었다. 그리고 침실을 본 순간 얼굴에 핏기가 가셨다.

"……."

외박한 걸까.

약속이 있다더니…….

나연은 힘없이 걸음을 옮겨 거실로 향했다. 그리고 소파에 앉아 하염없이 그를 기다렸다.

"안 잊었을 거야."

자신의 존재를.

"나만 둔다고 했는데……."

자신과의 약속을.

창을 통해 들어오는 해가 눈이 부셨다.

그래서 눈물이 흘렀나 보다.

동이 트고 세상이 환해지고 나서야 민성우의 집 문이 열렸다.

밤낚시에서 돌아온 민성우는 무거운 낚시 도구를 현관 앞에 세워두었다. 낚시에서 얻은 소득은 없었다. 한영과의 대화 후에 동이 틀 때쯤 붕어 몇 마리를 잡긴 했지만, 모두 놓아주고 왔다.

거기까지는 좋았는데 예기치 못한 사고가 있었다. 전날에 졸음운전 한다며 한영을 타박했는데, 자신이 접촉사고를 내버렸다. 그것도 서울에 다 와서.

"후."

한숨을 내뱉은 그가 건조한 눈을 깜빡였다. 사고는 쉽게 수습이 되었지만 길에서 허비한 시간이 아까웠다.

조금은 잘 생각이었지만 때를 놓쳐 버린 그는 당장 침대에 눕고 싶을 만큼 피곤한 상태였다. 그래서 진흙이 묻은 신발을 아무렇게나 벗은 후 곧장 욕실로 향했다. 깨끗이 씻고 난 후엔 잠시 눈을 붙이고 또 출근을 해야 했다. 그러다 그가 막 잊고 있었다는 듯 꺼두었던 휴대전화 전원을 켰다. 낚시를 가면서부터 꺼두었지만 도착한 메시지는 없었다.

장식장 위에 휴대전화를 내려놓은 그가 한곳에 시선을 두었다. 액자가 조금 삐뚤어져 있었다. 집에 놓여 있는 물건이 모두 각을 잡고 병정처럼 서 있는 것과는 대비되는 모습이었다.

액자를 똑바로 해둔 그가 걸음을 옮겨 욕실로 향했다.

쏴아아.

비와 닮은 소리가 욕실 안에서 들려왔다.

샤워를 마친 그는 곧장 침대에 몸을 묻었다. 그리고 눈을 뜬 것은 해가 천장에 걸렸을 때다. 그때까지 나연에게서 도착한 문자는 없었다.

❖

모로 누워 있던 나연이 책상 위에 올려둔 꽃다발을 보았다. 다시 보아도 자신의 취향은 아니었다. 복잡한 마음만큼이나 애초의 콘셉트를 알 수 없는 꽃다발이 되어버렸다.

직접 만든 꽃다발은 이것을 마지막일 것이다. 매번 시간을 죽이기 위해 만들었던 것이었으니, 앞으론 꽃다발은 구입해야 할 만큼 새로운 인생을 살고 싶었다.

그런데 자신의 과한 망상이었다.

용기 역시, 괜히 냈다.

멍하니 꽃다발을 보던 나연은 울리는 문자음에 가방을 힐끗 보았다. 분명 민성우에게서 온 연락일 테지만 나연은 쉬이 메시지를 확인하지 못했다.

그가 외박을 했다.

외박했어…….

약속도, 자신의 존재도 까마득하게 잊고 있었던 것이다.

아니, 애초에 자신의 존재는 티끌만 한 것이어서 민성우는 신경을 쓰지 않았던 것일지도 모른다.

그걸 두 눈으로 확인할 자신이 없었다.

이틀 뒤면 결혼이다.

이제껏 그와의 결혼은 당연한 것이었다. 아버지 회사의 명운이 걸려 있었고, 이 집에서 벗어날 기회라고 생각하기도 했다. 결혼 상대로 만난 남자는 차갑고, 무서운 사람이었지만 그래도 어느새…….

그가 간혹 보여주는 친절에 빠졌다. 그게 모두 계획된 움직임이라는 것을 알면서도.

바보 같아.

나연은 입만 뻥긋거렸다.

그 말을 입 밖으로 내뱉으면 자신은 정말 세상엔 다시없을 바보가 되어버릴 것만 같은 기분이 들어서.

아니, 이미 그렇나?

이리저리 흔들리는 마음에 나연의 마음이 무너졌다.

그때 다시 한 번 문자음이 울렸다. 메시지를 확인하지 않으면 3분마다 한 번씩 울리게 설정해 두었다. 그의 메시지를 빨리 읽고 싶어서. 그게 지금에 와서 읽고 싶지 않은 문자를 읽게 만들 줄은 몰랐다.

『약속 잊으셨습니까?』

멍한 눈으로 메시지를 읽은 나연은 고민했다. 그리고 늘 그랬던 것처럼 문자를 쓰다가 지우길 반복했다.

『집에 갔었』

『외박했었죠? 누구와 함께』

『나만 둔다고 했잖아요. 제가 순진했』

모두 끝을 맺지 못한 문자는 지워졌다. 그리고 결국 나연이 보낸 것은 자신의 마음을 죽인 것이었다.

『죄송해요. 늦잠 자서 이제 일어났어요.』

문자를 보낸 나연이 휴대전화를 양손으로 힘껏 쥐었다.

예전엔 휴대전화를 가지고 싶었다. 다들 가지고 있어서 그렇기도 했다. 홀로 휴대전화가 없어서 친구를 사귈 기회조차 박탈되었었다.

그녀가 휴대전화를 가지고 싶었던 이유는 세상과 소통을 하고 싶어서였다. 그리고 처음으로 휴대전화가 생긴 지금, 알아버렸다. 이 물건을 가지고 있다 하더라도 모든 소통을 하는 건 불가능하다고. 휴대전화가 있다고 해서 하고 싶은 말을 모두 할 수 있는 것도, 자신이 원하는 상황을 만들어갈 수 있는 것도 아니라고.

『지금 출장지로 이동 중입니다.』

곧이어 도착한 문자에 나연은 '힘내세요' 라는 답장을 보냈다.

그런 후 다시 휴대전화를 가방 안에 넣어버렸다.

민성우 씨에게 연락이 올까 봐 한 행동이었지만, 자신의 바람은 한낱 희망에 지나지 않았다는 듯이 답장은 도착하지 않았다.

침대에 누운 나연은 가만히 생각에 잠겼다. 그리고 휴대전화가 있는 가방을 뚫어져라 보았다.

❖

결혼식은 성대하게 치러졌다. 일반 예식장이 아닌 DG호텔 본점 2층 그랜드 홀에서 치러진 결혼식엔 각기 계층의 다양한 사람이 참석했다. 엄청난 인원이 참석했지만 다들 한자리씩 차지하고 앉아 있는 유명 인사들이었다.

화려한 꽃장식과 눈이 멀 것처럼 눈부신 샹들리에. 신부를 더욱 아름답게 보이게 만들 은은한 조명과 결혼을 상징하는 붉은색 버진로드.

결혼식은 누가 보아도 천문학적인 금액이 들었다는 생각이 들 만큼 화려했다. 두 사람의 앞날을 축복하는 날이라기보다는 두 그룹의 결합과 그들의 힘을 과시하기 위한 자리 같았다.

입구에 홀로 서서 손님들과 일일이 악수를 하며 눈도장을 찍던 민성우가 손목시계를 확인했다. 정신없이 손님들과 인사를 하다 보니 어느새 10분 뒤면 결혼식이었다.

식이 시작되기 전에 나연을 보러 가려던 민성우가 자신의 옆에서 고아한 웃음을 짓고 있는 이 여사를 보았다.

'잠시 자리 좀 비우겠습니다.'

그렇게 말하려던 찰나, 이 여사가 화사하게 웃으며 손님을 반겼다. 이제껏 볼 수 없었던 웃음에 그의 시선도 자연스럽게 이 여사의 앞에 서 있는 여자에게로 향했다.

화려한 컬이 들어가 있는 긴 머리카락이 가장 먼저 눈에 들어왔다. 그 다음엔 푸른색과 아이보리색이 은은하게 섞인 원피스가 눈에 들어왔고 그다음엔 기다란 팔다리가 차례로 눈에 들어왔다.

평소에도 공작처럼 아름답고 화려한 여자였지만, 오늘은 더 신경을 쓴 것처럼 우아한 분위기까지 흐르고 있었다.

"어머, 바쁘다더니."

"어머님, 오빠 결혼식인데 당연히 와야죠."

"그래. 너무 고맙다."

이 여사가 아쉽다는 표정으로 연신 정유화의 손등을 쓰다듬었다. 두 사람의 모습을 옆에서 말간 눈으로 바라보던 민성우가 한숨을 깊이 내뱉었다.

주위 사람들의 눈초리가 심상치 않았다. 그들 역시 이 세계에 있던 사람들이었고, 3년 전 DG그룹과 태전일보에서 잠시 주고받았던 혼사를 모르는 이는 없었다. 기자들 역시 재미있는 모습이라는 듯 호기심 어린 눈동자로 보고 있다.

썩 좋지 않은 그림이었다. 괜한 구설수에 오를 수도 있는 모습이었기에 민성우가 한 걸음 나서 정유화를 내려다보았다.

"나연 씨와는 인사했습니까?"

"아니요. 이제 인사하러 가려고요."

"기다리고 있을 겁니다."

마치 정유화가 오늘 이 결혼식에 참석한 것은 민성우 본인이 아닌 신부 김나연 때문이라는 듯한 말이었다.

적당한 연극에 동참한 정유화 역시 고개를 끄덕였다.

"아주 예쁜 신부겠죠. 아름다운 신부는 보셨나요?"

"바빠서 보지 못했습니다."

"그럼 같이 가요. 두 사람이 함께 서 있는 모습을 가장 먼저 보고 싶네요."

주위 사람들의 시선을 받으며 두 사람이 함께 걸음을 옮겼다.

❖

밖의 넓은 홀과는 달리 신부 대기실 쪽으로 갈수록 사람들의 인적이 드물었다. 화려한 장식이 되어 있는 문 앞에 서 있는 가드들을 제외하고 선 사람들이 없다는 걸 확인한 민성우가 정유화의 팔을 잡아 두꺼운 철문 쪽으로 향했다.

벌컥!

비상구 문을 연 민성우가 정유화를 안으로 밀어 넣었다.

쾅!

귀를 쩌렁쩌렁하게 울리는 소음에도 두 사람은 눈 하나 깜짝하지 않은 채 서로를 보았다.

"네가 미친 게 아니라면 여기 올 리가 없는데."

나지막한 목소리는 분명한 경고를 담고 있었다. 하지만 정유화는 눈 하나 깜짝하지 않은 채 답한다.

"정말 축하하러 온 거야."

"그 말을 믿으라고?"

"하고 싶은 말도 있고."

찡긋.

민성우가 콧잔등을 찌푸렸다.

"후회할 거야."

후회 같은 소리.

그는 대답할 가치도 없다는 표정을 지었다. 하지만 정유화는 이미 그의 반응을 예상하고 있었다는 듯이 의뭉스러운 웃음을 지었다.

그러면서 내뱉는 말은 확신에 가까웠다.

"오빠 나와 비슷한 사람이니까."

그는 정유화의 말에 동의할 수 없었다. 하지만 쉬이 '아니' 라고 답을 할 수 없었던 것은 그녀가 하고자 하는 말이 무엇인지 순수하게 궁금했기 때문이었다. 그러나 곧 이어진 말엔 침묵을 지키는 것조차 힘들다는 듯

답할 수밖에 없었다.

"분명 상대를 끝없는 지옥으로 끌어내릴 거야."

"난 너처럼 멍청하지 않아."

"하지만 나만큼이나 나쁜 사람이잖아."

"……."

내가 나쁜 사람인가. 상대를 지옥으로 끌어내릴 만큼.

그는 김나연을 떠올렸다. 자신의 곁에선 김나연은 어떤 모습이었던가.

초반의 그녀는 기계적인 사람이었다. 자신의 말에 무조건적인 순응을 보였다. 그건 자신의 친부에게 길들여졌다는 이야길 듣는 나연의 성격 때문인 탓도 있었지만, 현재 동호건설에서 DG그룹의 도움이 절실하기 때문이기도 했다.

그걸 자신은 알고 있었다. 김나연보다 자신이 절대적 우위라는 것도.

결혼을 꼭 성사시켜야 하는 김나연의 입장을 알고 있었기에, 그녀에게 자신이 원하는 답을 강요하기 위해 몰아넣기도 했었다. 하지만 그게 나쁘다고 생각하진 않았다. 분명 그렇게 생각했었다.

"그래서 오빠와 결혼해야겠다고 생각했던 거야, 3년 전에."

"이한영과 너, 두 사람 중 한 명이라도 나한테 솔직하게 말했으면 이렇게까지 되지 않았을 거다. 너와의 결혼도 생각하지 않았을 거고."

"그래서 말하지 않은 거야. 한영 오빠가 당연히 이야기하지 않을 줄 알았으니까."

이기적인 정유화.

자신의 이득을 위해 사랑했던 연인을 잔인하게 버렸던 여자.

사람의 감정을 가지고 저울질을 하고, 그걸 약점으로 잡고서 뒤흔드는 여자.

만약 이 여자가 흔드는 사람이 자신의 친구가 아닌 다른 이였다면 어땠을까.

그렇다면 자신은 지금처럼 굴지 않았을 것이다. 그럴 수도 있다고 생각했을 것이고, 어쩜 현명하다고 단언했을지도 모른다. 그리고 그녀와 결혼했을 것이다. 그녀는 많은 이득을 줄 수 있는 위치에 있었으니까.

아아, 그렇구나.

이제야 자신이 정유화와 많이 닮았다는 걸 깨달았다. 그리고 정유화가 3년 전 이한영의 손을 놓고 자신과의 결혼을 추진했던 게 조금은 납득이 되었다.

아마 이 여자와 결혼을 했다면 서로 부딪히지 않고 잘 지냈을지도 모른다. 자신이 생각하는 결혼상과 정유화가 생각하는 결혼상은 참으로 닮았으니까.

결혼의 다른 이름, 전략적인 관계.

하지만 지금은 결혼의 정의가 바뀌었다.

「감사해요.」

그 한마디가 다시금 귓가에 떠돌았다.

"지금은 생각이 바뀌었지만."

정유화의 말에 그가 퍼뜩 상념에서 벗어났다. 그리고 의뭉스러웠던 웃음이 걸린 정유화의 얼굴을 멍하니 바라본다.

"행복해, 오빠."

'행복하지 마' 라는 말로 들렸다.

하지만 그는 정유화를 붙잡지 못했다. 다시금 비상구 문이 열렸다가 닫혔고, 그곳에 홀로 남은 건 민성우뿐이다.

마치 길을 잃은 사람처럼 그 자리에 서 있던 그가 천천히 걸음을 옮겼다.

달칵.

쿵.

문이 열렸다 닫히는 순간 곧 식이 시작된다는 방송이 들렸다.

두 사람의 결혼식이 시작되었다.

❖

고개를 약간 들고서 타인의 손길을 받는 나연은 무표정한 얼굴이었다.

준비는 아침 일찍 시작되었다. 그 어떤 때보다 아름다워야 하는 날. 힘들고 피곤하더라도 애써 밝게 웃어야 하는 날. 결혼식 당일, 신부란 그래야 했다. 괜히 우울한 모습을 보였다간 사연 많은 신부 같아 보일 테니까.

타인의 손길을 받는 것에 익숙한 나연은 아침 일찍 집으로 온 전문가들에 의해 아름다운 신부로 변모해 나가고 있었다. 무겁게 내려앉은 화장 위로 화사한 색감이 덧칠해졌다. 피부는 생기가 돌았고, 눈매는 더욱 깊어 보였다.

"마음에 드시나요?"

나연은 거울 속에 비친 여자를 보았다. 이렇게까지 두껍게 화장을 한 건 처음이었던 터라 생경한 눈으로 자신의 모습을 본다.

낯설다.

자신인데도 낯설어서 나연은 한참이고 보았다.

그녀의 행동을 다른 의도로 받아들인 것일까. 메이크업 담당자가 조심스러운 눈길로 물었다.

"마음에 안 드시는 곳이 있다면 고쳐 드릴게요."

조금은 치켜 올라간 눈매를 단정하게 아래로 내려 순해 보였다. 눈 밑에 있는 도톰한 살엔 보기만 해도 행복해지는 분홍 빛깔의 펄이 적당하게 펴 발려 있었고, 뺨에도 이와 비슷한 색의 볼터치가 되어 있었다.

감정은 아래로 축 늘어져 있는데도 거울 속 자신은 행복해 보였다.

오늘 콘셉트와 참 어울리는 모습 아니던가.

그럼 됐다.

"아니에요, 예뻐요."

무감한 목소리로 말한 나연이 자리에서 일어났다.

화장과는 전혀 어울리지 않는 홈드레스를 벗고 다른 이가 골라준 화려한 웨딩드레스로 갈아입었다. 여기저기서 예쁘다고 입에 바른 소리를 했지만 나연은 희미하게 웃기만 할뿐이다. 다들 얼마짜리 웨딩드레스이니, 어느 디자이너 것이니 떠들어대며 부러운 눈으로 보았다. 작년에 결혼했다는 주얼리 담당자는 특히 그랬다.

하지만 나연은 그저 고맙다고 말한 후에 옷을 갈아입었다. 그녀를 위해 만들어진 드레스처럼 잘 어울렸다. 나연은 거울 속에 비친 자신의 모습을 한참 들여다본 후에 밖으로 나왔다.

그곳엔 찬희가 서 있었다. 오늘 그녀를 식장까지 데려다줄 사람이었다.

그는 깜짝 놀란 눈으로 나연을 보았다. 오늘 그녀를 마주친 사람이라면 모두 박찬희와 같은 표정을 지을 것이리라. 그녀는 무척 예뻤고, 고아했다. 이 세상에 존재하는 아름다운 단어를 모두 그녀에게 대입해도 모자랄 정도였다.

하지만 나연은 웨딩드레스를 만지며 물었다.

"왜요. 이상한가요?"

그녀의 물음에 찬희는 어떤 답도 없이 고개만 내저었다. 나연은 다행이라며 고개를 가볍게 끄덕였다. 차에 올라 식장으로 향했다. 차 안에 있는 사람은 찬희와 나연 두 사람뿐이었다.

나연에겐 이런 날 축하의 인사 한마디 건네고, 아침부터 일찍 그녀의 곁에 붙어 있을 친구 하나 없었다. 어머니는 돌아가셨고, 아버지는 그녀의 결혼식임에도 불구하고 전날 집에 돌아오지 않으셨다.

찬희가 김 회장은 식장으로 바로 오기로 했다고 말했다.

"일이 바쁘셨나 봐요."

나연의 말에 찬희는 아무런 말도 하지 않았다. 그는 거짓말을 하지 않는다. 오늘 같은 날엔 거짓말을 해줘도 좋으련만.

차는 한참을 달려 식장으로 향했다. 취재진의 통제는 막아두었지만 기자들이 식장 입구에 쫙 깔려 있었다.

세기의 결혼식.

다들 그렇게 떠들어댔다. 재벌가의 결혼은 특별할 것이 없지만 신랑 신부가 그림처럼 잘 어울렸고, 거기에다가 로맨스 소설에나 나올 법한 러브스토리를 가져다 붙여 사람들의 관심이 높았다.

"지하 주차장에서 관계자들이 대기 중입니다."

"민성우 사장님은요?"

"도착하셨다고 합니다."

"그렇군요."

가볍게 고개를 끄덕인 나연이 차창 밖으로 취재에 열기를 올리는 기자들을 보았다. 짙게 선팅이 되어 있어 안이 보이지 않을 텐데도 그들을 연신 플래시를 터뜨렸다. 몸싸움을 하다가 넘어지는 사람까지 있어, 나연의 미간이 좁아졌다.

모두 자신의 결혼식을 취재하러 온 사람들이었지만 나연은 별 감흥이 없었다. 사실, 오늘이 자신의 결혼식이라는 것도 아직 믿기지 않았다. 새벽부터 그 부산을 떨었음에도 불구하고.

지하 주차장에 내려온 나연은 한 무리의 사람들을 보았다. 찬희의 말대로 그룹에서 붙여준 사람들과 식장에서 나온 사람들이 그녀를 기다리고 있었다.

찬희가 차 문을 열어준 후 손을 내밀었다. 잡고 내리라는 뜻이었지만 나연은 시선을 들어 그를 보았다. 박찬희는 평소 그녀에게 손을 내밀지 않는다. 아니, 손끝 하나 닿는 걸 원치 않는 사람처럼 적당한 거리를 두었다.

나연의 표정이 '왜?' 라고 묻는 듯하자 찬희는 고개를 내려 웨딩드레스를 보았다.

아.

그제야 이해를 한 듯 나연이 그의 손을 붙잡았다. 박찬희는 가볍게 손을 잡아당겨 그녀가 편히 내릴 수 있도록 도와주었다.

"너무 아름다우세요."

이곳에 오기 전까지 몇 번이나 들었던 말에 나연은 역시나 감사하다고 답했다.

그들과 함께 예식장으로 올라오는 내내 나연은 많은 사람들과 인사를 나누었다. 다들 모르는 사람들이었지만 그들은 나연에게 축하한다는 말을 건넸고, 나연은 감사하다는 말과 함께 웃음으로 화답했다.

나연은 어느 순간 이 세상에서 가장 행복한 여자가 되어 있었다.

하지만 이것도 잠시, 신부 대기실로 들어온 그녀는 얼굴 가득하던 환한 웃음을 지우고서 소파에 앉았다. 진이 다 빠진 표정이었다.

"후."

가느다란 한숨은 떨림을 담고 쏟아졌다.

벌써부터 피곤했다. 이제 시작이라는 걸 알면서도.

하루 종일 입가가 떨리도록 웃어야 할 게 빤했기에 나연은 입가 근육을 풀었다. 타인의 앞에서 웃는 일은 그리 어렵지 않았다. 어릴 적엔 잘되지 않아서 거울 앞에서 몇 번이고 연습했었다. 이젠 아무렇지도 않게 웃을 줄 아는 어른이 되었다.

"긴장되십니까."

오늘따라 박찬희가 말이 많다. 나연이 그를 보며 가볍게 고개를 저었다.

"벌써부터 피곤해서요."

답을 하자마자 문이 열렸고, 이 모든 결혼식을 총괄 진행한 마케팅 이사가 들어왔다. 그는 실무진과 함께였는데, 그중 단아한 얼굴의 여자가 나연에게 부케를 내밀었다.

"회장님께선 조금 늦는다고 하십니다."

그러면서 오늘 이 결혼식에 얼마나 대단한 사람들이 참석했는지 자그마치 10분이나 이야기한다.

나연은 그의 말에 순종적인 표정으로 연신 고개를 끄덕였다. 딱히 해야 할 말이 떠오르지 않아서.

몰려들어 왔던 사람들이 다시 썰물처럼 빠지고, 그 이후엔 나연의 동창들이 들어와 가볍게 인사를 하고 나갔다.

첫인사는 모두 '오랜만이다'.

그 후에 이어진 것인 '축하한다'.

그러면서 작은 호들갑, '남편 잘생겼더라'.

다들 반가운 기색은 보였으나 그 속은 알 수가 없었다. 지금 나연처럼.

찬희는 창을 빤히 보고 있는 나연을 보고 있었다. 무슨 말이라도 해주고 싶은 기색이었지만, 워낙 말이 없는 남자다 보니 하는 거라곤 곁을 지키는 것뿐이었다.

그때 장내에 곧 결혼식이 시작된다는 안내방송이 울렸다. 하지만 신부는 자신의 아버지도 남편이 될 사람도 보지 못했다.

"아가씨."

찬희가 나연을 불렀다. 그러자 아무 생각 없이 창밖을 보고 있던 나연이 고개를 돌려 그를 본다.

박찬희는 속마음을 잘 숨기는 남자였다. 어릴 적부터 운동을 했고, 한땐 대한민국을 대표해서 올림픽에도 나갔던 남자였다. 하얀 도복을 벗은 후엔 아이들을 가르치는 대신 동호건설에 입사해 오너 일가의 곁을 지켰다. 비서라고는 하지만 그가 하는 일이라곤 나연을 지키고 감시하는 업무뿐이었다.

나연은 자신을 불러놓고서 아무런 말도 하지 않는 찬희를 본다.

"언제든지 도움이 되어드리겠습니다."

남자가 오랜 고민 끝에 한 말에 나연의 눈이 커다랗게 떠졌다.

"대화 상대가 필요하다면 해드리겠습니다."

김나연의 곁을 지키는 업무는 오늘이 마지막이었다. 박찬희는 오너 일가 경호 업무로 다시 돌아갈 것이고, 김나연은 앞으로 동호건설 사람이 아닌 DG그룹 사모님이 된다. 민성우 사장의 아래에서 그의 보호를 받으며 지내게 될 터다. 온실 속의 화초인 김나연은 할 줄 아는 것이 그리 많지 않았다.

그걸 두 사람은 모두 알고 있었다. 그러니까 이 자리에서 두 사람이 나누어야 하는 건 마지막 인사였다. 하지만 박찬희의 말은 앞으로의 관계를 이야기하고 있지 않은가.

"그러니까 행복하세요."

"……마지막 인사 같지가 않네요."

그렇게 읊조린 나연이 웃는다.

행복할 수 있을까.

생각을 해보았더니 답은 참 쉽게 떠올랐다.

아니.

난 행복하지 못할 거야.

그 답이 가슴을 서늘하게 만들었다.

“고마웠어요, 찬희 씨. 찬희 씨도 잘 지내요.”

“그러겠습니다.”

짧은 인사를 주고받았다.

## 4. 모든 것이 처음

—잠시 뒤 신랑 민성우 군과 신부 김나연 양의 결혼식이 시작됩니다. 하객 여러분들께서는 식장 안으로 들어와 주십시오.

다시 한 번 방송이 울렸다.

웨딩드레스를 정리하며 자리에서 일어난 나연은 때마침 들어오는 직원을 보았다. 두 명의 여잔 나연에게 다가와 웨딩드레스를 정돈해 준 후, 의자에 놓아둔 부케를 나연에게 건넸다.

"결혼 축하드려요."

"행복하세요."

어김없이 그 인사가 날아들었다. 셀 수 없이 많이 듣다 보니 이젠 행복하지 않으면 자신의 잘못같이 느껴질 것 같았다.

"감사합니다."

"신랑분 정말 멋지던데요? 너무 부러워요."

"그런가요?"

나연이 입술을 안으로 말아 넣었다.

자신은 아직 제 신랑을 보지 못했다. 이 식에 참석한, 혹은 관여한 모든 사람들이 보았을 텐데도.

나연이 우울한 표정으로 문을 보았다. 이젠 행복한 척 웃고 있을 수가 없었다.

난 정말 행복할 수 있을까.

난 이 결혼을 견딜 수 있을까.

가슴이 시큰거렸다. 감정은 척추에 전달되어 눈두덩이 근처까지 홧홧하게 만들었다.

우울한 기색을 보여서도, 울어서도 안 되는데.

마음처럼 쉽지가 않았다. 아무렇지 않은 척하기가.

끼이익.

문이 열렸다. 그리고 여자들의 말처럼 근사한 신랑이 안으로 들어온다.

잘 빗어 넘겨 고정한 머리와 검정색 턱시도를 그림처럼 소화한 민성우는 그녀와 눈이 마주치자 걸음을 멈췄다. 식이 시작되어야 할 시간, 그녀를 데리러 왔음에도 그는 멍하니 나연을 보고 있기만 했다.

이 사람을 위해 용기를 내려 했다. 내 마음을 표현하고…… 8,400억이 걸린 이 결혼을 단순히 '돈'으로만 엮지 말자고 말하려 했었다.

하지만 말하지 못했다. 그는 집으로 돌아오지 않았고…… 자신만을 두겠다던 약속도 지키지 않았다.

"시간 됐습니다."

민성우가 내민 손을 빤히 보았다. 그러다가 이내 붙잡았다. 안타깝게도 지금 자신에게 주어진 선택지는 이 손을 잡는 것밖에 없었다.

밖으로 나온 두 사람은 식장으로 향했다. 그리고 사회자의 목소리에 맞춰 버진로드를 걸었다. 앞만 보며 달리는 경주마처럼 힘이 들어간 시선을 두던 나연은 바보 같게도 수많은 사람 중에서 한 여자를 찾아냈다.

아름답구나, 그의 여자는.

박수를 치고 있는 정유화를 보는 순간, 뒤돌아 도망치고 싶은 마음에 가슴속에 맺힌 눈물이 왈칵거렸다.

하지만 그녀는 울지 못했다. 걸음을 옮기면 옮길수록 가장 앞자리에 앉아 있는 아버지의 모습이 가까워졌다. 서늘한 눈동자에 굳어 있던 나연의 얼굴이 점차 펴졌다. 그리고 마치 피어나는 꽃처럼 활짝 핀다.

미소를 머금은 그녀가 정면을 보았다. 눈은 금방이라도 눈물을 쏟아낼 것 같았지만, 그와는 반대로 입술 끝은 하늘을 향해 올라가 있었다.

제주공항엔 사람이 넘쳐 났고, 길은 꽉꽉 막혔다.

도떼기시장처럼 정신없이 얽힌 사람들과 달리, 민성우와 김나연은 공항 측의 배려로 뒷문으로 조용히 공항을 벗어났다.

무더위에 살갗이 타들어갈 것 같은 느낌도 잠시, 차에 오르자마자 서늘한 기운이 두 사람을 덮쳤다. 몇 시간 동안 사람들에게 시달린 김나연은 편안한 의자에 몸을 묻은 후 눈을 감았다. 금방이라도 잠들 것 같은 얼굴이었다.

하지만 민성우는 다르다. 이제 막 새신랑이 된 그였지만 손은 신부 대신 두꺼운 서류를 붙잡고 있었고, 나연에겐 단 한 번도 시선을 두지 않았다.

민성우는 바쁜 사람이었다. 그리고 결혼으로 인해 더 바빠졌다.

신혼여행을 제주도로 잡은 것도 이와 같은 맥락이었다. 동호건설 쪽 사람도 이미 제주도에 와 있었다. 호텔에 도착하자마자 간단하게 짐만 풀고 곧장 업무에 복귀해야 했다.

그전에 살펴볼 서류가 있었기에 그는 미간에 주름을 잡은 채 종이를 넘겼다.

"……민성우 씨."

자는 줄 알았던 김나연의 부름에 민성우의 시선이 옆으로 비껴났다.

"많이 바쁘죠?"

"미안합니다."

그는 바쁘다는 답을 사과로 대신했다. 김나연은 이해한다는 듯이 웃었다. 김나연 역시 제주도에서 그가 소화해 내야 하는 일정을 대충은 알고 있었다.

"앞으로 김나연 씨 곁을 지켜줄 사람이 와 있을 겁니다. 가고 싶은 곳이 있으면 말하세요. 데려다줄 겁니다."

나연의 입가에 의뭉스러운 웃음이 서렸다. 그 웃음의 뜻을 정확하게 알아차리지 못한 그가 물었다.

"왜 그렇게 보십니까?"

"아니……."

미처 말을 끝맺지 않은 나연이 입을 다물었다. 그러다 생각을 고쳐먹은 것인지 입꼬리를 길게 늘어뜨리며 웃는다.

"그분이랑 신혼여행 온 것 같은 기분이겠네요."

"……여잔데요?"

나연은 이번에도 묘한 눈초리로 자신을 본다. 아무래도 자신의 답이 잘못되었나 보다.

"여자랑 바람나지 말라는 법 없죠."

……뭐?

이야기의 맥을 잡지 못하고 있단 생각은 들었다. 하지만 물어볼 수는 없었다. 그럼 바보 취급을 당할 것 같았다.

그가 아무런 말도 하지 않은 채 입을 꾹 다물자 나연이 희미한 웃음을 짓는다. 그러면서 그의 일을 방해하고 싶지 않다는 듯이 창밖을 내다보았다.

이젠 일에만 집중하면 되는데 집중을 할 수가 없다. 그의 시선이 슬쩍 나연을 향한다. 그녀는 생경한 눈으로 세상 밖을 내다보고 있었다.

그가 노골적으로 자신을 바라보자 나연의 시선이 그에게로 향한다.

왜 그렇게 봐요?

나연이 의아한 얼굴로 그를 보았다. 하지만 물음을 던지기도 전에 차는 호텔 로비 앞에 멈춰 선다.

"도착했습니다."

알림과 함께 문이 열렸다.

두 사람은 서로의 의문을 풀지 못한 채 호텔 안으로 들어섰다.

❖

"이쪽은 김나연 씨, 제 와이프입니다. 그리고 이쪽은 김경아 씨. 앞으로 김나연 씨를 도와줄 겁니다."

민성우의 소개는 간단했다. 그리고 서로 처음 만나는 두 사람이 인사를 나누자마자 다음 일정을 소화하기 위해 호텔을 나섰다. 김나연은 그렇게 홀로 남았다.

"지금은 필요한 게 없으니까 가서 쉬세요."

"아닙니다. 곁을 지키겠습니다."

그가 자신의 감시자로 붙인 사람은 올해 서른두 살의 미스였다. 민성우의 제4비서로 일하다가 결혼을 기점으로 인사이동을 해서 나연의 곁을 지키게 됐단다.

그녀는 좋은 대학을 졸업하고 업무 기량을 인정받기도 전에 인사이동을 한 게 마음에 들지 않는다는 티가 역력했다. 미간에 잡힌 주름이 그녀의 마음을 고스란히 내보였다.

그래서일까.

나연은 그녀가 불편했다. 노골적으로 자신의 감시를 위해 붙인 박찬희보다도.

"지금부터 쉬다가 저녁은 룸서비스를 시켜서 먹을 거예요."

김나연의 말은 '분명히 넌 시간 낭비를 하게 될 거다' 라는 것이었다. 그래서 김경아는 고민 끝에 자신의 명함을 앞으로 내밀었다.

"필요한 일이 있으면 부르십시오."

"네, 알겠어요."

명함을 받아 들자 나연은 그제야 홀로 남았다. 하루 종일 사람들 사이에 둘러싸여 주목을 받았다. 그녀 평생 이렇게 고단한 날은 처음이었던 터라 곧장 침실로 향했다. 지금 당장 필요한 것은 휴식이었다. 그리고 홀로 남았다는 걸 알려줄 침묵.

털썩.

침대에 누운 나연이 천장을 보았다.

꾸르륵.

홀로 남았다는 안도감 때문일까. 뒤늦게 허기가 몰려왔다.

"배고파."

그렇게 말하면서도 나연은 배를 감싸기만 할 뿐 아무런 행동도 취하지 않았다. 몇 걸음 걸어 전화기를 들고 0번만 누르면 허기를 채워줄 것들을 시킬 수 있음에도. 그렇게 한참을 누워 있었다.

문만 열고 나가면 어디든지 갈 수 있었다. 초등학교 때 친구들이 수학여행을 떠난다며 들떠 이야기하던 장소들도, 마음만 먹으면 구경할 수 있을 것이다.

그건 나연에게 있어 오랜 바람이었다. 집 밖의 세상, 아버지의 손이 닿지 않는 드넓은 세상을 알아가는 일은 그녀에게 꿈이었고 흥분을 일으키는 일들이었다.

하지만 하루 종일 힘들게 웃어야 했던 나연은 꼼짝할 힘도 없어서, 한참 그렇게만 누워 있을 때였다.

띠리리—

기본 벨 소리가 울렸다.

나연은 외투 주머니에 넣어두었던 휴대전화를 꺼냈다. 그리고 액정에 떠 있는 이름을 보고서 입을 굳게 다물었다.

식장에서 마지막 인사를 건넸던 박찬희의 이름이 떠 있었다. 번호를 알고 있는 사람이 찬희와 성우, 단 두 사람뿐이어서 성우일 줄 알았는데 그게 아니라서 실망해 버렸다.

"여보세요?"

애써 실망한 기색을 숨긴 나연은 밝은 목소리로 전화를 받았다. 그러자 전화 너머엔 잠시 침묵이 흐른다. 그게 이상해서 나연은 연거푸 그의 이름을 불렀다.

"찬희 씨? 무슨……."

—좋은가 보구나.

"……."

처음엔 찬희가 전화를 잘못 건 건 아닐까, 생각했다. 하지만 아니었다. 짧은 한마디였지만 나연은 전화를 건 사람이 누군지 단박에 알아차렸다.

"아버지."

—별다른 이야기할 건 없다. 민 사장에게 잘 받았다고만 전해다오.

짧은 통화가 끊겼다. 하지만 나연은 이미 메인 화면으로 돌아간 휴대전화 액정에서 시선을 떼지 못했다.

민 사장이라 함은 민성우 사장을 뜻하는 게 분명할 텐데, 그에게 무엇을 받았다는 말씀인 건가. 그리고 그걸 왜 자신에게 전해달라고 하는 건지도 선뜻 이해가 가지 않았다.

휴대전화를 쥔 손에 힘이 들어갔다. 나연의 눈동자가 불안에 떨린다.

"……어머니."

도와주세요.

저 무서워요.

연거푸 읊조리던 나연의 고개가 아래로 뚝 떨어졌다. 맞잡은 손 위에 이마를 살포시 내려놓은 나연의 입에서 거친 숨이 툭, 터져 나왔다.

가장 앞에서 걸음을 옮기는 것은 민성우다.

그는 마치 이 거대한 부지 위에 들어설 세상의 지배자처럼 느껴졌다. 모두 그의 눈치를 보고 있었기 때문이다. 유일하게 눈치를 보지 않는 것은 그의 곁에서 설명을 하고 있는 지아뿐이었다.

"여기가 대연회장과 중연회장이 들어설 곳입니다."

그는 설계도를 보며 고개를 끄덕였다. 중연회장 옆엔 결혼식장도 들어설 예정이었다. 동호건설이 가지고 있던 부지는 상당히 컸고, 또 쓸모 있었다.

"이곳에 야외 식당이 들어설 예정이며 바로 옆엔 와인 바가 들어설 곳입니다. 뒤쪽으로 레스토랑 두 곳과 카페가 생길 거고요."

민성우가 가볍게 고개를 끄덕이며 밖으로 향했다. 땅이 깊게 파여 있었다. 시선을 돌리면 높은 나무로 가려져 있어 비밀스러운 만남을 즐기는 이들을 위해 안성맞춤이었다.

"수영장은 이곳에 들어설 예정입니다."

수영장은 앞서 본 자리보다 크지 않았다. 몇 명을 위한 곳이었기 때문에 적당한 크기였다.

중국인 관광객이 많이 줄었다지만 그 외에 러시아나 다른 아시아 국가에서도 많이들 찾고 있는 추세였다. 공항이 들어선다면 더 많은 사람이 찾을 것이다.

마음은 급해졌지만 이럴 때일수록 서둘러선 안 된다는 걸 알고 있었다.

자리를 옮긴 그가 실무자들과 회의를 이어나갔다. 동호건설 쪽에선 무리 없이 진행할 수 있을 거라 말하고 있었지만, 문제가 있다면 세계적인 권위자인 건축가께서 계속해 설계도를 수정하고 있다는 것이었다.

"맞춰 주십시오."

공사 일정이 늦춰지더라도 원하는 것이 있으면 최대한 맞춰 주라는 뜻이었다. 그쪽에서도 앞서 들어간 공사 때문에 제약이 많을 테니 답답한 게 많을 터였다.

마라톤 회의가 이어졌다. 하지만 이쯤 되니 이곳에서 결정할 건 더 이상 없을 거란 판단이 섰다. 설계도가 수정되면 자연스레 본 건물 공사 일정도 늦어질 것이다.

"이쯤 하죠."

민성우의 말을 기다렸다는 듯 사람들이 하나둘 자리에서 일어났다. 공사 현장을 둘러보고 회의를 이어나간 지 자그마치 여섯 시간이었다.

일 때문이라곤 하지만 다들 여유로운 마음으로 이곳에 왔다. 가족까지 동반 가능하다 하여 일은 짧게 끝내고 다들 여행이나 즐기자는 심산으로 왔었건만. 날은 벌써 저물었다.

사람들이 썰물처럼 빠져나가고, 넓은 룸엔 김지아와 민성우만 남았다. 그가 힘없이 늘어져 있자 곁을 지키고 있던 지아가 말했다.

"사장님, 잊고 계신 것 없습니까?"

그는 말할 힘도 없다는 듯 시선만 들어 지아를 보았다. 눈 밑에 깊은 그늘이 졌다.

"오늘 사장님 신혼 첫날인 것 말입니다."

"……."

"사모님께서 홀로 계실 텐데요."

잊고 있지는 않았다. 물론 방금 전까진.

"김 비서는 세 시간 전부터 호텔에서 대기 중이라고 합니다."

"왜요?"

"사모님께서 그렇게 하라고 하셨답니다. 하루 종일 호텔에만 있을 거라고."

"후우."

한숨을 내뱉은 그가 문을 열고 밖으로 나섰다.

외로운 신부를 위해.

❖

카드키를 가져다 대자 소리와 함께 문이 열렸다.

피곤한 몸을 이끌고 안으로 들어온 민성우는 조용한 실내에 의아함을 느끼는 것도 잠시, 슈트 재킷을 벗어 소파 위에 던져 두었다. 그 후엔 넥타이와 셔츠 사이에 손가락을 끼워 넣은 후 양쪽으로 힘껏 흔들었다.

이대로 잠들면 좋으련만.

물소리를 들으며 넥타이핀을 뺀 그가 테이블 위에 올려두었다. 마찬가지로 커프스 버튼 또한 풀어 같은 곳에 두었다.

주름이 잔뜩 진 셔츠 단추를 차례대로 풀었다. 벨벳처럼 보드라운 몸이 생동감 있게 움직였다.

안에서 계속되던 물소리가 멈췄고, 그와 동시에 그의 행동도 멈췄다.

욕실 문이 열렸고, 따뜻한 수증기가 밖으로 와락 쏟아졌다. 뿌연 공기 사이로 나온 것은 커다란 타월로 몸을 가리고 있는 나연이었다.

조심성 없이 밖으로 나온 나연이 깜짝 놀라 눈을 동그랗게 떴다.

"왜, 왜……."

둥근 언덕을 닮은 어깨엔 미처 닦지 못한 이슬이 맺혀 있다. 축축하게 젖은 머리카락은 무게를 이기지 못하고 아래로 축축 늘어졌고, 얼굴은 맑고 깨끗했다.

그 모습을 하나둘 눈에 담던 그가 나지막한 목소리로 물었다.

"뭐가 말입니까?"

나연은 답 대신 입을 뻥긋거리기만 할 뿐이다. 시선은 무엇을 말하는지 명확히 말하고 있었음에도.

그녀는 벗고 있는 성우의 상체를 보고 있었다. 정작 지금 자신이 어떤 행색인진 전혀 눈치채지 못한 눈치여서, 그는 눈짓으로 그녀의 행색을 알려주었다. 경악한 얼굴을 보니 괜히 웃음이 나왔다.

"으악!"

깜짝 놀란 나연이 할 수 있는 것이라곤 손바닥으로 타월을 꼭 누르는 것뿐, 벗고 있는 그의 상체에서 시선을 떼는 것조차 할 수 없다는 듯 몸을 굳힌다.

그는 나연에게 손을 뻗었다. 교활한 그는 김나연이 그 손길을 거부하지 못한다는 것을 알고 있었다. 그의 예상대로 나연은 천천히 걸음을 옮겨 그에게로 다가왔다.

나연의 손목을 강인하게 붙잡은 손은 그대로 작은 여체를 자신의 품으로 끌어당겼다. 쉬이 끌려온 여자는 남자의 품에 갇혔고, 곧 입술에 내려앉는 뜨거운 입술에 눈을 감았다.

"음!"

입술 밖으로 새어 나오지 못한 신음이 입속으로 삼켜졌다. 우악스러운 손길에 그녀의 허리가 활처럼 휘며 단단한 몸에 밀착되었다. 뜨거운 욕망이 사타구니에 닿았다.

순식간에 몸이 달아오름을 느꼈다. 방금 전까지만 해도 피곤함에 말을 하는 것조차 힘들었었는데 지금은 아니다.

고개를 비스듬히 꺾은 그가 한입에 나연의 입술을 집어삼켰다. 그리고 제 입안으로 빨려 들어온 여린 속살을 혀로 핥은 후에 입을 벌리게 만들었다.

그녀의 숨소리가 흐트러진다. 그럴수록 자신의 욕망은 이성을 부추긴다.

나연의 몸이 움찔 떨리며 뒤로 떨어지는 것을 느꼈음에도 그는 그녀의 허리를 붙잡아 자신의 쪽으로 잡아당겼다. 가느다란 허벅지 사이에 자신의 허벅지를 밀어 넣는다. 뜨거운 기운이 자신의 허벅지에 전달되는 것 같았다.

연신 숨을 헐떡이는 나연은 자신에게서 벗어나고 싶어하는 것만 같았다. 이전에 적극적으로 몸을 부딪쳐 오던 것과는 상반되는 반응에, 허리를 붙잡고 있는 손에 힘이 빠졌다.

"하아, 하아."

그대로 자리에 주저앉아 버린 나연을 내리깐 시선으로 바라보던 그가 미간을 좁혔다.

아무리 눈치 없는 남자라도 알 수 있었다. 지금 이 여자의 반응이 전의 관계와는 많이 다르다는 것을.

완벽하게 결합되었다고 느꼈던 그날과 지금의 이 여잔 전혀 다른 사람이라는 걸.

김나연은 수많은 모습을 하고 있었다. 때때로 카멜레온처럼 여러 색의 옷을 입는다.

오늘은 어떤 옷을 입은 것일까.

수동적인 것도, 가면을 쓴 것도 아닌…… 이게 진짜 김나연일까.

"싫습니까?"

나와의 관계가.

그의 목소리가 시리게 흘러나왔다.

김나연은 그의 말에 힘껏 고개를 내저었다.

아무리 눈치 없는 사람이라도 그녀가 거짓말을 하고 있다는 걸 알 터다. 그러니까, 민성우도 알았다. 그녀가 지금 거짓말을 하고 있다는 것을. 그는 보통의 사람보다 훨씬 눈치가 빨랐고, 사람의 감정을 읽는 것에 익숙했다.

그는 괴로워하는 여자를 보며 아랫도리를 세우는 남잔 아니었다. 분명 거부하는 여잔 욕망을 부추기긴 하지만, 적어도 그는 정도는 아는 남자였다. 그녀가 자신의 와이프라 하더라도 싫다는 상대를 안는 건 강간이다.

자리에 주저앉아 숨을 헐떡이는 여자를 바라보던 민성우가 거칠게 머리를 쓸어 올렸다. 어느 장단에 맞춰야 할지 모르겠다는 표정이다.

"후우."

이 결혼으로 김나연은 자신이 이루고자 하는 걸 손에 넣은 것이다. 추가적으로 요구하는 금액 역시 받아냈으니 자신과의 관계를 거부하는 것인지도 모른다.

수분이 없는 눈이 뻑뻑하게 아팠다. 피곤함에 눈두덩이 근처가 무언가에 꽉 눌린 것 같았다. 다시 한마디 말을 내뱉는 것도 힘든 상태가 되었다. 그는 새빨개진 눈을 들어 그녀를 보았다. 김나연은 여전히 자신을 보고 있었다. 아주 긴밀히.

이 여잔 지금 자신에게서 무엇을 알아내고 싶은 것일까.

좀 더 생각이란 걸 해야 했지만 그러기엔 자신의 컨디션은 최악이었다. 이제껏 쌓여 있던 피로가 한순간에 가슴을 힘껏 내리누르는 것 같았다.

그래서 그는 돌아섰다. 이제 그만 씻고 잠들고 싶어서.

"저……."

욕실로 향하는 자신을 잡아끄는 소리에 민성우가 말없이 돌아섰다. 김나연은 여전히 자리에 주저앉은 채, 마치 버림받은 강아지처럼 그를 올려다보고 있었다.

"저기……."

"하고 싶은 말이 있으면 하십시오."

그의 말에 김나연은 다시 입을 꾹 다물었다.

역시 이 여자에게 솔직함을 기대하는 건 바보 같은 희망인가.

속을 알 수 없는 상대와 평생을 함께하는 건 너무 피곤한 일이다. 밖에서 그런 이들을 만나고 집으로 돌아와서까지 수를 읽기 위해 애를 쓰는 건 너무 바보 같은 짓이다.

"할 말 없으면 씻겠습니다. 김나연 씨도 좀 쉬십시오."

흐트러진 여자를 뒤로한 그가 욕실로 향했다. 곧 욕실 안에선 비와 닮은 소리가 들려왔다.

쏴아아—

물소리가 날 때까지 그 자리에 주저앉아 있던 나연이 무릎 사이에 얼굴을 묻었다.

"하아."

가지고 싶은 걸 가지지 못해서 무작정 떼를 쓴 꼴이 되어버렸다. 그렇게 해선 안 된다는 이성적인 생각과 그래도 난 지금 무척 아프고 상처받았다는 감정적인 생각이 뒤섞여 엉망진창이 되어버렸다.

욕심은 무섭다. 쉽게 크면서 작아지는 데엔 많은 용기를 필요로 했다.

하지만 내겐 그 용기가 없다. 이미 다 끌어 써버려서.

나연은 그가 나오기 전에 방으로 들어가 옷을 갈아입었다. 밖으로 나오니 샤워를 마친 남잔 머리도 말리지 않은 채 침대에 누워 있었다. 많이 피곤했던 건지 그는 곤한 잠 든 후였다. 방금 전 있었던 그 긴장감은 모두 꿈이었던 것처럼.

김나연은 옆에 놓인 의자에 앉아 잠든 남자를 보았다. 이 남자가 잠든 모습을 몇 번이고 보았지만 그녀는 여전히 생경한 것을 보는 듯한 눈을 하고 있었다.

기다란 속눈썹을 늘어뜨린 채 세상모르고 잠든 남자를 하염없이 바라보았다. 어두웠던 창밖은 어느새 빛을 머금고 밝아지고 있었음에도 그녀는 시간 가는 줄 몰랐다.

가슴이 불안하게 뛴다. 차라리 이 남자에게 안겼으면 이 불안이 조금은 가셨을까.

커다랗게 뜬 눈을 투명한 수분이 감쌌다. 눈을 감으면 금방이라도 눈물이 쏟아질 것 같아 나연은 눈을 부릅뜨고 잠든 그만을 담았다.

그때 부스럭거리는 소리와 함께 그가 몸을 돌렸다. 이제 나연의 시야를 가득 채운 건 칼날 같은 그의 얼굴이 아닌 넓은 등이었다.

차라리, 차라리 욕심내지 않는 게 좋았을까.

차라리, 차라리 용기 따위 끌어내지 않는 게 좋았을까.

텅 비어 있던 가슴을 시린 바람이 날카롭게 할퀴고 가는 느낌이었다.

용기를 내지 않았다면 이대로도 좋았을 것이다. 자신의 감정을 죽인 채 타인의 곁을 지키는 일은 쉬웠으니까. 그 쉬운 일을 해나갔으면 좋았을 텐데, 자신은 멍청하게도 그렇게 하지 못했다.

툭.

눈가에 맺혀 있던 눈물이 무게를 이기지 못하고 기어이 쏟아졌다.

바보같이.

이제껏 아무렇지도 않은 척 굴었으면서. 그렇게 웃을 수 있었으면서 갑자기 세상 슬픔 다 끌어안은 여자처럼 구는 게 스스로 보아도 웃겼다. 아마도 사춘기가 이제야 찾아왔나 보다. 학창 시절에도 이 정도로 감정 기복이 심하진 않았는데. 아무래도 잘 조여져 있던 나사가 풀리기라도 했나 보다.

혹여 그가 깰까 싶어, 그래서 우는 자신의 모습을 볼까 싶어 나연은 자리에서 일어났다. 도망치고 싶었다. 그의 숨소리가 가득한 곳에서.

잠옷 위에 가운을 걸쳤다. 잠옷이라고는 하지만 집에서 그랬듯 나연은 남편이 될 사람 앞에서도 홈드레스 차림이었다. 편안한 옷 따위 평생 입어본 적이 없었다. 그녀는 집에서도 늘 긴장했고, 흐트러진 모습을 보인 적이 없었다.

당장이라도 밖으로 뛰쳐나갈 것처럼 굴었음에도 나연은 문 앞에서 멈췄다. 문을 여는 방법을 잊은 것도 아닐 텐데 나연은 당혹스러운 눈으로 손잡이를 보았다. 손을 가져다 대는 것도 한참이나 걸렸다.

하지만 문을 열고 난 후엔 달랐다.

달칵, 쿵!

방금 전까지 조심스러웠던 행동과는 달리 나연은 문을 열자마자 도망치듯 자리를 벗어났다. 엘리베이터로 향하는 걸음 또한 성급했다. 그녀는 마치 쫓기는 사람처럼 엘리베이터에 올랐고, 1층 버튼을 눌렀다.

인생에서 중요한 순간은 종종 찾아온다. 그걸 사람들은 미처 깨닫지 못하고 있을 뿐. 나연 역시 마찬가지였다. 후에 과거를 돌이켜 보니 그랬다.

무서웠던 그 결혼에 순응해 갔다.

자신에게 내려진 숙제를 이젠 잘 풀어 나갈 수 있다고 믿었다.

무서웠던 남자에 대한 두려움 역시 차차 사라졌다.

하지만 시간이 흘러 흘러 지금, 그가 다시 무서워졌다.

걸음을 옮기는 나연은 절망에 휩싸여 있었다. 걷고 또 걷다가 더 이상 갈 길이 없는 곳에 멈춰 선 그녀가 고개를 들어 하늘을 올려다보았다.

"엄마……."

엄마, 엄마.

나 좀 도와주세요.

"도와, 도와줘요."

도와주세요, 제발.

구원을 바라는 사람처럼, 혼자서 이 상황을 해결해 나가기엔 김나연은 약했다. 김나연의 얼굴이 눈물로 엉망이 되었다.

도와달라고 말은 하고 있었지만 나연 역시 구체적으로 어머니가 어떤 걸 도와줬음 하는지 모르고 있었다.

이 마음을 거둬가 달라는 걸까. 아니면…… 도대체 무얼?

스스로도 알 수가 없어서 나연은 그 자리에 멈춰 서 울기만 했다. 자신의 일을 스스로도 풀어낼 수 없다는 걸 알고 있다. 평생을 그랬다. 제 일이었지만 제 일이 아닌 인생을 살아왔다.

통제와 제압.

어린 시절부터 받아온 학대는 울 수 있는 힘만 남겼을 뿐, 스스로 움직일 기력은 모두 앗아갔다. 길들여진다는 건 그런 거였다.

나연이 한 발자국도 옮기지 못한 채 눈물만 쏟아낼 때다.

"뭘 도와드리면 됩니까?"

부스럭, 인기척과 함께 나지막한 목소리가 들려왔다. 그는 나연이 했던 말, 행동 모두를 보고 들은 모양이다.

확신에 찬 어조에 나연의 어깨가 떨렸다. 상대가 누구인지 알기에 그녀는 쉬이 몸을 돌리지 못했다.

"뭘 도와드리면 되냐고 물었습니다."

남자가 다시 한 번 힘주어 물었다. 같은 말을 두 번 하는 걸 가장 싫어하는 남자다. 그것만큼 시간낭비인 것도 없었고, 상대가 말하고 싶지 않은데 그걸 굳이 말하게 할 사람도 아니었다.

하지만 그는 다시 한 번 물었다.

명백한 경고.

이번에 답을 하지 않는다면 그는 두 번 다시 돌아보지 않을 사람이란 걸 김나연은 안다.

나연이 천천히 몸을 돌렸다. 그리고 저만치 떨어져 있는 민성우를 보았다.

그는 무표정한 얼굴로 자신을 바라보고 있었다. 시린 표정에 나연의 표정이 허물어졌다.

"이젠 모르는 척하지 않을 참인데."

그는 파괴자다. 그럴 능력도, 그럴 힘도 가지고 있었다.

자신이 원하는 것을 가지기 위해선 어떻게 해야 하는지 영특히 아는 인물이라고, 아버지가 말씀하셨다. 그가 간혹 보여주는 다정함. 그 다정함에 자신은 속절없이 빠져들었다. 그게 진심이 아니라는 걸 알면서도 기댔다.

그는 자신의 세계를 부쉈다. 얌전히 홀로 지냈는데, 그러지 않아도 된다는 희망을, 조금만 나서면 된다는 용기를 불러일으켰다.

그리고 자신은 바보 같게도 이에 또다시 순응했다.

"좋아해요."

그 말을 내뱉는 순간 정작 가장 놀란 건 나연이었다. 본인이 말을 했는데도 제 입에서 나온 말이라는 걸 믿지 못하는 표정이었다.

좋아해? 내가?

그녀가 지금 자신이 내뱉은 말이 맞냐는 듯이 민성우를 보았다. 그는 미간을 좁히고 있었다. 의외의 말을 들은 사람처럼, 아니, 의심되는 말을 들은 사람처럼.

그 표정을 마주하는 순간 나연은 다시 한 번 발밑이 무너지는 것을 느꼈다.

그래. 난 이 사람을 좋아해. 좋아했어.

속에서 늘 끓던 마음의 진위를 알아차린 나연은 눈을 질끈 감았다. 예전엔 당연하게 받아들였던 것에 '왜' 라는 의문을 가졌던 것도, 그리고 그가 집에 들어오지 않았다는 사실을 알고서 좌절했던 것도 모두 이 마음 때문이었다.

바라지 말았어야 할 감정이었다. 그와 자신은 감정이 아닌 이득을 위해 만난 사람들이었다. 감정을 바라는 순간, 이 관계조차 깨지리란 걸 나연은 알았다. 자신의 부모가 그랬다.

그럼에도 용기를 냈다. 이 용기가 그에게 닿지 않을 거란 걸 알면서도.

"처음이에요, 이렇게 아픈 건."

처음이니까 봐달라고 말했다. 자신을 봐달라고, 한 번만 인정을 베풀어달라고.

용기를 닥닥 긁어내 말을 하고 나니 가슴속에 응어리져 있던 감정이 뻥 하고 뚫리는 것 같았다. 그런데 지금부터가 문제다. 돌아올 답이 걱정되어 나연은 고개를 숙였다.

"김나연 씨."

"처음이니까 좀 봐 주면 안 돼요?"

"이미 보고 있습니다만."

"……!"

고개를 든 나연이 깜짝 놀란 눈으로 민성우를 보았다.

그는 여전히 심드렁하고 감정을 알 수 없는, 무표정한 얼굴이었다. 그가 진심으로 이런 말을 하는지, 아니면 다른 속셈을 가지고서 하는 말인지 감을 잡을 수 없었다.

하지만 하나 확실한 것은 앞으로 내밀어진 커다란 손이 허상은 아니라는 것. 지금 이 상황이 꿈은 아니라는 것이다.

나연의 눈가에 눈물이 차올랐다.

이게 무슨 상황이지?

나연은 자신에게 일어난 일을 이해해 보려 애를 썼다. 그러다가 곧 아무런 계산도 필요하지 않은 순간이라 알게 되었다. 그토록 바랐던 일이 자신에게 일어난 것이니까.

천천히 걸음을 옮긴 그녀가 민성우의 손을 덥석 붙잡았다. 뜨거운 입술이 제 입술 위로 내려앉았고, 숨을 쉴 수 없을 만큼 뜨거운 열락에 빠졌다.

쿵.

등이 문과 부딪히더니 아래로 흘러내렸다. 바닥에 주저앉기 전, 그가 힘껏 나연의 팔을 잡아 위로 끌어 올렸다.

방금 전까지 눈물을 쏟아냈던 눈가는 촉촉하게 젖어 있다. 일렁이는 눈동자는 남자를 바라보고 있었고, 다리는 떨렸다.

여잔 온몸으로 애원하는 것 같았다.

안아줘요.

남자에게 있어 거부할 이유는 없었다.

나연의 다리 사이에 단단한 허벅지를 끼워 넣은 그가 곧장 나연의 목덜미에 입을 맞췄다. 새하얀 목줄기에 자신의 흔적을 남기고 싶어진다.

그는 자신의 욕망을 막지 않았다. 이를 세워 새하얀 목덜미를 물었고, 곧 잘근잘근 깨물었다.

"아!"

고통과 기대감으로 얼룩진 신음은 환희에 차 있었다. 남자와 몸을 섞는 것이 익숙하지 않았지만 마음이 연결되었다는 생각 때문일까. 나연의 몸이 금방 날아올랐다.

치마 아랫부분을 붙잡아 위로 끌어 올린 그가 깡마른 몸을 보았다.

살부터 찌워야겠다.

갈빗대가 드러난 볼품없는 몸을 보며 그는 생각했다. 하지만 손은 곧장 브래지어를 들쳐 올렸고, 가뭇한 젖꼭지를 엄지손가락으로 살살 문질렀다.

앙증맞은 젖꼭지가 금세 화답하듯 꼿꼿이 섰다. 이를 입안에 머금어 혀로 농락하며 맛보았다.

여자에게선 좋은 냄새가 났다.

볼품없는 몸이었지만 이 여자와의 결합이 얼마나 만족스러운지 알고 있는 그는 금세 아랫도리를 세웠다.

하지만 천천히 여자의 몸을 맛본다.

'이 여자, 참 쉽다.'

그런 생각을 하며.

김나연이 보여주었던 다채로운 색감에 호기심을 느꼈던 그때에 비해, 지금 자신의 손 아래에서 녹아내리는 여잔 재미없었다. 돈을 주고 손쉽게 손에 넣었던 여자들과 별반 차이가 없다는 생각마저 들었다.

그럼에도 흥분하는 자신은 뭔가.

"으."

나지막한 신음을 쏟아내며 그가 얼굴을 일그러뜨렸다. 확실히 자신의 신부는 이제껏 만났던 여자들과 달랐다.

"으으!"

이로 가뭇한 젖꼭지를 깨물고 손가락으로 잡아당긴 그가, 자지러지는 여잘 무심한 눈으로 내려 보았다.

침대에서 조금 더 천천히 맛보고 싶어졌다. 부풀어 곧 터질 것만 같은 페니스의 의사와는 달리.

몸을 휘감는 쾌감을 어쩔 줄 몰라 하는 나연을 번쩍 안아 든 그가 침실로 향했다. 방금 전까지만 해도 홀로 잠을 청했던 침대에 그녀를 눕힌 그가, 부채처럼 펼쳐진 머리카락을 정리해 주었다.

그가 말없이 가만히 내려다보자 나연은 손을 뻗어 민성우의 목을 휘감았다.

"아, 안아주세요."

수동적인 김나연이 자극적이고 진취적인 여자로 바뀌어 있었다.

자신의 몸에 착 감기는 나긋나긋한 여체에 그가 그대로 고개를 내렸다. 어깨에 입을 맞추면서도 손은 연신 가슴을 주물렀다.

객관적으로 보아도 참 매력 없는 몸이었다. 만질 것이 없는 가슴도 그러했고, 쏙 들어간 배 역시 자신의 취향과는 거리가 멀었다.

그럼에도 여유를 가지고 맛보려던 자신의 계획이 달라졌다.

코를 가슴에 묻은 채 손이 바삐 움직였다. 단숨에 팬티를 내리고 검은 숲 사이의 여린 속살을 찾아 파고들었다.

움찔.

여린 속살에 손이 스치는 것만으로도 김나연의 허리가 위로 튀어 올랐다. 하지만 그는 침입을 멈추지 않았다. 도톰한 살을 옆으로 벌려 그 사이의 뜨거운 곳을 찾았다.

손가락 두 개를 밀어 넣는 것만으로도 나연은 귓가에 신음을 내뱉었다.

“아, 아파요.”

흥분한 목소리와 젖은 눈망울과는 달리 김나연의 몸은 충분히 젖지 않았다. 그러고 보니 처음부터 그랬다.

그가 고개를 들어 의아한 눈으로 내려다보았다. 나연은 침입을 받아내느라 사력을 다하고 있었다. 그녀의 표정 하나하나를 눈에 담으며 그가 손을 움직였다. 잠시 빠져나왔다가 천천히 들어가기도 했고 손가락으로 윗벽을 살살 긁기도 했다.

움찔. 움찔.

김나연은 그의 손길을 받아내려 노력하고 있었다. 말 그대로 노력 말이다. 여잔 느끼는 표정이 아니었다.

충분한 애무가 필요한 사람인가.

아니, 그렇다 하더라도 이건…….

연애를 하다 보면 수많은 관계를 가지게 되고, 그러면서 여자들은 자신이 어딜 좋아하고, 어떠한 자세를 선호하는지 알게 된다.

남녀가 많이 평등해졌다고는 하지만 아직은 여자들이 자신의 요구사항을 남자에게 정확히 말하지 못하는 분위기가 있다. 그래서 경험이 쌓인 여자들은 둘러 자신이 원하는 것을 요구하기도 한다. 명확히 말할 용기가 없는 여자들은 말이다.

하지만 김나연은 그 어느 쪽도 아니었다.

질척. 질척.

여성이 점점 젖기 시작하자 나연의 뺨이 붉게 변했다. 열기가 오른 여잔 허리를 비틀었고, 허우적거리던 손으로 자신의 등을 감싸기도 했다. 하지만 그는 집요하게 손을 움직였다.

“끄응.”

억눌린 신음에 그가 손길을 멈췄다.

깨달음에 그가 놀란 눈으로 나연을 보았다. 그녀는 갑작스레 움직임이 멈추자 무슨 일이냐는 듯 그를 올려다보았다. 눈망울엔 당혹스러움이 가득했다.

“왜, 왜…….”

나연은 불안해 보였다. 혹여 자신이 또 뭔가 잘못한 게 있는가 싶어서. 그러면서 손은 자연스럽게 그의 버클 쪽으로 향했다. 나연은 실오라기 하나 걸치지 않은 모습이었지만 그는 아직도 옷을 완벽하게 갖춰 입고 있었다.

그제야 나연이 몸을 일으켜 그의 앞에 무릎을 꿇고 앉았다. 그러면서 그의 티셔츠 아래쪽을 붙잡았다.

“민성우 씨도…….”

“혹시 제게 말을 안 한 게 있습니까?”

“뭐가요?”

순진한 눈망울이 자신을 향하자 그가 한숨을 푹 내뱉었다. 이런 순간에도 욕정 하는 제 모습에 기가 막혔다.

“민성우 씨.”

연신 불안한 얼굴로 자신을 부르는 입술에 그가 고개를 절레절레 저었다. 그러더니 손을 뻗어 나연의 머리에 얹는다.

“혹시 제가 처음이었습니까?”

“그러면 안 되나요?”

물음에 대한 답은 또 다른 물음이었다. 나연은 정말 아무것도 모르는 것 같았다.

안 될 건 없었다. 어떠한 관계든 처음이란 건 있었고, 그걸 특별하게 여기는 사람도, 아닌 사람도 있었다.

민성우는 그 처음이 특별하지 않았다. 하지만 그걸 넘어서 처음이란 걸 알았다면 조금 더 조심했을 것이다.

나연은 고개를 갸웃거렸다. 아무것도 모르는 어린아이 같았다.

어디서 어떻게 설명을 해야 할지도 가늠할 수가 없어 그는 그저 웃어 버렸다.

"아닙니다. 문제 될 건 없죠."

그러면서 말을 잇는다.

"그래도 알아버렸으니 처음부터 다시 해볼까요?"

"네?"

"우선 키스부터."

짧게 잘라 말한 그가 곧장 입을 맞췄다. 입맞춤은 가벼웠고, 산뜻했다.

"차근차근 다시 해봅시다."

"여기. 여긴 어떻습니까?"

"으으."

신음을 내뱉은 나연이 커다란 눈을 연신 깜빡였다.

자신은 침대에 눕혀져 있었다. 그리고 자신의 몸을 가볍게 두드리는 남잔 제 곁에 앉아 몸 여기저기를 만지고 있었다.

"여긴?"

"하아……."

다정한 손길이었지만 한편으론 폭력적이기도 했다. 자신보다 더 제 몸에 대해 잘 아는 사람처럼 남자의 손길이 스치고 닿고 찔러올 때마다 허리가 비틀렸다. 손가락 하나가 들어갔음에도 불구하고 여성은 힘껏 수축했다. 좁은 여성은 몇 번의 관계를 가졌음에도 여전히 처녀의 것처럼 작고 좁았다.

여성 안에 들어간 손가락이 하나 더 늘었고, 그의 입술은 겨드랑이와 갈비뼈 그 사이 어디쯤에 닿았다. 가볍게 빨아들인 남자가 혀로 핥았고, 고개가 배꼽 근처에 내려왔을 때 사타구니 사이가 뜨거워졌다.

그의 시선이 눈물이 고인 눈가로 향했다. 여성도 금방 눈물을 쏟을 것 같은 눈가와 마찬가지로 흠뻑 젖어 있었다. 그 모습에 방금 전까지 여유롭게 나연의 몸 안을 헤집던 손에 힘이 들어갔다. 아랫배에 힘이 들어갔고, 해소되지 못한 욕정이 끓었다.

당장에라도 안으로 들어가고 싶었다. 하지만 그는 애써 참았다.

처음부터 다시.

그걸 하기로 마음먹었으니까.

그녀의 눈물이 자신에게 어떠한 작용을 일으키는지 그는 몸소 경험했다. 자신은 김나연이 우는 게 싫었다. 그런데 어찌 된 일일까. 지금은 김나연을 울리고 싶었다.

쪽.

짧게 입을 맞춘 그가 입술을 핥고 그 안으로 침입했다. 손가락으로 여린 속살을 간질이듯, 이번엔 혀로 그녀의 입안 곳곳에 숨결을 불어 넣고 톡톡 건드렸다.

그녀는 야한 행위를 하는 것보다 지금처럼 간질간질한 분위기에 빨리 젖었다. 지금 역시 그렇지 않은가.

“아, 아응……!”

나연의 신음을 입안으로 집어삼키면서도 점차 빠르게 안으로 침입했다 나오는 손짓은 멈추지 않고 계속 이어졌다.

손과 손바닥이 나연의 액으로 흠뻑 젖었다. 손을 적신 액은 손을 타고 팔등으로 또르르 흘러내렸다.

김나연은 금방 준비를 마쳤다.

이번이 세 번째로 맺는 관계였지만 김나연은 충실한 학생이었고, 습득이 빨랐다. 워낙 백지 같은 여자이기 때문일까. 몸을 비틀고 게슴츠레 뜬 눈으로 자신을 올려보는 모습이 아름답다.

이 여자를 자신의 입맛대로 길들이면 어떻게 될까.

벌써부터 기대가 되었다.

나연은 완벽하게 준비를 마쳤지만, 그는 새하얀 허벅지 사이에 자리를 잡은 후 한쪽 다리를 제 어깨에 걸쳤다. 활짝 벌어진 여성이 수축했다가 다시 원래의 형태를 되찾는 것을 본 그가 혀를 길게 빼내어 올린 허벅지 안쪽 살결을 훑었다.

"흐으!"

나연의 신음은 어느새 흐느낌에 가까워졌다. 사타구니 사이가 축축하게 젖어 있는 것이 자신의 시야를 어지럽힌다.

하지만 아직. 아직이다.

그녀는 울지 않았으니까.

## 5. 바람에 대한 응답

말끔한 슈트 차림의 여자가 목적 없는 걸음을 옮겼다.

여잔 목적지에 도착했음에도 불구하고 한 발짝도 움직이지 못했다.

여자의 미간이 모였다. 그녀가 서 있는 곳은 스위트룸 앞이었다. 만일 이런 일을 대비해 이 방의 주인은 여자에게 키를 주었다. 하지만 여잔 그 키를 쉬이 사용하지 못했다. 문을 열어봤자 못 볼 꼴만 보리란 걸 알고 있었기에 고민했다.

“이를 어쩌나.”

여자가 손목시계를 확인했다. 해가 중천에 뜬 시각이었다.

점심을 먹는다 하더라도 늦은 시간이었지만, 시간을 금으로 여겨 아침 해가 뜰 무렵부터 일어나 하루를 여는 자신의 오너는 아직도 감감무소식이었다.

그리고 그게 이 문을 열고 안으로 들어가면 볼 수 있는 광경과 연관이 있으리란 걸 알고 있었기에, 여잔 한숨을 푹 내뱉었다.

"아무리 신혼 첫날이어도 그렇지."

오너의 복잡한 여자관계를 누구보다 잘 알고 있는 그녀였다. 김지아는 오너의 개인 사생활까지 모두 알 정도로 오랫동안 민성우 사장의 곁을 지켰다. 그는 사적인 부탁을 하지 않는 바람직한 상사였지만, 눈치로 알 수 있는 것들이 있었다.

상대가 여럿일 때도 있었지만 그때도 지금처럼 공과 사를 구분하지 못하는 인간은 아니었다. 정략혼이었고, 결혼을 바라보는 오너의 시선이 너무 시니컬하기에, 걱정했던 게 바보같이 느껴지기도 했었다. 그런데…….

다시 한 번 시간을 확인한 지아가 더 이상 기다릴 수 없다고 판단한 것인지 크게 심호흡을 한다. 어쩜 민성우 사장은 난생처음으로 자신에게 화를 낼지도 모른다. 사적인 시간을 방해받았다는 이유로.

그래서 지아는 망설임 끝에, 초인종을 누르는 대신 문을 두드렸다.

똑똑.

노크 소리에도 안에선 아무런 반응이 없었다. 초인종을 눌러야 하나, 김지아는 다시 한 번 고민하며 연달아 노크했다.

그때 민성우 사장이 밖으로 나왔다. 그는 예상과는 달리 완벽하게 슈트를 갖춰 입고 있었다.

"사장님, 죄송합니다. 다음 일정이……."

지아가 곤란한 웃음을 지으며 말하자 그는 가볍게 고개를 끄덕였다.

"알고 있습니다. 식사만 하고 내려가겠습니다."

지아가 민성우 사장 뒤에서 어색한 웃음을 짓고 있는 김나연을 보았다. 식장에서는 불행해 보이던 신부가 지금은 행복하게 웃고 있었다.

"밑에서 대기하고 있겠습니다."

"10분이면 됩니다."

시간까지 정한 그가 안으로 들어갔다.

눈앞에서 닫힌 문을 본 김지아가 미간을 좁힌다. 자신의 예상과는 다른 상황만 이어지는 것에, 다행이라는 생각과 함께 의문이 들었다.

"뭐야. 우리 사장 맞아?"

일을 뒷전으로 미루는 남자가 낯설게 느껴져 지아는 한참이고 그 앞에서 있었다.

아침 겸 점심은 룸서비스였다.

간단한 샐러드와 야채 주스는 허기를 채워주기엔 부족했지만, 나연은 별 불만 없이 먹었다.

아사삭.

싱싱한 야채가 내는 소리에 나연의 입술이 부드럽게 휘었다.

"오늘은 뭘 하실 생각이십니까?"

"사장님은 여전히 바쁘시죠?"

"미안하지만 그렇습니다."

두 사람은 신혼여행을 온 부부였다. 하지만 신부는 신랑의 말에 별 토를 달지 않은 채 방울토마토 하나를 집어 입안에 밀어 넣었다. 그러면서 어제 하루 종일 룸에만 있었던 걸 떠올리며 웃는다.

"오늘은 나가볼까 해요."

"제주도는 처음입니까?"

"외박했던 적은 단 한 번뿐이었으니까요."

그리고 그 외박도 민성우와 함께했다.

그날의 일을 떠올린 나연이 볼을 발그레 붉히자 커피를 마시고 있던 그가 나연을 힐끗 보았다.

"함께 있어줘야 합니까?"

첫 외박을 했던 그날처럼.

떼를 쓸 법도 했지만 나연은 가볍게 고개를 저었다.

"혼자 나가볼래요."

"김 비서와 함께 외출하는 게 좋겠습니다."

"혼자 할 수 있을 것 같은데……."

나연이 말꼬리를 길게 늘어뜨렸다. 뭐든 하고 싶은 의욕이 가득한 표정이었지만, 그는 중간에서 말을 단호하게 잘라냈다.

"버스비가 얼만지 아십니까?"

"네?"

"택시비는요?"

"……."

"역시 김 비서와 함께 가는 게 좋겠죠?"

"네, 그렇게 할게요."

말을 마친 그가 다시 신문을 읽기 시작한다.

이미 그가 주문한 접시는 말끔하게 비운 뒤였지만, 그는 나연이 식사를 다 할 때까지 묵묵히 옆을 지켜주었다.

지아에겐 10분이면 된다고 했지만, 두 사람의 식사가 끝난 건 그 이후로 20분이 지나서였다.

민성우가 현관문으로 향하자 나연이 그 뒤를 졸졸 따랐다.

"무슨 일 있으면 전화하십시오."

민성우가 문을 열고 나서기 전에 말했다. 그러자 나연은 문득 생각났다는 듯 말한다.

"어제 아버지가 전화 오셨어요."

"김 회장님 말입니까?"

장인어른.

그 말이 입에 붙지 않아 '김 회장'이라 말했다. 하지만 나연도 거기에 대해서 뭐라 정정하지 않은 채 답했다.

"아버지가 잘 받았다고 전해달라고 하셨어요."

"잘 받았다라……. 알겠습니다."

시니컬한 답에 나연의 표정이 얼굴이 굳어졌다. 그녀가 불안한 표정으로 빠르게 걸음을 옮겨 민성우의 옷자락을 붙잡았다.

"저기……."

나연은 불안함이 가득한 눈으로 그를 보았다.

"제가 잘못한 것이 있나요? 있다면 말해주세요. 말해주지 않으면 전 아무것도 몰라요."

나연의 말에 민성우가 눈살을 찌푸렸다.

"그 질문이 잘못되었습니다."

그의 말에 나연은 큰 충격을 받은 듯 그의 옷자락을 놓았다. 더듬더듬 걸음을 뒤로 물리는 그녀의 모습에, 민성우는 피곤하다는 듯 손을 올려 관자놀이를 꾹꾹 누른다.

"그러니까 내 말은……."

그러면서도 스스로 자신의 생각이 정리되지 않았다는 듯이 말꼬리를 길게 늘어뜨린다. 그의 시선이 힐끗 나연을 향했다.

"지금 당신이 잘못한 것은 그 눈치 없는 질문뿐이란 말입니다. 당신은 잘못한 것이 없습니다."

"아."

나연은 눈에 띄게 안도한 표정이었다. 그래서 민성우는 한마디 더 덧붙이지 않을 수가 없었다.

"앞으로는 자신의 일만 생각하세요. 당신은 이제 DG그룹 사람입니다."

그 말은 마치 '동호건설' 오너 집안이 아닌, 그의 사람이라 말하는 것 같았다. 그래서 나연은 해사하게 웃으며 고개를 끄덕였다.

❖

"안녕하세요, 사모님."

로비에 대기 중이던 차 앞에 선 경아가 나연에게 인사를 건넸다.

사모님.

앞으로 자신을 부르는 호칭이 될 것이고, 대부분의 사람들은 제 이름 대신 그 호칭으로 부를 것이다. 하지만 아직은 적응하기 힘들었기에 나연은 웃음을 지었다.

"네, 오늘 날씨 좋네요. 경아 씨."

앞으로 이 사람과 가장 많은 시간을 보내야 한다는 걸 알고 있기에 나연은 최대한 친근히 굴어보았다. 원래부터 사람을 사귀는 것에 익숙하지 않고, 또 낯도 심하게 가리는 그녀였으나, 새로운 인생을 살아가기 위해선 필요한 작업이었다.

하지만 경아는 살짝 고개를 숙이는 것으로 대화를 단절했다.

"타세요."

김나연에게 있어 김경아와의 시간은 꼭 필요한 것이었지만, 경아의 입장은 달랐다. 김나연과 함께 있는 것은 업무의 연장선상일 뿐이기에, 그녀의 태도는 사무적이었다.

어색한 얼굴로 고개를 끄덕인 나연이 뒷좌석에 오르자 김경아가 보조석에 올랐다. 운전해 주는 사람은 따로 있었다.

"어디로 모실까요?"

경아의 물음에 나연은 잠시 고민에 빠졌다.

제주도에 대해서 아는 거라곤 대한민국에서 가장 큰 섬이라는 것 정도였다. 이곳에 어떤 관광지가 있는지 자세히 모르는 그녀는 차가 출발하고 나서도 한참을 고민했다.

'글쎄요.'

그런 답은 너무 한심하겠지?

나연이 고개를 돌려 의미 없는 시선을 차창 밖에 두었다. 처음 와본 제주도는 눈이 시원해지는 곳이었다. 최근 중국과 문제가 있다고 하더니 해안 도로 역시 한가했다.

"드라이브를 해보고 싶어요."

"네?"

"해안 도로요."

"아, 네. 알겠습니다."

이대로 제주도 한 바퀴를 도는데 얼마의 시간이 걸릴까.

나연은 천천히 창을 내렸다. 열린 틈새로 비릿한 향이 섞인 바닷바람이 파고들었다.

세상 밖은 고요했다. 푸른 바다는 요동을 치며 파란색이 되었다가 희게 부서지길 반복하는데, 자신의 마음엔 평온이 찾아와서일까. 바람이 귀를 때리는 소리만 들릴 뿐, 아무것도 들리지 않는다.

나연은 고개를 들어 구름이 미처 가리지 못한 태양을 보았다.

아버지의 손아귀에서 처음으로 벗어난 날은 날씨가 너무 좋아 눈가가 지끈지끈 아플 정도였다.

눈이 부시다.

나연이 미간을 살풋 좁혔다.

분명 어젯밤만 하더라도 마음은 진창이 났었는데, 신기하게도 모든 게 바뀌었다. 이젠 바람 한 자락, 별 한 줄기를 즐길 수 있을 만큼의 여유도 생겼다.

나연은 많은 것들이 바뀔 것이 분명한 미래를 떠올리며 입가에 미소를 머금었다.

용기를 냈더니 바뀌었어요, 어머니.

눈물이 날 것 같았다.

어제완 다른 감정을 담은 눈물이.

해안 도로를 한참 달리다가 절벽 위에 선 커피숍 앞에 차를 세워달라고 했다. 시원한 것이 마시고 싶었다.

도로에 차가 멈춰 서자 경아가 서둘러 내렸다. 그러나 그녀가 문을 열어주기도 전에 나연 스스로가 문을 열었다.

"아, 저……."

"문 정도는 스스로 열 수 있어요. 그 외엔 못하는 것이 아주 많지만."

뜻밖의 말에 경아의 눈이 커다랗게 떠졌다. 평균보다 낮은 코 위에 주름이 잡혔다.

나연은 슬쩍 웃은 후에 안에서 대기하고 있는 기사를 보며 물었다.

"뭐 드시겠어요?"

40대 중반 정도로 보이는 기사는 의외의 질문에 깜짝 놀란 듯 '예?' 라고 되물었다. 하지만 나연은 그 반응에도 굴하지 않고서 웃는 얼굴로 물었다.

"커피가 좋으신가요, 아니면 아이스티?"

"아, 저…… 아이스티가 좋겠습니다."

"네, 금방 다녀올게요."

여전히 자신의 의중을 파악하기 위해 힐끗 곁눈질하는 경아를 지나친 나연은 커피숍 안으로 들어왔다.

〈탄콩〉 제주지점.

민성우 사장의 오랜 친구이자 결혼식 사회를 봐주었던 이한영이 오너로 있는 커피숍이었다.

안으로 들어가자 많은 손님이 있었다. 주문 줄도 한참 길어서, 경아가 나연에게 다가섰다.

"차에서 기다리고 계시면 제가 사 가겠습니다."

"아니에요. 제가 살 거예요. 경아 씨, 힘드시면 차에서 기다리세요."

"사모님."

"여기서 그런 호칭은 안 될 것 같아요."

빠르게 말한 나연이 주위 눈치를 보며 경아에게 슬쩍 고개를 가져다 댔다.

"벌써 몇몇 사람들이 보기 시작했어요."

그들은 경아의 호칭을 듣지 못했다. 개나리색 원피스를 예쁘게 소화한 나연이 숍으로 들어오는 순간부터 이미 자연스럽게 모인 시선이었다.

하지만 나연은 이를 눈치채지 못했다. 경아의 눈에도 그게 보여, 그녀는 잠시 어떠한 반응을 해야 할지 모르겠다는 표정이었다. 하지만 곧 눈치 없는 사모님의 장단에 맞춰 주기로 한 것인지 고개를 끄덕였다.

"조심하겠습니다."

경아가 어색한 표정으로 고개를 끄덕이자 나연이 앞사람과의 간극을 줄였다.

"차에서 기다리시면 제가……."

"아니에요. 정말 제가 해보고 싶어서 그래요."

"……."

"제가 이상해 보이죠?"

나연이 스스로도 알고 있다는 듯 물었다. 그러자 경아는 솔직하게 답할지 아니면 직장 상사이자 오너가 사모님의 기분을 상하게 하지 않을 답을 할지 고민했다. 그러나 곧 오너가의 사모님은 이미 그 답을 알고 있다는 것을 눈치채곤 답했다.

"네, 조금……."

"커피숍에서 직접 커피를 사본 적이 없어요. 사실 여자와 커피숍에 와본 것도 처음이에요."

경아는 마치 자신을 놀리고 있냐는 듯한 표정으로 나연을 보았다. 나연은 이미 예상했다는 듯 애써 유쾌한 표정을 짓는다.

"아니요. 그럴 리가요. 제가 경아 씨를 놀려서 뭐 하게요? 아, 경아 씨라고 불러도 되죠?"

그렇게 물은 나연은 답을 듣기도 전에 부쩍 줄어든 줄을 보았다. 다음 다음이 자신의 차례라는 걸 확인한 그녀는, 경아가 생각에 잠긴 얼굴로 바라보는 것도 개의치 않은 채 물었다.

"경아 씨는 뭘 드실래요?"

그녀의 물음에 경아는 잠시 고민 후 답했다.

"전 아이스 아메리카노요."

"네, 오늘은 제가 쏠게요."

나연은 자신의 차례가 되자 이제껏 했던 말이 모두 농담이라도 되는 양 능숙하게 주문을 마쳤다. 하지만 다음 이어진 행동에 김경아는 그녀가 커피숍에 온 것도, 직접 커피를 주문하는 것도 정말 처음이라는 걸 깨달았다.

"포인트 카드 있으세요?"

직원의 물음에 나연의 시선이 경아에게 향했다.

눈동자가 묻고 있다.

포인트 카드가 뭐예요?

순진한 눈망울이 답을 구하자 경아의 눈빛이 멍해졌다.

"할인되는 카드나 적립이 되는 카드가 있냐고 묻는 겁니다."

"저는 카드가 하나밖에 없는데……."

그러면서 나연이 지갑에서 까만 카드 하나를 꺼내 경아에게 보여주었다.

"이거면 될까요?"

"……할인은 안 되도 이 커피숍을 살 수는 있겠네요."

블랙카드를 본 경아가 헛웃음을 뱉었다.

모시게 된 사모님은 세상 물정은 하나도 모르는 어린아이 같은 사람이었다.

❖

민성우가 팔까지 돌돌 말아 올렸던 셔츠를 단정하게 정리했다. 그는 신혼여행을 명목으로 온 제주도에서도 비즈니스맨의 전투복이라는 슈트 차림이었다.

제주도에 온 지도 나흘.

이틀 뒤면 서울로 돌아가야 했지만, 늦은 저녁이 되어서야 일이 끝났다.

속으로는 어떻게 생각하고 있을지 몰라도 김나연은 그를 이해한다고 했다. 아니, 이해를 넘어 지지해 준다고 말해도 될 정도였다.

그들은 제주도에 온 이후로 매일 아침 같이 식사를 했다. 그리고 여덟 시가 되면 그는 일터로 향했고, 김나연은 제주도 곳곳을 돌아다녔다. 늦은 저녁이 되어서야 두 사람은 만났고, 섹스를 했다.

이전에 비하면 오늘은 꽤 빨리 돌아가는 편이었다.

"오늘은 어떻게 지냈습니까?"

슈트 재킷을 걸치던 민성우가 뒤에서 기다리고 있는 지아를 보지도 않은 채 물었다. 그의 목소리는 너무 무심해서 당사자도 아닌 지아의 마음까지 철렁하게 한다. 하지만 겉으론 아무렇지도 않은 척 표정을 갈무리했다.

주어가 빠진 물음이었지만 지아는 눈치 빠르게 답했다.

"오늘은 우도에 다녀오셨다고 합니다."

제주도에 온 이후로 지아의 일은 한 가지 더 늘었다. 그리고 이 일은 어쩌면 서울로 복귀하고 난 후에도 계속될지 모른다.

상사의 사생활까지 샅샅이 아는 건 원치 않았지만, 자신은 민성우 사장의 일거수일투족을 보좌해야 하는 입장이었다.

뭐든 필요에 의해 움직이는 사람이었지만, 그만큼 그는 필요하다면 기꺼이 새로운 부품을 가져와 끼울 수 있는 사람이었다. 직장을 잃고 싶지 않다면 몸을 낮추는 게 좋다.

현대판 사노비처럼 굴어야 하는 건 아니었지만 심기 경호라는 말이 괜히 있는 것은 아닐 터다.

"관광객이네요."

'신랑이 바쁘니까요.'

지아는 그 말이 턱 끝까지 올라왔지만 삼켰다.

"어떻게 생각합니까?"

"질문의 요지를 모르겠습니다."

"김나연 씨 말입니다."

"보고받은 바론 잘 지내고 있다고 합니다."

그 못지않게 바쁘게 지내고 있다는 보고를 어제 들었다. 하지만 그녀가 언제까지 잘 지내줄지 모른다. 그걸 민성우 사장 역시 알고 있기에 자신에게 굳이 묻는 것이리라.

"매사 즉흥적이고 말이죠."

"보고받은 바로는……."

말끝을 흐린 지아는 어서 말을 해보라는 눈초리에 말을 이었다.

"김 비서가 추천해 주고 있답니다. 그게, 사모님 본인은 잘 모른다고 하시면서요. 처음엔 김 비서도 자신을 놀리는 것으로 생각했다고는 하는데……."

지아는 이번에도 말을 미처 끝맺지 못했다. 김나연의 말이 정말 놀리는 것이 아니란 걸 알고 있었기 때문이다.

김지아는 자신의 상사가 결혼하기 전에 김나연에 대해 아주 작은 부분까지 샅샅이 알아보았다. 그리고 그걸 알아보라 지시한 사람은 지금 자신의 눈앞에 서 있는 상사이자, 김나연의 남편이다.

그녀의 인생 역사를 알아가면서 불쌍하다는 생각을 했었다. 타인이 보면 그 무슨 웃긴 이야기냐며 배를 잡고 웃을지도 몰랐지만, 적어도 자신의 기준에선 그랬다.

평생을 써도 모자랄 만큼의 돈이 있으면 무엇 하겠는가.

불행으로 점철된 김나연은 온실 속 화초였다. 타인의 도움 없인 아무것도 하지 못한다는 걸 스스로도 알고 있으니 더 불행하겠지.

지아의 답에 민성우는 고개를 끄덕였다. 더 이상 말하지 않아도 알겠다는 뜻이었다.

그가 스위트룸에 왔었던 때와 마찬가지로 완벽한 복장으로 걸음을 옮겼다. 김지아는 그런 민성우의 뒤에 대고 인사를 건넸다.

"오늘도 수고 많으셨습니다."

"김 비서도요."

달칵.

그가 여유로운 걸음을 옮겼다.

머리에 수건을 돌돌 만 나연이 욕실 밖으로 나왔다. 그녀는 외출에서 돌아오자마자 가장 먼저 깨끗하게 샤워부터 했다.

거울 앞에서 확인한 제 모습은 얼마나 돌아다녔는지 흙먼지를 그대로 뒤집어쓴 몰골이었다. 이런 모습으로 밖을 돌아다녔다니, 나연은 믿을 수가 없었다. 그럼에도 그녀는 유쾌하게 웃으며 넘겼다. 이제 자신의 곁엔 몸가짐을 가지고 '여자는 자고로' 라고 말하는 사람이 없었기 때문이다.

나연이 매끈한 다리를 들어 테이블 위에 올려놓았다.

요 며칠 평생 걸은 것보다 더 많이 걸었더니 종아리와 발이 퉁퉁 부었다. 하지만 조금도 힘들지 않았다. 그건 아마도 처음으로 맛본 자유가 너무 달콤해서이리라. 간혹 외롭기도 하지만, 이젠 꽤 친해진 김 비서와 기사 아저씨가 있었기에 괜찮았다.

샌들 모양을 따라 조금 탄 발을 손으로 꾹꾹 누르며 마사지를 했다. 이틀 뒤면 제주도를 떠난다 생각하니, 오늘은 무리해 버렸다.

조물조물 종아리를 주무르던 나연은 문이 열리는 소리와 함께 안으로 들어오는 민성우를 보았다. 예상보다 빠른 귀가에 나연의 시선은 자연스레 자신의 복장으로 향한다.

짧은 핫팬츠와 하얀 티셔츠. 목욕을 한 후에 입은 복장 그대로였다.

"옷 좀 갈아입고 올게요."

나연이 얼굴을 붉히며 자리에서 일어나 방으로 향했다. 민성우는 그녀를 붙잡지 않았다.

그가 넥타이와 셔츠 사이에 손가락을 밀어 넣어 양쪽으로 힘껏 끌어냈다. 이제야 조금 살겠다는 표정이었다. 소파에 앉은 그가 곧장 등을 기댔다. 그러더니 가진 에너지를 모두 쓴 기계처럼 푸스슥 꺼진다. 눈까지 감은 그는 잠이 든 사람처럼 보였다.

옷을 입고 밖으로 나온 나연은 소파에 앉아 있는 그를 보고선 걸음을 멈췄다. 그녀는 이젠 자신의 남편이 된 사람에게 가까이 다가가길 주저하고 있었다. 마음은 당장이라도 그에게 가고 싶었지만, 피곤한 얼굴이 그 마음을 가로막았다.

그는 좀처럼 빈틈이 보이지 않는 사람이었다. 결혼하기 전만 하더라도 늘 완벽한 슈트를 갖춰 입고, 속을 알 수 없는 무표정한 얼굴이었다.

하지만 결혼을 하고 난 후의 그는 늘 피곤한 모습이었다. 실없는 농담을 건네지는 않았지만, 간혹 입가에 미소를 머금고 웃는 얼굴을 보여주기도 했다.

그렇다는 건 이 사람과 무척 가까워진 게 아닐까.

나연은 소파에 앉아 눈을 감고 있는 민성우를 보며 생각했다. 신혼여행을 와서 신부를 혼자 두는 것에 대한 서운함은 모두 잊은 채로.

그때 민성우가 슬쩍 눈을 떴다. 그는 인기척을 느낀 것인지 나연을 보면서도 놀란 표정이 아니었다.

"내일은 자유입니다."

그의 목소리는 잔뜩 가라앉아 있었다. 단순히 눈을 감고 있었던 것은 아닌가 보다. 그러고 보니 눈 밑에 짙은 그늘도 져 있었다.

밖에서의 그는 철인 같았다. 바늘 하나 들어갈 구멍조차 없는 것처럼 완벽한 모습의 지배자였다. 하지만 나연의 앞에선 아니었다. 그는 때로 조금 약한 모습을 보였고, 홀로 둔 그녀가 신경 쓰인다는 듯이 말했다.

"제주도에 와서 가장 좋았던 곳에 함께 갈까요?"

"민성우 씨는 이미 제주도를 잘 알고 있잖아요."

나연의 말에 그가 입꼬리를 길게 만들며 웃었다. 그게 너무 예뻐서 나연은 뭐라 할 말도 잊은 채 멍하니 보기만 했다.

"그래도 누구와 함께 가냐에 따라 달라지지 않겠습니까? 그리고 전 늘 사업 때문에 돌아다녔지 휴가를 위해 온 적은 없었습니다."

그는 이기적인 남자였다. 자신이 가장 우선이었고, 지켜야 할 것이 있다면 자신의 권력과 두둑한 통장 잔고였다.

결혼에 대한 환상도 없었다. 자신의 부모님이 그러했던 것처럼 전략적인 관계로 만나 서로가 원하는 것을 취하면 그뿐인 관계라 생각했다.

하지만 이런 그라 할지라도 김나연을 가만히 둘 수는 없었나 보다. 얼굴은 쉬었으면 좋겠다는 듯 피곤에 찌들어 있었지만, 그는 나연을 위해 기꺼이 하루의 휴가를 모두 내주었다. 그리고 그녀에겐 목구멍이 따가울 만큼 달콤한 말을 해준다.

그것에 감동을 받는다는 게 값싼 감정을 구걸하는 것같이 느껴지기도 했지만, 김나연은 아무래도 좋다는 듯이 활짝 웃었다.

"저와 함께면 어떠실 거 같아요?"

나연의 물음에 그가 미간을 좁혔다. 기분 나빠 찌푸린 것이 아닌, 생각에 잠겨 무의식적으로 짓는 표정 같았다.

그래서 나연은 민성우가 생각을 끝마치길 기다렸다.

"지금부터 알아보겠습니다."

그의 표정이 너무 진지해서 나연은 웃어버렸다.

❖

해가 중천에 뜬 시각, 원래라면 하루를 열고도 남았을 시각이 되어서야 민성우는 잠에서 깼다. 밝은 햇살이 쏟아져 깜짝 놀라긴 했지만 몸을 일으키진 않았다. 결혼하면서부터 일상생활이 조금씩 뒤틀리고 있었다.

그는 여전히 자고 있는 김나연을 보았다. 숨소리 하나 내지 않고서 자는 여잔 현실성이 느껴지지 않아서 손을 뻗었다. 코밑에 손가락을 가져다 대자 미약하지만 숨결이 느껴졌다.

다시 손을 거둬들인 민성우는 김나연에 가만히 시선을 두었다.

외부 활동이 많아져서 그런지 부쩍 그을린 피부와 익어서 빨개진 얼굴 때문일까. 김나연은 예전처럼 생기 없는 인형 같지가 않았다.

앞으로 이 얼굴을 보고 잠들 날도, 이렇게 깰 날도 많을 것이다. 처음 결혼 이야기가 나왔을 때와는 다른 의미로, 이 여자와의 연이 쉽게 끊어지지 않을 것 같다는 생각도 들었다. 부부라는 연으로 얽힌 이상, 그리고 상대에게 귀책사유가 나타나지 않는 이상 이혼이란 것도 없을 것 같았다.

김 회장에 대해 자신에게 한 번쯤 말할 법도 한데, 티도 내지 않고 고분고분 온순한 딸이 되어 전혀 모르는 남자에게 팔려오듯 시집온 여자. 첫 관계이면서 입도 뻥긋하지 않은 여자. 피해받고 고통받고 있는 와중에도 자신의 의지를 전혀 표력하지 않는 사람.

그런 여자가 자신에게 처음으로 감정을 표현했던 건 좋아한다는 고백과 함께 흘린 눈물이었다.

「처음이니까 좀 봐주면 안 돼요?」

감정이 터져 나와 어쩔 줄 몰라 하는 여잔 아이처럼 울었다. 그날 이후였을 것이다. 이 여자가 달라진 건. 진취적으로 살아가기 위해 애를 쓰는 사람처럼, 아니, 하고 싶었지만 못했던 것들을 해나가고 있었다.

지금 이 순간 자신의 심장 소리가 들리는 건 이 공간이 지나치게 조용하기 때문일 것이다. 나연의 얼굴을 빤히 바라보던 그가 깊은 숨을 몰아쉬었다. 부채처럼 늘어져 있던 속눈썹이 팔랑거렸고, 곧 검은 눈동자가 자신을 향했다.

"일어났어요?"

나지막한 음성과 함께 나연이 몸을 뒤척였다. 햇살이 내려앉은 고운 피부가 하얗게 빛나는 것 같은 착각을 불러일으키는 모습에 그가 손을 뻗었다. 벨벳처럼 보드라운 피부는 그의 취향이었다. 손바닥에 닿는 따뜻한 기운이 기분 좋았다.

처음 본 김나연은 무엇하나 자신의 취향인 것이 없는 여자였다. 굳이 취향을 꼽자하면 순종적인 태도가 전부였다.

하지만 제주도에 와서 김나연은 바뀌었다. 여전히 자신의 말에 대부분은 '네'와 같은 짧은 답이 다였지만 미세하게 조금씩 변하는 걸 느끼고 있었다.

제 손이 닿자 웃는 여잘 보니 좀 더 침대에 머무르고 싶다는 생각이 들었다.

결국 그는 자신이 원하는 대로 이불을 들췄다. 흠결 하나 없는 마른 나체가 고스란히 드러나자 나연은 몸을 가리는 법도 없이 자신에게로 손을 뻗었다.

목을 두르는 가느다란 팔에 이끌려 나연의 몸 위에 제 무게를 더한 그가 입술을 내렸다. 반겨주는 작은 입술이 아랫입술을 머금자 그의 입에서 나지막한 신음이 터졌다.

뭐랄까.

이 여자가 자신을 좋아한다는 게 이젠 조금씩 실감이 되고 있었다. 와이프가 자신을 좋아한다는데 싫어할 이유는 없다. 그녀가 밖으로 나가 다른 남자로 인해 문제를 일으키는 걸 원치 않았기에, 그 역시 이것이 나쁘다고 생각되진 않았다. 김나연은 정도를 아는 여자였고, 적당한 애정만을 바랄 테니까.

감정이 구걸의 형태가 되지 않는다면 이런 관계도 나쁘지 않을 것 같았다. 김나연이 바라는 것은 자신이 그 마음을 받아주는 것 정도일 테니 어려운 일도 아니었다.

손을 내려 사타구니 사이로 가져다대자 손가락 끝에 액체가 닿았다. 여성도 이미 습하게 젖어 있었다.

"으응……."

여성 사이로 손가락을 밀어 넣자 나연이 허리를 비틀며 신음을 내뱉었다. 콧소리에 가까운 소리에 그의 손가락이 수를 더해갔고 그럴수록 나연의 신음은 커졌다.

"아아, 하아."

숨소리가 뒤섞인 신음에 안을 휘젓던 손이 멈췄다. 나연의 손톱이 그의 어깨를 파고들었고, 땀으로 흠뻑 젖은 여체는 금방이라도 녹아 사라질 것 같았다.

어제의 여운이 여전히 남아 있는 눈동자를 내려다보던 그가 아직은 고개를 치켜들지 않은 페니스를 붙잡고 여성의 겉면에 문질렀다. 애액이 미끌리는 소리가 그의 욕정을 더욱 부추겼다.

순간 페니스가 안으로 쑥 밀려들어 갔다.

"아!"

"윽!"

페니스를 꽉 조이는 여성에 그의 얼굴이 사정없이 일그러졌다. 김나연의 안은 역시나 자신의 취향이었다.

❖

점심이라고 하기에도 애매한 시간에 두 사람은 브런치를 먹었다. 훈제연어가 올라간 부르스게따는 그의 취향을 잘 알고 있는 나연이 시킨 것이었다. 맛있는 식사 후에 두 사람은 길을 나섰다.

푹 쉬고 싶은 마음이 그득했지만, 오늘 하루는 나연과 함께 보내기로 했기에 민성우는 운전석에 올랐다.

피곤한 기색이 역력한 모습에 나연의 콧잔등에 주름이 졌다.

"운전 배우고 싶어요."

앞뒤를 툭 잘라 버린 말이었지만 그녀가 자신을 걱정해서 한 말이란 걸 알았기에, 민성우는 가볍게 고개부터 저었다. 걱정할 필요 없다는 뜻이었지만 나연은 자신의 생각을 조잘조잘 늘어놓았다.

"그럼 이런 날에 저도 운전을 할 수 있잖아요."

"굳이 배우고 싶다면 말리지 않겠지만, 면허를 취득하더라도 김나연 씨가 운전할 일은 그렇게 많지 않을 겁니다."

오늘 역시 기사를 부르려면 부를 수도 있었지만, 개인적인 시간까지 사람들의 시선 아래 있고 싶진 않았기에 굳이 부르지 않았다.

필요가 있다면 언제든 사람을 부릴 수 있는 위치에 있었기에 민성우는 굳이 힘들여 가며 면허를 딸 필요는 없다고 말했다. 그녀의 생각을 이해하지 못한, 그녀의 감정을 읽으려는 노력조차 하지 않은 무심함에서 나온 답이었기에 나연은 금세 시무룩해졌다.

하지만 생각은 바뀌지 않았는지, 그녀는 '그래도……' 라며 말끝을 흐렸다. 그건 김나연에게 있어 일반적인 반응은 아니었기에, 신호가 빨갛게 변하자마자 그녀를 보게 만들었다. 그의 예상대로 나연의 입술이 앞으로 튀어나와 있었다. 서운한 티가 역력했다.

고민하던 그가 입술을 달싹였다.

"면허를 따둔다면 쓸모는 있겠죠."

"그렇죠?"

그가 가볍게 고개를 끄덕이자 나연은 신혼집에 가면 시간을 내어 학원부터 다니겠다고 말했다. 그리고 자신은 운동신경이 좋지 않아서 다른 사람들보다 배는 더 걸리겠지만, 포기하지 않으면 성공할지도 모른다며 웃었다.

그는 그 이야길 한 귀로 듣고 한 귀로 흘렸다. 차는 호텔을 벗어나 해안 도로를 달렸지만, 그때까지도 나연은 무의미하게 틀어놓은 라디오처럼 계속 소음을 냈다.

"운전면허를 딴 다음엔 자전거를 배워보고 싶어요. 아버지가 못 타게 하셔서 한 번도 타보지 못했거든요. 다칠까 봐…… 걱정하셔서 그러셨던 거겠지만."

성우의 미간에 주름이 졌다. 앞으로 김나연이 무얼 하든 그녀에게 뭐라고 할 사람은 없었다. 하지만 김나연은 자신에게 허락을 구하려는 것 같았다. 그렇다면 나연에게 자신의 상황을 인식시켜 줄 필요가 있었다. 그렇지 않는다면 이런 무의미한 대화를 앞으로도 몇 번이나 나눠야 할 테니까.

"김나연 씨, 제게 허락받으실 필요는 없습니다."

고저 없는 말에 나연은 말하던 입술 그대로 벌리고서 굳었다. 하지만 운전을 하고 있는 그는 이를 보지 못한 채 말을 이었다.

"하고 싶은 일이 있다면 그냥 하시면 됩니다. 김나연 씨가 무얼 하든 반대할 생각은 없습니다. 김나연 씨는 제 아내이기 이전에 하고자 하는 일이 있다면 무엇이든 할 수 있는 성인이니까요. 그 일이 외부에 알려져도 문제가 생기지 않는 것이어야 한다는 전제가 붙겠지만요."

나연이 작게 고개를 끄덕인다. 아까처럼 말을 덧붙이지도 않았다.

수긍한 반응에 그는 뻥 뚫린 해안 도로를 달렸다. 그러면서 나연에게 묻는다.

"오늘 어디 가고 싶으십니까?"

어젯밤, 오늘 하루를 함께하자 했다. 그러면서 가고 싶은 곳이 있다면 생각해 두라고 했었다.

제주도엔 수많은 볼거리가 있었다. 자연경관을 둘러보는 것부터 시작해서 익스트림 스포츠까지, 즐길 수 있는 것들도 많아서 김나연이 무어라 답할지 예상을 하지 못했다.

하지만 지금 같은 답을 할 줄은 정말 몰랐다. 예상지에도 없었던 답을 들은 민성우는 처음으로 멍한 표정을 지었다. 자신이 뭔가 잘못 들은 건가 싶어 '어디요?' 라고 되묻기까지 했다.

"지포 뮤지엄이요."

나연이 가자고 한 목적지는 '지포 뮤지엄' 이었다. 공사 중인 호텔 부지와 가까운 곳이었기에 민성우 역시 가본 곳이었다. 지포 라이터가 전시되어 있는 곳이었다.

"네. 저번에 가봤는데 너무 좋더라고요. 쓰레기통도 전부 지포 라이터 모양이어서 너무 귀여웠어요."

안까지 들어가 본 적은 없었지만 제주도엔 뛰어난 경관들도 많았고, 이외에 다양한 박물관도 있었다. 그러나 나연은 신이 나 웃는 얼굴이었기에, 도대체 지포 뮤지엄 어디가 그렇게 마음에 들었는지 몰라 미간을 좁혔다.

"단순히 쓰레기통이 귀여워서 좋았던 겁니까?"

"설마요."

짧은 답과 함께 바람처럼 웃은 나연이 말을 이었다.

"거기서 본 바다가 너무 예뻤어요. 저도 섭지코지에 갔다가 우연히 거기까지 가본 거였거든요. 바다가 탁 트여 있는데, 그걸 보는 순간 눈물이 날 것 같은 기분을 느꼈어요. 벅차다는 감정이 뭔지 처음 알았거든요."

나연의 이야기를 들으며 그가 차를 몰았다. 나연의 목소리가 노랫소리처럼 귓가에 맴돌았다.

벅차다.

그 감정을 민성우는 아직 느껴보지 못했다. 지포 뮤지엄에서 그런 감정을 느꼈다니, 문득 궁금해졌다.

차는 한참을 달려서야 섭지코지 입구에 있는 주차장에 도착했다. 차에서 먼저 내린 건 민성우였다. 내리쬐는 햇볕에 그의 미간이 좁아졌다.

이제 그만 가을이 올 법도 한데, 제주도는 한여름의 어디쯤에 있는 것 같았다. 무더위에 자신도 모르게 손부채질을 하던 그는 제 앞으로 불쑥 내밀어지는 모자를 보았다.

“혹시 몰라서…….”

나연은 이미 그와 같은 디자인의 모자를 쓰고 있었다. 아마 그녀가 들고 있는 커다란 가방 안에 들어 있었나 보다.

그가 모자를 말없이 바라보자 나연은 변명처럼 말을 덧붙였다.

“며칠 전에 왔을 때 모자가 없어서 애를 먹었거든요.”

그러면서 어색하게 웃는다. 내밀어진 손이 부끄럽다는 듯이.

그가 빤히 바라보고만 있자 나연은 천천히 손을 거둬들였다. 표정을 보아하니 처음부터 그가 모자를 받아 들 거란 기대는 하지 않았나 보다. 검은 모자는 창이 빳빳해서 어린아이들이나 쓸 것 같은 디자인이었다.

하지만 그녀의 예상과는 달리 민성우는 모자를 받아 든 후 꾹 눌러쓴다.

“잘 안어울리죠?”

어색하게 묻는 말에 나연은 고개를 저었다.

“저보다 잘 어울려요.”

“칭찬인 줄 알았는데 아니군요.”

두 사람은 가볍게 농담을 주고받으며 안으로 걸어 들어갔다. 바람이 제법 선선했지만, 뜨거운 태양 때문인지 춥지는 않았다.

섭지코지는 관광객들에게 많이 알려진 곳이었지만 지포 뮤지엄 안까지 오는 사람은 별로 없었다. 그게 무척 마음에 들었다. 김나연이 느꼈다던 그 벅찬 감정은 아직 느끼지 못했지만 그 어떠한 조용한 휴가지보다 사람의 그림자를 볼 수 없는 곳이라, 걸음을 옮기는 순간에도 다음에 한 번 또 와도 좋을 것 같다는 생각이 들었다.

목적지까지 반도 오지 않았으면서 두 사람의 걸음은 점차 더뎌지기 시작했다. 서로 대화를 주고받는 것도 아니었다. 누가 먼저 느긋하게 걸음을 옮기자고 한 것도 아니다.

하지만 두 사람은 마치 그렇게 합의를 한 것처럼 아주 천천히 걸었다. 그러면서 하늘 한 번, 저 멀리 보이는 바다 한 번, 드넓은 초원처럼 느껴지는 잔디밭을 한 번 보았다.

걸음을 옮기면서 민성우는 왜 사람들이 이곳을 찾지 않은 것인지 알게 됐다. 그리고 김나연이 왜 모자를 준비한 것인지도. 10분 정도 걸어가는 내내 태양을 피할 만한 그늘이 없었다. 앉아서 쉬어갈 만한 의자도 눈에 띄지 않는다.

땀이 흐르자 그가 손등으로 대충 닦아냈다. 그때 그의 앞에 불쑥 플라스틱 생수병이 나타났다.

"마실래요?"

나연이었다. 이 역시 미리 준비한 듯, 물은 미지근해 보였다.

냉수가 간절했지만, 그는 말없이 생수를 받아 마셨다. 미지근한 물이 오히려 더 갈증을 일으키는 것 같았지만 말하진 않았다.

두 사람은 다시 어깨를 나란히 맞대고 걸음을 옮겼다. 길을 걷다 보니 나연이 말했던 대로 지포 라이터 모양의 쓰레기통이 곳곳에 놓여 있었다.

"귀엽죠?"

나연은 그렇게 말하며 아이처럼 웃었다. 천진난만한 웃음에 그가 자신도 모르게 따라 웃은 후 고개를 돌렸다. 실없이 웃었다는 생각에 연이어 헛웃음이 터져 나왔다.

곁에서 나연이 고개를 갸웃거렸지만 그는 이를 무시한 채 걸음을 옮겼다. 어느 순간 목적지가 코앞이었다.

"저기예요."

나연의 손가락이 향한 곳은 지포 뮤지엄 박물관 옆쪽 길이었다. 뒤뜰이라고 하기에도 부끄러울 만큼 아무것도 없는 공간이었다.

하지만 민성우 역시 이 공간이 썩 마음에 들었다. 벤치만 몇 개 띄엄띄엄 놓여 있는 공간이었기에 찾는 사람도 적었고, 방금 전과는 달리 건물 때문에 적당한 그늘까지 있었기 때문이다.

두 사람은 죽은 나뭇잎이 내려앉아 있는 벤치를 대충 치운 후에 앉았다.

그곳에서 보는 바다는 참 넓었다. 인간이 만들어낸 그 무엇도 보이지 않는 곳은 민성우의 마음마저도 사로잡았다. 김나연이 말한 그 벅찬 감정까지는 느끼지 못했지만, 그와 비슷한 것은 느꼈다.

파도가 부서지는 소리에 귀를 기울이던 민성우는 곧이어 섞여드는 음성에 고개를 돌렸다.

"처음 여기를 발견하는 순간, 성우 씨와 함께 오고 싶다는 생각을 했어요."

나연은 여전히 드넓은 바다를 보고 있었다.

그의 시선이 나연의 옆모습에서 아래로 향했다. 수줍게 움직이던 작은 손이 자신의 손을 붙잡고 있었다.

뿌리치려면 뿌리칠 수 있을 만큼 가볍게 잡은 손이었다. 그러나 나연이 자신의 손을 잡기까지 수없이 많은 고민을 했을 거란 생각이 들었다.

다시 시선을 든 그가 나연의 옆모습을 보았다. 오밀조밀하게 모여 있는 이목구비와 붉어진 뺨이 시야에 들어찼다. 어젯밤에도 뜨겁게 몸을 섞었는데, 이 여잔 아직도 손을 잡는 일이 부끄럽나 보다.

"다음에도 이런 장소가 또 생기겠죠?"

나연의 목소리가 떨렸다. 그리고 느낌상 기대감을 품고 있는 것 같기도 했다. 여기서 가장 좋은 답이 무엇일까, 생각하던 그가 시선을 돌려 바다를 보았다.

"그렇겠죠."

무심한 답에 나연의 고개가 아래로 떨어지는 것이 시선 끝에 걸려 보였다.

자신의 말에 그녀는 또 다른 기대감을 품게 되리란 걸 알았다. 하지만 그게 나쁘진 않았다. 적당한 기대감만 주어도 김나연은 그것보다 더 큰 것을 자신에게 안겨줄 여자였으니까.

❖

짧은 여행이 끝났다. 두 사람은 서울에 도착하자마자 신혼집으로 향했다.

김나연은 인기척 하나 없는 동네를 둘러본 후에 서둘러 걸음을 옮겼다. 민성우는 그녀보다 앞서 현관문을 열고 있었다.

"저…… 어머님은 안 찾아봬도 되나요?"

그의 친모는 아니었지만 어찌 되었든 이 여사는 민성우의 어머니 자리에 앉아 있는 사람이었다. 민 회장의 구속과 재판으로 인해 정신이 없을 거란 건 그녀도 알고 있었지만 결혼식장에서 스치듯 본 게 다여서 물어본 것이었는데, 그게 민성우의 심기를 어지럽혔나 보다. 그의 표정이 눈에 띄게 식었다.

"앞으로 김나연 씨가 이 여사님을 찾아뵐 일은 없을 겁니다."

그가 무심한 눈으로 나연을 보더니 들고 있던 캐리어를 한쪽 구석에 두었다. 더 이상 이 주제를 가지고 대화하고 싶지 않다는 티가 역력했다. 그래서 나연은 기가 죽은 얼굴로 고개를 끄덕였다.

"김 회장님이야말로 안 찾아봬도 됩니까?"

"어…… 그게……."

나연이 눈에 띄게 당황했다. 그리고 민성우는 이 물음에 김나연이 이런 표정을 지을 걸 알고 있었다는 듯 웃었다.

"불편하죠? 그러니까 서로의 부모에 대해선 이야기하지 맙시다. 김 회장님과는 따로 연락해 만나뵐 날짜를 정하겠습니다."

일반적인 부부들은 부모님을 찾아뵙는 게 먼저였지만, 그들의 가족은 한가하게 자식들의 인사를 받고 있을 여유가 없었다. 더욱이 김 회장은 본가가 아닌 자신보다 서른 살이나 어린 여자와 함께 다른 살림을 차리고 있었다. 그게 이 세계에선 그리 특별한 일이 아니었지만, 김나연은 이를 부끄럽게 여겼고 민성우는 이를 비웃었다.

"오늘 강원도 평창으로 출장을 가야 합니다. 이틀 일정입니다."

"아, 김 비서님이 말씀해 주셔서 알고 있어요. 짐은……."

"출장에 관한 건 신경 쓸 게 없습니다. 앞으로도 그럴 거고요."

그러면서 그가 옷 방으로 들어갔다. 닫힌 문을 바라보던 나연은 앞으로 이틀 동안 홀로 남을 집 안을 눈으로 훑었다.

자신이 꾸민 공간이었지만 어찌 된 일인지 본가와 꼭 닮아 있었다.

그토록 벗어나고 싶었던 공간과 꼭 닮은 집을 하나둘 눈에 담던 그녀는, 뒤에서 인기척이 들리자 고개를 돌렸다. 깨끗한 옷으로 갈아입은 그가 밖으로 나왔다.

"내일부터 집안일을 봐줄 아주머니가 오실 겁니다. 예전부터 제 집안

일을 봐주신 분이라 김나연 씨께선 딱히 신경 쓰실 게 없을 겁니다."

그는 방금 전까지와 마찬가지로 자신의 일엔 신경 쓰지 말라고 말했다. 그게 마치 나연이 자신의 인생에 들어올 일은 없을 거라 말하는 것 같았다.

서운했지만 나연은 고개를 끄덕였다. 그것이 민성우의 배려라고 생각하기로 했기 때문이다.

"네."

"그럼 다녀오겠습니다."

그가 짧은 인사와 함께 현관을 나선다.

나연은 민성우가 사라진 자리를 한참이나 바라본 후에야 몸을 돌렸다.

## 6. 첫발

두 사람의 신혼집은 민성우가 직접 구한 것이었다. 결혼 이야기가 한참 오고 가던 그때, 그는 이 집으로 나연을 데리고 왔고 혼수는 알아서 하라고 했었다.

그러니까 이곳에 놓인 물건은 모두 자신이 구입한 것이었다. 하지만 소파에 앉아 이를 둘러보는 나연은 생경한 눈이었다. 그러다가 귀여운 캐릭터가 들고 있는 달력을 보는 순간 어두웠던 낯빛이 밝아졌다.

자리에서 일어난 나연은 이 공간과 전혀 어울리지 않는 캘린더 인형을 보았다. 인테리어와는 전혀 어울리지 않는 장식품이었다.

3,000원밖에 하지 않는 것이었지만, 금액을 떠나 그녀로선 꽤 큰마음 먹고 구입한 것이었다. 만약 아버지와 함께 살고 있었다면 절대 구입하지 않았을 것이다. 그런 물건이 이 집엔 꽤 됐다.

하나하나 찾아 나서다 보니 침실에 놓여 있는 작은 화분까지 모두 발견했다. 손바닥만 한 화분을 집어 든 나연이 입가에 미소를 머금었다.

결혼하기 전에 나연은 꽤 많은 상상을 했었다. 그리고 하고 싶은 일들을 하나하나 생각해 뒀다.

"우선 꽃을 심어야지."

결혼이 결정되고, 본가를 떠나는 게 확정되었을 때 나연은 자신에게도 드디어 자유가 찾아온 거라고 생각했다. 그렇게도 원하는 것을 손에 넣게 되었는데, 가만히 손 놓고 있을 수는 없었다.

화분을 들고 밖으로 나온 나연은 작은 메모지와 펜도 찾아 식탁에 앉았다.

김나연은 한참이고 진지한 얼굴로 글자를 적었다.

❖

차에 오른 그는 가장 먼저 긴 다리부터 꼬았다. 그런 후 출장지에 당도하기 전까지 살펴봐야 하는 서류부터 집어 들었다. 신혼여행에서 돌아오자마자 곧장 출장지로 떠나야 하는 일정이었지만 그는 그리 고단해 보이지도, 짜증나 보이지도 않았다. 이런 생활에 순응한 남잔 이 모든 것들을 당연하게 받아들이고 있었다.

그리고 그건 앞자리에 앉아 있는 지아 역시 마찬가지였다. 성우의 수행비서로 일하게 된 후로는 가정보다 일 쪽에 더 많은 시간을 할애하며 지냈다. 대기업에서 일하는 남편과 토끼 같은 자식도 있었지만, 그녀는 자신의 삶에 더 치중했다. 이에 수반된 것은 보통의 직장인보다 훨씬 많은 월급이었다. 민성우는 필요한 인력에겐 과감하게 투자할 줄 알았다.

평창까지 가는 내내 차 안은 무섭도록 고요했다. 그가 넘기는 종잇장 소리만 간간이 들려오던 공간이 조용해진 건, 강원도에 오신 걸 환영한다는 표지판을 지나서였다.

액정을 확인하는 민성우의 얼굴이 차갑게 굳어졌다. 액정에 떠 있는 이름은 '김강철' 이었다. 그의 장인이자 김나연의 친부 이름이었다.

그는 잠시 전화를 들고 뜸을 들였다. 그 작은 틈으로도 전화 걸어온 사람의 마음 정도는 쉽게 주무를 수 있기 때문이다.

그는 통화음을 음악 삼아 조금 더 듣고 나서야 전화를 받았다. 첫마디는 '먼저 전화드렸어야 했는데, 죄송합니다' 라는 사과였다. 이에 김 회장은 사람 좋은 웃음을 내뱉었다.

—신혼여행은 잘 다녀왔나?

"네, 잘 다녀왔습니다. 나연인 많이 피곤해해서 집에서 쉬고 있습니다."

—뭐, 그 아이야 따로 연락할 일은 없지.

"그래도 찾아뵙고 인사를 드리는 게 도리 아니겠습니까."

—그거야 그렇지.

"조만간에 연락드리고 찾아뵙겠습니다."

그는 사전에 김 회장의 말을 막았다. 애초에 김 회장은 자신의 뜻 하나 말하지 못하고 통화를 끝내야 했다. 끊긴 전화를 내려다보던 그가 웃었다. 그러더니 휴대전화를 한쪽으로 치우며 묻는다.

"동호건설 어떻게 되어가고 있습니까."

"1차 부도도 막았고, 제주도에 들어설 호텔 건으로 동호건설이 꽤 안정됐다는 게 이 바닥의 정설입니다. 하지만 실상 들여다보면 그렇지 않습니다."

그가 예상한 바였다는 듯 고개를 끄덕였다.

"여기저기 티 안 나게 빼먹은 금액이 있어 애초에 회생 불가능한 상태였을지도 모르죠."

이 일에 있어서 예상하지 못한 것이 있다면 김 회장이 회사를 회생하려는 노력을 전혀 하지 않고 있다는 점이었다. 여기저기서 투자금을 끌어들이고, 계속 그에게 금전적으로 요구해 오는 부분들은 있었지만, 빼먹은 돈을 제자리에 돌려놓으려는 노력은 하지 않았다.

회사를 이렇게까지 망가뜨릴 줄이야.

돈이 아무리 좋다 한들 기업을 운영하는 오너는 그래선 안 됐다. 자신이 손해 보는 일도 가끔은 할 줄 알아야 권력을 놓치지 않을 수 있다.

"어떻게 할까요?"

지아의 표정이 걱정에 굳어졌다. 더 이상 이 일에 관여해선 안 된다고 생각하는 표정이었다. 동호건설과 얽히면 얽힐수록 함께 수렁으로 빠져들 텐데, 이쯤에서 그만 선을 그어야 했다.

"애초에 예상했었던 상황 아닙니까. 이에 대비해서 법무팀에서도 확실히 대처해 뒀고요."

지아가 입술을 굳게 다물었다. 그러는 사이 그는 턱을 쓰다듬으며 머릿속을 정리하기 시작했다.

"문제가 있다면 동호건설로 인하여 생길 피해자들이죠. 그로 인해 DG그룹 전반의 이미지도 안 좋아지면 문제가 생길 테니까."

가장 시급한 문제라면 그거였다. 김 회장이 하는 꼴로 봐선 동호건설이 부도를 맞더라도 자신의 주머니에 들어간 돈을 꺼낼 사람 같진 않았다.

이미 선을 넘었으니 대처 방안은 필요했다. 효율적인 방어는 먼저 공격하는 거겠지만, 이번 문제만은 달랐다. 섣불리 나섰다간 괜한 오해만 살 수 있었다.

"좀 더 효율적인 방법이 있을 텐데."

혼잣말을 읊조린 그가 이내 그럴듯한 방법을 찾아내고선 웃었다.

"미리 보도자료 준비해 두세요."

"어떤……."

자신이 모시는 보스가 좋은 상사이기는 하나, 인간으로선 위험하고 간악하다는 느낌을 받았을 때가 한두 번이 아니었다. 하지만 요즘처럼 사장의 마음을 읽지 못한 적이 없었던 지아다.

김지아가 감을 잡지 못하고 말하자 그는 심드렁한 표정으로 자신의 생각을 일일이 말해주었다.

"김나연은 김 회장의 딸이 아닌 정미희 여사의 사생아다. 이로 인하여 김 회장에게 가족 취급도 받지 못했다. 실제로 김나연은 동호건설 주식을 단 한 주도 받지 못했다."

그는 같은 내용을 가지고 두 번 말하길 싫어하는 사람이었다. 매사 정확한 것을 좋아했고, 무슨 일을 할 때도 근거를 가지고서 움직이는 치밀한 사람이었다.

그 기준으로 봤을 때 지금 민성우가 하는 말들은 모두 예전과 별반 다를 바가 없는 것들이었다. 한 번 들으면 잊을 수 없는 내용들. 그가 말하는 것들 역시 진실이었다.

"이를 연애하면서 알게 된 민성우는 김나연과의 결혼을 서둘렀다."

하지만 거기엔 교묘한 거짓도 섞여 있었다. 다른 이들이 듣는다면 감탄을 자아낼 만한 아름다운 러브스토리가.

결혼한 후로 그가 조금씩 바뀌는 것 같아 내심 안심했던 지아였다. 기계적이고, 인간미 없는 그에게도 드디어 변화가 생길 거라고 생각했었다. 하지만 지금 그가 이야기하는 것들은 당사자가 알게 되면 크게 상처받을 이야기뿐이었다.

"DG그룹과 동호그룹은 전혀 상관이 없다. 아니, 있어도 껄끄러운 관계다."

그의 계획은 그것으로 끝이었다. 그 사실을 듣는다면 피해자들 역시 동호건설에서 받은 피해를 DG그룹에 요구하진 않을 것이다.

하지만, 하지만 사장님의 아내는 어떻게 되는 걸까.

김지아의 머릿속에 유약한 이미지였던 김나연이 스쳐 지나갔다.

"어떻습니까? 이 정도면 동호건설 주식이 종잇조각이 되어도 우리에게 피해를 요구하는 사람은 없지 않겠습니까?"

그녀는 이 이야길 다른 사람을 통해 들을 거다. 민성우가 자신의 입을 통해 이런 사실을 전달하지는 않을 테니까.

그때 그녀가 받게 될 상처는 상상 이상일 것이다. 사회생활과 민성우의 곁을 오랫동안 지키며 단련된 자신이라 하더라도, 만약 그녀의 입장이 되었다면 견디지 못할 것 같았으니까.

단순히 결혼 생활을 유지하지 못하는 수준이 아니었다. 남들에게는 숨기고 싶은 사실이 남편의 이익을 위해 세상에 까발려진다면…….

지아의 낯빛이 어두워졌다.

"사장님, 한 말씀 올려도 되겠습니까?"

그녀의 말에 민성우가 고개를 끄덕였다. 이야기해도 된다는 허락이 떨어졌지만 김지아는 쉬이 입술을 떼지 못했다.

지금 이 순간 다행인 게 있다면 그나마 그와 눈을 맞추고 이야기하지 않아도 된다는 사실뿐이었다. 분명 민성우는 자신의 이야기를 듣고 기분 나빠할 테니까.

하지만 김나연에게 연민을 느껴서일까. 김지아는 자신에겐 썩 이득이 되지 않는 말을 내뱉었다.

"분명 나중에 후회하실 겁니다."

짧은 한 문장에 차 안엔 무서운 침묵이 흘렀다. 뒤에선 인기척조차 들리지 않아 김지아는 말하는 그 순간부터 후회했다. 괜한 오지랖이었다고.

그리고 그녀의 생각과 별반 다르지 않은 반응이 되돌아왔다.

"그 후회, 김지아 비서가 할지도 모릅니다."

"죄송합니다."

그녀의 사과에 뒷좌석에선 곧 다시 서류를 넘기는 소리가 들려왔다. 하지만 그것으로도 김지아의 마음은 편하지 않았는지, 그녀는 굳이 하지 않아도 될 말을 덧붙였다.

"차질 없이 준비하겠습니다."

민성우에게선 끝내 답이 없었다.

❖

얼굴에 따뜻한 기운이 내려앉았다. 빛은 마치 무게를 가지고 있는 것 같았다. 빛이 내려앉아 있는 입가를 찡긋거리던 나연이 천천히 눈을 떴다.

천천히 몸을 일으킨 나연은 몇 번이고 눈을 깜빡였다. 저도 모르게 잠든 흔적들이 침대 위에 어지럽게 널려 있었다.

이 집 가구 중 민성우가 유일하게 관여한 것은 아주 넓은 이 침대였다. 원래 산 침대도 세 명은 눕고도 남을 만큼 널찍한 것이었지만, 새로 사들인 건 훨씬 컸다.

비어 있는 옆자리를 보던 나연이 손을 뻗었다. 어젯밤 나연은 신혼집에서 혼자 잠들었다. 그리고 앞으로 꽤 많은 날을 그리하게 될 거라는 확신 같은 것이 들었다.

민성우의 자리를 손으로 쓰다듬던 나연은 잠들기 전까지 손에서 떼어 놓지 않았던 메모지를 보았다. 메모지엔 글자가 빼곡하게 적혀 있었다.

하고 싶은 일들을 하나하나 적다 보니 꽤 많은 목록이 생겼다. 이 정도면 홀로 있는 시간을 허투루 흘려보내지 않을 수 있을 것 같았다.

메모지에 적힌 글자를 읽던 나연은 밖에서 들리는 초인종 소리에 자리에서 일어났다. 인터폰을 보자 중년 여성이 서 있었다.

"안녕하세요, 반가워요."

어제 민성우가 떠나기 전 집안일을 봐주시는 아주머니가 온다는 언질을 했었던 터라, 나연 역시 어색한 얼굴로 인사를 건넸다. 그러자 중년 여성은 사람 좋은 웃음을 짓는다.

"반가워요. 여주댁이라고 부르시면 돼요. 민 사장님도 그렇게 부르시거든요."

여주댁의 웃음을 보자 다행이라는 생각이 들었다.

"반갑습니다. 김나연이라고 합니다. 편하게 불러주세요."

"사모님을 어떻게 편하게 부르겠어요?"

그러면서 자연스럽게 부엌으로 향하는 여인의 뒤를 따라 나연 역시 걸음을 옮겼다. 중년 여성은 냉장고 문을 열어보더니, 그럴 줄 알았다며 장봐온 물건들을 채워 넣었다. 비어 있던 냉장고에 금세 식재료가 채워졌다.

김나연이 부엌에 있어도 할 일은 없었다. 부엌일을 하기 위해 여주댁이 월급을 받고서 출근한 것이니까. 더욱이 여주댁은 연륜만큼이나 베테랑이었고, 김나연보다는 민성우에 대해 훨씬 많은 것을 알고 있었다.

나연이 뒤에서 계속 알짱거리자 부엌을 정리하던 여주댁이 힐끗 그녀를 쳐다보았다. 똥 마려운 강아지처럼 안절부절못하는 모습에 여주댁이 슬쩍 물었다.

"뭐 필요하세요?"

"아니요. 필요한 건 없어요."

그렇게 답한 나연이 어색한 웃음을 지었다. 자신이 있을 곳이 아니라는 판단이 든 모양이었다.

하지만 그녀가 한 행동은 정작 반대였다. 부엌을 나서려던 나연이 몸을 돌리더니 여주댁의 옆에 슬쩍 섰다.

“도와드리고 싶어요.”

“네?”

오히려 놀란 건 여주댁이었다. 도와주고 싶다니. DG그룹 안 사모님이 하기엔 어울리지 않는 말이기 때문이다. 더욱 그녀 역시 풍족한 집안에서 태어난 아가씨라는 걸 언론을 통해 접한 여주댁은, 방금 전 자신이 제대로 들은 게 맞냐는 표정으로 나연을 보았다. 그러자 나연은 해사하게 웃으며 고개를 끄덕였다.

“저도 같이 돕고 싶어요.”

“그러지 않으셔도 되는데…….”

어젯밤 나연은 메모지에 많은 걸 적었다. 그중에서 홀로 할 수 있는 건 그렇게 많지 않았다. 다 적은 후 쭉 읽어보니, 그녀가 크게 바랐던 건 사람들 속에 조화롭게 섞여 들어가는 것이었다.

나연은 홀로 있는 것이 불편하지 않았다. 외롭거나 불행하다고도 생각하지 않았다.

이유가 있어서 사람들 속에 섞여들려고 한 건 아니었다. 그저 그들의 세상이 궁금했고, 그에 대한 강렬한 호기심을 느꼈을 뿐. 그 시간이 길어져 간절해졌고, 이제 그 속으로 들어갈 수 있을 때가 왔는데, 망설일 이유는 없었다.

여주댁은 빛을 머금고 있는 나연의 눈동자에서 순수한 호의를 발견했다. 세상의 연륜이 그녀에게 다른 뜻은 없다고 말해주었고, 여주댁은 나연이 슬쩍 내민 손을 거절하지 않았다.

“콩나물 좀 다듬어주실래요? 시간이 많이 걸리는 작업이긴 한데.”

처음으로 나연의 손을 잡아준 사람이 생겼다. 나연은 부푼 감정을 숨기지 않은 채 힘껏 고개를 끄덕였다.

"콩나물 머리 쪽 열어보면 이렇게 투명한 막이 보여요. 이것만 떼주면 돼요. 할 수 있겠죠?"

"네, 어렵지 않을 것 같아요."

자신만만하게 고개를 끄덕인 나연은 콩나물이 가득 쌓인 바구니를 자신의 앞으로 가져왔다. 그러더니 여주댁이 시킨 대로 열심히 막을 제거하기 시작했다. 손길이 야무진 걸 보니 이 전 집에서도 몇 번은 도와준 솜씨였다.

여주댁은 시금치를 삶은 후 참기름과 다진 마늘을 넣어 조물조물 무치기 시작했다. 민성우 사장이 출장을 떠난 지금에도 그의 취향대로 반찬을 만들고 있었다.

"사모님은 뭘 좋아하세요?"

"……저는 아무거나 잘 먹어요."

"알레르기는 없고요?"

"네."

"다행이네요. 이젠 밥상이 다양해지겠네요. 사장님이 육류를 못 드셔서 이제껏 해산물이나 나물 반찬밖에 안 했었거든요. 제가 제일 자신 있는 반찬이 소갈비찜인데도요."

민성우에게 물어본 건 아니었지만 나연 역시 예상하고 있었다. 그와 만날 때면 항상 해산물이 중심인 메뉴만 시켰고, 육류를 시켰을 때 그는 거의 손을 대지 않았었다. 나연은 아득한 옛 기억 하나를 떠올렸다. 그러더니 어수룩하게 웃는다.

"자, 이거 한번 먹어봐요."

열심히 콩나물을 다듬던 나연의 손이 멈췄다. 나연의 앞에 작은 접시가 내밀어졌다. 하얀 접시 위에 담긴 시금치는 잘 익어서 예쁜 초록색이었다.

예쁜 색감의 음식은 익숙했고, 평범한 것이었다. 하지만 나연은 무척 낯선 음식이라도 되는 듯 시금치를 빤히 바라보았다. 그러다가 여주댁이 내미는 젓가락을 집어 들었다. 작은 입술이 한참이고 오물오물 움직였다.

"어때요. 괜찮아요?"

"네, 맛있어요."

여주댁의 입술이 부드럽게 호를 그리자 나연 역시 이와 비슷하게 웃었다. 두 사람은 각자의 자리로 돌아가 한참이고 자신의 일에 집중했다.

더딘 손길로 콩나물을 다듬던 나연은 부엌 가득한 고소한 냄새에 감정이 느슨해지는 걸 느꼈다. 참으로 오랜만에 느껴보는 향이었다. 어머니의 병색이 짙기 전까지는 익숙했지만 그 후로는 느낄 수 없었던 감정에, 나연의 마음이 차분하게 가라앉았다.

"집에서 자주 도와주셨나 봐요?"

나연은 갑작스러운 물음에 고개를 들었다. 그리고 꽤 많이 다듬은 콩나물 산을 보며 웃는다.

"예전엔 음식도 했어요. 어릴 땐 어머니를 자주 도왔고, 성인이 되어선 어머니의 밥상을 직접 준비하는 날이 많았거든요."

"어머, 정말요?"

깜짝 놀란 표정에 나연이 작게 고개를 끄덕였다.

나연의 어머니도 육류를 못 드셨다. 그래서 일을 봐주시던 아주머니께 부탁을 드려서 매번 음식을 준비했었다.

여주댁은 귀한 집 아가씨가 음식을 직접 했다는 말에 궁금한 눈치였지만, 나연은 어수룩한 웃음으로 답을 대신했다. 어머니와의 일은 입에 담기엔 아직 상처가 깊었다.

어머니가 돌아가신 지 3년이 지났지만, 아직도 어제의 일처럼 생생했다. 추억으로 삼을 만한 일이 많지 않았기에 기억의 흐름이 남들보다 짧아서 그런 걸지도 모른다.

나연의 시선이 온통 콩나물로 향해 있자 여주댁은 입을 슬쩍 닫았다. 그리고 더 이상 묻지 않고서 음식 준비에만 신경을 쏟았다.

여주댁은 금방 그럴싸한 밥상을 만들어냈다. 나연은 자신이 다듬은 콩나물로 만든 맑은 콩나물국을 보았다. 밥상은 1인분만 준비되어 있었다.

"아주머니는 안 드시나요?"

"네?"

"혼자 먹기 그런데."

나연의 말에 여주댁은 곤란한 표정을 지었다.

"성우 씨가 없을 땐 저와 함께 먹어주세요."

그러나 곧 이어진 부탁에 여주댁 역시 어쩔 수 없다는 듯 자리에 앉았다. 두 사람은 함께 밥을 먹으며 간간이 대화를 나누었다. 여주댁에겐 장성한 두 자식이 있었고, 그중 둘째인 딸은 나연과 동갑이었다.

현재는 미국에서 유학하고 있다고 했는데, 그것 때문에 여주댁 남편은 회사에서 명예퇴직한 이후에도 일하고 있다고 했다. 첫째인 장남은 얼마 전에 여자 친구를 데리고 와 결혼을 하고 싶다고 말했는데, 데리고 온 아가씨 역시 평범한 집안이라 양가 부모가 많이 도와주지 못해 안타깝다고 했다.

모두 나연이 알지 못하는 세상의 이야기였다. 그래서 간혹 '왜요?' 라고 묻기도 했고, 이해하지 못했지만 고개를 끄덕이기도 했다.

식사가 끝난 후 나연이 설거지를 하겠다고 나섰지만, 여주댁은 더 이상 자신의 일을 빼앗지 말라고 강하게 말했다. 결국 여주댁의 기세를 이기지 못한 나연은 부부의 침실로 돌아올 수밖에 없었다.

밖에선 청소기 돌아가는 소리가 들렸고, 곧 무거운 침묵도 흘렀다. 그

소리에 귀를 기울이던 나연은 자신이 적어놓은 메모 가장 위에 있는 글귀를 읽었다.

『1. 면허』

첫 도전으로 이것보다 좋은 건 없다는 생각이 들던 때였다. 문이 열렸고, 여주댁은 손에 청소기를 든 채 나연에게 다가왔다.

"청소하면 시끄러울 거예요. 다른 곳은 모두 치워뒀으니까 거기 계세요."

여주댁의 말에도 나연은 자신이 궁금한 것부터 물었다.

"여기와 가장 가까운 운전면허학원이 어디인지 아세요?"

"나도 거기까진 잘……. 인터넷에 검색해 보면 나오지 않을까요?"

"아."

여주댁 역시 민성우가 삶의 터전을 서울에서 이곳으로 옮기면서 처음 이 동네에 와봤다. 그러니 여주댁이 이곳 지리를 잘 알고 있을 리가 없었다.

그녀의 말에 나연은 민성우가 결혼 전에 사준 스마트폰을 만지작거렸다. 어떻게 검색을 해야 집 근처에 있는 운전면허학원이 잘 나올까, 고민하던 그녀가 지역과 함께 운전면허를 검색했다.

나연이 피해줄 생각이 없어 보이자 여주댁은 청소기를 돌렸고, 곧 걸레질까지 마쳤다. 아주 기본적인 가구밖에 놓여 있지 않았기에 청소할 건 그리 많지 않았다.

여주댁은 청소가 끝날 때까지도 작은 스마트폰 액정에서 시선을 떼지 못하는 나연을 힐끗 보았다. 하얀 이불을 무릎 위까지 덮고 있는 나연은 생동감이라곤 느껴지지 않았다. 만지면 부러지거나, 녹을 것 같은 연약한 모습이다.

여주댁은 자신에게 월급을 주는 민성우 사장이 자신의 사생활에 대해 관심을 가지지 않길 바라는 것처럼, 김나연에게도 그렇게 할 생각이었다. 하지만 생각과는 달리 입은 아주 사소한 걸 묻는다.

"면허가 없으세요?"

"네."

나연의 얼굴이 빨개지는 걸 본 여주댁이 다시 입을 꾹 다물었다. 자신이 또 뭔 실수를 한 건 아닐까, 하는 생각이 들었기 때문이다. 여주댁이 나연의 얼굴을 빤히 보았다. 그리고 곧 그녀의 얼굴이 빨개진 게 기분이 나빠서가 아닌 부끄러움 때문이란 걸 알고선 입을 벌렸다.

이렇게 순진한 반응이라니.

여러 집을 다니며 가정부 일을 한 건 아니었지만, 그래도 이름만 대면 알 만한 기업에서 몇 차례 직장을 바꿔가며 일했던 여주댁이었다. 그런데 그곳 어디에서도 김나연 같은 사람을 보지 못했다.

도대체 어떻게 살아온 아가씨지?

정확하진 않았지만 가진 것이 이렇게 많으면서, 그걸 제대로 누리지 못했을 거란 생각은 들었다.

"배울 거면 같이 나가요. 그런 일은 당장 실행하지 않으면 계속 미루게 되더라고요."

"정말요?"

"네, 뒷정리만 하면 저도 이제 퇴근이거든요."

"그래 주시면 정말 감사하죠."

나연의 얼굴이 눈에 띄게 밝아졌다. 그래서 여주댁은 제안하길 잘했다는 생각마저 들었다.

"근처에 학원은 있어요?"

“네네. 2㎞ 떨어진 곳에 있어요.”

워낙 외진 곳이었기에 가까운 곳에 면허학원이 있었나 보다. 잘되었다는 듯 여주댁이 고개를 끄덕인 후에 청소 도구를 정리하기 시작하자, 나연은 재빨리 자리에서 일어났다.

신이 나 드레스 룸으로 들어가는 나연의 뒷모습을 보던 여주댁이 웃음을 삼켰다.

“귀여운 사람이네.”

나연의 앞에선 절대 하지 못할 말을 내뱉은 여주댁도 퇴근 준비를 서둘렀다. 집 안을 말끔하게 만들고 나서 가방을 집어 든 여주댁은 때마침 나오는 나연을 보았다.

“자, 갈까요? 여긴 대중교통을 이용하기 힘드니까, 로비에서 택시를 부탁하면 될 거예요.”

“네.”

경아를 불러도 됐지만 나연은 여주댁의 제안을 흔쾌히 받아들였다.

로비까지 걸어나온 두 사람은 택시를 타고 운전면허학원으로 향했다. 직원과 여주댁의 말대로 2종 보통으로 하기로 했고, 일주일에 3일 학원에 찾아와 수업을 듣기로 했다.

여주댁의 도움으로 무리 없이 등록을 마친 나연이 지갑에서 카드를 꺼냈다.

“누구 카드인가요?”

결제하려던 직원이 카드에 적힌 이니셜을 보고선 물었다.

『Min Sung Woo』

누가 봐도 남자 이름이었다.

"남편이에요."

그렇게 말한 나연이 입가에 보드라운 미소를 머금었다.

❖

강원도 평창에 지어질 리조트는 민성우 사장의 개인적인 의지였다. 다들 평창 올림픽이 제대로 열릴지에 대한 의문을 품고 있어 반대가 심했지만, 민성우의 생각은 달랐다.

가장 좋고 비싼 땅은 모두 나라와 개인에게 팔아넘겼다. 이로 인해 생긴 차익 대부분은 민성우가 생각 중인 초호화 리조트를 짓는데 사용될 예정이었다.

그는 리조트를 짓는다는 가정을 내버려 두고선 대부분의 결정을 실무자들에게 넘겼다. 그러나 실무자들로선 자유를 줬다고는 하지만 그게 완전한 자유는 아니었고, 민성우 사장의 강력한 의지가 담긴 사업이었기에 어떻게 해서든 성공시켜야 한다는 생각을 하고 있었다. 덕분에 회의는 치열했지만 간혹 기약 없는 침묵이 흐르기도 했다.

김지아는 민성우 사장의 뒤에 서서 회의를 전체적으로 보았다. 직원들의 곤란한 표정과 답답하다는 표정은 명확히 보였지만 민성우 사장은 뒤통수밖에 보이지 않았다.

띠링. 띠링.

지질하게 이어진 회의에 다들 지쳐갈 무렵, 문자 알림음이 울렸다. 지아는 깜짝 놀라 직원들을 보았고, 그들 역시 다들 놀란 표정이었다.

직원들은 다들 '누구야?' 라는 표정으로 서로를 보고 있었다.

"미안합니다."

짧은 사과에 직원들의 시선이 동시에 한곳으로 꽂혔다. 예상하지 못한 사람이 휴대전화를 보고 있었다. 지아 역시 그가 업무 시간에 휴대전화를 켜둘 사람이 아니라는 걸 알기에 놀랐다.

민성우의 표정이 순간 이상하게 변하자 이를 지켜보던 지아가 가까이 다가갔다.

"무슨 일이십니까?"

어조를 낮춘 그녀가 물었다. 하지만 민성우는 휴대전화를 켜둔 것보다 더 놀라운 반응을 보였다.

"10분만 쉬겠습니다."

자리에서 일어난 민성우가 곧장 회의장을 나서자 다들 '뭐지?' 라는 눈치였다. 그때 DG호텔 본사 관계자가 실없이 웃으며 제법 그럴싸한 예시를 들었다.

"신혼이 좋긴 좋은 건가?"

직원들 사이에서 작게 웃음소리가 번져 나갔지만 김지아만은 웃을 수가 없었다.

❖

성큼성큼 걸음을 옮긴 성우는 회의실과 꽤 떨어진 곳에서야 통화 버튼을 눌렀다. 통화음이 울리고 얼마 되지 않아서 상대가 전화를 받았다.

—네, 성우 씨.

"면허학원 등록했습니까?"

그는 나연이 전화를 받자마자 인사 대신 본론부터 꺼냈다. 기본적인 예의마저 잊을 만큼 그는 꽤 놀란 상태였다.

김나연이 면허를 따고 싶다는 이야기는 했었지만 이렇게까지 빠르게 행동할 줄은 몰랐다. 하지만 그의 말에 나연은 더 놀란 모양이다.

—그걸 어떻게 알았어요? 혹시 아주머니가…….

"문자 왔습니다."

—문자…… 아.

거기까지 생각하지 못했다는 듯 나연이 말끝을 흐렸다. 그러더니 곧 자신의 착각이 웃긴 것인지 웃음기 섞인 목소리로 말을 이었다.

—네. 여주댁 아주머니가 도와주셔서 집 근처에 있는 곳에 수강 신청하고 왔어요. 일주일에 세 번은 와야 한대요.

나연의 목소리는 꽤 생기가 돌았다.

"김 비서와 함께 갔습니까?"

—아니요. 택시 타고 왔어요.

"다음엔 김 비서와 함께 움직이세요."

그의 목소리가 딱딱거리며 나왔다. 이에 전화 너머에서 침묵이 흐르자, 그는 아차 한 듯 관자놀이를 손으로 꾹꾹 눌렀다.

곧 예상했던 말이 들려왔다.

—죄송해요.

"아닙니다."

그저 보는 눈이 많았다. 위치가 위치이니만큼 안전상 안 좋은 일이 생길지도 모른다. 그것 말고도 나연은 세상 물정을 너무 몰랐다. 아무리 생각해 봐도 김나연 혼자서 움직이는 건 위험 요소가 너무 많았다.

하지만 민성우는 자신의 생각을 내뱉지 않았다.

"면허 취득하면 튼튼한 차를 선물해 드리겠습니다."

—정말이죠?

"거짓말은 하지 않습니다."

한번 내뱉은 말은 지킨다고 말한 민성우가 시계를 확인했다. 시간은 충분했지만 그는 들어가 봐야 한다는 말과 함께 전화를 끊었다.

몸을 돌려 회의실로 가려던 민성우는 꽤 떨어진 거리에 서 있는 지아를 보았다. 지아는 무표정한 얼굴로 그를 보고 있었다.

"뭡니까?"

고저 없는 물음에 김지아는 고개를 숙일 뿐 아무런 답도 하지 않았다. 하나 민성우가 느끼는 건 달랐다. 어찌 된 일인지 그녀의 행동 하나, 눈동자 하나에 비난이 서려 있다는 착각이 드는 건 왜일까.

"이만 들어갑시다."

민성우는 이 모든 것을 무시한 채 회의장으로 향했다. 그 뒤를 지아가 따랐다.

❖

부스럭.

몇 번이고 몸을 뒤척이던 나연이 천천히 눈을 떴다. 오늘도 텅 비어 있는 옆자리를 손바닥으로 쓰다듬던 나연이 다시 눈을 감는다.

집은 여전히 낯설었다. 자신이 대부분의 시간을 보내곤 하던 방과는 전혀 다른 분위기, 냄새가 났다.

앞으로 자신이 적응해 나가야 할 것들이었다. 바뀌는 건 없을 테니, 자신이 그 속으로 스며들어야 한다.

그는 단 한 번도 눕지 않았던 그 자리를 한참 쓰다듬던 나연이 몸을 일으켰다. 민성우는 모레 돌아온다. 아주머니는 일주일에 세 번 오고, 운전면허학원은 다음 주부터 나가기로 했다.

오늘은 뭐 할까.

집은 무료했고 시간을 보낼 만한 것도 없었다. 하지만 더 이상 예전처럼 집에만 갇혀 있어야 하는 것도 아니었다. 자신을 감시하던 눈은 결혼을 통해 사라졌다.

나연은 화장대 속에 넣어둔 메모를 꺼냈다.

하고 싶은 일들과 꼭 이뤘으면 하는 것들이 빼곡하게 적혀 있는 메모 중 무엇이 좋을까 생각을 하던 나연은 작은 화분을 떠올렸다.

오늘은 꽃을 심는 게 좋을까. 아니면…….

고민하던 나연은 동그라미를 쳐 놓은 글자를 보았다.

『미술관, 토하 작가』

어제 학원을 찾다가 발견한 전시회를 떠올렸다. 지난번에 민성우와 함께 간 전시회에서 처음 보았던 '토하 작가'의 개인 전시회가 열린다는 홍보 글이었다. 전시회 일정을 보았을 때 다음 주 월요일까지 했기에 오늘 가는 게 좋을 것 같았다.

할 일이 생겼다.

그 생각만으로도 나연의 눈동자에 생기가 돌았다.

총총걸음을 옮긴 나연은 가장 먼저 깨끗하게 씻었다. 그런 후 드레스룸으로 가 자신의 옷장을 훑어보았다. 이 계절과 어울리는 옷들이 가득 차 있었다.

뭘 입고 나가는 게 좋을까.

준비하는 과정마저 즐거운 것인지 나연은 몇 개의 옷을 자신에게 대보며 콧노래를 불렀다.

옷을 갈아입고 밖으로 나온 나연은 도화지 같은 얼굴에 색감을 입혔다. 오늘따라 거울 속에 보이는 제 모습이 유독 예뻐 보여 히죽 웃기까지 한 그녀는, 보석함에서 결혼반지를 꺼내 네 번째 손가락에 끼웠다. 깡말라 보기 싫었던 손가락에 화사함을 더하자 이 역시 예뻐 보였다.

모든 준비를 마친 나연은 아침에 일어난 후로 두 번째 고민에 빠졌다. 외출 준비는 마쳤지만, 미술관까지 어떻게 갈지에 대해서였다. 이젠 택시를 타는 것에 두려움은 없었지만 성우와의 대화가 떠올랐다. 그는 외출하려면 김 비서와 함께하라고 했었다.

"어쩌지……."

회사에서 근무하고 있을 김 비서를 집까지 불러도 될까. 그녀가 자신을 바라보던 눈초리를 떠올린 나연이 고민하는 얼굴로 휴대전화를 만지작거리다 말고 번호를 찾았다. 여주댁의 말이 떠올랐기 때문이었다. 이건 자신의 일이라는. 민폐를 끼치는 게 아니다.

—사모님, 무슨 일이십니까?

"외출하려고요."

—댁으로 가겠습니다.

짧은 통화 끝에 전화가 끊겼다. 전화를 마친 지 40분이 지나 김경아가 집을 찾았다. 무심한 표정의 그녀는 허리를 숙여 인사를 건넨 후 이미 민성우 사장에게 연락을 받았다는 듯 말했다.

"앞으론 댁으로 출근하겠습니다."

어쩌면 자신에게 새로운 감시자가 생긴 걸지도 모른다. 그래서 나연은 난감한 웃음을 지었다.

"경아 씨가 필요하면 오전에 연락드릴게요."

그래서 나연은 가볍게 거절의 말을 했다. 애써 찾은 자유를 벌써부터 포기하긴 싫어서.

토하 작가는 30대 초반의 젊은 작가였다. 신진으로 주목받고는 있었지만 많은 사람이 그의 개인 전시회를 찾을 만큼 인기가 있는 건 아니어서, 미술관 안엔 눈으로 헤아릴 수 있을 만큼의 사람들만이 자리하고 있었다.

개중에선 김나연도 있었다. 나연의 옆에 바짝 붙어선 김경아는 그녀가 빤히 보고 있는 그림을 함께 보았다. 하지만 그림이 무얼 그렸는지 정확히 뭔지 모르겠다는 듯 미간을 좁히고 있다. 그림은 난해했다.

하지만 젊은 사모님께선 이 그림에 아주 심취한 듯 보였다. 10분째 한 자리에 서서 그림만 보는 모습에 경아가 속으로 한숨을 삼켰다.

슬슬 관람이 따분해지고 있었다. 평소 예술 작품을 보면서 감탄을 하는 취미도 없었으니 당연했다.

고개를 돌려 하품을 삼킨 경아는 김나연이 걸음을 옮기자 서둘러 뒤로 따라붙었다. 김나연이 새로운 그림으로 자리를 옮기는 건 줄 알았는데, 그게 아닌지 각도가 조금 이상했다.

김나연은 그림이 걸려 있는 벽이 아닌 복도 쪽을 보고 있었다.

저 멀리 괜찮은 그림이라도 있는 걸까?

나연이 높은 힐을 신고 있어서 앞이 잘 보이지 않았다. 결국 고개를 옆으로 뺀 경아가, 김나연과 마찬가지로 이곳을 바라보고 있는 여잘 발견하고선 입술을 굳게 다물었다.

그곳에 서 있는 건 정유화였다. 그녀 역시 김나연을 발견한 것인지 일정 거리를 두고 서 있었다.

두 사람이 말없이 서로를 바라보자 김경아의 얼굴이 굳어졌다. 민성우 사장의 곁을 지킨 지 얼마 되지 않았지만, 그녀 역시 정유화와의 관계를 잘 알고 있었기 때문이다.

이 난감한 상황을 어떻게 하지?

김경아는 자신이 나서지 말아야 할 상황이라는 것을 알면서도 고민했다. 그때 나연이 먼저 걸음을 옮겼다.

"토하 작가 좋아하세요?"

김나연의 물음에 정유화와 김경아의 표정이 동시에 굳어졌다. 밝은 어조였지만 표정은 무심해서 두 사람 모두 어떻게 반응해야 할지 모르겠다는 표정이었다.

그때 나연이 말을 이었다.

"전 좋아해요."

이번엔 천하의 정유화도 움찔 몸을 떨었다. 무표정했던 얼굴에 웃음이 서렸기 때문이다. 경아 역시 옆에서 이를 살펴보고선 놀란 표정을 지었다. 유약하기만 할 줄 알았는데, 아니었나 보다.

"보기완 다르게 대단하네요. 먼저 말 걸 줄은 몰랐어요."

이 말에 경아 역시 고개를 끄덕일 뻔했다. 보기와는 다르다. 정유화의 평가가 아주 절묘했기 때문이다.

하지만 경아는 한 발짝 물러서서 두 사람을 지켜보았다. 무슨 일이 생기지 않는 이상 저 자리에 끼는 건 좋지 않다고 판단했기 때문이다.

자신이 할 일은 이 상황을 지켜보고 오너에게 전달하는 것이었다.

"속도 없어요?"

"있어요."

정유화의 물음에 나연은 고개를 끄덕인 후에 답했다. 그러더니 다시 웃는다. 순한 웃음이었지만, 상황이 상황이었던 터라 표면적인 것을 순수하게 받아들일 수 없었다.

"영악한 사람이었네."

정유화의 말에 나연은 '그런가요?' 라며 되묻는다. 바보 같은 물음이었기에 정유화의 얼굴이 일그러졌다. 그건 이를 지켜보던 김경아 역시 마찬가지였다.

"설마 모르는 거예요?"

"알아요. 그래도 기왕이면 내 편으로 만드는 게 좋잖아요. 누구든."

그러면서 김나연은 다시 웃었다.

"차 한잔할래요?"

이에 대해 정유화는 아무런 말도 하지 못했다. 날카로운 말이 오고 가진 않았지만 일촉즉발의 상황이었다. 하지만 두 사람 모두 사회적인 체면이 있는 사람들이다. 결국 먼저 물러선 것은 정유화였다.

"다음에 만나면요. 그때 차 한잔해요."

"네, 좋아요."

두 사람이 각자의 길로 걸음을 옮겼다. 나연은 바로 옆에 있는 그림으로, 정유화는 관람을 마친 것인지 큐레이터에게 다가간다.

뒤에서 두 사람을 보던 경아가 미간을 좁혔다. 대단한 일이 일어날 것 같았는데, 두 사람 모두 서로를 신경 안 쓴다는 듯 제 할 일을 하고 있었다. 경아가 걸음을 옮겨 나연의 곁에 섰다. 그러자 경아의 존재는 잊은 줄 알았던 나연이 말을 걸어온다.

"보고하지 마세요."

"네?"

경아는 김나연이 무슨 말을 하는 건지 알면서도 모른 척 되물었다. 하지만 김나연은 고저 없는 목소리로 이미 그녀의 마음속을 빤히 보고 있다는 듯 말한다.

"그래도 하실 거면 어쩔 수 없고요."

"사모님, 저……."

경아가 미처 말을 끝맺지 못하고 입을 꾹 다문다. 그러면서도 아직 머릿속이 정리되지 않은 듯 눈살을 찌푸렸다.

이건 하라는 건지, 말라는 건지, 도통 감이 잡히질 않았다. 그러자 나연은 그림에서 시선을 떼지 않은 채 말한다.

"김경아 씨가 판단해서 행동하세요. 김경아 씨는 김경아 씨의 일을 하면 돼요."

협박도 회유도 아니었다. 하지만 그 어떠한 말보다 강한 힘이 있어 경아가 고민을 끝마칠 수 있게 도와줬다.

"보고는 하지 않겠습니다."

"고마워요."

짧은 대화를 마친 두 사람은 다시 그림으로 시선을 돌렸다.

❖

지아가 문을 열어주자 민성우가 차에서 내렸다. 그사이에 운전기사는 트렁크에 실린 캐리어를 내리고 있었다.

"수고 많으셨습니다. 다음 주에 뵙겠습니다."

"네. 주말 푹 쉬세요."

짧은 출장이 끝났을 뿐이었다. 하지만 결혼 준비다 뭐다 해서 주말까지 강행군을 이어왔던 터라 오랜만에 맞는 평온한 주말이었다.

운전기사는 캐리어를 집 안까지 들여다 놓을 기세였지만, 민성우는 이를 거절했다.

드르륵. 드르륵.

캐리어가 울퉁불퉁한 바위 때문에 요란한 소리를 냈다. 하지만 민성우는 개의치 않은 채 집으로 향한다.

현관문 앞에 선 그는 비밀번호를 누르려다 말고 손을 멈췄다. 이제껏 그는 집에 돌아올 때면 직접 문을 열고 안으로 들어갔었다. 집안일을 봐주는 사람들이 있었지만 혼자 사는 남자 집에 입주 도우미를 두기에도 그래서 밤이면 모두 돌아갔고, 퇴근해 집에 오면 어둠만이 그를 맞이해 줬다.

하지만 이젠 그렇지 않다. 자신의 생활 공간에 들어온 여자가 있었기 때문이다.

"아."

그는 무언가를 깨달은 사람처럼 짧은 신음을 뱉었다. 이제껏 결혼한다 해서 자신의 인생이 그리 크게 바뀔 거라고 생각하지 않았지만, 가장 큰 게 변화했다는 걸 이제야 깨달았기 때문이다.

그렇구나. 이젠 집에 항상 다른 누군가와 함께 있어야 하는 거구나.

민성우가 초인종을 눌렀다. 그러자 안에서 짧은 답과 함께 문이 열린다.

"왔어요?"

홈드레스를 입고 있는 여자가 해사하게 웃으며 자신을 반겼다.

"식사는, 했어요?"

"아직입니다."

"들어오세요."

삶의 공간을 나눠 가지는 아내가 생겼다.

# 3부.
# 함께하다

## 1. 몰랐다

문이 열리자 그를 뒤쫓아 연기가 쏟아진다. 뿌연 수증기를 물리치고 밖으로 나온 민성우가 수건으로 머리를 툴툴 털었다.

결혼 후 새로 옮긴 터전을 제대로 둘러본 건 처음이었지만, 물건의 배치는 예전 그가 살던 집과 별반 다르지 않았다. 가장 큰 차이라 함은 김나연의 짐이 더 늘어났다는 것 정도였다.

자신의 스킨케어 화장품 옆에 생긴, 군락 같은 여성용 화장품 세트를 보다가 이내 신경을 끈다. 이젠 익숙해져야 하는 것들 중 하나일 뿐이었다.

화장품을 바르고, 머리를 말린 그가 밖으로 나왔다. 집 안엔 음식 냄새가 진동했다. 이 역시 그가 결혼하면서 생긴 변화였다. 집에서 음식을 먹는 일이 있어도 음식 냄새가 이 정도로 요동을 친 적은 없었다. 대부분은 그가 퇴근하기 전 여주댁이 말끔하게 환기를 해놓아서 그렇다는 걸 그는 알고 있었다.

팔짱을 낀 채 문틀에 어깨를 기댄 민성우가 부엌 안을 보았다. 조리대 앞에 서 있는 사람은 두 사람이었다.

"사장님 돌아오니까 좋죠? 이제 진짜 신혼이네요?"

민성우가 눈을 가늘게 떴다. 여주댁의 물음에 김나연은 답을 하지 않았다. 하지만 여주댁의 호들갑은 더욱 커졌다.

"어머, 얼굴 봐. 새빨개요."

민성우의 고개가 옆으로 기울었다. 김나연의 표정이 궁금했지만 어떤 표정을 짓고 있는지 각도 때문에 보이지 않았다. 호기심이 커져갈 동안 두 사람은 간간이 대화를 나눴다.

"아주머니, 그만 놀리세요."

"내가 언제 놀렸다고요? 난 사실만 말했는걸요?"

친근하게 나누는 대화에 민성우의 미간이 모였다.

두 사람이 만난 건 한 번밖에 되지 않았다. 그런데 그 하루 동안 많은 일이 있었던 것인지, 꽤 가까워진 모양이다.

김나연은 사교성이 좋지 않은 인물이다. 여주댁은 자신이 유학을 마치고 한국으로 돌아와 혼자 살면서부터 집안일을 봐준 사람이긴 하나, 개인적인 대화를 나눠본 적이 없다. 이렇게 놓고 보니 사교성이 없는 건 김나연이 아닌 자신 같았다.

나연은 음식 냄새가 진동할 때쯤에 찬장 문을 열어 접시를 꺼냈다. 조리한 음식을 접시에 담은 여주댁이 나연에게 건네주자, 그녀가 접시를 식탁 위에 놓기 위해 몸을 돌린다.

"아."

민성우와 눈이 마주치자 김나연은 깜짝 놀라 몸을 떨었다. 언제부터 거기에 서 있었냐는 눈치였지만, 민성우는 곁에 선 여주댁을 보았다.

"준비 다 됐습니까?"

"네, 사장님. 차리기만 하면 돼요."

그가 자리에 앉자 여주댁의 움직임이 빨라졌다. 방금 전에 여유롭게 짓고 있던 웃음은 모두 지운 채 음식을 차려내기에 바빴다.

자리에 앉은 성우와 그릇을 옮기느라 여념이 없는 여주댁을 번갈아 보던 나연은 들고 있던 접시를 그의 앞에 내려놓았다. 그런 후에 슬쩍 여주댁의 눈치를 보더니 그의 맞은편에 앉는다. 그녀가 앉자마자 그럴 듯한 식탁이 차려졌다.

음식을 모두 차린 여주댁이 밖으로 나갔다. 그것이 신호가 되어 두 사람은 조용히 식사를 시작한다.

그는 오랜만에 맛보는 여주댁의 솜씨에 수저질만 했다. 맞은편에 앉은 그녀가 자신의 눈치를 보고 있다는 걸 알고 있었지만, 그는 부러 그녀를 보지 않았다.

고소한 뭇국은 속을 편하게 해줬다. 그가 여주댁의 음식 중에 가장 좋아하는 거였다. 보통은 고기를 넣지만 여주댁은 고기를 넣지 않는다. 그가 고기를 잘 소화하지 못한다는 걸 알기 때문이다. 그래서 보통의 뭇국과는 맛이 달랐다.

국물이 바닥을 드러낼 때까지 먹은 민성우가 그제야 숟가락을 내려놓았다. 그러더니 이번엔 젓가락으로 나물을 집어 먹는다.

"곧 김 회장님, 아니."

입에 있는 음식을 모두 삼킨 그가 운을 뗐다. 하지만 마저 말을 끝맺지 않고서 입을 다문다.

나연은 입을 꾹 다문 채, 생각에 잠긴 민성우를 보았다. 무심한 표정의 그는 밥알을 세고 있는 사람처럼 보였다. 하나 막상 고개를 들어 김나연을 보는 그는 시린 눈을 하고 있었다.

"장인어른을 찾아뵐 겁니다."

나연의 동공이 흔들렸다. 하지만 적어도 겉으론 아무렇지 않아 보였다.

"준비하세요."

"준비요?"

고저 없는 물음에 그는 이제껏 한 번도 손을 대지 않은 밥을 젓가락으로 적당히 집어 들었다.

"마음의 준비."

그는 식사를 계속했다. 나연의 얼굴을 보거나 그녀를 위로하려는 제스처는 없었다. 나연 역시 그를 바라보다 말고 밥을 먹었다. 두 사람의 식사 시간은 보통의 가족과는 달리 아주 조용했다.

사락—

성우가 책장을 한 장 넘겼다. 시선은 바쁘게 책장 위 활자를 읽는다. 읽어 내리는 속도가 보통 사람보다 훨씬 빠르다.

그의 신경은 온통 책 안 주인공들에게 향해 있었다. 오늘 그가 뽑아 든 소설은 〈행복한 우리집〉이라는 소설이었다. 멕시코 작품으로, 한국에는 번역이 되지 않은 소설이었다. 유학 시절 이 책을 읽었던 터라 내용은 모두 알고 있었다. 하지만 오랜만에 읽어서일까. 그때와는 다른 느낌으로 책장을 넘기고 있었다.

전혀 행복하지 않은 가정과 그 구성원들. 내용은 온통 불법적인 내용들뿐이었고, 블랙코미디도 되지 않는 상황들이었다.

처음 이 책을 읽었을 때도 그는 이 속에서 행복을 찾으려 애를 썼다. 하지만 결국 막내딸이 굶어서 아사하고, 그 아비는 전 재산으로 마약을 샀을 때 이 가족에겐 행복이 없다 결론지었다.

가장 큰 불행은 가난이다. 다른 것들은 차치하더라도 가난이 다가오는 순간 인간의 삶을 좀먹는다는 걸, 경험해 보진 않았지만 본능적으로 알고 있었다.

한참 책을 읽던 그의 손이 자연스럽게 원목 책상으로 향한다. 보지도 않은 채 커다란 머그컵을 집어 든 그가 컵을 기울였으나, 입안으로 들어오는 건 없었다. 책을 읽기 전 물을 한 잔 떠왔는데, 어느새 다 마셨나 보다.

그가 아쉽다는 눈으로 컵 안을 보더니 입맛을 다신다. 한참 재미있는 부분을 읽고 있었던 터라 엉덩이가 무거웠다. 하지만 그걸 이길 만큼 목이 말랐다.

책을 뒤집어놓은 그가 자리에서 일어났다. 서재 문을 열고 밖으로 나오니 집 안은 인기척 하나 느껴지지 않을 만큼 조용했다. 김나연은 그 어디에도 보이지 않았다. 그건 여주댁 역시 마찬가지다.

그는 부엌으로 가는 대신 컵을 식탁 위에 내려놓은 후 거실로 나갔다. 커다란 창 너머, 자신도 모르게 찾고 있던 아내가 보였다.

햇살 아래 앉아 있는 나연은 작은 모종삽을 들고 있었다. 그 옆에 앉은 여주댁은 나연이 하는 행동을 지켜보고 있기만 했다.

눈을 가늘게 떠보았지만 햇빛 때문에 자세히 보이지 않았다. 몸을 돌린 민성우가 부엌에서 물을 한 컵 떠 서재로 들어갔다.

달칵.

그는 머그잔을 내려놓은 후 엎어두었던 책을 다시 읽기 시작했다.

사락. 사락.

그는 다시 일정한 속도로 책장을 넘기기 시작했다. 오늘 첫 장을 펼쳤지만 페이지는 빠른 속도로 넘어가고 있었다.

책장을 반쯤 넘겼을 때 똑똑, 노크 소리가 들렸다. 그는 답하지 않았지만, 곧 나연이 문을 열고 안으로 들어왔다. 그녀가 들어오자마자 원두 향이 코를 확 덮쳤다.

"제가 방해했나요?"

나연이 웃으며 빈 컵 옆에 모락모락 김이 올라오는 커피 잔을 내려놓는다. 방해가 되지 않았다면 거짓이겠지만 코끝을 스치는 은은한 향 때문에 기분이 나쁘지 않았다. 신경이 느슨해지는 걸 느꼈다.

하지만 그 옆에 놓이는 것이 그의 신경을 다시 팽팽하게 당겼다.

"그게 뭡니까?"

"화분이요."

나연은 그걸 몰라서 묻는 게 아니라는 걸 알고 있으면서도 그렇게 답했다. 작은 화분은 방금 전에 심은 것인지 흙이 촉촉하게 젖어 있었다.

작은 화분을 보던 그가 물었다.

"뭘 심은 겁니까?"

"다 크면 저절로 알게 될 거예요."

"전 생명을 키우는 덴 소질이 없습니다."

"제가 매일 돌볼 거예요. 성우 씬 기다리기만 하면 돼요."

그렇게까지 말하니 더 이상 뭘 심은 거냐 물을 수가 없었다. 그래서 그는 묻는 대신 나연에게로 손을 뻗었다.

두 사람 사이엔 넓은 원목 책상이 가로막고 있어 그녀에게 닿지 않았다. 하지만 내밀어진 손은 힘을 가지고 있어 그녀의 몸을 그에게로 이끈다. 천천히 걸음을 옮긴 나연이 성우의 손을 붙잡았다.

"커피……."

나연이 나지막하게 읊조렸다. 하지만 말한 그녀도, 들은 그도 그게 의미 없는 말이라는 걸 안다. 붙잡고 있는 손에서 빠르게 뛰는 맥박이 느껴졌다. 그래서 그는 웃었다.

민성우는 가볍게 나연의 손을 잡아당겼다. 가느다란 몸은 작은 힘으로도 쉬이 앞으로 기울었다.

순식간에 성우의 무릎 위에 앉게 된 나연이 어색하게 웃었다. 그러더니 엉덩이를 들썩인다. 당장이라도 일어나고 싶은 표정이었다. 엉덩이를 찌르는 강렬한 느낌을 피하고 싶은 모양이었지만, 민성우는 허리를 붙잡아 그녀가 도망가지 못하도록 만들었다.

"밖에 아주머니가……."

목에 닿는 물컹한 혀에 나연은 미처 말을 끝맺지 못하고 멈췄다.

그의 행동은 거침이 없었다. 오른손으론 가느다란 허리를 붙잡아 자신의 쪽으로 끌어당겼고, 놀고 있는 왼손으로는 무릎 밑까지 내려오는 치마를 들쳐 안으로 파고들었다.

노골적인 행동에 나연은 숨을 들이켰고, 고개를 뒤로 젖힌다. 눈앞이 아찔한 듯 그녀가 눈을 내리까는 게 보였다. 그의 입술이 나연의 귓가로 향했다.

"여주댁은 눈치가 빠른 사람입니다. 그래서 오랫동안 고용했죠."

"하아."

민성우의 말은 귀에 들어오지 않는 건지, 나연은 몸을 잘게 떨었다. 숨은 더욱 거칠어졌고, 허공에 뜬 발가락이 동그랗게 말렸다. 치마 안으로 파고든 손이 허벅지를 느릿하게 쓸어 올린다. 허벅지는 지난날의 열정을 기억하고서 떨렸다.

하지만 그는 천천히, 아주 천천히 허벅지를 쓸어 올리며 사타구니 사이로 향했다. 손끝이 속옷에 닿고 그의 혀끝이 턱선을 핥을 때다.

"허락 없이 안으로 들어오는 사람이 아닙니다. 누구처럼."

장난스럽게 하는 말에 나연이 거친 숨을 터뜨렸다. 그럴수록 그의 웃음은 더욱 진해졌다.

그가 나연의 허벅지를 붙잡아 활짝 열었다. 손가락으로 팬티를 들친 그가 여린 속살을 손가락 끝으로 더듬었다. 부드러운 속살은 축축하게 젖어 있었다.

"흐응."

나연의 신음이 교태에 가까워졌다. 밖에 있을 여주댁은 생각하지도 못한 채 뜨거운 손길에 녹아내리는 모습이었다. 이는 민성우에게 있어 그 어떠한 자극보다 강렬한 쾌감을 일으켰다.

이를 세워 귓불을 깨문 그는 속살을 열어 좁은 구멍 사이로 손가락 두 개를 밀어 넣었다. 여린 속살이 그의 손가락을 꽉 옥죘다.

"하윽!"

"쉿. 밖에서 듣겠습니다."

그는 경고하면서도 새하얀 목덜미에 이를 박아 넣었다. 몸을 푸르르 떤 나연의 숨이 거칠게 터져 나온다.

"하윽, 하악!"

"눈치가 빠른 사람이니 소리만 들어도 안에서 무슨 일을 하고 있는지 알걸요?"

나연의 눈꺼풀이 파르르 떨렸다. 작게 벌린 입술 사이로 연신 뜨거운 숨이 왈칵 쏟아졌다.

그녀는 하고 싶은 말이 많아 보였지만 한마디도 내뱉지 못했다. 말과는 달리 그의 손길이 더욱 집요해졌기 때문이다.

손가락을 휘젓는 순간, 나연이 끙 앓는 소리를 냈다. 하지만 이도 곧 사라진다. 그게 마음에 들지 않아 더욱 집요하게 손을 휘저었다. 나연이 숨을 왈칵 들이마시는 소리가 들렸다.

착! 착!

액과 살이 부딪혀 날카로운 소리를 냈다. 힘껏 움직이는 손과는 달리 그가 나연의 귓가에 나지막한 목소리로 말했다.

"전 괜찮지만 김나연 씨는 싫어할 것 같아 말하는 겁니다."

"흡!"

그의 생각이 적중한 듯 나연이 양손으로 입을 틀어막았다.

여성에서 흘러나오기 시작한 액이 그의 손가락과 손바닥을 적셨다. 손의 움직임이 빨라질수록 액체가 튀는 소리가 더욱 커져 간다. 나연은 이를 악물고 신음을 참아내기 위해 애를 썼지만 금방이라도 밖으로 욕망을 뿜어낼 것만 같았다.

하나 눈동자는 두려움에 떨리고 있었다. 문을 보고 있는 시선엔 금방이라도 저 문이 열릴까 봐 마음 졸이는 게 고스란히 드러나 있었다.

"저 문이 열릴 일은 없습니다."

확언에 가까운 말에 나연의 허벅지가 바들바들 떨리기 시작했다. 벌어진 속살이 좁아졌다가 넓어지길 반복했고, 몸은 뜨거워진다.

"내 허락이 떨어지기 전까지. 그 누구도."

그건 김나연 역시 마찬가지라 말하는 것 같았다.

그녀는 두려움에 떨었다. 이런 모습을 남들에게 들킬 거라 생각하는 것만으로도 얼굴은 백짓장이 된다. 하지만 민성우는 망설이지 않았다. 가느다란 허리를 붙잡아 그녀를 단숨에 일으켜 세워, 곧장 원목 책상 쪽으로 밀어붙였다.

"아!"

나연은 쓰러질 듯 자리에서 비틀거리더니 양손으로 책상을 붙잡았다. 원목 책상과 성우의 몸 사이에 갇힌 나연은 어쩔 줄 몰라 하며 시선만 굴렸다. 벗어나고 싶은 눈치였다. 하지만 그렇게 말하는 대신에 입을 틀어막는다. 커다란 손은 어느새 그녀의 엉덩이를 쓰다듬고 있었다.

"서, 성우 씨……."

나연의 목소리가 떨렸다. 눈가엔 커다란 눈물까지 매달려 있다.

거부하고 싶어도 그녀에겐 거부할 힘이 없었다. 부부는 동일한 위치에 있었지만, 김나연과 민성우의 위치는 조금 달랐다. 그걸 가장 잘 알고 있는 사람이 민성우, 바로 그였다.

그는 그녀에게 해줄 수 있는 일들이 아주 많았다. 김나연의 마음도 그가 차지하고 있다. 그녀에겐 이 상황에서도 거부할 힘이 없었다.

집요하게 엉덩이를 쓰다듬던 손이 어느새 치마를 들쳐 내고 속옷을 아래로 내렸다. 엉덩이를 양쪽으로 벌리자 빨갛게 익은 것 같은 속살이 유혹하듯 드러났다.

혀로 핥고 맛보고 싶었지만 그것보다 더 급한 게 있었다.

버클을 품과 동시에 바지를 아래로 내린 그가 빳빳하게 선 페니스를 붙잡아, 엉덩이를 살짝 벌려 숨겨져 있던 속살 위를 문질렀다.

"흑."

나연이 서둘러 입을 틀어막았다. 하지만 그 반동으로 맺혀 있던 눈물이 아래로 후두둑 떨어진다.

질척거리는 소리와 함께 그는 페니스를 힘껏 안으로 밀어 넣었다. 파르르 떨리는 나연의 몸이 곧 아래로 쏟아졌고, 엉덩이는 자연스레 위로 들린다.

"끅!"

나연은 터져 나오려는 신음을 애써 집어삼켰다. 그럴수록 그의 행위는 더욱 집요해지고 악랄해진다.

이렇게 해도?

그는 그런 심정을 담아 허리를 느릿하게 뺐다가 힘껏 찔러 넣었다.

찰싹! 찰싹!

사타구니와 엉덩이가 부딪혀 강렬한 소리를 냈다.

"하아, 하아!"

그의 숨소리는 점차 거칠어졌지만, 나연은 쥐 죽은 듯 조용했다. 간혹 숨이 넘어가는 소리가 끅끅 들렸지만 그게 전부였다. 이를 악물고 사력을 다해 참아내는 모습에 그의 허리가 더욱 빠르게 움직였다.

문만 넘으면 타인이 있었다. 민성우에게 그건 스릴이자 쾌락을 더하는 도구로 느껴졌지만 김나연에겐 아니었다. 그건 두려움이었다.

나연의 입술이 이에 짓눌려 새하얗게 질렸다.

철썩!

그가 엉덩이를 힘껏 내려쳤지만 나연은 이를 악물며 신음을 참았다.

들키긴 싫나 보네.

나연은 괴로워하면서도 어쩔 줄 몰라 한다. 책상에 뺨을 기댄 그녀가 눈을 질끈 감고 있는 걸 보며 그가 웃음 지었다. 그는 더욱 강하게 페니스를 밀어 넣으면서 악다물린 나연의 입술에 손가락을 가져다 댔다.

"벌리세요."

그가 명령처럼 말하며 엄지손가락에 힘을 줬다. 그러자 나연은 게슴츠레 뜬 눈으로 그를 올려다보며 작은 입술을 벌렸다.

"하악……!"

툭.

눈가에 맺혀 있던 눈물이 다시 떨어지기 시작했다. 그녀의 뺨이 금세 눈물로 젖었다. 하지만 그는 나연의 눈물을 닦아주는 대신 벌어진 틈 사이로 손가락을 밀어 넣었다.

행위는 악랄했다. 소리를 내지 못하게 했으면서, 이를 참아내지도 못하게 했다. 원망스러운 눈으로 민성우를 보던 나연이 제 입안으로 들어온 손가락을 깨물었다.

콱.

이가 살은 물론이고 뼈까지 파고들었지만 그는 손가락을 빼내지도, 허릿짓을 멈추지도 않았다.

입안으로 밀어 넣은 손가락이 페니스라도 되는 것마냥 휘저었다. 그러자 애액과 쿠퍼액이 뒤섞여 사타구니를 타고 흘러내리는 것처럼, 타액이 그의 손가락을 타고 흘러내렸다.

얼굴을 볼 수 없는 나연이 숨을 허덕거렸다. 금방이라도 숨이 끊어질 것 같은 소리에 그의 입술이 비틀렸다.

취향이다.

침실에서의 김나연은 정말 자신의 취향이었다.

❖

동호건설 김강철 회장의 집무실은 짙은 색의 원목 가구와 블랙 컬러가 절묘하게 뒤섞여 위압감이 느껴졌다. 아무리 오래된 직원이라 하더라도 이 장소에 들어오는 사람들은 다들 긴장한다. 김강철 회장의 잔혹한 성정 때문이었다.

그건 김강철 회장의 최측근인 이호성 비서실장 역시 마찬가지였다. 요즘에야 세월 탓에 성질이 많이 죽었다고는 하지만, 불과 한 달 전에도 김 회장이 던진 재떨이에 직원 머리통이 깨진 일이 있었다. 이호성이 몸을 더욱 낮췄다.

동호건설이 기울면서 김강철 회장의 심기도 하루가 멀다 하고 나빠졌다. 하지만 최근 DG그룹과의 결합으로 기분이 많이 좋아진 듯도 하더니 오늘은 다시 기분이 땅을 기는 것 같았다. 김 회장의 기분이 이렇게까지 나빠진 데엔 다 이유가 있었다. 민성우 사장이 한동안 그의 뜻대로 움직여 주는 듯하더니, 최근에 태세가 완전히 바뀌었기 때문이다.

"민성우 이 쥐새끼."

김강철이 이를 부득부득 갈았다. 민성우 사장이 연락하겠다고 한 지 일주일이 지났다. 애를 태울 만큼의 시간이 지난 건 아니었지만, 최근 연락을 피한다는 인상까지 주자 그의 인내심이 점점 바닥을 치고 있었다.

하지만 이호성은 동조하지 않았다. 이 말에 동조했다간 김강철 회장의 분노가 자신에게 향하리라는 걸 과거의 일로 알고 있기 때문이다.

이호성이 몸을 낮추었다. 그러자 생각에 잠겨 이리저리 눈동자를 굴리던 김강철 회장이 턱을 쓰다듬었다. 좋은 생각이 난 듯이 김 회장의 입술이 비틀렸다.

"민 사장 곁에 사람 하나 심을 수 없나?"

"사람 쓰는 것에 까다로운 사람이라 힘들 겁니다."

"그럼 우리 쪽으로 돌릴 사람은?"

"한번 찾아보겠습니다."

김 회장이 원하는 답부터 한 이호성이 고개를 숙였다. 좋은 생각이 머릿속에 떠올랐지만 김 회장에게 적당한 답이 될진 몰랐다. 그럼에도 이호성은 말을 할 수밖에 없었다.

"아가씨는 어떠십니까?"

"뭐?"

"민성우 사장 가까이에 있고, 또 개인적인 일까지 모두 알 수 있는 위치에 계시지 않습니까. 지금은 DG 사람이 되었다고는 하지만 뿌리는 동호 쪽에 계시니……."

"그 아인 안 돼."

딱 잘라하는 말에 이호성이 입을 꾹 다물었다. 자신이 보기엔 이번 일에 김나연처럼 적임자도 없었지만, 김강철 회장은 인상까지 써가며 말을 이었다.

"그 아인 어려서부터 쓸모가 없었어. 할 줄 아는 것도 없었고."

“하지만…… 누구보다 가까이 계시지 않습니까? 회사의 일이야 사람을 찾아보면 되겠지만 개인적인 일은 아가씨께서 더 잘 아실 수 있으실 겁니다.”

종잇장처럼 일그러졌던 얼굴이 반듯하게 펴졌다. 김 회장 역시 나쁘지 않은 생각이라 판단한 건지 턱을 쓰다듬는다.

“그래. 생각해 볼 여지는 있겠어.”

생각에 잠겨 있던 김 회장의 입술이 비틀렸다. 생각할수록 좋은 묘수라 생각이 들었기 때문이다.

그때 무거운 침묵이 내려앉아 있던 사무실을 휴대전화 벨 소리가 갈랐다. 액정을 확인한 김 회장이 비릿하게 웃었다.

“그래, 민 사장. 이거 사위 목소리 듣기가 대통령 목소리 듣는 것보다 더 힘드네.”

하하하.

김 회장의 웃음소리에 이호성이 몸을 뒤로 물려 사무실을 나선다.

❖

“서둘러 이동하셔야 합니다.”

뒤에서 지아의 채근이 이어졌다. 손목시계를 확인하는 성우의 눈빛도 다소 신경질적이었다. 자신이 예상하지 못한 일이 일어났기 때문이다. 아침부터 일정이 조금씩 밀리기 시작하더니 마지막 일정은 결국 한 시간 정도 늦을 것 같았다.

그런데 하필 그 마지막 일정이 김 회장과의 약속이었다. 김나연 혼자 먼저 보내는 건 좋은 생각이 아니라는 걸 알면서도, 그는 차에 올라타며 휴대전화를 꺼냈다. 통화음이 몇 번 흐르지 않아 나연이 전화를 받았다.

—오시는 중이신가요? 저도 준비를 막 끝냈어요.

나연의 말에 그가 미간을 좁혔다. 그러더니 손가락으로 주름이 진 곳을 꾹꾹 누른다.

“늦을 것 같습니다. 나연 씨 먼저 약속 장소로 가시는 게 좋을 것 같습니다.”

—아…….

“사람을 보내겠습니다.”

그의 말에 나연은 잠시 말이 없었다. 숨소리조차 들리지 않아 액정을 확인해 보니, 통화 시간은 계속 흐르고 있었다.

“불편하시면…….”

—아니에요. 알겠어요. 많이 늦으시나요?

“한 시간 정도 늦을 것 같습니다. 도저히 캔슬하지 못하는 약속이라. 김 회장님껜 제가 따로 양해 구해놓겠습니다.”

—네.

순종적인 대답에 그는 전화를 끊었다. 무언가가 목을 죄는 느낌에 넥타이와 셔츠 사이에 손가락을 끼워 넣고 양쪽으로 흔들었다. 이를 백미러로 지켜보던 지아가 조심스러운 어조로 말했다.

“괜찮으십니까? 안색이 많이 안 좋으십니다.”

“피곤해서 그렇습니다.”

한숨처럼 말한 그가 눈을 감았다.

휴대전화가 갑자기 엄청 무겁게 느껴졌다. 들고 있던 팔이 무릎 위로 툭 떨어졌다. 멍하니 앉아 있던 나연이 힘겹게 자리에서 일어났다. 그러더니 방금 전까지 보고 또 보았던 거울 앞에서 제 모습을 살폈다. 손으로 머리를 쓸어내리는 나연의 얼굴이 다급했다.

"후우."

옷은 아버지의 눈에도 거슬리지 않을 법한 투피스였다. 차분한 베이지색 톤이었고, 치마 또한 짧지 않았다. 하고 있는 액세서리도 과하지 않았다. 20대 중반인 그녀가 하기엔 오히려 올드해 보였지만, 화려한 걸 했다간 아버지의 탐탁지 않은 시선을 마주하게 될까 봐 선택한 것이었다.

괜찮아. 다 괜찮아. 문제없어.

나연은 스스로를 다독이려는 듯 몇 번이고 읊조렸다. 밖에서 엔진 소리가 들렸다. 민성우와 함께 갈 줄 알았던 길을 먼저 나서야 할 때가 왔다. 몇 번 심호흡을 한 나연은 밖에서 기다리고 있던 차에 올라탔다. 그가 보내준 사람은 김경아였다.

차가 이동하는 동안 나연은 눈을 감았다.

방금 전까지만 해도 이렇게까지 긴장이 되지는 않았다. 어쩌면 순진하게도 민성우 씨가 방패가 되어줄 거라 믿고 있어 그랬는지도 모른다. 그래, 순진했다. 그 누구도 방패가 되어줄 수 없는데. 자신의 어머니조차 울타리가 되어주질 못했다. 자신은 스스로 지켜야 한다.

"사모님, 도착했습니다."

맞잡은 손이 하얗게 질릴 정도로 꼭 쥐고 있던 나연은 경아의 목소리에 눈을 떴다. 두려움에 몸을 움츠렸던 김나연은 더 이상 없었다. 감정을 갈무리한 그녀는 메마른 나뭇가지처럼 버석거리는 얼굴로 차에서 내렸다. 오늘 예약한 식당은 평소 김 회장이 자주 찾는 일식집이었다.

기모노를 입은 중년 여성의 안내를 받아 안으로 들어간 그녀는 텅 빈 룸에 가장 먼저 도착했다.

"음식 예약은 하지 않으셨는데, 어떻게 할까요? 평소 김 회장님이 자주 찾으시는 거로 준비해 드리면 될까요?"

"네, 그렇게 해주세요."

"식사는 손님이 오시면 바로 내어드리면 될까요?"

"김 회장님 오시면 내주세요."

"네, 알겠습니다."

직원이 밖으로 나가자 나연은 무릎 위에 올려두었던 가방을 바닥에 내려놓았다.

밖에서 본 식당은 일본 전통 가옥 같았다. 다다미 바닥이었지만 테이블 밑으로 공간이 파여 있어 다리가 불편하지 않았다.

손바닥에 땀이 찰 만큼 긴장한 나연은 컵에 물을 따라 마셨다. 목울대가 크게 꿀렁였다. 그럼에도 갈증이 사라지지 않아 한 잔 더 마셨다. 두 잔을 모두 비우고 나서야 그녀는 꽉 막혔던 숨을 내뱉었다.

아버지와 단둘이 있는 공간은 곤욕이었다. 아버지는 어릴 적부터 자신을 투명인간 취급했고, 자신 역시 되도록 아버지의 눈에 띄지 않도록 노력했다.

매를 들거나 학대를 하신 건 아니었지만, 그녀는 어릴 적부터 아버지가 무서웠다. 무심한 눈이 자신에게 닿을 때면 온몸이 얼어붙었다. 자신이 기억하는 까마득한 그때부터. 처음부터 사랑받으려고 노력하지 않았고, 아버지 역시 자신을 사랑해 주지 않았다. 그게 당연했었다.

단둘이 식사를 한 적도 손에 꼽을 정도였던 터라 나연은 이 시간이 긴장되어 미칠 것 같았다. 민성우 씨와의 식사도 즐거운 건 아니었지만, 적어도 이 정도는 아니었다. 메마른 침을 몇 번이나 삼키던 나연이 손목시계를 확인했다. 약속 시간이 10분이나 지나 있었지만, 민성우 씨가 늦게 도착한다는 걸 알고 있으실 테니 본인 역시 늦게 올 모양이었다.

"……다행이다."

한숨처럼 말한 나연이 가슴께를 쓸어내릴 때였다.

드르륵.

문이 열리더니 김 회장이 안으로 들어왔다. 나연은 군기가 바짝 든 군인처럼 자리에서 벌떡 일어났다.

"오셨어요."

"앉거라."

명령 같은 말에 나연은 순순히 자리에 앉았다. 눈알이 도록도록 굴러갔다. 어떤 말이라도 해야 할 것 같은데 딱 붙어버린 입술은 떨어질 줄 몰랐다.

"좋아 보이는구나."

그 말에, 나연은 꿀 먹은 벙어리가 되었다.

손이 덜덜 떨렸다. 다시 손을 맞잡은 나연이 꾹 쥔다.

"네, 잘 지내고 있어요."

다행히도 목소리는 떨리지 않고 잘 나와줬다. 그래. 자신은 더 이상 아버지의 밑에 있지 않았다. 예전처럼 군말 없이 아버지의 뜻대로 움직여야 하는 상황도 아니었다.

아버지의 뜻대로 DG그룹 민성우 사장과 결혼을 했다. 인생에서 아주 중요한 일인 결혼조차 아버지의 뜻에 따랐다. 그럼 이젠 그만 아버지에 대한 미안함은 모두 갚았다고 생각해도 되지 않을까?

고개를 든 나연이 김 회장을 보았다. 그녀의 시선이 자연스레 김 회장의 비틀린 입술로 향했다.

"그거 다행이구나."

말과는 달리 표정은 전혀 그렇지 않았다. 김 회장은 나연의 불행을 바라고 있었다. 직접 그녀에게 그렇게 말한 적은 없었지만 은연중에 느낄 수 있었다. 어릴 적부터 그랬다. 자신을 보는 아버지의 눈초리는 마치 더럽고 불결한 것을 바라보는 듯했다. 그래서 집에서도 늘 흐트러짐 없이 바른 복장을 하려고 노력했고, 단정하게 지냈다. 복장뿐만 아니라 삶 역시 그랬다.

“잘 지내고 계신가요?”

“덕분에.”

짧은 답에 나연의 표정이 흐려졌다. 그녀의 예감대로 김 회장의 말이 이어졌다.

“사실 잘 지내고 있지 못하다. 부부 생활에 문제라도 있는 거 아니냐.”

그의 말에 나연의 입술이 굳게 다물렸다. 뭐라도 말을 해야 했지만 우물쭈물하는 인상을 주면 김 회장은 더 크게 화를 낼 게 분명하다.

하지만 입을 다문 모습이 김 회장의 신경을 거슬렸나 보다. 그가 순식간에 눈빛을 바꾸고선 짧게 일갈한다.

“쓸모없는 것.”

“아버지.”

“예전부터 그랬다. 뭐 하나 잘하는 게 없었지. 그래서 난 너에게 바라는 게 없었다.”

딱딱거리는 목소리는 비수가 되어 나연의 가슴에 꽂혔다. 하지만 그녀의 얼굴은 겉으론 아무렇지도 않은 척 무표정했다. 감정을 드러냈다간 아버지는 더 잔인한 말로 가슴을 후벼 팔 게 빤했다.

나연이 고개를 들어 자신을 보자 김 회장은 더욱 힘주어 말을 이었다.

“하지만 이번 일은 달라. 네가 하기에 따라 수많은 사람이 직장을 잃을지도 모른다. 내 말 무슨 뜻인지 알겠냐.”

목소리는 자상했다. 아이를 잘 타이르려는 부모의 것과도 비슷했지만 눈빛은 달랐다.

살이 썰려 나갈 것 같은 눈빛에 나연의 시선이 아래로 뚝 떨어졌다.

음식은 왜 안 들어오지?

불안함에 나연은 손가락에 일어난 살을 툭툭 뜯어냈다. 그러면서도 입은 뜻과는 전혀 다른 말을 내뱉는다.

"네, 아버지."

도망가고 싶었다. 하지만 나연은 애써 몸에 힘을 주었다. 여기서 도망치면 아무것도 변하지 않는다.

변하고 바뀌고 싶었다. 그래서 나연은 사력을 다해 참았다.

곧 그녀가 그토록 바랐던 음식상이 안으로 들어왔다. 이제야 조금은 숨통이 트인 그녀가 종업원을 구세주처럼 보았다. 깔끔하게 차려진 회는 김나연의 시선을 사로잡지 못했다.

직원은 손님의 시간을 방해하지 않기 위해 빠른 손길로 접시를 세팅한 후에 사라졌다. 나연의 눈동자에 불안감이 다시 차오를 때, 드르륵 소리와 함께 문이 다시 한 번 열렸다.

"늦었습니다. 죄송합니다."

민성우였다. 검은색 슈트를 입고 있었지만 나연의 눈에는 히어로물에 나오는 영웅처럼 느껴졌다.

말끔한 모습으로 들어선 그는 김 회장에게 깍듯한 인사를 건넸다. 그러자 막 젓가락을 집어 들던 김 회장이 때맞춰 잘 왔다는 듯 웃는다.

"사업을 하다 보면 늦을 수도 있지. 가족끼리 그것도 이해 못해주겠는가."

"다음엔 이런 일 없도록 하겠습니다."

"괜찮다니까. 앉게. 방금 전에 식사가 나왔어."

김 회장의 말에 민성우가 걸음을 옮겨 나연의 곁으로 다가왔다. 그가 백짓장처럼 하얗게 질린 나연의 얼굴을 본 것인지 미간을 좁힌다.

무슨 일입니까?

그는 마치 그렇게 묻는 것 같았다. 그래서 나연은 어수룩하게 웃으며 고개를 젓는다.

괜찮아요. 아무 일 없었어요.

나연이 할 수 있는 반응은 그것뿐이었다.

힐끗.

검은 눈동자가 옆자리에 앉아 있는 나연에게로 향했다. 나연은 식사 내내 표정이 좋지 못했다. 식사를 마치고 돌아가는 차 안인 지금은, 결국 체하기라도 한 것처럼 고개를 옆으로 기울여 이마를 창에 대고 있었다.

운전을 하고 있는 기사를 힐끗 본 그가 축 늘어져 있는 나연의 손을 보았다. 손바닥에 손톱자국이 나 있었다.

미간을 좁힌 그가 정면으로 시선을 돌리며 깊은 한숨을 삼켰다.

차는 빠르게 달려 외곽으로 빠지고 있었다. 하지만 족히 20분은 더 가야 했다.

"체했습니까?"

그의 물음에 나연이 슬쩍 고개를 들어 그를 보았다. 깜짝 놀란 눈동자를 보아하니 의외의 질문이었나 보다.

"아니요. 조금 피곤해서요."

"많이 안 좋아 보입니다."

"정말 괜찮아요."

입가에 미소까지 머금은 나연이 그렇게 말했다. 무조건 괜찮다고 말하고 보는 여자다 보니 믿을 수 없었지만, 그는 고개를 끄덕였다.

빠르게 달리던 차가 천천히 서행하더니 이내 멈춰 섰다. 재빠르게 운전석에서 내린 기사가 뒷문을 열어주자 나연이 비틀거리며 차에서 내렸다. 그 역시 뒤따라 내리며 앞서 걷는 나연의 뒷모습을 보았다. 그녀는 오늘따라 옷 때문인지 유독 말라 보였다.

만지면 부러질 듯, 닿으면 사라질 것 같은 모습이었다. 그건 어쩌면 가로등 때문에 그렇게 보이는 건지도 몰랐다. 노란빛은 사람의 눈을 현혹시킨다. 민성우는 그 빛의 농간을 알고 있었다. 그럼에도 걸음을 옮겨 나연의 팔목을 힘껏 붙들었다.

휙 돌려진 몸에 나연이 말간 눈으로 그를 바라보았다. 차에서처럼 그녀는 놀란 토끼눈을 하고 있었다.

"장인어른이 뭐라고 했습니까?"

도리도리.

나연은 답 대신 고개를 저었다. 그녀를 가느다랗게 뜬 눈으로 바라보던 그가 다시 한 번 물었다.

"정말입니까?"

"네."

순종적인 답에 그는 이 여자에게 진실을 들을 수 없을 거란 사실을 떠올렸다. 김나연은 오랫동안 김 회장에게 길들여진 애완동물이었다. 앉으라면 앉고, 손을 내밀라면 내미는. 어쩜 죽은 시늉을 하라고 하면 할지도 모르는 사람이다.

그는 붙잡고 있는 손을 놓아주었다. 그리고 자신을 바라보는 말간 눈을 피해 집 안으로 들어섰다. 기분이 바닥 끝까지 내려앉는 기분이다. 김나연은 마치 벽 같았다.

◈

아직 동이 떠오르기 전. 나연이 눈을 떴다. 일어나기엔 이른 시각이었음에도 저절로 눈이 떠졌다.

나연은 멀찍이 떨어져 등을 보인 채 잠든 민성우를 보았다. 같은 침대에 누워 있었지만 아주 먼 것 같은 느낌이 들었다. 그와 잠자리를 함께한 이후로 늘 느껴온 감정이었다. 천천히 손을 뻗었지만, 그 손은 등에 닿기도 전에 아래로 떨어졌다.

조심스럽게 자리에서 일어난 나연은 깨끗하게 샤워를 한 후에 옷을 갈아입었다. 그 후엔 늘 그랬던 것처럼 옅은 색조 화장을 했다. 아직도 잠자리에 들기 전을 제외하고선 민성우의 앞에서 늘 긴장하고 있었다. 본가에서 살던 때처럼.

하지만 그 긴장감은 본가에서와는 다른 이유로 생겨난 거였다.

김나연은 민성우에게 사랑받고 싶었다. 그에게 좋은 모습만 보이고 싶었고, 그가 싫어하는 행동은 하고 싶지 않았다.

사랑에 빠진 여자라면 당연한 거였다. 김나연은 몰랐지만.

그를 맞이할 준비를 마치고서 밖으로 나오자 그 역시 문을 열고 밖으로 나왔다.

"일어났어요?"

나연은 웃는 얼굴로 인사를 건넸다. 그러자 그는 가볍게 고개를 끄덕인 후에 운동을 하기 위해 작은 방으로 들어간다. 그는 특별한 일이 없는 한 아침에 일어나 한 시간 이상 러닝머신 위를 달렸다. 하루를 시작하는 의식 같은 거였다.

닫힌 문을 보던 나연은 책을 챙겨와 거실에 앉았다. 곧 운전면허 필기시험이 있었기에 시간이 날 때면 틈틈이 책을 보고 문제를 풀고 있었다. 이미 문제집을 다 풀었지만, 그녀는 틀린 문제를 다시 한 번 보는 거로도 모자라 이미 맞춘 문제까지 달달 외우고 있었다. 한번에 붙어야 직성이 풀리는 성격은 아니었지만, 긴장감에 가만히 있을 수가 없었다.

하지만 그가 운동이 끝나기 전, 손에서 문제집을 내려놓는다. 종종걸음을 옮겨 부엌으로 향한 그녀는 여주댁이 해놓은 반찬을 꺼내고, 얼려둔 국을 녹여 밥상을 차렸다. 여주댁은 영양까지 생각해 여러 가지 음식을 조리해 두고 갔다. 그전부터 그렇게 해왔다며, 여주댁은 나연에게 괜한 신경 쓸 필요 없다고 말했다. 김나연이 하는 건 밥이 전부였다.

김나연이 그럴싸한 밥상을 차리자 출근 준비를 마친 민성우가 자리에 앉았다. 함께 식사를 했고, 같은 시간에 마쳤다.

"조심히 다녀오세요."

"오늘은 많이 늦을 겁니다."

늘 같은 말을 한 그가 현관문을 나섰고, 나연은 한 번도 눈을 맞춰 주지 않는 야속한 등을 보았다.

한 번만 돌아봐 주면 정말 좋을 텐데.

그가 사라진 자리를 바라보던 나연은 씩씩하게 뒤돌아섰다. 민성우는 바빴고, 김나연은 홀로 있을 일이 많았다. 그녀는 차근차근 하나부터 해 나가기 시작했다. 지금 할 일은 풀이 죽어 있는 게 아니라 면허학원에 가는 것이다.

무릎 밑에까지 내려오는 홈드레스를 벗은 나연은 활동성이 좋은 옷으로 갈아입었다. 그후엔 경아가 도착하기 전까지 해야 할 일들이 머릿속에 차곡차곡 쌓였다.

서재에 들어간 나연은 자신이 놓아둔 작은 화분을 들고 밖으로 나왔다. 화분에 물을 주고 제자리에 놓은 그녀가 손끝으로 쓰다듬어 보았다.

"잘 자라야 한다."

다정한 어조로 말한 나연이 눈가에 미소를 달았다.

꽃을 심어본 것은 처음이었다. 다 자라난 꽃들을 만지는 것은 좋았지만 처음부터 기를 생각을 해본 적은 없었다. 자신조차 돌아보지 못하는데, 생명을 어찌 키울 수 있었겠는가.

"잘 자라면 무척 기쁠 것 같아."

입가에 미소를 머금은 나연은 초인종 소리에 자리에서 일어났다. 제시간에 도착한 경아가 나연에게 인사를 건넸다.

"오늘도 잘 부탁드려요."

경아는 나연의 인사에 답하는 대신, 준비하고 나오라고 말했다. 적당한 선을 그은 경아는 나연에게 좀처럼 다가오지 않았다. 이럴 때 나연이 할 수 있는 건 많지 않았다.

인사. 웃음. 그리고 상대가……

언젠가 자신을 받아들여 줄 거라는 믿음.

"네. 네. 알겠습니다."

이젠 제법 익숙해진 장내 기능 연습을 마치고 밖으로 나온 나연은 누군가와 통화를 하고 있는 경아를 보았다. 경직된 표정 때문에 나연은 가까이 다가가지 못하고 자리에 멈춰 섰다.

나연은 고개를 돌려 아득한 눈으로 아스팔트 위에 서 있는 노란 차를 보았다. 이곳에서 나연이 가장 많이 듣는 말은 '긴장하지 마세요' 다. 그런데 어쩐 일인지 이곳에 있을 때보다 집으로 향하는 그 순간 더 많은 긴장을 하고 있었다.

"언제 나오셨습니까."

통화를 마친 경아가 다가와 물었다. 그러자 나연은 '조금 전에요' 라고 답한 후 세워져 있던 차로 향했다. 혼자 있으니 잡생각이 몰려와 자신을 잠식해 버린다.

집으로 돌아오는 내내 무심한 눈길로 창밖만 바라보던 나연은 차가 집 앞에 멈춰 서고 나서야 운을 뗐다. 대화 상대는 앞좌석에 앉아 있는 경아였다.

"식사하고 갈래요?"

나연의 물음에 경아는 깜짝 놀란 듯 눈을 동그랗게 떴다. 하지만 이내 표정을 갈무리한 후에 답했다.

"죄송하지만 오늘은 힘들 것 같습니다. 회사에 일이 있어서 들어가 봐야 합니다."

나연은 이미 거절할 걸 예상하고 있었다는 듯 작게 고개를 끄덕였다.

"그럼 다음에 함께 먹어요."

그건 인사치레에 가까웠다.

차에서 내린 나연이 터벅터벅 걸음을 옮겨 집 안으로 들어가자, 이를 바라보던 경아가 휴대전화를 꺼냈다. 때마침 휴대전화가 울렸다.

"지금 약속 장소로 갈 예정입니다."

사무적인 목소리로 말을 하면서도 경아의 시선은 나연이 서 있었던 자리에 멈춰 있었다.

## 2. 가을바람이

달그락, 달그락.

나연은 늦게 귀가한 민성우와 함께 식사했다. 그는 되도록 제시간에 맞춰 식사하려고 노력했지만, 오늘처럼 일이 따라주지 않을 땐 집에 귀가해 나연과 식사를 했다.

그런 경우는 보통 9시를 넘긴 시간이었지만, 그때까지 나연은 식사를 하지 않은 채 기다렸다. 먼저 먹으라고 한 적도 있었지만 나연은 함께 식사하는 게 좋다고 말했다.

그렇게 함께 식사하고 나면 그는 서재로, 나연은 거실에 앉아 각자의 시간을 보냈다. 함께 지내고 있었지만 두 사람이 대화를 나누는 일은 극히 드물었다. 주말 역시 마찬가지였다.

나연은 말없이 식사를 이어 나가는 성우를 보았다. 그는 식사 시간에 대화를 나누는 걸 좋아하지 않았다. 오롯이 음식 맛을 느끼기 위한 시간이라는 듯, 그릇을 비울 때까진 그녀를 쳐다보는 일도 없었다.

그가 숟가락을 내려놓고 나서야 나연 역시 수저를 내려놓았다. 식사하고 난 후, 그는 할 말이 있으면 그대로 의자에 앉아 있었다. 그럼 나연은 식탁을 치웠다. 그사이 민성우는 커피를 내려 두 잔을 식탁 위에 내려놓는다.

달그락.

그가 나연의 앞에 머그컵을 내려둔 후에 맞은편에 앉았다. 나연은 뜨거운 머그컵을 손으로 감싸 쥐며 민성우의 말을 기다렸다.

"참석은 김나연 씨 뜻대로 하세요."

그가 나연의 앞에 초대장 하나를 밀어두며 말했다. 화려한 금박 장식이 되어 있는 초대장을 말없이 바라보던 나연이 종이를 펼치자 그가 부연 설명을 해주었다.

"자선파티입니다. 이때까진 물건만 보냈습니다. 날짜는 일주일 뒵니다."

"저도 몇 번 받아봤어요."

나연 역시 매년 받던 초대장이었다. 하지만 단 한 번도 참석하지 않은 모임이기도 했다.

김나연은 속마음을 숨긴 채 사람들과 대화를 나누는 것이 불편했다. 겉으론 티를 내지 않았지만, 상대의 마음을 읽고 먼저 움직여야 하는 것에 어려움을 느꼈던 적도 있었다. 그런 것에 익숙하지 않았고, 아버지도 원치 않았기 때문에 늘 참석하지 않았었다. 하지만 민성우에게 하는 답은 이와는 상반되는 것이었다.

"네, 참석할게요."

"물품은……."

"제가 준비할게요."

나연의 말에 민성우는 별 토를 달지 않고서 고개를 끄덕였다. 그는 많이 피곤해 보였다.

대화가 끝이 나자 그는 자리에서 일어나 욕실로 향했다. 오늘 그의 손이 가벼웠던 걸 보면 집에서 따로 할 일은 가져오지 않은 듯했다.

그가 시야에서 사라지자 나연은 반도 비우지 않은 머그컵을 들고서 조리대로 향했다. 컵에 든 커피를 모두 쏟아부은 그녀가 싱크대를 양손으로 붙잡았다.

"후우."

느릿하게 숨을 내뱉은 그녀가 입가를 양쪽으로 힘껏 움직여 굳은 근육을 풀었다.

조금 더 편하게 웃을 수 있으면 좋을 텐데.

마른세수를 한 나연이 욕실로 향했다. 뜨거운 물에 몸을 폭 담그고 싶었다.

깨끗하게 목욕을 마친 나연이 침실로 향했을 때, 민성우는 이미 침대에 누워 있었다. 곤한 잠에 든 듯 눈을 감고 있는 그를 가만히 보던 나연이 멀찍이 떨어진 자리에 조심스럽게 누웠다.

체온을 느끼고 싶었다. 혼자 누운 것 같은 침대는 발끝이 차가워질 만큼 시렸다. 마치 자궁 속에 아이가 몸을 웅크리는 것처럼 무릎을 끌어안아 보았다. 그럼에도 마음은 채워지지 않는다.

자야 해.

나연은 속으로 몇 번이나 되뇌었다. 지금은 휴식이 필요했다. 그래야 오늘 수락한 자선파티를 준비할 수 있을 테니까.

잠들기 위해 눈을 꼭 감은 나연이 몸을 움찔 떨었다. 등이 따뜻해졌고, 곧 몸에 묵직한 팔이 내려앉았다.

움찔. 움찔.

그의 손은 움직이지 않았지만 곧장 무슨 일이 일어날 것처럼 나연은 연신 몸을 떨었다. 그러자 귓가에 닿은 숨이 잠시 멈췄다가 내뱉어졌다.

"걱정 마세요. 손가락 하나 까딱할 힘도 없으니까."

잔뜩 가라앉은 목소리에도 나연은 안심하지 못했다. 하지만 자신을 끌어안은 팔에 힘이 풀리자 그녀는 비로소 안도를 하며 눈을 떴다.

그는 잠든 것 같았다. 그러나 나연은 아주 오랜 시간이 흐르도록 잠들지 못했다.

❖

여주댁은 일주일에 세 번 집으로 찾아왔다. 집안 청소부터 음식 준비까지 모두 그녀가 도맡아했지만, 평소에도 깔끔하게 해두고 사는 터라 여주댁이 할 일은 그렇게 많지가 않았다.

더욱이 민성우 사장이 아내로 맞이한 나연은 뭐든 돕고 싶어하는 사람이라 여주댁의 일이 더욱 줄었다. 덕분에 여주댁이 집에 올 때면 나연은 그녀의 도움을 받아 이것저것 함께하고 있었다.

오늘은 민성우 사장이 가장 좋아한다는 반찬을 배우고 있었다.

"사장님은 표고버섯 요리를 좋아해요. 개중에서 제일 좋아하는 건 생표고버섯 덮밥이고요. 보통은 마지막에 참기름을 많이 두르는데, 사장님은 들기름을 조금 넣는 걸 더 좋아하세요."

그러면서 미리 썰어둔 통마늘을 기름에 들들 볶기 시작한다. 나연은 능숙하게 음식을 조리하는 여주댁의 손을 뚫어져라 보았다. 하나라도 놓칠세라 열심인 나연을 보며 여주댁이 미소 지었다.

마늘 향이 가득 밴 기름에 야채를 넣고 볶은 여주댁은 딱딱한 당근이 조금 말랑해지고 나서야 표고버섯과 대파를 넣어 볶았다. 물을 넣어 야채를 마저 익힌 후에, 굴소스를 넣어 맛을 입혔다. 마지막으로 전분을 넣어

농도까지 조절한 여주댁이 불을 껐다.

예쁜 그릇에 밥을 덜어 그 위에 조리한 생표고버섯 볶음을 올린 여주댁은 들기름 한 방울과 깨로 마무리한 후에 나연에게 보여주었다.

"할 수 있겠어요?"

"네, 어렵지 않을 것 같아요."

그녀가 훌륭한 학생이라는 걸 알고 있는 여주댁은 아주 좋다는 듯 고개를 끄덕였다.

"다음엔 마 밥을 가르쳐 드릴게요. 사장님이 마 밥도 좋아하시거든요."

"마 밥은 해봤어요."

"정말요?"

"네. 어머니가 좋아하셨거든요."

그러면서 나연은 슬쩍 웃었다. 더 이상 물어선 안 될 분위기에 여주댁이 한 그릇 더 만든 덮밥을 식탁 위에 올려두며 말을 돌렸다.

"사장님, 저녁 집에서 드신대요?"

"아니요. 오늘은 많이 늦는다고 연락 왔어요."

"원래 많이 바쁘셨어요."

그 말인즉 최근 그가 집에서 저녁을 먹는 일이 많았던 건 모두 나연 때문이라는 뜻이다. 나연의 표정이 어두워졌다.

"결혼했지만 전 성우 씨에 대해 잘 모르겠어요."

"그게 무슨 말씀이세요?"

"저보단 아주머니가 더 많은 걸 알 거예요. 알아가고 싶은데…… 쉽지가 않네요."

그렇게 말하며 나연은 어수룩하게 웃었다. 민성우에 대해선 어떤 주제를 꺼내든 나연을 시무룩하게 만드는 폭탄뿐이니, 한마디 한마디가 조심스러웠다.

"그래도 마 밥은 가르쳐 주세요. 민성우 씨가 좋아하는 게 뭔지 모르니까."

"사모님이 해주시는 것도 좋아하실 거예요."

그럴까요?

나연은 그렇게 되물으려다 말고 입을 꾹 다물었다.

"원래 결혼 생활이라는 게 그래요. 서로 알아가고, 맞춰 가고. 그렇게들 살아요. 나도 아직 우리 바깥양반이 무슨 생각을 하면서 사는지 모를 때도 있는걸요."

"그래요?"

"물론이죠. 원래 사람 속 알기가 가장 어렵다고 하잖아요. 그래서 결혼이란 게 어려운 것 같아요."

그 말에 위로를 받은 걸까. 아니면 용기를 얻은 것일까.

나연의 입술이 부드러운 곡선을 그렸다.

두 사람은 함께 준비한 음식을 말끔하게 비웠다. 그 후엔 설거지를 잠시 미루기로 하고 마당으로 나와, 최근에 나연이 심은 꽃에 물을 주고 잡초를 뽑았다. 싹이 자란 것을 보았을 때 두 사람은 마주 보고서 웃었다. 마치 모녀지간 같았다.

❖

돈 많은 여인들의 사교모임은 외부에도 그럴듯하게 보여야 하는 법이다. 그래서 겉으론 어려운 이들을 돕는다며 열리는 자선파티에 참석하기 위해선, 큰돈과 그에 걸맞은 물품까지 내야 했다.

김나연이 준비한 물품은 옷장 깊숙한 곳에 잠들어 있던 명품백이었다. 명품백뿐만 아니라 평소엔 잘 사용하지 않는 주얼리도 몇 점 내놓았다.

전부 지금은 나오지 않는 디자인들이라 가치가 높아, 자선경매에 나오자마자 좋은 가격으로 낙찰되었다.

DG그룹 안 사모님으로 나오는 첫 자리였던 터라 꽤 신경을 썼는데, 다행히 경매 상위권을 차지하며 면을 세웠다. 이에 나연은 긴장감을 모두 내려놓을 수 있었다.

자선경매가 끝나자 힐끗힐끗 자신을 쳐다보던 시선들이 노골적으로 변했다. 나연은 자신의 주위로 모여드는 이름 모를 사람들을 보았다.

"안녕하세요, 처음 뵙네요. 초대장은 계속 보냈었는데."

"네. 최근까지 몸이 안 좋았었어요. 죄송했습니다."

나연은 나이와는 어울리지 않는 고상한 웃음을 지었다. 그건 그녀의 위치와 어울리는 웃음이었다. 그러니까 남편 '민성우'의 아내가 지을 법한 웃음.

모두들 나연의 말이 변명에 지나지 않는다는 걸 알고 있었다. 알게 모르게 나연을 바라보는 눈빛이 이를 증명했다. 결혼을 기점으로 오랫동안 안 좋았던 몸이 갑자기 괜찮아질 리는 없기 때문이다.

"아프긴, 결혼하니까 나오는 거봐."

"야, 듣겠어."

나연은 뒤에서 자신을 깎아내리는 소릴 들었다. 하지만 아무렇지도 않은 척 허리를 꼿꼿하게 폈다. 피곤한 인사를 몇 차례, 관심도 없는 이야기를 나누길 한 시간이 지났다.

몸에 꽉 붙는 드레스가 불편해, 나연은 사람들의 눈초리를 피해 테라스로 나왔다. 어느새 선선해진 바람이 목에 맺혀 있던 땀을 식혀줬다.

결혼할 때만 해도 무더운 여름이었는데 눈 깜짝할 사이에 가을로 바뀌어 있었다.

그녀는 도심의 야경을 보았다. 이제 그만 집으로 돌아가고 싶었지만 안타깝게도 앞으로 한 시간은 더 자리를 지켜야 했다. 금방 자리를 비웠다간 입방아에 오르기 쉬운 모임이었다.

"후."

한숨을 내뱉은 나연은 들고 나온 샴페인을 보았다. 탄산이 투명하고 얇은 잔에 맺혀 예쁜 색으로 빛났다.

잔을 흔들어 탄산을 날려보았지만 곧 그 자리에 새로운 기포가 생겼다. 나연은 이를 멍하게 보며 몇 번이고 같은 행동을 반복했다. 몸이 차갑게 식어가는 걸 느끼면서.

그때 뒤에서 인기척이 들렸다. 화들짝 놀란 나연이 몸을 돌리자 상대 역시 놀란 듯 눈을 동그랗게 뜨고 있었다.

"여기서 뭐 해요?"

정유화였다. 그녀는 외모만큼이나 화려한 드레스를 입고 있었다. 고혹적인 장미처럼 아름다운 정유화를 말없이 보던 나연이 입가에 미소를 머금었다.

"다시 만났네요. 차 한잔하실래요?"

나연의 물음에 정유화가 미간을 모았다. 무슨 뜻으로 이런 제안을 하는 것인지 알아내기 위해 긴밀히 표정을 살피는 눈매가 날카롭다.

"이번에도 거절하실 건가요?"

"피할 이유야 없죠. 하지만 오늘은 안 될 것 같네요. 밖에서 하이에나들이 우릴 주시하고 있거든요. 아주 재미있는 그림이잖아요. 나 같아도 흥미롭게 보겠어."

부드럽게 호를 그리는 입술은 예쁜 빨간색이었다. 자신만만한 정유화의 웃음에 나연은 기가 죽었지만 이내 고개를 끄덕였다.

"그렇네요."

민성우는 타인의 눈을 신경 썼다. 그들의 입에 오를 만한 일은 되도록 피하는 것이 좋았다.

차 이야기가 끝나자, 이어 대화의 주제로 올릴 만한 것이 떠오르지 않았다. 유화의 무심한 눈초리에 먼저 자리를 피하는 것이 좋을까, 생각하던 나연은 예쁜 입술이 달싹이는 것을 보았다.

"김나연 씨, 행복해요?"

정유화의 물음에 나연의 표정이 처음으로 굳어졌다. 뜬금없는 물음에 허를 찔린 나연이 아무런 답도 하지 못하자 정유화는 그럴 줄 알았다는 듯이 웃었다.

"당신, 불행하네."

가을바람이 마음을 얼릴 듯 불어왔다. 손가락 끝, 발가락 끝까지 얼어붙는 느낌이었다.

나연은 흔들리는 눈망울로 유화를 보았다. 당신이 뭘 안다고 그렇게 말하는 거냐고 외치고 싶었다.

하지만 나연은 두어 걸음 뒤로 물러나 난간에 허리를 기댔다.

충격에 머리가 띵했다. 그녀가 연신 커다란 눈을 깜빡이자 정유화는 뒤늦게 양손을 들어 자신의 말을 정정했다.

"그렇다고 기쁘다는 건 아니에요. 오해하지 마세요. 성우 오빠와는 어떻게 해볼 마음 없으니까."

"그럼 왜 그런 이야기를 하시는 건데요? 마치 불행하라는 것처럼 들렸어요."

"방금 말했듯 오해예요. 이게 내 가장 큰 단점이에요. 사람이 뾰족하니까 말투도 그렇게 나가요. 방금 확신하듯이 말한 건 성우 오빠 때문이에요. 좀 나쁜 인간이어야지."

나도 만만치 않지만.

뒷말은 삼키듯 말한 유화가 얼굴을 종잇장처럼 구긴다.

"재미있는 그림 한번 보여줘야 하나."

혼잣말처럼 한 말에 나연이 멍한 눈으로 보았다.

"같이 나갈래요? 안 그래도 이 지질한 모임이 재미없던 참이었는데."

"……네?"

"차, 지금 마시러 가자고요."

거리낌 없이 말한 정유화가 몸을 먼저 돌렸다. 방금 전까지만 해도 구설수에 오르기 싫다던 여자가 할 법한 말은 아니었다.

하지만 정유화의 행동은 거침이 없었다. 금방이라도 밖으로 나갈 것 같은 움직임에, 나연은 마치 무언가에 홀린 사람처럼 정유화 옆에 섰다.

"기왕이면 즐기자고요."

그렇게 말한 정유화는 나연의 손을 잡아끌어 제 팔에 끼운다. 순식간에 그녀와 팔짱을 끼게 된 나연이 입을 벌렸다. 하지만 유화는 그녀가 뭐라 하기도 전에 테라스와 파티장을 가르고 있던 두꺼운 커튼을 걷고 안으로 들어갔다.

"어머."

여기저기서 놀란 소리가 터져 나왔다. 하지만 유화는 나연을 보며 마치 오래전부터 알고 지낸 사이처럼 웃었다.

"당신도 웃어요."

속살거리듯 하는 말에 나연은 수년간 갈고 닦아온 웃음을 보였다.

"잘 웃네. 아주 좋아요."

"사람들이 이상하게 쳐다봐요."

"당연한 것 아니겠어요? 민성우의 아내 리스트에 올라갔던 여자랑 현 아내가 함께 팔짱을 끼고 있는데. 이상하게 안 쳐다보면 이상한 거죠."

심통맞은 어조였지만 나연을 바라보고 있는 눈동자는 다정했다.

이에 사람들은 더 놀란 듯 보였지만 두 사람은 개의치 않은 채 걸음을 옮겨 파티장을 나섰다.

나연의 시선은 정유화의 팔과 얽혀 있는 자신의 팔로 향해 있었다. 누군가와 팔짱을 껴본 일이 없었기에 어색했지만, 나쁘지 않았다. 아니, 오히려 좋은 축에 속했다.

학창 시절에 친구라고 부를 법한 사람들도 있었지만 오래가지 못했다. 자유롭지 못한 생활과 연락 때문에 자연스럽게 멀어진 이들도 있었지만, 그것보다 더 큰 문제는 나연의 안에 있었다. 비밀을 품은 채 그 누구와도 마음을 터놓고 지내지 못했었다.

그런데 이상하고, 껄끄러운 상대와 팔짱을 꼈다. 아이러니한 상황이다.

정유화는 엘리베이터에 오르기 전까지 다정한 자세를 취했다. 간혹 나연을 향해 말을 걸어오기도 했다. 개중에선 아직도 그들을 바라보고 있을 사람들의 신경을 끌 만한 대화도 있었다.

"성우 오빠가 밥 한번 같이 먹자던데. 시간 돼?"

"저야 좋죠. 언제요?"

척척 장단을 맞춰 주며 도착한 엘리베이터에 오른 나연은 순간 표정을 바꾸는 유화를 보았다.

"푸, 푸하하하!"

정유화가 허리를 숙이더니 갑자기 깔깔 웃음을 터뜨리기 시작했다. 눈가에 눈물까지 매단 채 웃는 모습에 나연은 어안이 벙벙했다.

"김나연 씨 완전 잘했어요! 방금 그 표정들 봤어요? 아, 정말 웃겨서!"

뭐가 그렇게 웃긴 건지는 몰라도 정유화는 엘리베이터가 지하까지 갈 동안 한참 웃는다. 그 모습을 가만히 보고 있자니 웃음이 전달된 듯, 나연도 작게 웃었다.

"그래. 보기 좋네. 그렇게 웃어요. 여긴 남의 불행을 안타까워하기보단 고소해하는 곳이거든요. 그 사람들의 기쁨조가 될 필요는 없죠. 난 그게 제일 자존심 상하더라."

유쾌한 사람이란 생각이 들었다. 뾰족한 가시를 세우고 있기는 했지만 장미 같은 외모 때문인지 밉지 않았다.

민성우 씨와 결혼 이야기까지 나왔던 여자.

여자가 매력적인 사람일수록 비참한 기분이 들어야 하는데, 그렇지 않았다. 예쁜 사람이라는 생각이 들자 그와 잘 어울리는 사람이라는 생각부터 들었다. 저번에 백화점에서 봤던 사람과 분위기는 달랐지만, 두 사람 모두 매력적이었다.

"차 안 가져왔죠? 제 차 타고 가요. 우선 여기서 먼 곳으로 가야겠네요."

자신을 보며 웃는 정유화를 보며 나연은 고개를 끄덕였다. 민성우 씨가 오늘은 저녁을 먹지 않고 집에 들어올 거란 생각이 머릿속을 스쳐 갔지만, 이내 소리 소문 없이 사라졌다. 지금은 정유화와 함께 있고 싶었다. 이 사람이 어떤 사람인지, 조금 더 자세히 알고 싶다는 마음이 마음속에 모락모락 피어났다.

거기까지 생각이 닿자 나연은 잠시 멈칫했다.

방금 전엔 이 사람이 밉지 않다는 생각이 들었었다. 왜 그런지, 그 이유가 뭔지 이제야 알 것 같았다.

닮고 싶다. 유쾌하게 웃는 이 사람을.

배우고 싶었다. 어떻게 해야 그 남자의 사랑을 받을 수 있는지.

자신의 마음을 깨닫자 나연은 비참해졌다. 하지만 겉으로는 아무렇지 않은 척 굴 수 있었다. 자신의 일도 마음가짐에 따라선 제3자의 일처럼 느낄 수 있었다. 그녀의 지난 시간이 감정을 무디게 만드는 법을 가르쳐 줬다.

두 사람은 정유화와 꼭 닮은 빨간 스포츠카를 타고 청담동으로 향했다. 그곳에 커피가 아주 맛있는 집이 있다는 유화의 말에, 나연은 좋다고 답했다. 정유화가 차를 몰고 온 곳은 〈탄콩〉이었다. 이곳이 민성우 씨와 아주 친한 친구가 운영하는 곳이라는 것쯤은 알고 있었던 나연은 익숙하게 자리를 잡는 정유화를 보았다.

"없네."

커피를 내리고 있는 바리스타를 힐끗 본 정유화가 혼잣말을 내뱉었다. 그러면서 입맛을 다시는 게 누군가를 찾았나 보다. 의아함에 나연이 고개를 기울이자, 정유화는 아무것도 아니라는 듯이 고개를 저었다.

나연은 따뜻한 아메리카노를, 유화는 아이스 아메리카노를 시켰다. 주문한 커피가 두 사람 앞에 놓였고, 그때까지 두 사람은 대화 없이 각각 생각에 잠겨 있었다.

정유화는 신중한 눈으로 김나연을 살폈다. 새하얀 피부와 이를 더 돋보이게 만드는 검은 긴 생머리는 여자를 참 유약하게 보이게 만들었다. 조금 밝은색으로 염색을 했다면 피부가 저토록 창백하게 느껴지진 않을 텐데.

쓸데없는 생각으로 시간을 흘려보내던 정유화는 김이 모락모락 올라오는 차만 바라보는 나연의 모습에 한숨을 안으로 삼켰다. 함께 있는 것만으로도 숨이 막히는 게, 민성우와 꼭 닮았다.

부부는 닮는다더니 그래서인가?

검은 눈망울을 보던 유화가 참다못해 운을 뗐다.

"물로도 체할 수 있어요. 그러면 커피는 더하겠죠? 김나연 씨, 지금 저 체하게 하려는 건가요?"

톡 쏘는 어투에 나연이 화들짝 놀라며 고개를 저었다. 순진한 반응에

유화가 흐응, 하며 콧소리를 냈다.

민성우와 비슷한 분위기라는 거 취소.

속으로 고개를 절레절레 저은 정유화는 민성우가 왜 김나연을 선택했는지 알 것 같았다.

그는 타인이 자신의 말에 토를 다는 걸 싫어했다. 그렇다고 순종적인 여자를 좋아하는 마초까진 아니었지만, 타인과 불필요한 대화를 주고받는 걸 시간 낭비라 생각하는 사람이었다.

하지만 이제 그런 건 알고 싶지도, 알 필요도 없었다. 성우에 대한 미련은 훌훌 털어버린 지 오래다. 성우를 통해 자신의 포지션을 새로이 잡고 싶었던 욕심도 이미 내려놨다. 지금 가장 궁금한 건 김나연이 왜 자신에게 차를 마시자고 요구하는지였다.

"뭘 알고 싶은 건지 모르겠는데요. 솔직히 말하자면 저, 앞으로 성우 오빠 만날 생각 없어요. 다 과거의 일이고. 그러니까 김나연 씨가 이렇게 신경 쓰고 견제할 이유 없다고 말하는 거예요."

"그런 게 아니에요. 두 사람이 다시 만날 이유 없다는 거 알아요. 성우 씨가 그랬거든요."

"오빠가요?"

"네. 정유화 씨뿐만 아니라 그 누구도요."

당당하게 말하는 여자치고, 방금 전 파티에서 보였던 모습은 참 볼품없었다. 바들바들 떨리는 몸과 상처받은 눈망울은 천하의 정유화조차 그 웃기는 상황을 만드는데 동조하게 만들었다. 아니, 동조가 아니라 자신이 직접 일을 저질렀다. 지금쯤 김나연과 자신, 그리고 민성우를 입에 올리고서 씹고 뜯고 맛보고 즐길 여자들의 모습이 눈앞을 스쳤다.

후우.

정유화는 자신도 모르게 한숨을 내뱉은 후에 김빠진다는 듯 물었다.

"그럼 왜 저랑 차 마시자고 한 건데요? 남편 단속 아니면 이유, 없을 거 같은데."

"친구가 되고 싶어서요."

"진심이에요?"

열심히 고개를 끄덕이는 모습이 제법 귀여웠다. 하지만 그걸 떠나 그녀의 말에 깜짝 놀란 정유화가 휘날리는 나연의 머리카락을 멍하니 본다.

친구? 지금 친구라고 한 거 맞아?

정유화가 묻는 듯한 시선으로 바라보자 나연은 다시 한 번 고개를 끄덕였다. 눈망울에 맺힌 간절함을 발견한 정유화가 코웃음을 쳤다.

"김나연 씨, 정말 대단한 사람 맞네요."

그 말이 저절로 나왔다.

이제야 이 여자가 다시 보이기 시작했다. 천하의 민성우가 이 여자와 사랑에 빠져 결혼을 진행하진 않았을 것이다. 그렇다면 이렇게 골치 아픈 여잔지 모르고 선택한 것이겠지.

고소하다는 생각이 들었다. 주위의 일은 무엇이든 손에 올려놓고 보는 그였으니, 이 여자로 인해 머리가 꽤 아플 거라는 생각도 들었다.

하지만 정유화는 이런 생각을 능숙하게 갈무리했다.

"전 김나연 씨랑 친구가 될 수 없어요."

그 한마디에 나연은 드라마틱한 표정 변화를 보였다. 금세 시무룩해진 얼굴에 정유화가 속으로 한숨을 삼켰다. 민성우에게 있어 이 여자가 까다롭다는 것은 자신에게도 마찬가지란 거였다. 인정하고 싶지 않지만 민성우와 자신은 많이 닮았으니까.

이 여자와 친구가 될 마음은 눈곱만큼도 없었다. 하지만 속마음과는 달리 입술이 멋대로 움직였다.

"일단 제가 연상이고."

그러면서 정유화는 손가락을 여섯 개 펼쳐 보였다. 나연의 입이 벌어졌다. 정유화는 서른두 살로 보이지 않았다.

"친구는 그렇게 말로 해서 되는 게 아니거든요."

"아."

정유화가 빨대로 커피를 쪼로록 마셨다. 그리고 잔뜩 실망한 나연을 힐끗 곁눈질했다.

"친구는 무리지만 언니는 괜찮아요."

안 그래도 따분한 삶이었다. 딸이라는 이유로 변변한 자리 하나 내어주지 않는 부모님을 원망하며 허송세월하기엔 인생은 너무 길었다.

김나연을 곁에 두면 재미있는 일이 생길 것 같았다.

자신이 그러했듯, 벌써부터 민성우가 나락으로 떨어져 괴로워하는 모습이 눈앞에 선연했으니까.

그땐 힘껏 비웃어주리라.

거봐. 사랑이 그렇게 말처럼 쉽지 않지?

그래, 그 한마디면 천하의 민성우를 한 방 먹일 수 있을 것 같았다.

즐거운 미래에 유화가 턱을 괴며 김나연을 보았다. 나연의 뺨이 발그레 붉어져 있었다.

이 여자 꽤 귀엽네.

그런 생각을 할 때였다.

"자전거 탈 줄 아세요?"

"자전거?"

의외의 물음에 정유화의 고개가 옆으로 기울었다. 이 여자가 지금 자신을 놀리고 있나 싶어 빤히 바라보았지만, 김나연은 순진한 눈망울로 답했다.

"네. 배워보고 싶거든요."

"그걸 왜 나한테 이야기해요? 배우고 싶으면 오빠한테 이야기하면 되지."

진심이었다. 아무리 생각해도 헛웃음이 나오는 말이 아닌가.

내가 김나연에게 자전거를 가르쳐 준다?

방금 전 파티장에서 이 이야길 나누었다면 그 여자들의 얼굴이 더 볼만해졌을 텐데.

아깝다는 듯 입맛을 다시던 정유화는 한 박자 늦게 나온 답에 미간을 좁혔다.

"……아직 함께 뭘 하는 게 어색해서."

"원래 처음이 어색하지, 함께하다 보면 괜찮아져요. 그걸 함께하는 게 연인이고 부부예요. 특히나 자전거는 보통 가족이 가르쳐 주곤 하거든요."

"가족……."

나연이 말끝을 흐리자 정유화는 힘껏 고개를 끄덕였다. 생각을 하면 할수록 재미있는 광경이었다. 민성우가 김나연에게 자전거를 가르쳐 주는 모습이라니.

"오빠한테 가르쳐 달라고 해봐요. 그리고 그 후에 어떤 일이 있었는지 내게 말해줘요."

그 모습을 직접 두 눈으로 목도하면 좋겠지만 안타깝게도 그런 일은 없을 것이다. 민성우는 정유화를 보는 것만으로도 이를 바득바득 가니까.

사과를 먹으라며 이브를 유혹했던 뱀이 그러하듯, 정유화가 나연에게 속살거렸다. 그러곤 아직도 결정하지 못했다는 듯 눈을 도록도록 굴리는 나연을 보며 말한다.

"우린 이제 친한 언니 동생 사이잖아요?"

정유화의 말에 나연이 고개를 끄덕였다.

"그럼 조만간에 또 봐요. 꼭 연락하고."

아, 재미있어.

정유화가 속으로 낄낄 웃었다.

❖

천천히 걸음을 옮긴 나연이 소파에 앉아 무릎을 끌어안고 눈을 감았다. 홀로 집에 있을 땐 되도록 몸을 움직이던 나연이 오늘은 모든 에너지를 소모한 사람처럼 시간을 흘려보내고 있었다.

집 안을 울리는 것은 베토벤의 최대 걸작으로 꼽히는 교향곡 '합창'이었다.

'합창'이 끝나자 음악은 슈베르트 '아베마리아'로 넘어갔다. 곡은 생전 그녀의 어머니가 좋아하던 것들이었다.

어머니는 음악을 좋아하셨다. 그건 모두 외할머니의 영향 때문이라고 했다. 외할머니의 권유로 어머니는 다섯 살 때 처음 피아노를 배운 후로 시집을 가기 전까지 음악을 전공했다고 했다.

아름다운 피아노 선율을 듣고 있던 나연이 나지막한 숨을 내뱉었다. 가만히 눈을 감고 음악을 듣고 있자 시간은 쏜살같이 지나갔다. 아베마리아 다음으로 드비쉬의 '달빛'이 이어졌다.

이렇게 오늘 하루를 보내도 좋을 것 같았다. 굳이 무언가를 하려고 하지 않고 이렇게 지내는 것도 그리 나쁘지만은 않으니까.

하지만 고개를 드는 나연의 표정은 생각과는 달리 구겨져 있었다. 음악을 계속 듣고 있자니 예전에 이렇게 보냈던 시간이 떠올라서였다. 새장에 갇힌 새처럼 자유를 억압받고서 지냈던 날들은 그녀를 한없이 무기력하게 만들었었다.

자리에서 일어난 그녀가 넓은 창으로 향했다. 집에서 보이는 풍경은 푸르른 잔디와 아름다운 곡선을 그리고 있는 산이다. 사람은 한 명도 보이지 않았다.

어느 누군가는 이러한 삶을 바라겠지만 나연은 아니었다. 몸을 돌린 그녀가 책 사이에 끼워둔 메모지를 꺼냈다. 계속 움직여야 할 것 같아 한동안 계속 머리를 쥐어짰다. 그렇지 않으면 지금처럼 침식당할 것 같아서.

빼곡히 적힌 것들 중에서 '자전거'가 가장 먼저 눈에 들어왔다. 면허 다음으로 하고 싶었던 일은 자전거를 배워보는 것이었다. 유화가 민성우에게 배워보라 했던 것이 떠올랐지만 최근의 그는 너무 바빴다.

메모지를 읽은 나연의 고민은 그리 길지 않았다. 그녀가 휴대전화를 집어 들었을 때였다.

딩동—

초인종 소리에 나연의 시선이 현관으로 향했다. 오늘 이 집을 방문할 사람은 없었다. 성우는 자정이 넘어서야 귀가할 테니 먼저 자라는 말까지 했었다.

누구지?

의아한 표정으로 걸음을 옮긴 나연은, 인터폰에 비친 경아의 모습에 바로 현관으로 달려나갔다.

"무슨 일로……."

"전에 식사 함께하자고 하셔서요."

나연은 어색하게 웃는 경아를 의아한 얼굴로 보았다. 부르기 전에 경아가 자신을 찾는 일은 없었다.

"아직 점심도 못 드셨어요?"

"아. 아니요. 저녁이요. 저녁 함께 먹으려고요. 사장님도 오늘 늦는다고 하셔서…….”

더듬더듬 말을 이은 경아가 입가를 파르르 떨었다. 그 모습을 가만히 눈에 담던 나연은 고개를 끄덕였다.

“네, 그렇게 해요. 마침 잘됐어요. 경아 씨한테 연락하려던 참이었거든요.”

“외출하시게요?”

“네. 꽃 시장에 가려고요. 그리고 오랜만에…….”

말을 잇던 나연이 웃었다.

“만나뵙고 싶은 분도 있고요.”

◈

차에서 내린 민성우가 넥타이를 다시 한 번 고쳐 맸다. 옆에 선 지아가 걱정스러운 표정으로 민성우를 본다. 그녀는 하고 싶은 말이 많은 표정이었다.

“그 표정, 부담스럽습니다.”

“사장님, 어떻게 해서든 설득하셔야 합니다. 분위기가 너무 안 좋습니다.”

그걸 누구보다 잘 알고 있는 건 다름 아닌 자신이다. 그걸 알면서도 이런 말을 하는 걸 보면, 그녀 역시 예상하지 못한 지금 이 상황이 당혹스러운가 보다.

약속은 갑작스럽게 잡혔다. 순조롭게 진행 중이던 제주도 공사 건이 예상하지 못한 난관으로 중지되었다. 공사현장에서 사고가 생기면서 사람이 죽었기 때문이다.

이에 대한 보상 문제는 동호건설 쪽에서 알아서 하겠다고 했다. 현장

진행은 동호건설이 주도적으로 해왔기에 어찌 보면 당연한 수순이었다. 이에 대해 마음을 놓고 있었던 것이 잘못이라면 잘못이었다.

"인터넷에서 난리입니다."

동호건설이 피해자 유가족에게 제안한 건 병원비와 약간의 위로비였다. 그리고 안전 설비를 제대로 하지 않은 건 이번 일을 수주해 나간 업체 잘못이니, 피해보상을 원한다면 그들과 이야기를 하라고 했다. 회사 측에서는 그 어떠한 것도 해줄 수가 없다고. 이에 분노한 유가족 측은 사람들에게 이 사실을 알려 도움을 구했다.

딸이 인터넷에 사연을 올리면서 동호건설은 물론 DG에까지 불똥이 튀었다. 사람들은 동호건설과 DG그룹을 한 세트로 보고 있을 게 뻔했고, 이번 일 역시 공동투자 식으로 진행되고 있었다.

이 상황에서 DG는 이번 일과는 무관하며, 요구할 것이 있으면 동호건설 측과 이야기를 하라고 할 수는 없으니 골치 아파졌다. 최근에 DG그룹 공사 현장에서도 사망자가 나온 적이 있었기에 여론이 너무 안 좋았다.

"동호건설 쪽에선 뭐라고 합니까?"

"회장님의 생각이 굳건하다고 하십니다."

김 회장이 마음을 돌리지 않는다면 이번 문제는 쉽게 해결이 되지 않을 것 같았다. 이런 문제일수록 빠르게 해결하지 않으면 문제가 더 커질 게 분명했다.

"좋습니다. 김 비서는 먼저 들어가 보세요."

"대기하고 있겠습니다."

"자리가 길 겁니다."

더 이상 말하고 싶지 않다는 듯 민성우는 슈트를 정돈한 후에 약속 장소로 향했다. 직원의 안내를 받아 안으로 들어가자 룸은 텅 비어 있었다.

자리에 앉은 그는 김 회장을 기다렸다. 시간은 더뎠지만 꾸준하게 흘렸다. 문득 손목시계를 확인하자 룸에 도착하고 20분이 흐른 뒤였다. 현재 시간은 8시 12분이었다.

약속 시간은 여덟 시였다. 먼저 연락을 한 것은 자신이었고, 오늘은 저녁 약속이 있어 만나기 힘들다는 김 회장의 말에도 시간을 내달라 한 것 역시 자신이었다.

김 회장이 자신과 힘겨루기를 하고 있다는 건 진즉 눈치챘다. 이번 일에 DG뿐만 아니라 동호건설 역시 큰 비난을 받고 있었지만 김 회장은 이를 신경 쓰는 자가 아니었다. 더욱이 DG그룹과는 달리 동호건설은 대중의 이미지가 중요한 직종도 아니었다.

자신이 이번 일에 전전긍긍하리라는 걸 김 회장은 알고 있었다. 안 그래도 회사 이미지가 바닥에 떨어져 있어 성우의 신경이 날카롭다는 것 역시 잘 알고 있을 터였다. 불리한 싸움이었기에 신경 써서 대응하지 않으면 김 회장에게 질질 끌려다닐 게 분명했다. 머리를 써야 한다.

드르륵.

문이 열림과 동시에 김 회장이 안으로 들어왔다. 키는 작지만 풍채 좋은 남자는 능구렁이처럼 속마음을 숨긴 채 손을 앞으로 내밀었다.

"미안하네. 내가 좀 늦었어."

"아닙니다."

김 회장의 손을 맞잡은 성우가 가볍게 흔들었다. 두 사람은 가족이란 이름으로 묶인 사이였지만, 서로를 바라보는 눈빛과 흠을 잡히지 않으려 절제된 행동은 전혀 그렇게 보이지 않았다.

"자, 앉게. 천천히 이야기하자고."

두 사람이 자리에 앉자 깔끔하게 차려진 상이 안으로 들어왔다. 미리 예약해 둔 회와 따뜻한 사케였다.

술상을 가운데 둔 두 사람은 웃으며 가볍게 대화를 나누었다. 짧게 근황을 물으며 술잔을 비우던 민성우가 김 회장의 잔을 채워주며 말했다.

"유가족이 원하는 게 뭡니까?"

"본인들은 원하는 게 없다고 하지."

김 회장의 얼굴이 일그러졌다. 영 탐탁지 않아하는 표정에 성우의 미간에도 주름이 잡혔다.

"대신 다른 피해자의 산재 처리를 해달라고 하더군."

"해주십시오."

"그럴 수는 없네. 한 번 해주기 시작하면 두 번은 쉽거든."

"장인어른."

호미로 막을 일을 가래로 막으려 하고 있었다. 민성우가 좋은 생각이 아니라는 듯 작게 고개까지 젓자 김 회장은 호탕하게 웃음을 터뜨렸다.

"자네, 이렇게 사소한 일에 왜 신경을 쓰나. 우리나라 사람들, 냄비 근성이야 알아주지 않나. 곧 잠잠해질 걸세."

그래. 우리나라 사람들, 파르르 떨다가도 관심이 멀어지면 조용해지는 거야 예전부터 그랬다. 하지만 갑을 관계는 달랐다.

최근 사회적으로 고용주와 고용인 사이에 떠들썩한 사건이 몇 차례 일어나면서 사람들의 분노를 자아내고 있었다. 게다가 DG그룹은 최근에도 비슷한 일로 입방아에 오르내리지 않았던가. 안타깝게도 이번 일은 그냥 넘어가지 않을 것 같았다.

"그나저나 우린 우리의 이야기를 해야 하지 않겠나."

김 회장의 눈매가 날카로워졌다. 민성우의 본론이 끝났으니 이번엔 자신의 차례라는 듯 은밀한 목소리였다.

"인도에 대규모 건설이 있을 예정이네. 기술이야 충분하지. 문제가 있다면 진행을 할 때 소요되는 비용인데……."

"장인어른, 안타깝게도 이 이상의 투자는 힘들 것 같습니다. 지금껏 동호건설로 흘러들어 간 금액도 만만치 않고요. 이 사실이 주주들에게 전해지면 제 입장도 많이 곤란해집니다."

고저 없이 말한 민성우가 술 대신 물을 마셨다.

김 회장은 그를 황금알을 낳는 오리 정도로 보고 있는 모양이었다. 하루에 한 알만 낳는 오리가 답답하다는 듯이 이젠 배를 가르려 들자, 그는 시선을 들어 명백한 경고를 담은 눈초리로 말을 이었다.

"장인어른도 잘 알지 않으십니까. 아무리 모든 걸 좌지우지하는 위치에 있다 하더라도 큰 금액을 움직이긴 힘듭니다."

김 회장의 눈초리가 날카롭게 변했다. 느릿한 동작으로 턱을 쓰다듬는 모습에 성우의 시선이 아래로 향했다.

톡. 톡.

손가락이 테이블을 가볍게 두드렸다.

"자네에게 물을 게 하나 있네."

"말씀하십시오."

"왜 나와 연을 맺은 건가. 자네 역시 알고 있을 텐데."

"무슨 말씀을 하시는 건지 잘 모르겠습니다."

"김나연 그 아이 말일세. 사생아라는 걸 자네는 알고 있잖나."

두 사람은 일상적인 대화를 나누는 것처럼 평온한 모습이었다. 하지만 그 내용은 달랐다. 민성우의 표정이 차갑게 굳어졌지만 김 회장은 재미있는 대화를 나누는 사람처럼 가벼운 어투로 말을 이었다.

"김나연 그 아이에게도 말을 못했네. 내 딸이 아니라는 걸. 그 아이가 상처받을까 봐. 썩 유쾌한 사실은 아니니까 본인도 모르는 게 좋다고 판단했지. 그런데 자네는 그걸 알고도 결혼했어. 솔직히 의외였네."

민성우의 미간이 모여들었다. 종합해 보니 김나연은 자신이 사생아라는 걸 모르고 있는 모양이었다.

하지만 그 사실을 순순히 믿을 수는 없었다. 아무리 DG의 정보력이 좋다고 하더라도 사람을 시켜서 바로 알아낼 수 있었던 일을 당사자가 모른다니 말이 되는가.

김 회장이 이런 거짓말을 하는 저의를 몰라 어떤 반응도 보이지 못했다. 하나 김 회장은 그 마음을 손바닥 들여다보듯 말했다.

"지금 내 말을 못 믿는 표정이군. 그 아이가 설마 알고 있을 거라 생각했나? 자신이 사생아라는 걸. 뭐 좋은 일이라고 말해주겠어. 그 사실을 아는 건 나와 그 아이의 친모뿐인데. 세상에 알려지면 좋지 않을 일을 부러 여러 사람에게 알릴 필요는 없지."

"그 말씀은……."

"결혼할 상대라면 속속들이 알아야지. 이해하네."

부러 동호 쪽에서 이 사실을 흘렸다는 말이다. 민성우의 표정이 일그러졌다. 김 회장의 손 위에서 놀아났다는 생각에 기분이 바닥으로 끌어내려졌다.

"나와 연을 맺는다 해도 자네에겐 이득이 될 게 없는데, 그냥 궁금해서 묻는 말일세."

김 회장은 그에게 협박하고 있었다. 자신의 뜻대로 움직이지 않는다면 김나연이 사생아라는 걸 본인에게 알리겠다는 뜻으로 들렸다.

그게 나와 무슨 상관이지?

김나연 본인이 알고 상처받는다고 해도 자신과는 상관없었다. 언젠가 알아도 알 일이었고, 그걸 어떻게 받아들이든 김나연의 문제였다. 그러니까 김 회장의 협박은 자신에게 전혀 통하지 않는다.

민성우가 시선을 내려 자신의 주먹을 보았다. 새하얗게 질릴 때까지 쥐고 있는 그 손을 보자, 자신의 기분이 그리 좋지 않다는 걸 깨달았다. 민성우의 시선이 흔들림 없이 김 회장에게로 향했다.

"유가족은 저희 쪽에서 만나보겠습니다."

"자네 뜻이 그렇다면 그렇게 해야지."

중의적인 답과 함께 김 회장은 좋을 대로 하라는 듯 술을 마셨다.

## 3. 전조증상

예상했던 것보다 늦게 귀가한 민성우가 자리에서 비틀거렸다. 주량을 넘어선 알코올에 정신이 혼미해질 지경이었다.

"후우."

깊게 숨을 내뱉은 그가 허리를 곧게 폈다. 그리고 성큼성큼 걸음을 옮겨 현관문 앞에 선다.

초인종을 누르려던 그가 이내 생각을 고쳐먹고 비밀번호를 눌렀다. 자정이 넘은 야심한 시각이었다. 보통 늦게 자는 사람이라 할지라도 이미 잠자리에 들었을 시간. 그는 나연을 깨우지 않기 위해 조용히 집 안으로 들어섰다.

신발을 벗던 그가 미간을 좁힌다. 집 안에서 호흡에 섞여드는 알코올 향을 이길 만큼 강한 꽃 냄새가 났다.

의아한 얼굴로 안으로 들어온 그가 집안 곳곳에 놓인 꽃을 보았다. 마치 꽃집 하나를 털어온 것처럼 싱그러운 꽃망울들은 종류도 색도 다양했다. 어쩐지 문자에 찍힌 카드 내역이 지나치게 크다 했다.

표정을 굳힌 그가 휴대전화를 꺼냈다. 왜 이것들이 집 안에 있는지 지금 당장 알아야 할 것 같았다. 당사자인 김나연을 제외하고서 그걸 알 만한 사람은 한 명뿐이었다.

몇 번의 신호음이 흘렀다. 전화하기에 늦은 시간이라는 자각이 든 건 상대가 잠에 취해 전화를 받고 나서였다.

—네, 사장님.

“오늘 이 사람 어디에 갔습니까.”

높낮이 없는 시린 어조에 전화 너머로 부스럭거리는 소리가 들렸다. 아마도 침대에서 일어난 듯했다.

—보고드릴 만한 일은 없었습니다.

“그건 제가 듣고 판단합니다.”

단언하는 말에 전화 너머로 잠시 침묵이 흘렀다. 하지만 곧 경아는 오늘 나연에게 있었던 일들을 하나둘 보고하기 시작한다.

—부탁이 있다고 하셨는데 알고 보니까 양평 쪽 묘지에 데려다 달라는 거였습니다.

이를 듣고 있는 민성우의 표정이 차갑게 얼어붙었다.

전화를 끊은 그가 테이블 위에 놓여 있는 화병을 보았다. 싱그러운 수국을 가만히 내려다보던 그가 자신도 모르게 손을 뻗었다.

연약한 꽃잎은 그가 조금 힘을 주는 것만으로도 찌그러졌다.

불안함에 관한 답을 찾아야 했다. 그리고 그 답을 알려줄 사람은 김나연뿐이었다.

방금 전까지만 해도 김나연의 잠을 깨우지 않기 위해 조심스러웠던 행동이 거칠어졌다. 빠르게 걸음을 옮겨 침실로 향한 그는 잠들지 않은 채 종이에 무언갈 끼적이고 있는 나연을 보았다.

"어? 늦으셨…… 아!"

나연은 말을 잇다 말고 새된 비명을 질렀다. 그가 성큼성큼 걸어와 팔목을 힘껏 붙잡았기 때문이다.

나연은 깜짝 놀라 그를 보았다. 손에 들고 있던 메모지와 종이가 바닥에 떨어졌지만 그는 이를 바라보지 않은 채 나연의 눈망울만 뚫어져라 보았다.

"성우 씨, 무슨 일 있었어요? 왜……."

"확인하고 싶은 게 있습니다."

"말하세요."

정말 몰라? 네가 사생아라는 거.

그 물음이 도저히 나오지 않았다. 긴장한 눈망울을 보자 더더욱.

"민성우 씨……."

그녀의 부름에 민성우의 정신이 퍼뜩 돌아왔다.

도대체 뭘 확인하고 싶었던 건가. 왜 갑자기 집 안을 꽃밭으로 만들어 놨는지? 넌 지금 무슨 생각을 하고 있는 건지?

둘 다 확인하고 싶다고 하더라도 지금 당장 김나연에게 물을 수 있을 만한 건 떠오르지 않았다.

"미안합니다. 술이 과했습니다."

그가 나연의 팔을 놓아주며 걸음을 뒤로 물렸다. 나연의 불안한 시선이 자신을 따랐지만 그는 몸을 돌린다.

거칠게 머리를 쓸어 올린 그가 나지막한 욕설을 내뱉었다.

"젠장."

뒤에서 몸을 움직이던 나연이 그 소릴 듣고 행동을 멈춘 것도 모른 채, 그가 걸음을 옮겨 드레스 룸으로 향했다.

두 사람 사이로 불안한 기운이 흘렀다.

❖

—지금 댁으로 귀가하셨습니다.

경아와 통화를 한 민성우는 오늘 하루 김나연의 일정을 곱씹어보았다. 아침에 꽃 시장을 가 꽃을 사고, 집으로 돌아와 꽃다발을 만든 다음, 친모의 묘로 갔다. 그다음엔 집으로 돌아온 게 전부였다. 최근 들어 김나연의 이동 경로는 여기에서 벗어난 적이 없었다.

김 회장의 행동으로 봤을 땐 금방이라도 김나연에게 접근할 줄 알았는데 아니었다. 그렇다고 끈질기게 투자 유치를 하려고 하지도 않았다. 김 회장의 속마음이 읽히지 않자 그의 표정이 굳어졌다.

전화를 끊은 그는 인터폰을 눌렀다.

"김지아 비서 들어오세요."

—네, 알겠습니다.

"차 한 잔도 부탁합니다."

그의 요구대로 지아가 쟁반을 들고 사무실 안으로 들어왔다. 그녀가 건넨 건 아주 진한 아메리카노였다. 김지아는 민성우가 이 시간에 차를 찾을 때면 으레 머리가 띵할 정도로 쓰디쓴 커피를 원한다는 걸 아는 훌륭한 비서였다.

그는 커피를 한 모금 마신 후에 깊은 한숨을 뱉었다. 김지아는 그가 하는 행동을 눈으로만 좇을 뿐, 왜 불렀는지에 대해선 묻지 않는다.

그는 잔을 반쯤 비우고 나서야 본론을 꺼냈다.

"동호건설에서 사들이고 있는 그린벨트 땅에 대해서 알아보셨습니까?"

동호건설이 경기도 시흥과 남양주 쪽에 필요 없는 쓰레기 땅을 사들이고 있는 건 김나연과 결혼하기 전부터 알고 있었다. 불확실한 투자처에 그렇게 큰 금액을 투자할 양반은 아니었기에, 공무원과 결탁하여 그린벨트로 묶여 있는 땅들을 투자가 가능한 토지로 바꾸려는 건 아닐까 예상했다.

그때부터 이에 대해 자세한 조사를 지시했었는데, 있어야 할 보고가 없자 그가 채근했다.

"그 건에 대해선 알아보고 있는데, 현물로 주고받은 것인지 이상한 자금 흐름은 알아내지 못했습니다. 남양주와 시흥 공무원들을 대상으로 알아보고 있지만 좀처럼 꼬리가 잡히지 않았고요. 죄송합니다."

지아가 몸을 낮췄다. 민성우가 듣고자 하는 답이 아니라는 걸 알기 때문이다. 그런데 민성우의 반응이 지아가 예상했던 것과는 조금 달랐다. 날벼락이 떨어질 줄 알았는데, 그는 신중한 표정을 지으며 물음을 던졌다.

"어느 선까지 닿아 있습니까?"

"작업은 꽤 오래전부터 있었던 것 같습니다. 시청 관계자부터 시작해서 국토위 상임 위원장까지는 선이 닿아 있었습니다. 올해 안으로 법률 개정을 목표로 움직이는 것 같습니다."

"몇 명이나 섭외했습니까?"

"알아본 바로는 국토위뿐만 아니라 법사위원회는 물론이고, 각 여야당 대표들도 이곳에 땅을 가지고 있었습니다. 국토위에서 이곳에 땅을 가지고 있는 자만 서른한 명 중에 열다섯 명이 넘었습니다."

열다섯 명이라. 생각했던 것보다는 많았다. 하지만 그게 뭐가 문제가 되겠는가.

"국토위 상임위원장과 만남을 주선하세요. 아주 조용히."

"상임위원장은 왜……."

"침몰하는 배라면 빨리 빠져나와야겠죠."

더욱 자신의 마음대로 움직여 주지 않는 파트너라면 곁에 둘 필요 없다. 파트너가 등에 칼을 꽂으면 단순한 내상으로 끝나지 않는다.

그렇다면 먼저 몸을 돌리는 게 이득이다. 아니, 생존의 방법일 수도 있다.

"김 회장과는 선을 그어야겠습니다."

고저 없이 읊조린 민성우는 식은 커피를 마저 마셨다.

애초의 계획대로였다.

처음에 결혼하기로 마음먹은 건 동호건설에서 성우가 원하던 제주도 땅을 가지고 있었기 때문이다. 한쪽의 일방적 파기면 그 토지에 대한 소유권을 주장할 수 없다는 독소조항까지 있는 계약서에, 각각 서명했다.

처음부터 동호건설과 함께 계속 갈 마음은 없었다. 동호건설은 언제 무너져도 이상하지 않을 만큼 자금 사정이 좋지 못했다.

이때 민 회장은 구속 중이었고, 회사 이미지는 바닥으로 추락하고 있었다. 주주들은 이혼남 CEO는 몰라도, 싱글 CEO에 대해선 불안감을 느꼈다. 그래서 그럴듯한 러브스토리를 씌워서 결혼했다.

김나연이 사생아이고, 김 회장과 사이가 안 좋다는 것도 결혼을 결정짓는데 한몫했다. 여차하면 동호건설과 거리를 두어야 할 때 유용하게 이용할 수 있는 과거였다.

애초에 김나연과의 결혼은 자신에겐 손해 볼 장사가 아니었다. 원하는 것을 받는다면 언제든 버릴 수 있는 '도구'에 지나지 않았다.

예상하지 못했던 것은 김 회장의 탐욕이었다. 김 회장의 투자금 요구가 생각보다 빠른 속도로 집요해지기 시작했다. 도움을 청했다면 기꺼이 지갑을 열었을 수도 있겠지만, 그는 자신에게 협박을 했다.

제주도 호텔 건설 건으로 김 회장은 잡음을 내기 시작했고, 그게 계속 걸렸다. 김 회장의 어마어마한 비자금과, 이를 위해 빼먹은 돈들로 인해서 이미 동호건설은 당장 쓰러져도 이상하지 않을 상황이었고, 이를 대비해 민성우는 꽤 그럴듯한 스토리까지 만들어놓았다.

"타이밍도 적당하지 않습니까."

그 모든 계획을 세우고 실행한 건 민성우, 그였다. 그리고 그는 기어코 그 계획을 마지막까지 실행할 모양이었다.

지금부터. 바로.

❖

유동인구가 적은 커피숍엔 몇몇 테이블에만 손님이 앉아 있었다. 대부분 두 사람이 앉아 이야기를 나누고 있었는데, 개중 한 테이블에 여자 혼자 앉아 있었다.

여잔 많은 긴장을 하고 있었다. 그녀의 시선이 닿은 곳엔 주인을 기다리고 있는 아이스 아메리카노 한 잔이 놓여 있었다.

달그락.

얼음이 녹아 옆으로 기울어진다.

여잔 수심에 잠긴 표정이었다. 앞으로 한 걸음 나아갔지만 두 발자국을 떼도 될지, 아니면 여기서 멈추고 원래 있던 자리로 돌아가야 할지. 자신이 가질 수 있는 손익 계산을 해보면 한 발 더 떼는 게 맞았지만 양심에 찔려 망설였다.

하지만 그런 고민도 잠시였다. 잠시 자리를 비웠던 남자가 자리로 돌아와 여자의 맞은편에 앉았다.

"죄송합니다. 통화가 길어졌습니다."

"아닙니다. 이해합니다."

남잘 마주 보고 있는 건 김경아였다. 김나연의 새로운 감시자. 그리고 김나연의 새로운 감시자를 유혹하고 있는 건 동호건설의 이호성 비서실장이었다.

그는 김경아의 앞에 봉투를 하얀 봉투를 내밀었다.

두 사람은 2주 전에 처음 만났다. 그 자리에서 이호성은 많은 것들을 제안했고, 경아는 생각해 보겠다고 말했다. 봉투는 그 제안 중 하나였다. 정확한 금액은 아니었지만 그는 '심심찮게 주겠다'고 말했고, 김경아는 그 금액이 궁금했지만 묻지 않았다.

이번에도 마찬가지다. 김경아는 이에 힐끗 시선을 줄 뿐 직접 안을 확인하지 않았다.

"어차피 지금 회사에서는 김경아 씨의 능력을 인정받지 못하고 있지 않습니까. 저희 동호는 다릅니다."

봉투 안에 든 금액은 자신이 무얼 상상하든 그 이상이라는 것쯤은 예상되었다. 그것뿐만 아니라 동호건설에 새로운 자리까지 주겠다고 하니 그녀의 결심이 한쪽으로 기울 수밖에 없었다.

"이건 이제껏 김경아 씨가 저희 쪽에 보인 성의에 대한 보상입니다. 제안은 한번 생각해 보십시오."

남잔 본인의 본론은 모두 끝났다는 듯 자리에서 일어났다. 김경아 역시 고개를 숙이는 것으로 인사를 건넨다.

그가 자리에서 사라지자 김경아는 남자가 내밀었던 봉투 안을 열어보았다. 그리고 자신이 예상했던 것보다 더 두둑한 봉투 안을 보며 숨을 들이켰다.

"통 한번 크네."

마음은 순식간에 한쪽으로 기울었다.

❖

나연은 손가락 모양으로 멍이 든 팔목을 봤다. 피부가 약해 평소에도 멍이 잘 드는 편이었지만 그녀는 자신도 모르게 손목을 감싸 쥐었다. 누가 볼세라.

깊은 한숨을 내뱉은 그녀가 지난밤의 기억에 이마를 쓰다듬었다. 표정은 곤란한 기색이 역력했다. 어떻게 해결해야 할지 모르는 난제를 눈앞에 둔 사람처럼.

민성우가 술에 취해 들어온 날, 그는 확인하고 싶은 것이 있다고 했다. 눈빛 역시 그랬다. 괜한 소리를 하는 것 같지 않았다.

하지만 그는 끝내 자신에게 묻지 않았다. 그저 술이 과했다고 말했고, 작은 욕설을 뱉었다.

불안감이 커진 건 그가 왜 그랬는지 전혀 감을 잡지 못해서였다. 뜬구름이라도 잡아보자면 아버지의 문제나 동호건설과의 사업 건까지 생각이 튀었지만, 자신과는 직접적으로 관계가 없는 일인지라 그건 아닌 것 같았다. 그래서 그저 씻고 나온 그의 잠자리를 봐줬고, 잠든 그의 모습을 한참 보다가 자리를 떴다.

달조차 뜨지 않은 밤하늘을 한참이나 올려다본 후에 나연은 마음을 다잡았다. 자신이 기죽을 일은 아니다. 애초에 결혼 생활이 쉬울 거라고 생각한 적도 없었다. 남편은 평소에도 매정하고 차가운 모습을 많이 보였다. 그러니까 자신은 이제껏 그래 왔던 것처럼 할 일만 하면 된다는 결론에 이르렀다.

그럼에도 마음에 이물감이 낀 것처럼 편해지지 않는 건 그날 그가 하고자 했던 말이 궁금했기 때문이다.

그럼 물어보면 되잖아?

불쑥 그런 생각이 들었다. 그래서 나연은 그에게 부탁 한 가지와 함께 그날 왜 그런 말을 했는지 물어볼 참이었다.

아침 일찍 일이 있어 나가봐야 한다는 민성우를 배웅한 후에 나연은 방으로 돌아왔다.

편안한 복장을 고르고, 거울 앞에 선 나연은 그의 장신구가 늘어져 있는 케이스 안을 보았다. 수십 개의 시계와 넥타이핀과 커프스, 그리고 결혼반지가 눈에 들어왔다. 결혼을 기념해 특별히 맞춘 시계 역시 한곳에 잘 자리하고 있었다.

그는 반지를 끼지 않았다. 몸에 걸치는 액세서리라고는 넥타이핀과 커프스, 그리고 손목시계가 전부다. 손목시계 역시 간혹 현장에 나가볼 때에는 하지 않았다. 불편하다는 이유에서였다.

케이스를 열어 그의 결혼반지를 꺼낸 나연은 엄지손가락에 끼워보았다. 네 번째 손가락에서 반짝이는 다이아몬드 반지와 그의 반지는 한 세트였다. 하지만 이 반지의 주인은 결혼식 날을 제외하고선 이 반지를 착용하지 않았다. 결혼을 상징하는 반지인데도.

"잘할 수 있어."

나연은 반지를 홀린 듯 바라보며 혼잣말을 내뱉었다.

그래, 잘할 수 있다. 그는 곁에 자신만을 두었고, 침대에선 뜨겁게 안아주었으니까. 민성우가 자신의 고백에 받아주겠다는 답만 했다는 것도, 사랑받는다는 느낌을 받아본 적이 없다는 것도 무시했다. 그렇지 않으면 꾹꾹 눌러 담은 감정이 터져 버릴 것 같았다.

코를 찌르는 향기로운 꽃 내음에 그의 시선이 옆으로 내려갔다. 집 안 가득하던 꽃들이 이젠 마당과 현관문 옆까지 자리하고 있었다.

작은 꽃이 군락을 이뤄 피어 있는 것을 보던 그가 몸을 굽혔다. 싱그러운 꽃망울 위에 있는 물방울에 시선이 갔다. 왜 그런 건지 모르겠지만, 갑자기 그걸 만지고 싶은 충동을 느꼈다.

하지만 그의 손이 닿기도 전에 현관문이 열렸다.

초인종을 누르지도, 비밀번호 키패드에 손을 가져다 댄 것도 아니었다. 귀가를 알리는 그 어떠한 인기척도 내지 않았는데, 문을 열고 나온 나연은 반가움에 인사를 건넸다.

"왔어요?"

"네."

그녀의 등장에 허리를 편 민성우는, 하고 싶은 말이 많은 듯한 나연의 표정에 고개를 옆으로 기울였다. 김나연은 자신에게 뭔가를 바라지 않았다. 하루에 많은 대화를 나누는 것도 아니었다. 그게 자신 역시 불편한 것은 아니어서 무시하고 살았다.

김나연은 스스로 하고 싶은 것들을 찾았고, 착실하게 해나갔다. 집에서 우울해하고 있었다면 들여다봤겠지만 그녀는 스스로 뭔가를 이루어나가는 것에 관심을 두고 있었다. 자신의 존재는 필요하지 않은 사람처럼 하나씩, 차근차근.

"식사 준비할까요?"

"그래 주시면 감사하겠습니다."

자신을 기다리고 있었던 것이 분명한 행동에 그는 자연스레 욕실로 향한다. 입고 있던 옷을 벗어 의자에 걸쳐 둔 그가 행동을 멈췄다. 열린 문틈 사이로 들려오는 콧노래 소리에 미간이 모였다.

씻고 밖으로 나오자 짧은 사이에 꽤 그럴 듯한 저녁상이 차려져 있었다. 그가 모습을 드러내자 나연의 행동은 더욱 빨라졌다.

"마 밥이에요. 아주머니께 배워서 직접 해봤어요."

그가 숟가락을 들자 나연은 마치 칭찬을 바라는 아이처럼 말했다. 그의 시선이 그릇으로 향했다.

김나연은 자신을 기다리고 있었다. 하고 싶은 말이 있는 사람처럼 긴장한 채 집에 있었고, 아주 작은 소리에도 자신의 귀가를 알아차리고 밖으로 나왔다. 평소와는 달리 인사를 건넸고, 지금은 자신이 한 음식이라며 손길을 바라는 강아지처럼 쳐다본다.

김 회장에게 연락을 받은 것일까?

"잘 먹겠습니다."

그는 다른 생각을 하면서도 짧게 인사한 후에, 그녀가 했다는 마 밥에 양념장을 적당히 덜어 섞었다. 입에 넣고 보니 음식은 기가 막히게 맛있었다. 손맛이 좋은 스승에게 배웠다고는 해도, 평소에 음식을 하지 않는 사람이라면 이런 맛을 내긴 어려웠다.

"맛있습니다."

나연의 얼굴이 활짝 피었다. 초록의 봄에 만날 것만 같은 작은 꽃처럼.

그래서 그는 숟가락을 움직이면서도 생각은 다른 곳으로 돌렸다. 김나연과 김 회장이 만났다면 사업 건에 대해 대화를 나눴을 것이다. 구체적으로 어떤 대화가 오고 갔는지는 모르나 한 가지는 확실했다.

김나연은 김강철에게 길들여진 아이다. 그의 명령 하나에 집에서만 지내왔던 여잔 자신과 결혼했다. 죽는 시늉을 하라고 해도, 어쩜 정말 할지도 모른다.

도록도록 눈동자를 굴리는 나연의 모습에서 생각은 어느새 확신으로 바뀌었다. 그때 스윽, 반찬 하나가 자신의 앞으로 밀어진다. 이 역시 그가 좋아하는 반찬이었다. 그러나 그는 그것에 시선을 두지 않은 채 식사를 마쳤다.

그는 말끔하게 밥그릇을 비웠지만 나연은 채 반도 비우지 못했다. 하지만 나연은 그가 식사를 마치자마자 식탁을 치웠고, 그는 커피를 내렸다. 오늘 대화가 필요한 건 그가 아니라 김나연이었다.

옅게 내린 커피를 가운데 두고 나서야 그는 김나연의 표정을 살폈다. 그의 표정은 굳어 있어서 쉽게 말을 꺼내지 못할 만큼 거리감이 느껴졌지만, 나연에겐 아니었다. 그녀에게 있어 남편은 늘 이 정도의 거리감이 당연한 사람이었다.

"부탁이 있어요."

"뭡니까."

그는 그 뒷말을 예상했음에도 모르는 척 물었다. 하지만 뜨거운 머그잔을 쥔 손에 절로 힘이 들어갔다.

손가락 끝이 뜨거웠다. 그럼에도 그는 손을 떼지 못했다. 만약 지금 김나연의 입에서 김 회장이 앞서 이야기했던 인도 사업 건 이야기가 나오면 어떨까?

기분이 몹시 더러울 것 같았다. 첫 관계 이후에 김 회장이 요구해 왔던 것들을 생각해 보면, 새삼 그렇게 생각하는 게 더 이상하다는 것을 알면서도 말이다.

나연은 그제야 민성우의 심상치 않은 반응을 알아차린 것인지 입술을 안으로 말아 넣었다. 자신이 뭔가 실수를 했다는 것을 깨달은 눈치였다. 그리고 김나연은 영악하게도 아무것도 모르는 척 물었다.

"왜요……?"

"아닙니다."

짧게 잘라 말했는데도 김나연은 쉬이 말하지 못했다. 하지만 그가 채근하듯이 바라보자 결국 운을 뗀다.

"조금만 시간을 내주세요. 함께 가보고 싶은 곳이 있어요."

"가고 싶은 곳?"

그가 되묻자 나연은 입술이 하얗게 질릴 만큼 깨물었다. 무언가를 억

누르는 모습이었지만 그는 김나연이 편한 마음으로 대화할 수 있도록 그 어떠한 노력도 기울이지 않았다. 그저 바라보았다. 초침이 째깍째깍 흘러가는 소리가 유독 크게 들릴 만큼 무거운 침묵이 흘렀음에도.

그의 눈빛에서 나연은 많은 것을 읽었을 것이다. 늘 벽을 세워두고 그 선을 넘어가지 않은 채 같은 공간에서 '부부'란 이름으로 지내고 있었지만, 둘은 타인보다 먼 관계였다. 두 사람의 결혼에 걸린 수많은 것들이 그렇게 만들었다.

그에게 고백했던 때처럼 나연은 이번에도 몸을 떨었다. 물러서고 싶은 눈치였지만, 그럼에도 나연은 용기내서 말했다.

"네. 저…… 어머니 묘에 같이 가고 싶어서요."

"어머니 묘요?"

"저번에 함께 가달라고 부탁드리려고 했는데…… 저, 바쁘시면……."

그 말을 듣는 순간 맥이 탁, 하고 풀리는 기분이 들었다. 그는 머그컵을 힘껏 쥐고 있던 손을 들어 관자놀이를 꾹꾹 눌렀다.

이 정도면 병이었다. 순진한 눈망울로 자신의 행동 하나하나를 살피는 나연의 모습을 보자, 신경이 너무 날카롭게 서 있다는 생각도 들었다.

"이번 주 일요일이라면 시간 괜찮습니다."

"정말요?"

"네."

드르륵.

의자가 뒤로 밀리는 소리가 들려 고개를 들었다. 자리에서 일어난 나연은 울음을 터뜨릴 것 같은 얼굴로 그를 내려다보았다.

"고마워요."

고개를 숙이며 말하지 않아서 다행이라 해야 하나.

너무 기뻐하는 그녀의 모습에 입안이 썼다.

❖

주말 아침, 나연은 아침 일찍 일어나 전날 사둔 꽃을 정리했다. 불필요한 꽃잎을 정리한 후에 예쁜 포장지까지 꺼내 이리저리 대보던 나연은 방에서 나오는 성우를 보았다.

오늘은 민성우가 김나연에게 개인적으로 시간을 내주기로 한 날이었다. 하지만 그는 약속을 잊은 사람처럼 말끔한 슈트 차림이었다. 대외적인 일을 제외하고선 늘 편안한 복장을 추구했던 그이기에, 나연과의 약속을 잊고서 외출을 하려는 듯 보였다.

나연이 자리에서 일어났다. 그러자 성우가 걸음을 옮기다 말고 손목시계를 확인했다.

"두 시쯤엔 들어올 겁니다."

"네, 기다릴게요."

짧은 답에 민성우는 그녀를 바라보지도 않은 채 현관으로 향했다. 급하게 잡힌 약속인 것인지 그의 걸음이 성급하다. 빠르게 쫓아가던 그녀가 성우의 뒷모습을 멍하니 보았다.

탕.

눈길 한번 주지 않고서 나가 버린 그가 야속하다. 주먹을 꼭 쥔 나연이 입술을 앙다물었다.

"후."

그에게 말할 게 한 가지 더 늘었다.

출근할 땐 나에게 5초만 내주세요.

이에 대한 답은 상상조차 되지 않았지만, 나연은 그래도 해볼 참이었다.

거실로 돌아온 나연은 두 개의 꽃다발을 만들었다. 성급하게 만들면 그 마음이 고스란히 결과물로 이어진다는 걸 알기에, 나연은 성심성의껏 꽃을 정리하고 색을 배합했다. 잠시 후, 여주댁이 출근을 알리는 초인종 소리에 자리에서 일어났다. 나연의 손엔 튤립으로 만든 꽃다발이 들려 있었다.

"어머, 저한테 주시는 거예요?"

깜짝 놀란 여주댁은 현관문을 열자마자 나연이 건네는 꽃다발을 받아 들며 활짝 웃었다. 그러면서 소녀처럼 웃었다. 며칠 전부터 계속 꽃을 만지기에 그런 줄만 알았지 자신에게도 줄지 몰랐기에 뜻밖의 기쁨이었다.

여주댁은 꽃에 코를 묻고서 힘껏 숨을 들이켰다. 향긋한 향에 기분이 들떴다.

"네. 항상 받기만 하는 것 같아서요. 마음에 드세요?"

"마음에 들고말고요. 꽃다발을 언제 받아봤는지 까마득한데, 고마워요."

받았던 걸 되돌려 주는 일만큼 기쁜 일은 없었다. 나연의 얼굴에도 해사한 웃음이 번졌다.

❖

직접 운전을 해 약속 장소까지 온 민성우는 식당 앞에서 기다리고 있는 지아를 보았다. 그녀 역시 아침 일찍 그에게 소식을 전해준 후에 바로 이곳까지 온 듯, 머리카락이 조금 젖어 있었다. 그리고 그녀의 곁엔 낯선 남자가 서 있었다.

"사장님, 오셨습니까."

"네."

남자 역시 그에게 인사를 건넸다. 자신을 강민환 의원의 보좌관이라 소개한 남자가 그를 안내했다.

"의원님께선 10분 전에 도착하셨습니다."

그러니까 조금은 서둘러 달라는 말이었다.

강민환 의원은 6선 의원이었다. 현재는 대선후보로까지 거론이 되는 인물로, 청렴하게 의정수행을 하는 사람으로 알려져 있었다. 물론, 김 회장과의 모종의 거래가 알려지지 않는다면 앞으로의 평가 역시 그럴 터다. 어쩌면 그 이미지를 내세워 대통령이 될지도 모르는 사람이었다.

넥타이를 고쳐 맨 민성우는 가장 안쪽에 있는 룸 안으로 들어갔다. 따뜻한 차를 마시고 있던 강 의원이 그를 반겼다.

"어서 오게."

"시간 내주셔서 감사합니다."

민성우가 강 의원이 내민 손을 잡았다.

"아니네. 시간이 오늘밖에 되지 않아서 바쁜 사람 이리 불러내 내가 미안하지."

말은 그렇게 했지만 민성우는 믿지 않았다. 그가 아침 일찍 자신에게 만나자고 청한 건, 김강철 회장과 자신을 양손에 올리고 저울질을 하느라 그랬다는 걸 쉬이 예상할 수 있었다.

하지만 성우는 사람 좋은 웃음을 지었다. 상관없었다. 결국 김강철 회장 대신 자신을 선택한 거니까.

가볍게 악수를 주고받은 두 사람이 마주 보고 앉았다.

"저희 장인어른과 의원님께서 가까운 사이라 들었습니다. 그래서 한번 뵙고 싶었습니다."

"하하, 이거 어쩌나. 김강철 회장과는 그리 가까운 사이가 아닌데. 예전에야 술 한잔 기울였지 요즘엔 얼굴 못 본 지 오래됐네."

"그렇습니까? 제가 뭔가 잘못 알았나 봅니다."

그렇게 말한 민성우는 시선을 내리깔아 자신의 앞으로 내밀어진 찻잔을 보았다. 따뜻한 차는 속을 편안하게 만들어주었다. 하지만 강 의원은 다른가 보다. 자신의 취향대로 시킨 차인 게 분명할 테지만, 그는 찻잔엔 입술을 대지도 않았다.

조금의 시간이 흘렀고, 민성우는 느긋하게 차를 즐긴 후에 시선을 들었다. 강 의원은 자신이 만남을 청했던 그때와 마찬가지로 고뇌하는 눈빛이었다.

그렇다면 그 고민을 짧게 해줄 필요가 있었다. 김나연을 만나기 위해 집까지 가는 시간을 생각하면, 30분 뒤면 자리를 끝내야 했다.

"제가 강 의원님을 찾아뵙길 원했던 건 가지고 싶은 땅이 있어섭니다. 의원님들을 따르시는 분들도 그곳에 땅이 많으시더군요."

"땅? 무슨 땅을 말하는 건지 모르겠네만."

오랫동안 정치판에서 뒹군 능구렁이는 순식간에 표정을 갈무리한 후에 사람 좋은 웃음을 지었다. 그는 정치를 하기 전엔 덕망 높은 사회운동가였다. 사람을 상대하고 호감을 사는 법이라면 민성우보다 한 수 위였다.

하지만 민성우는 어릴 적부터 타인의 위에 있기 위한 교육들을 받아왔다. 사업가는 자신의 마음도 숨길 줄 알아야 했지만, 적당한 타이밍에 자신의 패를 내밀 줄도 알아야 했다.

"그린벨트로 묶인 땅인데, 장인어른이 그 근처에 많이 가지고 계시더군요. 시흥 쪽에 있는 땅입니다."

"자네……."

강 의원의 표정이 굳어졌다. 이런 이유로 오늘 만남을 청했다는 걸 미리 알고 있었을 거면서도 모르는 척 굴고 있었다.

하지만 민성우는 쉬이 물러서지 않았다. 자신의 패를 깠으니 거기에 놀아나도록 해야 했다. 그렇지 않으면 지금 자신의 선택은 패착에 이를 테니까. 오히려 역으로 공격을 당할 수도 있는 상황이었으니 그는 더욱 치밀하게 굴었다.

몸을 낮춘 그는 마치 이 자리에 다른 사람이라도 있는 것처럼 은밀히 말한다.

"시세보다 높게 쳐 드리겠습니다."

"도대체 이러는 이유가 뭔가?"

그 물음의 저의를 알아챈 민성우는 잠시 입을 다물었다. 이 대답에 따라 강 의원의 결정은 달라질 것이다. 그렇다고 지금 자신의 생각을 모두 까발릴 수는 없었다.

"강 의원님도 아시지 않습니까. 정치하는 분들과 사업하는 사람들은 가까이 있으면 좋지 못한 의심을 삽니다. 오늘 강 의원님과 제가 만난 것 역시 마찬가지겠지요."

걱정을 담은 말에 강 의원의 표정이 복잡해졌다. 민성우는 지금 그에게 김 회장과 거리를 두라고 말하고 있었다. 표면적으로 보았을 때, 김 회장과 민성우는 사업적 이득을 위해 손을 잡은 사이였기에 강 의원이 이런 표정을 짓는 것도 이해가 됐다.

하지만 민성우의 말은 거기서 끝나지 않고 계속 이어졌다.

"사업하는 사람 입장에선 훌륭한 지도자가 서길 바라지 않겠습니까? 저 역시 마찬가지입니다. 물심양면으로 도와드리진 못하겠지만, 후에 정책적으로는 많은 것들을 따를 수 있지 않겠습니까."

이건 명백한 협박이었다. 어린놈이 독사처럼 구는 게 마음에 들지 않았지만, 강 의원으로선 손해 볼 일은 없었다. 시세보다 높게 땅을 구입해 주겠다는데 위험을 감수하며 이 일에 매달릴 필욘 없었다.

강 의원의 결론은 민성우의 손을 잡는 것이었다.

"좋네. 하지만 다른 의원들은 자네가 설득하게."

"물론입니다. 이 일에 강 의원님의 이름이 나오지 않도록 각별하게 주의하겠습니다."

강 의원은 불편한 기색을 보였지만 이를 민성우에게 말하지 않았다. 협박처럼 들리는 말들이 그의 기분을 나쁘게도 만들었지만, 지금은 몸을 낮춰야 하는 시기라는 것 또한 알았기 때문이다.

"불편하셨다면 죄송합니다."

이를 민성우는 자신의 패를 꺼내면서부터 예상하고 있었다. 그랬기에 사과의 말을 건넸고, 그 후엔 강 의원의 마음을 180도 바뀌게 만들 수 있는 '진실'을 꺼냈다.

"동호건설은 곧 무너질 겁니다. 그래서 이런 자리를 만들 수밖에 없었습니다."

"뭐? 그게 진짜가?"

그 물음에 민성우는 답 없이 미소 지었다.

"그래서 저 역시 장인어른과 거리를 둘 생각입니다."

『2권에 계속…』